KB238073

해방 전후,
우리 문학의
길 찾기

2005

탄생 100주년 문학인 기념문학제 논문집

해방 전후,
우리 문학의
길 찾기

염무웅 · 최원식 외

탄생 100주년 문학인 기념문학제 논문집 2005

민음사

차 례

최원식(인하대 교수)

【총론】

나라 만들기, 우리 문인들의 선택

김광섭 · 유치진 · 마해송 · 박팔양 · 김태준의 궤적들

해방의 명(明)과 암(暗)

1945년 8월 15일, 마침내 한반도는 일제의 사슬로부터 해방됐다. 그러나 그 해방이, 함석헌(咸錫憲)의 유명한 표현을 빌리면, '도둑처럼' 갑자기 찾아왔기에, 한반도 사람들은 어떤 당혹감에 빠져들었다. 이태준(李泰俊)의 소설 「해방전후」(1946)는 이 상황을 실감나게 보여준다. 강원도 안협(安峽)으로 소카이(疏開) 갔다가 "이 역사적 '8월 15일'을 아무것도 모르는 채 지나버"린 주인공은 "그 이튿날 아침에야 서울 친구의 다만 '급히 상경하라'는 전보로 비로소" 해방을 짐작하게 된다. 철원(鐵原)으로 가는 버스에서 비껴가는 운전수들의 대화를 듣고야 그는 일본의 패전을 확인하지만 버스 승객들은 오히려 더욱 웅숭그린다. 주인공은 탄식한다. "조선이 독립된다는 감격보다도 이 불행한 동포들의 얼빠진 꼴이 우선 울고 싶게 슬펐다." 그는 "17일날 새벽", 서울에 도착한다. 그런데 서울풍경도 크게 다르지 않다. "사람들은 냉정하고 태극기조차 보기 드"문데 "총독부와 일본 군대가 여전히 조선민족을 명령하고 앉"았던 것이다. 이것이 8·15 직후 한반도의 숨김없는 풍경이었다.

왜 이처럼 기이한 풍경이 연출되었을까? 민족해방투쟁이 간단없이 봉기했음에도 조선은 미소연합군의 승리에 힘입어 해방되었다. 이 타율성이 결정적이다. 주로 중국에서 활동했던 우리 무력은 원폭 때문에 더욱 당겨진 일제의 항복에 직접적 영향력을 거의 행사하지 못했다. 광복군의 국내진입을 고대하던 김구(金九)가 일본의 항복 소식에 낙담했다는 일화는 상징적이다. 더욱이 일제 말 국내의 혁명운동은 탄압 속에 거의 파괴되었다. 전향의 계절, 혁명은 단지 고단한 넋으로 고요히 침강하였다. 해외무력은 다만 풍문으로만 배회하고 국내운동은 오직 유령으로 떠돌던 시기, 한반도는 일제의 숨막힐 듯한 총동원체제에 빈틈없이 포획되어 그 바깥을 거의 내다보지 못했던 것이다. 대중적 차원은 물론이고 지식인들조차 그러했다. 아니 일본의 패배를 짐작조차 못한 채 제국의 악몽을 선전하는 나팔수로 기꺼이 나섰던 것이다.

문단은 그 전위였다. 총독부와 식민지 민중 사이에서 일종의 정부, 즉 언어로 지은 가상정부 역할을 수행했던 조선문학은 확전을 거듭하던 일제 말, 그 자율성을 거의 상실하기에 이른다. 좌익·우익·중간파를 막론하고 식민지 문단은 총동원체제에 편입되었다. 1941년 김광섭(金珖燮)이 투옥되고, 이육사(李陸史)가 1944년에, 윤동주(尹東柱)는 1945년 옥사하고, 김태준(金台俊)이 1944년에, 김사량(金史良)은 1945년에 옌안(延安)으로 탈출하고, 그리고 소수의 문인들이 절필로 이 시대를 견뎠지만, 대부분의 문인들은 직접적으로 또는 간접적으로 '고쿠민분가쿠(國民文學)'에 동참하였다.

이 동참자들이 남긴 방대한 고쿠민분가쿠는 과연 단순히 외적 강제의 결과였는가? 물론 소수의 자발적 열광자들의 것을 제외하면 많은 양이 굴욕의 노예문자일 것이다. 그런데 그 노예문자들도 섬세하게 구분해 볼 필요가 없지 않다. 강제를 의식하면서 독배를 마시는 심정으로 써낸 불편한 글들이 있는가 하면, 불가피한 선택 속에 그래도 무언가 표현의 혈로(血路)를 찾는 간곡한 심정으로 써내려 간 글들도 있다. 열광자들의 것도 일률적이지 않다. 자기기만의 환상 속에 시종일관 뻔뻔한 글들은 차치한다 하더라도 열광의 층위도 갈라볼 측면이 없지 않다. 강제로 시작했다가 열광으로 전향한 자도 있고, 글쓰기의 속성에 스스로 속박되어 그 글 속에서만 열광이 전면화하는 경우도 없지 않은 것이다. 요컨대 이 시기의 고쿠민분가쿠 전체를 도덕적 판단으로만 대상화해서는 그 실상에 직핍하기 어렵다.

식민지라는 조건에 민감할 수밖에 없는 조선문학이 왜 이 시기에 자유를 집단적으로 반납하고 기이한 열광에 빠져들었을까? 다시 「해방전후」로 가보자. 이 작품에는 일제 말 서울 부민관(府民館)에서 문인보국회(文人報國會)가 주최한 문인궐기대회 장면이 나온다. "부민관인 회장의 광경은 어마어마하였다. 모두 국민복에 예장(禮章)을 찼고 총독부 무슨 각하, 조선군 무슨 각하, 예복에, 군복에 서슬이 푸르렀고 일본 작가에 누구, 만주국 작가에 누구, 조선문단 생긴 이후 첫 어마어마한 집회였다." "전쟁 도구가 못 되는 것은 아낌없이 박멸하여도 좋다"는 "무장각하(武裝閣下)들의 웅변에" 조선의 작가들은 다투어 박수갈채를 보내고 유창한 일본어로 연설한다. 1930년대 들어 더욱 문학의 사회성이 수척해지면서 소외를 실감하게 된 식민지 문인들은 이 어마어마한 집회에서 어떤 일체감, 다시 말하면 거짓 환상일망정 문학과 정치의 행복한 일치에 빠져들었을 법하다. 더구나 미국과 영국으로 대표되는 구미(歐美)제국주의에 대한 아시아의 해방을 내건 천황제 파시즘의 돌격은 서구콤플렉스에 시달리던 조선 문인들에게 아편의 환각을 달콤하게 허용했던 것이다. 이 점에서 이 시기 반미에 더욱 열광했던 지식인들이 미국유학생들이라는 점은 매우 시사적이다.

자기비판의 집합적 결여

8·15해방은 이 집단최면을 깨는 강렬한 각성제였다. 물론 일제가 태평양전쟁(1941~1945)에 돌입했을 때, 조선의 해방이 멀지 않다는 혜안을 지닌 문인들이 없지 않았겠지만, 그들이 조직적으로 해방을 맞이하지는 못했다. 해방 이후를 준비하는 구심이 부재한 상태에서 돌연히 무주공산(無主

空山)의 새 세상 속으로 이월됐음을 깨달은 우리 문학은 곧 새로운 열광에 지핀다. 꿈에도 그리던 나라의 건설이라는 정치경제적 기획이 우리 문학을 순식간에 압도했던 것이다. 그런데 이를 압박으로 여기기보다는 아주 자연스럽게 문학사업으로 수용하는 의식적·무의식적 혼동이 일어났다. 물론 매우 드물지만 예외적 인물도 없지 않았다. 이 위험을 예민하게 간파한 비평가 김동석(金東錫), 문학과 정치의 생산적 긴장을 옹호하면서 양자의 일정한 분리를 강조한 그는 또다시 정치가 압도하는 그 시절에 ≪상아탑≫(1945. 12~1946. 6)이라는 주간잡지를 내는 반어를 실천했던 것이다. 그러나 좌우의 문학정치에 저항하던 이 순수한 역류도 곧 대세에 먹힌다. 아다시피 그는 결국 선택을 강제하는 상황의 논리 속에 왼쪽으로 꺾어 북으로 총총히 사라졌다. 이 시기 정치는 다시 부동의 왕좌에 등극한다.

　우리는 이 현상을 무조건 비판만 할 수는 없다. 나라 잃은 민족이 나라를 되찾고, 그 기회가 당도했을 때 새 나라를 건설하기 위해 노력을 경주하는 것은 당연한 일이다. 그런데 새 나라 건설의 구상에 대한 민주적 토론의 기회가 식민지 시대 내내 엄격히 금지되었다는 점을 기억해야 한다. 이 봉쇄 속에서 문학이란 장(場)을 통해 새 사회의 구도를 둘러싼 날카로운 쟁론이 제기되곤 했다. 예컨대 3·1운동으로 토론의 공간이 제한된 범위 안에서나마 허용된 1920년대의 계급문학파·국민문학파·절충파 논쟁은 대표적인 것이다. 소련으로부터 영감을 받아 식민지 조선의 당면과제를 프롤레타리아트에 기초한 사회주의 혁명으로 상정한 계급문학파의 교조주의, 이에 대한 반동으로 민족 또는 국민의 이름 아래 낡은 부르주아 민주주의를 지향한 국민문학파의 보수주의, 양자를 비판하면서 일종의 좌우합작을 통한 민족해방을 꿈꾼 절충파의 현실주의가 활발한 논쟁을 벌였지만, 대세를 장악한 계급문학파는 조급했고 절충파는 외로웠고 국민문학파는 오히려 느긋했다. 결국 천황제 파시즘의 진군이 급박해진 1930년대에 들어서 이 논쟁은 생산적인 합의에 이르기는커녕 분열을 머금은 채 급히 지하로 스며들고 말았던 것이다. 그런데 이 분열이 일제 말 고쿠민분가쿠에서 하나의 통일에 이른다는 사실이야말로 비극적 역설이 아닐 수 없다. 이 불안정한 상태에서 해방을 맞은 우리 문학은 다시 20년대 이념논쟁을 새로운 차원에서 반복하는 쳇바퀴를 면치 못했던 바, 한반도가 미소 양군에 의해 분할 점령되는 조건으로 말미암아 이데올로기적 대립은 더욱 증폭되는 방향으로 치달았던 터다. 남한과 북한 각기 내부에서 진행된 좌우대립이 서서히 미군과 소련군의 현전(現前)에 힘입어 남에서 우익이, 북에선 좌익이 승리하는데, 분단정권을 수립하는 데 성공한 세력들은 남북이 모두 해외파라는 점에 유의할 필요가 있다. 미소대립에 기초한 좌우대립의 축과 함께 내외대립(국내파와 해외파의 갈등)과 남북대립이라는 다른 축이 함께 얽혀 해방 직후 한반도는 그야말로 난마(亂麻)와 같은 형국이었다고 할 수 있다. 이런 악조건에 기초한 분파주의의 극성이 열광의 일상화를 쉽게 허락했다. 식민지 시대 내내 억압된 정치적 욕망이 사회적 주체로 재생할 가능성의 복잡한 결들을 따라 귀환하면서 우리 문학도 그 물결에 다시 쏠려들어갔던 것이다. 그런데 이 급격한 경사가 토론과 실천이 서로 조응하면서 합의를 단계적으로 높여가는 민주적 과정의 부족 또는 결락과 제휴하고 있다는 점이다. 문인과 문인조직 들은, 우익들은 우익들대로 좌익들은 좌익들대로, 당 또는 그에 준하는 정치조직의 외곽에 자리했음에도 불구하고 정작 주체의 환각에 지펴 '유사(類似) 토론'을 최고의 열정으로 섬겼다.

왜 이런 현상이 일어났을까? 좌우대립, 내외대립, 남북대립, 그리고 미소대립이라는 네 축이 복잡다기하게 얽혀 돌아가면서 종내는 1948년, 남의 대한민국과 북의 조선민주주의인민공화국이라는 분단정권들이 차례로 성립하는 시대의 가파름이 그 일차적 원인일 것이다. 더구나 해방이 당연히 민주적 통일민족국가의 건설로 모아지리라는 그 모든 이상주의를 무찌른 무서운 현실주의의 자기관철, 그리고 이 분리가 그냥 남북의 공존이 아니라 전쟁으로 치달으리라는 불길한 예감이 지배하는 시대에 적과 동지만을 가르는 소름끼치는 단순성의 독재가 모든 층위에서 행사되었던 터이다. 그런데 이를 단지 외부 탓만으로 돌리는 것은 적절하지 않다. 개인적이건 집합적이건 자기비판의 결여가 단순성의 독재에 스스로 함몰케 한 것은 아닐까? 다시 말하면 새 나라 건설 또는 민족문학(국민문학)의 재건이라는 기획을 추진하기 위한 토론의 전제는 바로 직전에 우리 문인 거의가 동참한 고쿠민분가쿠에 대한 고발이다. 여기서 고발이란 일찍이 1930년대에 김남천(金南天)이 제기한 유다적 자기고발과 연관된다. 식민지 조선의 현실적 조건을 돌보지 않은 채 일종의 종교적 열정으로 이론의 증폭을 무한대로 확대하다 일거에 파열한 프로문학이 직면한 안팎의 난관 속에서 마르크스주의를 신앙이 아니라 자기의 육체와 영혼을 통과하여 다시 점검할 것을 제안한 김남천의 고발문학론이 해방 직후에 다시금 절실히 요구되는 형국이었다. 고쿠민분가쿠에 대한 자기로부터의 점검, 그런데 아무도 고쿠민분가쿠를 고발하지 않았다. 아무도 한때의 열광을 고백하지 않았다. 아무도 그 동참을 참회하지 않았다. 고쿠민분가쿠에 대한 집단적 망각이 의식적·무의식적으로 기도되었다. 차마 다시 보고 싶지 않은 이 영혼의 흉터에 안절부절못하던 문인들에게 새 나라 건설과 연동된 민족문학의 구축이라는 지상명령은 아주 좋은 피난처였다. 흉터로부터 도망치려고 문인들은 더욱더 새 환각으로 빠져들었다. 말하자면 해방 직후의 정치폭발은 일제 말의 고쿠민분가쿠에 대한 면죄부였던 것이다. 그리고 자기비판의 집합적 결여 속에서 추억으로 가라앉은 고쿠민분가쿠는 새로운 문학정치 속에 불쑥불쑥 고개를 내밀던 것이다. 아주 냉정히 말하면 이 시기의 문학정치는 신판 고쿠민분가쿠일지도 모른다. 해방 후 남북한에서 각기 자리잡은 민족문학 또는 국민문학은 고쿠민분가쿠를 철저히 해체함으로써 탄생한 신문학이 아니라 고쿠민분가쿠를 전복적으로 모방한 그 후계적 성격을 흔적으로 간직하고 있었던 것은 아닐까?

분단시대의 문인들

오늘 심포지엄의 주제가 되는 1905년생 문인들은 갓 사십대의 한창나이에 해방을 맞이했기에, 대개는 새 나라 건설 또는 민족문학의 구축이라는 시대의 열광에 누구보다도 깊숙이 빠져들었다. 그런데 그들의 사업은 조건의 제약 속에서 결국 반쪽 나라 또는 반쪽 문학의 건축에 한정되고 말았다. 한반도에 대한민국과 조선민주주의인민공화국, 두 나라가 출현하고, 마침내 국제적 내전을 겪으면서 분단이 고착되는 굴절 속에서 남북 모두 민족문학의 건설을 내걸었으되 실제는 남북 두 정부에 각기 긴박된 국민문학의 구축으로 귀결되었던 것이다. 김광섭(金珖燮 : 1905~1977), 유치진(柳致眞 : 1905~1974), 마해송(馬海松 : 1905~1966)이 '한국문학'이란 이름의 국민문학을 건설하는 일에 나섰다면, 북을 선택한 박팔양(朴八陽 : 1905~1988)은 '조선문학'이란 이름의 국민문학 건립에 기여했다. 나는 이 글에서 각기 독특한 경로를 그린 이 뱀띠 문인들의 궤적을 통해 그들이 온몸으로 통과한 한 시대를 조명해 보고자 한다.

이산(怡山) 김광섭은 대통령 공보비서관으로 이승만 정권에 직접 참여한 드문 문인이다. 좌익적 경향이 도도했던 해방 직후의 풍조 속에서 이산은 일찌감치 정치적 선택을 분명히 선언하고 문학정치에 주도적 역할을 담당했다. 1945년 9월, 중앙문화협회를 창립하여 반탁운동의 선봉에 선 이산은 이듬해 3월 전조선문필가협회를 결성하여 우익문인을 결집한다. 함경북도 경성(鏡城)을 고향으로 둔 이북 출신임에도 그는 북이 아니라 남에 충성했다. 식민지 시대에 그가 보여준 행보를 염두에 둘 때 해방 직후 그의 정치성은 일견 매우 단층적이다. 물론 그는 일제시대에도 비좌익적이었다. 와세다(早稻田) 대학 영문과 출신의 그는 이른바 해외문학파다. 외국문학을 전공한 일본유학생들이 주축이 되어 ≪해외문학≫(1927)을 발행하면서 문단에 나온 그들은 당시 문단의 격렬한 이념논쟁의 바깥에 위치했지만 대체로 온건한 서구주의 또는 근대주의의 풍모를 띠고 있었다. ≪해외문학≫의 후신이라고 할 ≪문예월간≫(1931)과, 해외문학파가 대거 참여한 극예술연구회(1931)에 참여했지만, 그는 모교 중동학교 영어교사로 재직하며 우수(憂愁)의 사색을 나직이 읊조리는 시를 쓰는 소시민 지식인으로 생애 했던 터

다. 그런데 그의 평탄한 삶에 일본제국주의가 돌연 틈입한다. "1941년 2월
21일 새벽꿈도 깨기 전 (중략) 운니동(雲泥洞) 46번지 1호 나의 집에는
(중략) 고등경찰들이 뛰어들어"(김광섭, 「발문」, 『마음』, 중앙문화협회, 1949),
이산은 수인번호 2223번으로 3년 8개월의 긴 영어(囹圄) 생활에 들어갔던
것이다. 창씨개명을 반대하여 학생들에게 반일의식을 고취했다는 죄목이었
다. 이 뜻밖의 사건으로 '마음'의 시인 이산의 마음은 육체의 감금 속에 불
타오른다. 이 때의 경험을 노래한 「罰」(1948)에서 시인은 외친다. "인권이
유린되고 자유가 처벌된 / 이 어둠의 보상으로 / 日本아 너는 물러갔느냐 /
나는 너의 나라를 주어도 싫다". 이 절규 속에 해방 후 이산의 정치성이
배태된다. 그런데 그는 그를 핍박한 일본제국주의를 저주하지 않는다. "잘
가거라 일본아 / 고달픈 옷자락에 / 눈물을 씻으며 / 영원히 물러가라 / 凶夢
을 안고 / 심연에 누워 / 고요히 잠자거라"(「해방」, 1945), 일제를 다시는 꾸
고 싶지 않은 악몽으로 치부하고 마마 배송하듯 얼른 보내버리고 싶은 마
음뿐이다. 그 누구보다도 해방 조국에 대해 당당할 수 있었던 이산마저도
일제에 대한 치열한 사유를 회피하고 있음은 주목할 일인데, 이것은 해방
후 소리 높여 일제를 저주하는 일반적 풍조와 어쩌면 짝을 이루는 것인지
도 모른다. 이산은 일제를 사유하는 작업을 뒤로 하고 건국의 대업을 다짐
한다. "비애의 눈물을 넘어서 / 久遠의 나라를 세우리니"(「슬픔을 넘어서」,
1945), 나라라는 큰집이 없을 때 개인이라는 작은집이 어떻게 무참히 파괴
될 수 있는가를 폭력적으로 체험한 이산에게 '구원의 나라'는 가장 절박한
과제로 떠올랐던 것이다. "民族아 살-라 / 살랴면 살랴면 / 나라가 있어야
한다"(「새노라!」, 1949). 그런데 그 나라는 "괴뢰에 아첨하는 자 / 중간에서
헤매는 자 / 침묵으로 말살하는 자 / 졸렬한 도피자들"을 배제한 "대한민국"
으로 제한된다.(「새노라!」) 그의 나라에서 좌파와 중도파는 배제된다. 남한
안의 좌익과 투쟁하면서 진작에 통일정부의 건설을 포기하고 그는 대한민
국이라는 단독정부의 실현에 매진했다.
  정치적 성공에도 불구하고 문학정치에서 이산은 그다지 성공적이지 못했

다. 그는 한국문학가협회의 ≪현대문학≫(1955)에 대항해 자유문학가협회(위원장 김광섭)의 기관지로 1956년 6월 ≪자유문학≫을 창간하였다. 1949년 대한민국 문인들의 통합조직으로 출범한 한국문학가협회가 50년대 중반에 이르러 다시 분열했으니, 김동리(金東里)와 조연현(趙演鉉)을 비롯한 조선청년문학가협회(1946) 출신이 주도하는 문협에 대한 전조선문필가협회 계열의 반발이 주원인이었다. ≪자유문학≫의 발간은 지난한 일이었다. 4월혁명(1960) 이후 어용시비에 말리면서 자유문협을 해산하고 이산이 직접 인수하여 잡지사업을 벌였지만 결국 1963년 8월호(통권 제71호)가 종간호가 되고 말았다. 잡지사업의 실패가 중풍의 원인이 되었다는 증언을 상기할 때, 대한민국 초대정권과 함께 ≪자유문학≫마저 붕괴시킨 4월혁명의 파장을 새삼 실감하게 된다.

그러나 '역사의 간지(奸智)'란 이루 측량할 수 없는 것이다. 1965년 이산은 야구경기를 보다가 뇌출혈로 쓰러진다. 기적적으로 의식을 회복한다. "그저 멍하니 창 밖을 바라보는 일이 많"(김금옥, 「나의 아버지」, ≪대산문화≫, 2005년 여름호)아진 그 회복기의 텅 빈 시간 속에서 시인의 길이 새롭게 발효하고 있었던 것이다. 「산」과 「성북동 비둘기」, 1968년 그는 눈부시게 귀환하였다. 소문자 정치로부터의 자유 속에서 저절로 우러난 인간주의와 탈인간주의의 균형이 박정희 시대의 개발독재에 대한 비판마저 따뜻한 깨달음의 지혜로 녹이는 달즉한(達則閑)의 세상! 그는 마침내 반쪽 국민문학을 넘어서 큰시인으로 부활했다.

동랑(東郎) 유치진은 이산과 달리 고쿠민분가쿠의 중심이었다. 총독부의 강력한 후원 아래 조직된 현대극장(1941)의 대표로서 그는 제국의 충성스런 이데올로그 역할을 정력적으로 수행했다. 등단 초기 그의 활동을 상기하면 이 역전은 놀라운 일이 아닐 수 없다. 아다시피 그는 아나키스트다. 일체의 권력, 심지어 공산당의 '철의 기율'마저도 거부함으로써 '사회주의의 양심'으로 일컬어지는 아나키즘은 권력으로부터의 자유를 최고의 가치로 신앙한다. 과연 동랑은 릿쿄(立教) 대학 영문과를 졸업한 아나키스트로 귀국하면서 「토막」(1931~1932)을 필두로 식민지 농민의 고통에서 취재한 일련의 작품을 발표함으로써 우리 희곡을 새 단계로 들어올린 극작가로 높이 평가받았다. 동시에 극예술연구회(1931)를 결성하여 정력적인 연극운동을 펼쳐 우리 근대극을 쇄신하는 추동력의 핵심역할을 맡았던 터다. 그런 그가 왜 이토록 고쿠민분가쿠에 충성하게 됐을까? 우리는 여기서 연극을 비롯한 공연예술 분야의 특수성을 이해할 필요가 있다. 공연 분야는 대중선전의 핵심으로 일제의 직접적 관여가 가장 혹독했다. 토착자본의 취약성으로 공연예술은 거의 항상적인 간난상태에 있었다는 점도 고려해야 한다. 이 점에서 재정과 관객 문제가 보장된 일제 말은 무대를 먹고 사는 공연 분야의 슬픈 황금시대일지도 모른다. 공연예술가 가운데 이 시기, 친일에서 자유로운 이가 거의 없다는 사실은 그 가엾은 반증이 아닐까?

동랑은 해방 후에도 여전하다. 이산의 강력한 보호 덕이다. 동랑은 원래 해외문학파와 각별했다. 해외문학파는 연극운동에 깊은 관심을 가지고 있었다. 극예술연구회에 이산을 비롯한 해외문학파가 대거 참여한 것을 비롯해, 현대극장에도 그 일부가 동참할 정도였다. 이런 인연에 해방 후 연극계가 좌경이라는 점에도 유의해야 한다. 대한민국의 국민연극을 건설하기 위해 좌익과 대립적인 동랑의 존재는 점차 커지게 마련이었다. 과연 1950년 1월 신협이 결성되고 그 해 4월 국립극장 개관기념으로 동랑의 장막희곡 『원술랑』이 공연되면서 그는 결정적으로 복권된다. 남한의 국민연극이 옛 부민관 자리에서 태어났다는 점이 반어적이다. 동랑은 반공 국책극이 전성기를 맞이한 한국전쟁을 통과하면서 남한 연극계의 주축으로 화려하게 복귀한다. 그런데 1957년, 오랜 동지 이산이 동랑을 비판하는 사건이 터진다. 동랑의 「왜 싸워」라는 희곡이 친일작품 「대추나무」(1942)의 개작이라고 공격한 것이다. 일제 말의 고쿠민분가쿠와 남한 국민문학의 연속성을 보여주는 흥미로운 사례인데, 이를 충분히 숙지하고 있었음에도 동랑을 보호했던 이산이 왜 이 시기에 새삼스럽게 돌아섰을까? 아마도 이북 출신 중심의 자유문협과 이남 출신이 축이 된 문협의 대립에서 경남생의 동랑이 후자에 기운 데 대한 노여움의 표출일지 모른다. 이후 동랑은 록펠러 재단의 지원으로 드라마 센터(1962)를 개관하면서 명실공히 남한 연극계의 대부로 등극한다. 그럼에도 불구하고 동랑은 순결한 아나키스트로 농민극을 개척한 30년대 전반의 작품들, 대문자 정치를 꿈꾸며 소문자 정치에 저항한 그 장소에서 영원한 청춘을 누릴 것이다.

마해송(본명은 湘圭)은 해방을 일본에서 맞았다. 1921년 니혼(日本) 대학 예술과에 입학한 해송은 기쿠치 간(菊池寬 : 1888~1948)의 지우(知遇)를 얻어 1924년부터 그의 사업을 돕는 협조자로서 줄곧 활약했던 것이다. 순문학으로 등단하여 대중문학으로 선회한 기쿠치 간은 일찍이 대중사회의 도래를 눈치챈 성공적인 기획자였다. 1923년 ≪분케이슌슈(文藝春秋)≫를 창간하고, 순문학에 수여하는 아쿠다카와상(芥川賞)과 대중소설에 주어지는 나오키상(直木賞)을 제정하였다. 두 상은 물론, 특히 우파의 거점으로 영향력을 행사하는 문예지도 여전히 살아있다는 점에서 그는 일본 현대문학의 제도를 만들어낸 장본인이다. 그 뒤 대중적인 오락물로 ≪모단 니폰(모던 일본)≫을 창간하였고, 아울러 조선예술상을 제정했는데, 그 사장에 마해송을 발탁했다. 기쿠치도 물론 천황제 군국주의의 확전에 협력했다. 1943년부터 ≪신타이요오(新太陽)≫로 제호를 바꾼 ≪모단 니폰≫ 역시 고쿠민분가쿠 바깥에 존재할 수는 없었을 터이다. 이처럼 일본 문단의 중심부에 진입한 식민지 지식인 마해송은 국내 문단에서는 뛰어난 아동문학 작가로 활동한다. 「토끼와 원숭이」(1931~1947)에서 잘 드러나듯이 민족의 고난과 민중의 간난을 예민하게 의식한 비판적 동화를 창작했던 것이다. 겹치는 듯 분리되는 두 얼굴의 해송은 해방과 함께 새로운 희망 속에 귀국한다. "인생이 뜬구름이라지만 남의 나라에서 호강, 호사한 생활은 더한 뜬구름이다. 수입이 없어 의식이 불편해도 내 나라에 사는 것만도 애국하는 태도라고 생각하며 살고 있다."(마종기. 「아버지의 박꽃을 그리며」, ≪대산문화≫, 2005년 여름호) 일본에서의 역할을 포기하고 그는 해방 조국의 아동문학가로 살아갈 것을 선택한 것이다.

그는 개성(開城) 출신이지만 서울로 귀국했다. 다시 말하면 남한을 선택한 것이다. 그렇다고 그가 이산이나 동랑처럼 대한민국에 전면적으로 충성한 것은 아니다. 해방 후에 완성한 「토끼와 원숭이」에 보이듯 온건한 중도의 자세에서 남한의 현실에 비판적으로 접근했다. 그러나 한국전쟁을 전후해서 그는 반공·반북을 명백히 선택한다. 그럼에도 당시 주류문인들처럼 이승만 정권에 대한 어용으로 달려간 것은 결코 아니다. 「꽃씨와 눈사람」(1960. 1)에서 우의(寓意)하고 있듯이 해송은 이승만 독재를 비판함으로써 4월혁명의 예감을 은밀히 전달했던 것이다. 반공의 틀 안에서도 그의 민족주의와 민주주의에 대한 건전한 감각은 무디어지지 않았는데, 이 면모가 그의 문학을 다른 시대로 이월케 하는 종요로운 자산으로 된다. 그는 진정 아동문학을 통해 한국의 국민문학을 안으로부터 조용히 구축한 실다운 건축가였다.

수원 출신의 여수(麗水) 박팔양은 북으로 간 시인이다. 해방을 만주에서 맞은 그는 곧바로 평양으로 귀국하였다. 그 감격의 날을 그는 다음과 같이 회상한다. "동북의 한낮 여름, 무더운 차안의 흥분이여 / 해방된 고국으로 향해 가는 차바퀴의 더딤이여 / 북관 신의주 차창에 춤추는 우리 기발 기발들"(「다시 맞는 영광의 날」, 1946, 『박팔양 시선집』, 평양 : 문학예술종합출판사, 1992). 그런데 이 시에는 그가 왜 동북, 즉 만주에서 해방을 맞이했는지 나타나지 않는다. 그는 1937년 《만선일보》의 기자로 만주국의 수도 신경(현 長春)으로 이주했던 것이다. 그 역시 해방의 감격 속에 자기비판을 괄호 치고 있다. 아다시피 그는 카프의 맹원으로 활동한 사회주의자지만 사상적 동요를 거듭한 인물이다. 카프에서 탈퇴한 후 구인회에도 참여했으니 역시 구인회 회원이었던 동랑과 비슷한 면이 없지 않다. 카프에서 구인회로 다시 《만선일보》를 거쳐 북으로 귀환한 여수는 과거를 만회하려는 듯 맹렬히 "부강한 인민조국 건설의 길로"(「영광찬란한 자유독립의 길로」, 1948) 매진하였다. 그런데 그 길이란 기실 남에 대립하는 분단정권 또는 분단문학 건설사업의 다른 이름이었다. 그 헌신에도 불구하고 그는 1966년

숙청된다. 90년대 초에 복권되었다. 끊임없는 유전 속에 마모된 그의 삶과 문학은 정치적 운명에 자신의 문학을 해소한 문학인의 가여운 넋으로 우리를 숙연케 한다.

분단의 경계에서

분단시대의 남과 북에서 각 국민문학의 건설에 고투했던 이상 네 분의 문인들에 비하면 천태산인(天台山人) 김태준(金台俊 : 1905~1949)은 난해하다. 남로당의 핵심으로 월북을 거절하고 가망 없는 혁명의 길에 순교한 그는 과연 어느 쪽인가? 남한정부에 의해 사형되었어도 그는 결국 남쪽을 선택한 것일까? 아니면 남과 북, 두 분단정권을 모두 거부하고 가상의 통일정부에 자신을 봉헌한 것인가?

그는 좁은 의미의 문인이 아니다. 시를 짓지 않았고 소설을 쓰지도 않았고 극작에 종사하지도 않았고 문학평론을 업으로 삼지도 않았다. 그는 우리 문학유산을 대상으로 문학사의 졸가리를 세우려 애썼던 문학자였다. 경성제대 지나어문학과 졸업을 앞두고 『조선소설사』를 연재했고(≪동아일보≫, 1930. 10. 31~1931. 2. 14), 이어 『조선한문학사』(1931)를 출간했다. 그의 나이 이십대의 일이다. 문학사의 통사체계를 세우는 작업이 국민국가(nation state)를 안에서 받치는 민족문학 또는 국민문학의 건설이란 전형적인 근대적 과제와 깊이 연동되어 있다는 것을 염두에 두면 그의 문학사 작업은 동시대 문인들의 창조작업과 지호지간(指呼之間)일 터이다.

그럼 그는 민족주의자인가? 애초의 출발은 그렇지가 않다. 경성제대의 학풍은 일제 관학의 실증주의다. 가치 중립의 자기기만 속에 실은 제국의 악몽과 제휴한 실증주의는 그럼에도 계통적 학을 구축할 때 무릅쓸 수밖에 없는 통과제의이기도 하다. 천태산인의 학문은 건조한 실증주의에서 출발한다. 이 때문에 그의 세대에 앞서 '국학'을 개척한 국학파들에게 조금도 경의를 표하지 않는다. 도저한 정신주의에 경도된 국학적 민족주의를 과학의 이름 아래 괄호 치고 말았다. 그 대신 천태산인은 마르크스주의로 건너뛴다. 실증주의적 얼개짜기와 마르크스주의적 해석이 절충된 곳에서 그의 문학사 프로젝트가 추진되었던 것이다. 그럼 그에게 민족주의는 완전히 비어 있는가? 표면적인 건조함에도 불구하고 문헌고증학은 시간의 무서운 바다를 건너 생환한 문학유산에 대한 극진한 애정에 기초하고 있음을 상기할 때, 경성제대파의 실증주의 안에 민족주의가 의식적 억압에도 불구하고 무의식으로 맥맥함을 인식해야 한다. 이뿐만이 아니다. 민족주의를 의식적으로 부정했다 하더라도 그의 작업을 전체적 시야에서 조망하면 결국 민족해방의 기획과 무관한 것이 아니다.

그러나 그가 꿈꾸는 새 나라가 낡은 부르주아 민주주의 나라가 아니라 민중해방이 고도로 실현되는 신민주주의에 기초하고 있다는 점을 기억해야 한다. 청년학자로서 전도가 양양한 그는 서재를 나와 1940년 경성 콤그룹에 투신한다. 사회주의 비전향축 최후의 보루인 경성 콤그룹이 이듬해 일망타진되면서 천태산인도 투옥된다. 이 와중에 가족——어머니 아내 아이를 모두 잃는다. 출옥 후 아내이자 혁명동지인 박진홍과 함께 옌안으로 탈출한다. 1944년 11월의 일이다. 1945년 11월 서울로 귀국한 천태산인이 남로당의 핵심으로 활동한 행적은 이미 주지하는 터다.(朴熙秉, 「김태준의 국문학연구(하)」, 『민족문학사연구』 제4호, 1993) 사형을 선고받은 군법회의에서 그는 공부나 실컷 하다 죽었으면 좋겠다는 요지의 최후진술을 했다고 전해진다. 무엇이 이 탁월한 학자를 서재에서 불러내 혁명의 길에 옥쇄하게 만든 것일까? 고향의 산 묘향산(妙香山)을 그토록 그리워한 천태산인은 왜 서울을 사수했을까? 그는 분단시대, 남과 북 양측에서 모두 금기였다. 남북의 경계에서 순절한 그의 방황하는 영혼을 천도할 지상의 양식은 무엇일까? 문학으로 초점을 맞춘다면 남북의 각 국민문학을 가로지르는 신문학의 모색이 관건이다. 그 기쁜 토론회에 역사의 차륜(車輪) 밑에 곤고했던, 그리하여 오늘 우리가 우울하게 기릴 수밖에 없었던 탄생 100주년을 맞이한 그분들을 다시 초대하고 싶다.

한 민족주의자의 정치적 선택과 문학적 귀결
김광섭의 시를 위협하는 것들

염무웅(영남대 교수)

1

이산(怡山) 김광섭 선생이 작고한 직후 한 잡지사의 청탁으로 썼던 「김
광섭론」(≪세대≫, 1977. 7)에서 나는 1935년 ≪시원(詩苑)≫에 「고독」을
발표한 시기부터 대략 40년에 이르는 시인의 문학적 역정을 크게 3등분하
여, ① 고단한 식민지 지식인으로서 당대의 암담한 현실을 우울하고 관념적
인 언어 속에 담았던 초기, ② 해방 후 왕성한 사회활동으로 분주한 나날을
보내면서 주로 구호적인 애국시들을 발표했던 중기, 그리고 ③ 뇌출혈로 쓰
러져 힘든 투병생활을 하면서도 문학적으로 높은 창조적 경지에 이르렀던
후기로 정리한 바 있었다. 돌이켜보면 그 글을 쓸 당시 내 눈에는 시집
『성북동 비둘기』(1969)와 시선집 『겨울날』(1975)에 거두어진 후기의 업적
들이 너무 크게 앞을 가리고 있어서, 초・중기의 김광섭 문학을 그것 자체
의 내적 논리 안에서 바라보는 데에 소홀하였고, 따라서 나는 초・중기 문
학과 후기 문학 간의 차별성 못지않게 중요한 양자 간의 연속성의 측면을
제대로 간취하지 못하였다. 또한, 나는 해방 직후부터 1960년대 중엽 병으
로 쓰러지기까지 그가 우익적 경향의 문인단체와 보수적 언론기관에서 매

번 중요한 직책을 맡아 적극 활동하였고 심지어 대통령 공보비서의 직책까지 맡았던 것을 단순히 시인으로서의 탈선으로 간주하여 괄호 속에 묶었을 뿐이지, 그러한 문단적·사회적 활동과 일제시대의 그의 짧지 않은 감옥살이 및 그의 독특한 문학적 이념 사이에 얽힌 복잡한 연관성에 주목하여 통일적으로 해석하지 못하였다. 요컨대 그의 삶과 문학을 그가 살았던 시대 안에서 일관되게 종합하지 못하였다.

이상과 같은 자기반성을 기초로 나는 김광섭 문학에 관해 대략 다음의 문제들을 중점적으로 살펴보고자 한다. 첫째, 김광섭의 초기 문학활동 특히 첫시집 『동경(憧憬)』(1938)을 구성하는 시대적 요소와 개인적 특성은 무엇인가. 그리고 이 시집 발간 이후 점점 더 죄어오는 억압의 시기를 맞아 다수의 문인들이 정치적 이념의 차이와 문학적 경력의 구별을 넘어 '친일'의 나락으로 추락한 반면 김광섭은 그 동안 현실정치에 냉담한 태도를 지녀왔었음에도 불구하고 오히려 치안유지법 위반이라는 죄목으로 3년 7개월 동안 철창에 갇히는 몸이 되었는데, 이 사실과 그의 문학은 어느 지점에서 연결되는가. 둘째, 김광섭은 평생에 걸쳐 자신이 민족주의자임을 자부하였다. 그러나 민족주의는 결코 자명한 개념이 아닐뿐더러 단순명료한 개념도 아니다. 어떻든 일제시대에 민족교육을 했다는 죄목으로 감옥에 갔던 그는 해방을 맞아 수많은 정치적 분파들의 난립 속에서 주저없이 이승만 노선을 선택하였고, 그 노선에 따른 적극적인 문화운동을 전개하였다. 그렇다면 이와 같은 정치적 선택을 통해 구현된 '민족'의 내용은 무엇이며, 그것은 그의 문학과 어떻게 연관되는가. 마지막으로, 1965년 발병 이후 10여 년 동안 신체적 조건이 그를 번다한 문단적·사회적 활동의 압박으로부터 보호해 준 덕분에 산출될 수 있었던 그의 훌륭한 병상시(病床詩)들은 그 이전의 시들과 어떤 차별성을 가지는가. 그의 말년의 시들은 초·중기 시들의 연장선 위에 있는가, 아니면 그것으로부터의 질적인 비약인가. 다시 말하여 김광섭의 시적 생애를 관통하는 불변의 미학적 동력이 있다면 그것은 무엇인가.

2

　김광섭은 아주 늦깎이로 문학에 입문하였다. 중동학교를 졸업하고 난 1924년에 일본으로 건너가 이태 동안의 입시준비 끝에 그가 들어간 곳은 와세다 대학 제일고등학원 영문과였다. 그 학교 조선인 동창회가 주최한 신입생 환영회에서 만난 인물이 바로 불문과 1년 위에 재학하고 있던 이헌구(李軒求)였는데, 두 사람은 평생 동안 둘도 없는 친구이자 한결같은 문학적 동반자로 지냈다. 세련된 문학청년 이헌구로부터 서양문학의 세례를 받고 이 새로운 종교의 독실한 신도가 되기까지 김광섭은 "문학이나 시에 대해서 생각해 본 일도 없었고 또 그런 비현실적인 이야기를 해준 사람도 없었다. 중학시절에 겨우 《창조》라는 제본부터 색다른 잡지 한 권을 본 일밖에는 없었다."(김광섭, 「詩에의 登程」, 『나의 옥중기』, 창작과비평사, 1976, 306쪽) 그때까지 그가 경험한 것은 고향인 함경도 바닷가의 물새와 들꽃, 잠시 이주해 살았던 북간도의 황량한 벌판, 가난을 벗어나기 위해 불철주야 일에 매달린 가족들, 그리고 식민지적 압제의 현실이었다. 읍내의 경성공립보통학교에 편입하기 전에 그는 동네 서당에 다녔는데, "아침 서당에 가면 수군거리는 말——새벽에 독립군이 와서 밥 먹고 갔다는 둥…… 쌀을 가지고 갔다는 둥…… 항상 동네는 수런거렸다. 낯선 사람이 지나가면 저 사람이 산에서 나온 독립군이 아닌가 하며 혹시 일본 헌병이 나와 그를 보고 있지 않나 해서 두렵고 무섭기도 했다."(김광섭, 앞의 책, 298쪽) 게다가 동네 한가운데 새로 지은 그의 집 바로 뒤에 헌병대가 들어와, 저녁 무렵이면 애국청년과 독립군들을 잡아다가 고문하는 소리가 들려, 소년 김광섭은 방안에 앉아 숨도 크게 못 쉬고 비명소리를 들을 수밖에 없었다. 이것이 1910년대 일제 식민지 통치권력의 중심부에서 멀리 떨어진 함경도 변방의 풍경이었다. 그는 자신의 민족의식이 바로 이런 환경 속에서 싹텄다고 회고한 바 있다.

　입시 공부에서 해방된 자유, 연애보다 달콤한 문학의 매혹, 도쿄의 대학 사회를 휩쓸고 있던 시대정신으로서의 사회주의 등 성인이 되기까지(그는 중동학교 입학 전인 열다섯 살 때 이미 결혼을 했다) 그가 경험했던 것과 완전히 다른 근대적·문명적 풍조 속에서 그는 급속도로 문학에 빨려들어갔다. 당시 유학생 동창회에서 등사로 발행하던 ≪알(卵)≫이란 동인지에 그도 기다렸다는 듯이 참가하여 난생 처음 「모기장」이란 시를 발표하였다. 이 작품은 그 후 어느 시집에도 수록되지 않았는데, 아마 남들 앞에 내놓기 민망할 정도의 습작이었을 것이다. 그래도 김광섭 자신은 후일 이 시에서의 모기가 "일본 형사의 비유로 이념적인 것이었다"고 언급하면서, 그 무렵 어학과 문학 양쪽의 재사로 학생들 사이에 명성이 높던 영문과 3학년 정인섭(鄭寅燮)으로부터 괜찮다는 평을 받아 "나도 시를 쓰면 되겠구나" 하는 자신감을 얻었다고 말하고 있다. (김광섭, 앞의 책, 307쪽) 어떻든 여기서 우리의 주목을 끄는 것은 그가 최초의 습작에서부터 단순한 감상의 토로나 외국시의 모방을 시도하지 않고 그 나름으로 민족의식을 표현하고자 했다는 사실이다.

그러나 대학시절 그는 시 창작을 접고 영문학 공부에 몰두하였다. 바이런, 셸리, 키츠 등 낭만주의 시인들의 작품을 많이 읽었고, 발레리와 엘리엇 같은 동시대 시인들의 '지성적인 사조'에도 커다란 영향을 받았다고 한다. 하지만 1932년 제출된 그의 졸업논문은 시인론이 아니라 「사회극 작가로서의 골즈워디 연구」였다. 다른 한편 그는 오랜 수난의 역사를 지닌 아일랜드의 문예운동과 특히 애비(Abbey) 극장을 중심으로 전개된 그 나라의 민족극 운동에 관심을 가졌다. 졸업 직후 귀국하여 그 해 12월 친구인 이헌구의 권유로 '극예술연구회'(극연)에 가입하는데, 연극인도 아니면서 자신이 극연에 가입한 것은 아일랜드 문예부흥운동을 우리 현실에 옮겨 민족운동의 활성화에 기여하고자 하는 데 뜻이 있었다고 주장하였다. (김광섭, 앞의 책, 319쪽) 실제로 그는 이듬해 모교인 중동학교 영어교사로 취임한 다음부터 시집 『동경』(1938. 7)의 간행에 의해 시인으로서의 위치가 어느 정도 공인되기까지 「극단(劇壇)의 전망, 제언」(≪조선일보≫, 1933), 「연극 제3회 공연을 앞두고」(≪극연회보≫, 1933), 「우리의 연극과 외국극의 영향」

(《조선일보》, 1933), 「극작가 존 골즈워디의 극론 소고」(《衆明》, 1933), 「외국극 이입(移入) 문제」,(《조선일보》, 1933), 「극장과 민중문화, 연극기관의 필요」(《조선일보》, 1934), 「애란 민족극의 수립」(《동아일보》, 1935), 「연극문화발전과 그 수립의 근본 도정(특집) —— 관객층의 조직과 연락」(《조선일보》, 1935), 「연극운동과 극연」(《조선문단》, 1935), 「극계의 회고」(《동아일보》, 1935), 「애란 문예부흥 개관」(《삼천리》, 1936), 「유진 오닐 단상 —— 그 생애와 예술에 관하여」(《조선일보》, 1936), 「애란 연극운동 소관(小觀)」(《삼천리》, 1936), 「근대극의 부(父) 입센의 생애」(《조광》, 1936) 등 적잖은 편수의 연극 관련 글들을 발표하였다. 이 글들을 제대로 읽어 보지도 않고 단지 그 목록의 나열만으로 이 무렵 김광섭의 정신적 지향과 문학활동의 내용을 추론하는 것은 물론 무책임하고 불성실한 일이다. 다만 확실한 것은 시집 『동경』의 출간을 계기로 연극 관련 에세이의 발표가 씻은 듯이 청산되었다는 사실인데, 그러나 이것이 연극운동을 통해 달성하고자 했던 목표 자체에 어떤 변화가 생긴 까닭인지 아니면 연극보다 더 효과적인(자신의 능력과 소질에 더 적합한) 다른 수단이 발견되었기 때문인지 단정하기는 어렵다. 오직 시집 『동경』 안에 이룩된 객관적 성취만이 개인 김광섭의 주관적 판단에 대해 역사적 증언을 할 권리가 있을 것이다.

시집 『동경』에는 김광섭의 이름을 우리 문단에 예리하게 각인시킨 사실상의 데뷔작 「고독」을 필두로 총 38편이 실려 있다. 「고독」은 일제시대의 그의 대표작으로 널리 알려져 있는 편이고 시인 자신도 어지간히 만족감을 느껴 자주 거론했지만, 그 결과 생겨난 선입견을 제거하기 위해서라도 다시 한 번 읽어볼 필요가 있다. (시의 인용은 모두 1974년판 『김광섭 시전집』(일지사)에 의거했으며, 전집에 수록되지 않은 작품의 경우에는 1975년판 선집 『겨울날』(창작과비평사)을 따랐다.)

내

하나의 生存者로 태어나 여기 누워 있나니

한 間 무덤 그 너머는 無限한 氣流의 波動도 있어
바다 깊은 그곳 어느 고요한 바위 아래

내
고단한 고기와도 같다

맑은 性 아름다운 꿈은 멀고
그리운 世界의 斷片은 아즐타

오랜 世紀의 知層만이 나를 이끌고 있다

神經도 없는 밤
時計야 奇異타
너마저 자려무나[1]

──「고독」 전문

---

1) 2005년 9월 29일 탄생 100주년 문학인 기념문학제가 열리는 자리에서 나는 『이산 김
광섭 시전집』, 『이산 김광섭 산문집』(문학과지성사) 두 권을 기증받았다. 따라서 이 글
을 발표하고 난 뒤에야 이들 시전집과 산문집을 검토할 수 있게 된 것은 부득이한 일
이지만 유감스러운 일이었다. 그런데 이 기회에 다시 확인한 사실은 저자 김광섭이 작
품의 발표 또는 저서의 출간 이후에도 수시로 자기 글을 손질했다는 점이었다. 이번에
출간된 시전집은 초간본(初刊本)을 그대로 재수록하면서 한자를 괄호 안에 처리했고
내가 참고한 일지사판 시전집(1974)은 한자를 그대로 노출하면서 저자의 수정을 반영
하고 있는데, 어느 쪽이 더 현명한 것인지 쉽게 판별하기 어렵다. 그러나 나로서는 작
품의 형성과정과 그 작품들의 발표 당시의 수용과정에 관한 역사적 연구가 아니라면
작품창작의 책임자인 저자의 마지막 수정을 정본(定本)으로 받아들이는 것이 옳다고
생각한다. 어떻든 이 「고독」의 경우 저자는 세 군데 손을 대었는데, 가령 제4연 제1행
의 "맑은 性 아름다운 꿈은 멀고"가 새로 나온 문학과지성사판에는 "맑은 성(性) 아름
다운 꿈은 잠들다"로 복원되어 있다.

이 시에 설정된 구도를 파악하는 것은 어려운 일이 아니다. 시의 화자는 첫 줄에 한 글자로 서정적 자아를 앞세운다. 그러나 이렇게 도전적으로 제시된 단독자＝서정적 자아를 둘러싼 시대적 상황은 자아를 압박하며 자아에 대해 적대적이다. 작품 「고독」뿐만 아니라 시집 『동경』 전체를 지배하는 가장 기본적인 정조는 이와 같은 내리누르는 듯한 중압감이라 할 수 있는데, 그 중압감의 근원은 방금 김광섭의 이력을 개관하면서 암시했듯이 그의 남다른 민족의식이다. 그러나 그는 어떤 경우에도 민족의식을 저항적 행동으로 표출하지 않는다. 그는 외부지향적이고 투쟁적인 기질의 소유자가 아닌 것이다. 심지어 감옥 안에서도 그는 반항–적개심–절망 같은 격렬한 감정에 사로잡히기보다 꼼꼼하게 사물을 관찰하고 차분히 자신을 반성한다. 1943년 11월 10일부터 1944년 9월 5일까지 서대문 형무소에 갇혀서 쓴 「옥창일기」는 전반적으로 옥중기라고 믿을 수 없을 만큼 냉정하며, 마치 수행자가 토굴생활을 적어 나가듯이 자기 마음의 움직임을 기록한다. 요컨대 그는 자아를 압박하는 외부세계, 즉 억압적 식민지 현실을 ‘한 간 무덤’으로, 그리고 현실과 불화의 관계에 놓인 자신을 한 마리 ‘고단한 고기’처럼 인식함에도 불구하고 자기의 시를 자아와 세계의 대결이 벌어지는 치열한 싸움터로 만들지 않는다. 그리하여 초월의 공간(“맑은 성 아름다운 꿈”)은 아득히 멀고, 자아는 극도의 신경증적 긴장 속에서 전망을 차단당한다.

이 작품이 당대의 독자들에게 신선하게 다가간 것은 마지막 연의 간결하면서도 압축된 표현이 갖는 비수 같은 날카로움 때문이었을 것이다. 특히 “시계야 기이타”라는 짧은 한 행은 평범한 일상적 사물을 신기성 내지 생소성의 개념에 의해 정의함으로써 시대적 상황의 압도적 무게에 포획된 고뇌하는 지식인의 불면의 밤을 청각적 진공 속에 부각시킨다. 그러나 작품 전체를 처음부터 다시 읽어 보면 마지막 연의 예각적 효과에 이르는 시적 과정이 용의주도하게 조형되었다고 말하기는 어렵다. ‘하나의 생존자’, ‘무한한 기류의 파동’ 그리고 ‘맑은 성’ 따위의 표현들은 어색하거나 불투명하고, ‘지층(知層)’이란 조어도 꼭 필요한 것인지 납득되지 않는다. 언어에 대한 둔감과 표현의 불투명, 그리고 그 점과 결부된 관념어의 과잉은 시집 도처에서 찾아볼 수 있지만, 비교적 성공적인 다음과 같은 소품에서도 그 폐해를 깨끗이 씻어내지 못한다.

수리개가 旋回하는 靜謐한 오후

이 小谷에는
새의 노래도 한떨기 꽃도 없이
綠陰이 깃들이고 있나니

願하여 愛의 性을 그려 보거늘
오늘도 마음은
둔한 벌레가 되어 외로이 풀잎에 기다

—「小谷에서」 전문

　'한 간 무덤', '바다 깊은 그곳'(「고독」)과 '새의 노래도 한떨기 꽃도 없는' 작은 골짜기는 근본적으로 동질적인 장소이다. 그곳에서 시적 자아는 단순한 생존 이상의 더 높은 자기실현을 추구하지 못하며 고뇌와 무력감에 빠져 존재의 퇴행을 경험한다. 이 시에서의 수리개(솔개)의 선회는 앞의 시 「고독」의 '무한한 기류의 파동'에 대응되는, 그리고 '정밀한 오후'의 침묵과 '무덤'의 정지상태에 대비되는 동적 이미지일 것이다. 그러나 "오늘도 마음은/ 둔한 벌레가 되어 외로이 풀잎에 기다"라는 표현은 "내/ 고단한 고기와도 같다"와 본질적으로 동일한 자아인식을 나타낸 것임에도 불구하고 비유의 생동성과 감정의 객관화에 있어서 탁월한 성취를 이룩하고 있으며, 그리하여 시대의 압박 밑에 왜소해진 한 인간의 심리적 초상을 극히 절실하게 그려내는 데 성공하고 있다. 다만 이 「소곡에서」 역시 "맑은 성 아름다운 꿈은 멀고"를 능가하는 "원하여 애의 성을 그려 보거늘" 같은 알 듯

모를 듯한 구절을 포함하고 있다. 이 가위눌린 듯한 어눌한 말투와 관념어의 몽롱한 파편들 사이로 신음처럼 새어나오는 시인 김광섭의 소망은 추측건대 망망한 창공을 드높이 비상하는 자유의 실현 또는 끝간 데 없이 넓은 초원에서 자연과의 합일을 이룩하는 것, 다시 말하면 식민지 현실의 암흑적 질곡으로부터 초월적 공간으로 탈출하는 것이다.

그런 점에서 다음에 인용하는 「우수(憂愁)」는 시집 『동경』의 성과를 대표하는 수작일 뿐만 아니라 일제 군국주의의 단계적 강화 속에 카프가 해체되고 지식인의 변절이 본격화되기 시작한 1930년대 후반의 시대 조류를 거스르는 역작이다.

海心에 깜박이는 등불로 말미암아
밤바다는 무한히 캄캄하다

물결은
발 아래 바위에 부딪쳐서 출렁이고
自由는
永遠한 憂愁를 또한 이 國土에 더하노라

어둠을 스쳐 멀리서 갈매기 우는 소리
귓가에 와서 가슴의 傷處를 허비고 사라지나니

아 밤바다에 외치고 가는 詩의 새여
그대의 길도 어둠에 차서 向方 없거늘
悲哀의 詩人 苦惱를 안고
또한 그대로 더불어 밤의 大洋으로 가라

—「우수(憂愁)」 전문

똑같이 억압적인 상황에서 태어났음에도 불구하고 이 작품은 동시대 김광섭 문학의 일반적 특징인 관념적 모호성과 입 안에서 더듬거리는 듯한 어눌함을 일소하고 무엇보다 언어의 활달한 호흡을 구현하고 있다. 아니, 이 시에 남아 있는 부분적인 관념성 자체가 작품의 전체적인 어조에 적절히 통합되어 시의 역동성을 강화하는 데 기여하고 있다. 사실 김광섭의 시에는 처음부터 율격에 대한 배려를 찾아보기 어려웠고, 이 특징은 그의 말년에 이르기까지 지속된다. 생각건대 그것은 그의 시적 출발 자체가 서구 낭만주의 시대의 자유시 및 그 계승으로서의 모더니즘 시였기 때문일 것이다.[2] 불행히도 그는 한국시의 전통 안에서 언어감각을 습득하고 표현기술을 연마하는 기회를 갖지 못한 채 일본유학을 떠났고 거기서 서양문학을 통해 시를 공부하여 시인이 되었다. 이 성장기의 트라우마는 평생 그를 따라다니게 되는데, 그러나 「우수」 같은 뛰어난 작품의 존재는 한 시인의 출발 지점이 어디이고 통과 장소가 어떤 곳이냐가 위대한 문학의 산출에 아무런 본질적 장애가 되지 않음을 웅변한다. 왜냐하면 이 작품은 그가 김소월의 리듬과 정지용의 언어감각을 제대로 익히지 못한 채 출발했음에도 불구하고 —— 어쩌면 바로 그랬기 때문에 김소월이나 정지용과는 전혀 다른 힘찬 현대시의 영역을 개척할 수도 있음을 입증하고 있기 때문이다.

「우수」의 배경은 밤바다이다. 멀리 바다 한가운데서 깜박이는 등불로 말미암아 오히려 밤은 그 압도적인 어둠을 천지에 덮는다. 그러나 시의 화자는 위축되지 않는다. "바다 깊은 그곳 어느 고요한 바위 아래/ 내/ 고단한 고기와도 같다"(「고독」)의 무력감과 좌절의식에 비할 때, "물결은/ 발 아래 바위에 부딪쳐서 출렁이고"에서는 오연하게 고양된 자아의 도전정신이 감

---

2) 이 점을 잘 보여주는 것이 그의 시론적(詩論的) 에세이 「현대시와 지성에 대한 관견」이다. 그가 시에 대해서 말할 때 주로 의거하는 모범은 낭만주의와 상징주의의 전통 속에서 탄생한 유럽의 현대시인들, 즉 랭보, 오든, 엘리엇, 발레리 등이었다. 그는 자신도 현대시인의 반열에 속한다는 강력한 자의식을 가지고 관념과 지성을 옹호하고 감상주의를 배격하였다. 『나의 옥중기』, 277~295쪽 참조.

지된다. 이 막막한 압제의 땅에 영원한 슬픔을 더한다고 느끼게 하는 것은 관념으로서의 자유 자체가 아니라 시의 화자 내부에서 들끓는 자유에의 갈망일 터인데, 그것은 멀리 날아다니는 갈매기의 울음소리에 허비어 덧나는 가슴의 상처와도 같다. 그렇게 본다면 갈매기는 이 고뇌의 시대에 어둠의 항로를 뚫고 가야 하는 시인의 사명 또는 그의 비극적 운명을 담지한 시적 상징일지도 모른다. 그리고 그런 점에서 이 시는 자아와 세계, 실존과 역사가 부딪치는 충돌의 현장에서 솟아오른 시인의 호쾌한 출항선언이다.

그러나 시집 『동경』에서 「우수」의 통렬함은 예외적인 것이고, 대부분의 작품들은 불분명한 관념과 생경한 우리말 표현으로 인해 그러지 않아도 답답한 분위기를 더욱 침울하게 만들고 있다. 이 점과 관련하여 김광섭은 시집 발문에서 이렇게 말한다. "추상(抽象)된 세계를 가지지 못한 시인의 생명은 의심스러울 것이나, 이 추상된 세계란 현실을 통하여서의 이상(理想)이거나 반역일 것이다. 그러므로 저 건너에 깃들여 있는 추상된 세계의 거울은 곧 현실이요 현실 없는 추상은 없다. 그러므로 또한 현실이 쓰거운데 추상의 세계만이 감미로울 수도 없다. 여기서 시의 사명은 아름다운 서정의 세계나 산뜻한 감각의 기복(起伏)만을 영출(靈出)해 냄에 시종할 배 아니다."(『김광섭 시전집』, 96쪽) 이것은 김광섭 시문학의 이론적 자기정당화로서, 그는 현실과 유리된 추상적 관념주의 및 이념적 전망이 배재된 현실추수주의 양자를 모두 비판한다. 또한, 그는 은연중 1930년대 중반 우리 시단을 풍미하는 기교적 심미주의와 말초적 감각주의에 대한 명백한 반대를 보여주며, 현실의 고통을 외면한 감상적 낙관주의에 대해서도 공격의 화살을 보낸다. 그리고 그는 자기 시가 관념적 내지 추상적이라고 비판하는 데 대해 그것은 현실반영의 불가피한 방법론이라고 반박한다. 그와 동시에 그는 이 무렵 카프 문학이론의 전투적 열정을 인정하면서도 카프의 정치의식 과잉과 공식적 강령주의(綱領主義)가 문학창작의 자유를 속박한다고 지적하는 동시에 소위 해외문학파에 대해서도 일정하게 거리를 두는 발언을 하였다. (「비평현상의 부진」, ≪동아일보≫, 1935. 9. 28 참조)

특히 여기서 해외문학파와의 관계를 분명히 해둘 필요가 있다. 앞에서 김광섭이 일본에서 귀국한 직후 이헌구의 권유로 극연에 가입하여 한동안 활발하게 활동한 사실을 언급한 바 있는데, 그가 영문학을 전공하기도 했고 또 극연 회원과 해외문학연구회 구성원이 대부분 중복되기도 하여 그를 해외문학파로 간주하기도 하지만, 사실은 그렇지 않다. (회고록의 한 대목—— "한국문학사를 보면 나를 해외문학파의 한 멤버로 소개하고 있다. 사실 나는 이 회에 가입한 적이 없다."「나의 이력서」, ≪한국일보≫, 1977. 3. 20) 아마 이보다 더 중요한 것은 그가 해외문학파의 공적을 높이 평가하면서도 민족 현실을 등한시하는 듯한 그 세계주의적 측면을 놓치지 않고 비판한다는 점 이다. 이렇게 추적해 본다면 1930년대에 명멸했던 다양한 문학이론적 분파 들 속에서, 그리고 1940년대로 넘어가는 상황의 이념적 파산 국면에서 김 광섭이 모색했던 민족문학의 길은 입지가 협소하고 불안정한 험로였음이 분명하고, 바로 그런 점에서 그는 친구 이헌구와 평생 심정적으로 동행하 면서도 드물지만 때로는 이론적으로 갈라지기도 하였다.

3

귀국 이듬해부터 만 8년째 모교에서 영어교사로 근무하던 김광섭은 1941년 2월 21일 아침 출근 준비 중에 형사들에게 연행되어 경찰서로 끌 려간다. 석 달이 넘도록 조사를 받은 끝에 5월 말 형무소 미결감으로 넘겨 지고, 여기서 다시 지루한 검찰조사와 간단한 재판을 거쳐 꼭 1년 만에 2년 형의 선고를 받은 그는 그때부터 기결수로서 1944년 9월 6일 만기 석방될 때까지 옥고를 치르게 된다. 그에게 적용된 법률은 현행 국가보안법의 원 조에 해당하는 소위 치안유지법이었다. 판사가 유죄를 인정한 그의 범행 내용이란 그가 수업시간에 학생들에게 독립사상을 선동했다는 것인데, 그 가 학생들 앞에서 했다고 인정된 발언의 요지는 ① 말로는 내선일체라고 하면서 조선인을 차별한다, ② 학교에서 조선어 과목을 폐지한 것은 조선어를 말살하려는 정책이다, ③ 이광수와 이태준은 민족주의자로서 그들의 인물과 작품을 알아야 한다, ④ 조선어 신문인 ≪조선일보≫와 ≪동아일보≫를 폐간한 것은 조선문자를 없애어 조선인을 문맹으로 만들려는 것이다. (『나의 옥중기』, 14쪽) 이보다 앞선 1940년 8월 10일 당시 조선일보사에 근무하던 이헌구는 김광섭으로부터 "슬프다 조선일보여"라는 전보를 받는다. 바로 그날 두 한글신문이 폐간되었고, 이헌구는 병중임에도 해산식 참석을 위해 신문사에 나갔던 것이다. (앞의 책, 3쪽. 이헌구의 머리말) 앞에서 여러 차례 암시했듯이 김광섭은 소년시절부터 민족감정을 자극받을 만한 환경에서 성장하였고, 일본 유학시절 이후 비록 독립운동에 직접 행동으로 뛰어든 적은 없어도 언제나 자신을 민족주의자로 자각하고 있었다. 다만 그의 민족주의는 사회주의와 연합할 수 있는 개방성을 지니지 못한 것이라는 데에 한계가 있다. 감옥생활을 회고한 글 「사상범」(월간 ≪다리≫, 1972)에는 다음과 같은 문장들이 보인다.

　민족은 근원이다. 그러므로 그 민족에 속한다는 가장 단순한 생각 하나만으로도 민족의식은 형성되는 것이다. 한 민족에 속하는, 더군다나 지식인, 그것도 저의 나라 최고학부를 졸업한데다가 민족의식이 가장 강렬한 시인에 대하여 민족을 버리고 1년 10개월 만에 네 항목의 죄를 만든 놈들을 따르란 말이냐.

——『나의 옥중기』, 214쪽

　나의 중동교단 10년은 나의 민족정신의 단상(壇上)이었다. 거기서 민족의식의 씨앗, 사상의 씨앗이 더욱 심화되면서 내가 교단에 서면 '조선인'이라는 것을 설명이 없어도 학생들에게 직감케 했다. 감정은 처벌하려도 증거가 없는 것이다. 다만 슬픔을 전해 주면 무언 중에 그것은 의식화되면서 보이지 않는 민족의식의 뿌리가…… 뻗쳐 나가므로, 이것이 직접 운동보다 현실적 효과는 적지만…… 일본의 식민지 동화정책을 막는 데 근본되는 잠재력이

되므로 나는 교단에서 그러한 힘의 상징이 되고자 했던 것이다.[3]

──앞의 책, 210~211쪽

그러나 그가 반일적 감정의 소유자임은 분명하지만, 그는 일제 식민지 통치의 철폐를 위해 어떤 조직을 만들거나 행동으로 투쟁을 전개할 그런 종류의 인물은 아니었다. 그는 경찰조사 과정에서 자기가 조선독립을 희망한다고 진술한 것에 대해 검사에게 대략 이렇게 대답한다. "경찰 진술에서 독립을 희망 안한다고 주장하고 싶었지만, 그렇게 하면 죄는 면할 수 있을지 모르나 양심을 부정하는 것으로서, 지독한 고문을 당하면서 독립을 희망조차 않는다고 할 수 없어서, 다만 희망을 부인하지 않은 것뿐입니다." (앞의 책, 208쪽) 그에게는 형벌을 받느냐 않느냐보다 자신의 양심을 지키느냐 못 지키느냐가 본질적으로 더 중요한 것이었다. 또, 감옥의 독방에서 지내던 어느 날 배식시간이 오래 지났는데도 밥이 오지 않아 현기증이 날 만큼 배가 고팠다. 하지만 전후 사정을 알고는 그 밥 돌리는 죄수에게 화가 미치지 않게 하기 위해서 참고 입을 다물었으며, 그러고 나서는 혹시 그 대가를 바라는 마음이 자신에게 생길까 스스로 경계하는 대목이 있다. (앞의 책, 81쪽) 또, 그 무렵 유명한 국문학자 김태준(金台俊)이 들어와, 두

---

3) 「사상범」은 1972년에 30여 년 전의 옥중생활을 회고하면서 쓴 글이다. 따라서 이 글에는 서로 다른 시점에서의 김광섭의 생각이 혼재되어 있다고 말할 수 있다. 「옥창일기」에는 그런 성격이 좀더 복합적으로 개입되어 있다. 모범수였던 그는 2년형을 언도받아 기결감에 온 지 1년 반 만에 집필 허가를 받아 일기를 쓰기 시작하였다. 1943년 11월 10일부터 1944년 9월 5일까지의 「옥창일기」가 그것이다. 그런데 『나의 옥중기』 머리말에서 그는 "일어에서 옮기자니 약기(略記)한 것, 은유와 반어로 쓴 것, 이모저모에 암시한 것 등 바로잡기에 이력저럭…… 3개월여……"라고 말하고 있다. 이로 미루어 본다면 원래 일본어로 거칠게 써놓았던 것을 《자유문학》(1961년 4·5월 합병호~1962년 7·8월 합병호)에 연재하면서 번역 수정했음을 알 수 있다. 그런데 최근 나는 『나의 옥중기』에 수록된 「옥창일기」와 그 동안 둘째딸 금옥 씨가 보관하고 있던 원고본 「옥창일기」가 적지 않은 부분에서 일치하지 않음을 발견했다. 이것은 1976년에 책을 내면서 1961년경에 원고화한 것을 저자가 다시 한 번 손댔음을 말해 주는 것이다. 따라서 「옥창일기」에는 멀리 떨어진 세 시기의 김광섭의 관점이 엇갈리고 있다고 보아야 한다.

사람은 간수의 묵인하에 통방을 하며 의견을 나눈다. 그런데 김태준은 김광섭이 보기에 자신과 정반대의 인물로서, 견습 간수를 매수하여 바깥과 연락을 취하다가 발각되기도 하며, 그 말썽 중에도 자신에게 공산주의를 권고하는 철두철미함을 보인다. 그 김태준에 대하여 김광섭은 이렇게 서술한다. “그와 나는 같은 문학도로 문학적 양식도 본질적으로는 비슷했고 시대의 고민에 대한 것도 같은 테두리 안에 있었는데, 다만 한 가지 그는 공산주의 신봉자요 나는 민족주의자로서 정신적 사상적 차이가 있었을 뿐인데, 판단하고 적응하는 데 있어 그는 기민하고 주의를 위하여서는 수단과 방법을 가리지 않았다.”(앞의 책, 213쪽) 김태준이 실제로 어떤 사상과 인품의 소유자였는지를 따지는 것은 별개의 문제이겠지만, 어쨌든 그와의 대조를 통해 드러나는 김광섭의 모습은 보수적인 민족주의자, 온순하고 양심적인 지식인의 그것이다.

출옥 후 1년도 안 되어 닥친 8·15해방은 김광섭의 삶에 일대 전환점을 마련한다. 그는 이헌구와 더불어 1945년 9월 8일 ‘조선문화협회’라는 모임을 만들고, 이어서 열흘 뒤에는 그것을 ‘중앙문화협회’로 확장 개편하여 정식 조직으로 발족시킨다. 임화, 김남천 등의 ‘조선문학건설본부’ 간판이 워낙 빨리 내걸리기는 했지만(1945. 8. 16), 이에 대한 김광섭의 반응도 느린 것은 아니다. 아직 한반도의 정치적 운명이 어디로 향할지 불확실한 상황에서(하지 중장이 지휘하는 미군 부대가 인천항에 상륙한 것이 바로 9월 8일이다), 그리고 대부분의 문인들이 망연자실 사태를 관망하고 있던 그 시점에, 비록 상반된 노선을 지향하고 있었지만, 임화와 김광섭은 민족의 미래에 대한 어떤 신념을 그처럼 황급히 현실 속에 투입하고자 했던 것인가. 구(舊)카프의 주류세력이 프롤레타리아 계급문학을 고수하고 있고 김동리, 조연현 등 후배세대들이 ‘순수문학’을 주장한 데 비하여 임화와 김광섭이 들어올린 이념적 지표가 공교롭게도 똑같이 ‘민족문학’이었다는 것은 아이러니컬한 일치라 할 것이다.

이 무렵 김광섭의 활약을 좀더 따라가 보기로 하자. 그의 중앙문화협회는 『해방기념시집』, 『일본 패배의 진상』 등 출판사업을 하면서, 연말경 모스크바 3상회의의 신탁통치안 협의내용이 보도되고 김구를 중심으로 한 임정 계열의 반탁운동이 즉각 격렬하게 전개되자 반탁홍보에 앞장섰다. 좌익문인들이 내부파벌을 극복하고 광범하게 동조자를 규합하여 '조선문학가동맹'(1945. 12. 13)을 결성하자, 이에 대항하여 1946년 3월 13일 중앙문화협회가 주동한 '전조선문필가협회'가 출범하였다. 이 협회 결성식에서 개회선언은 박종화, 취지서 낭독은 김광섭, 경과보고는 이헌구였고, 김구는 내빈으로 참석했으며 이승만은 축사(대독)를 보내어 격려했다. 그런데 이 자리에서 채택된 4개항의 강령 중 주목할 만한 것은 두 번째, 즉 "민족자결과 국제공약에 준거하여 즉시 완전자주독립을 촉성하자"는 항목이다. 이것은 명백한 반탁선언이라 할 수 있는데, 1946년 1월 조선공산당을 비롯한 좌익 계열이 신탁지지로 선회하고 이승만 일파가 한동안 애매한 입장을 보이는 상황에서(신복룡, 『한국분단사연구』, 한울아카데미, 2001, 304~311쪽 참조), 전조선문필가협회의 결성을 주동한 김광섭, 이헌구 등은 김구 쪽으로 기울고 있었던 것이다. 이런 입장은 그들의 언론계 진입에서도 드러난다. 왜냐하면 임정 계열의 김규식(金奎植) 명예사장, 엄항섭(嚴恒燮) 사장 체제로 1946년 6월 10일 창간된 ≪민주일보≫에 이헌구가 편집국장, 김광섭이 사회부장으로 참여했던 것이다.

　확실하게 입증할 만한 증가가 없기는 하지만, 이헌구, 김광섭이 김구, 김규식 등에서 멀어져 이승만 쪽으로 가까워진 것은 1947년 봄쯤이 아닌가 한다. 이무렵 그들은 민주일보사 경영진과 감정적 대립으로 대거 퇴사하여 윤보선(尹潽善) 사장의 ≪민중일보≫에 핵심간부직으로 일제히 자리를 옮겼던 것이다(이헌구 부사장, 김광섭 편집국장). 이것은 단순히 몇몇 문인들이 이 신문에서 저 신문으로 직장을 옮긴 데 그치는 것이 아니라 당시 남한의 지배질서와의 관계에 있어 그들의 입장이 김구의 노선과 확연하게 갈라지게 되었다는 사실을 의미한다. 과연 얼마 후 김광섭은 함대훈(咸大勳)의 추천으로 미 군정청 공보국장에 취임하였다. 당시 군정청 공보부에는 공보

국·여론국 등 네 개의 부서가 있었고 공보부 전체의 한국인 책임자는 이
철원(李哲源)이었다. (신복룡, 앞의 책, 163쪽) 극연 시절부터의 친구인 소설
가 함대훈은 해방 후 뜻밖에도 군정청 공안국장과 공보국장 및 국립경찰전
문학교 교장을 지낸 인물이고, 이철원은 일찍이 미국과 프랑스에서 유학하
였고 뉴욕에서 영어신문을 발행한 경력도 가지고 있었으며 이승만 정부에
서는 공보처장을 역임하였다. (1949년 12월 21일의 시집 『마음』 출판기념회
사진은 서 있는 이헌구와 김광섭 사이에 이철원이 앉아 박수를 치는 장면을 보
여준다.『김광섭 시전집』화보 참조) 김광섭은 이런 활동의 연장선에서 정부
수립 후 대통령 공보비서관이 되어 1951년까지 재임하였다. 비서관을 사임
한 뒤에도 그는 2, 3년간 피난지 부산과 대구를 옮겨다니며 정부 홍보지인
≪대한신문≫ 발행인으로 신문 간행에 애를 썼고, 1958년에는 그가 책임지
고 있던 ≪자유문학≫의 편집을 소설가 김송(金松)에게 맡기고 자신은 1년
남짓 ≪세계일보≫ 사장으로 활약하였다. 이 신문은 당시 자유당의 실력자
인 이기붕(李起鵬)계로 알려져 있었다.

　이처럼 그가 중앙권력 근처에 바짝 다가가기는 했지만, 그러나 그가 권
력 자체를 탐했다거나 문학을 버린 것은 아니었다. 어떤 점에서 그의 활발
한 사회활동은 그의 민족주의적 신념의 현실 속에서의 관철을 뜻하는 것이
었다. 따라서 그것은 그의 문필활동과 결코 모순되는 것이 아니라 오히려
상호보완적이었다. 해방공간에서 발표된 다음의 그의 평론 목록은 그 동안
우리 문학사에서 간과되었던 또 한 갈래의 문학이념의 실재를 확인시킨다.

　「정치의식과 문학의 기본이념」, ≪경향신문≫, 1946. 7. 10

　「문학의 당면한 임무」, ≪민주일보≫, 1946. 8. 25

　「민족문학의 방향」, ≪만세보≫, 1947. 4. 28

　「문학과 현실」, ≪백민≫, 1947. 7

　「민족문학을 위하여」, ≪백민≫, 1948. 5

　「문학의 현실성과 그 임무」, ≪백민≫, 1948. 9

「민족주의 정신과 문화인의 건국운동」, ≪백민≫, 1949. 5

표제부터 우파 민족주의의 입장을 표방한 ≪백민(白民)≫은 김송 주재로 1945년 12월부터 1950년 5월까지 총 22호가 발간된 문예지인데, 경영난으로 여러 번 결호를 냈으나 김광섭의 지원으로 고비를 넘겼다고 한다. (한국 민인협회 편, 『해방문학 20년』, 정음사, 1966, 171쪽 김송의 회고) 군정청 공보국장과 대통령 공보비서관으로서의 영향력이 문학운동에까지 미친 셈이다. 김광섭의 이 글들을 거의 읽지 못한 처지에 그 문학사적 의미를 거론하는 것은 망발일 테지만, 단지 「민족문학을 위하여」의 몇 대목을 다음에 인용함으로써 대한민국 단독정부 수립을 전후한 시기 우파 민족주의의 정치적·문학적 입장을 엿보는 것은 불가능한 일이 아니다.

문학을 하는 사람 가운데는 자기의 작가적 기질이나 감흥에만 의거하여 문학을 창작하는 사람도 있고 혁명과 투쟁을 위해서만 문학을 제작하는 사람도 있으나, 문학은 민족 전체를 한 개의 공동된 운명체로서 인식하고 그 지성과 감성을 다하여 민족이 당면한 위기를 극복해야 할 것이다.

(중략) 특히 민족문학이라고 부를 때에는 거기에는 문학이 가진 바 역사적으로 규정된 민족적 사명이 중대한 의의를 지닐 것이다. (중략) 여기에서 문학은 그 주제가 일개 연애사건이거나 계급투쟁이거나 그 어느 것 할 것 없이 민족의 성격을 띠고 민족의 현재로서 또는 민족의 미래로서 그것을 표현하려고 한다.

정치건 문학이건 기타 일반 정신과학이건 그 어느 것을 물론하고 적어도 현단계에선 민족 전체가 염원하는 바가 무엇인가를 파악하여 근본이념으로 해야 할 것이요, 다음으로 계급의식을 고조하여 계급의 이익을 옹호하더라도 민족이 해방되지 못한 이상 계급해방이 없다는 관점에서, 계급을 위하여 민족을 파괴하여서는 안 될 것이오.

여기서 이승만의 민족 대동단결론을 연상하는 것은 어렵지 않은 일인데, 김구, 여운형, 박헌영 등 해방 직후 민족지도자로 거명되던 그 누구에 비하더라도 국내적 기반이 취약했던 이승만으로서는 대동단결론을 통해 친일파 세력에게 면죄부를 주고 그들의 현실장악력을 자기 편으로 끌어들여 집권의 발판으로 이용하지 않을 수 없었다. 물론 이승만 자신이 친일파라고는 말할 수 없다. 그러나 이승만 정부를 구성한 최대의 분파가 친일세력이었다는 것은 공지의 사실이다. 김광섭은 말하자면 이승만 정부 내의 소수파인 비(非)친일 분파의 일원이었던 셈인데, 이런 사실과 관련하여 위에 인용한 그의 민족문학론에서 주목되는 점은 민족문학과 계급해방과의 관계이다. 김동리, 조연현 등은 물론이고 이헌구조차도 계급주의 문학론에 대한 반감과 적대의식을 감추지 않는 데 비하면 김광섭의 민족문학론은 일정한 수준에서 계급주의를 포용하려는 듯한 논리를 전개한다. 이것은 앞에서 그가 김태준에 대하여 민족주의와 공산주의라는 사상적 차이에도 불구하고 문학적 양식에서 본질적 상통성을 느꼈던 데에 연결되는 측면이라 할 것이다.

그러나 분단현실의 격화는 그의 이성적 자세가 탈없이 유지되도록 허용하지 않았다. 「민족문학을 위하여」 같은 글이 발표되는 순간에도 실제로 그는 좌파와의 공존을 모색하기보다 좌파를 타도하는 전선에 몸담고 있었고, 6·25의 발발로 중간적 견해들이 설 땅을 잃고 모든 타협의 가능성이 제거되자 결국 그의 민족문학론은 이론적 소멸의 운명에 처하게 되었던 것이다. 이 무렵 발표된 그의 작품들은 단세포적인 선동적 구호시로서 문학적으로는 별로 볼품이 없지만, 그의 정치적 주장의 내용을 전해 준다는 점에서 아주 무의미한 것은 아니다.

　　아 조선의 의지와 지혜와 생명
　　영원토록 생동하라
　　도약하라 비상하라
　　대우주의 창조에 깊은 뿌리를 박고

지고한 가슴 속에 정열을 가다듬어
무한한 미래에 계속된
20세기의 파동(波動) 많은 산맥
높은 봉우리 위에
영원한 자유와 독립의 탑을 세우라

이것은 1945년 9월 29일 강연회에서 낭독한 「해방」이라는 작품의 마지막 연이다. 벅찬 감격이 공허한 메아리를 울릴 뿐, 아무런 진정한 실감도 나타내지 못한다. 1948년 12월 27~28일에는 문총(전국문화단체총연합회, 1947. 2. 12 창립) 주최로 '민족정신 앙양 및 전국문화인 총궐기대회'가 열리는데, 이때 김광섭은 대회 말미에 공직자의 자격으로 연설을 한다. 1949년 1월 1일이라는 날짜가 명기된 「새나라!」라는 작품은 아마 이 강연의 내용을 요약한 글일 것이다. 뒷부분을 인용한다.

괴뢰에 아첨하는 자
중간에서 헤매는 자
침묵으로 말살하려는 자
졸렬한 도피자들
그대들은
어디로 갈 터이냐
오라
민족의 노래를 부르라
감격과 경이와 정열로
대한민국을 세우라

이것은 단순히 대한민국에 대한 찬가가 아니다. 중간파의 존재 가능성을 부인하고 정치로부터의 은둔과 사회적 침묵을 공격한다면 그것은 대한민국의 기본이념이라고 하는 자유민주주의 자체를 부정하는 것이며 다름 아닌 파시즘의 논리이다. 놀랍게도 6·25 직전 이 나라 문단의 주류가 이런 살벌한 광기에 사로잡혀 있었다니, 이 시기 전쟁에 의하지 않은 동족학살이 일백만을 넘는다는 사실과 더불어 실로 몸서리칠 일이다.

4

박종화, 이헌구, 김광섭 등이 이끌었던 '전조선문필가협회'와 김동리, 서정주, 조지훈, 조연현 등이 주동한 '조선청년문학가협회'는 남한에 대한민국 정부가 수립되고 그 과정에서 다수의 좌익문인들이 월북하고 난 다음 '한국문학가협회'라는 단일조직으로 통합된다. 그러나 전쟁을 거치고 환도 후 1954년 예술원의 발족을 계기로 문단은 다시 두 조각으로 갈라지게 된다. 김동리, 조연현 등 문협 주류의 독주에 불만을 가진 문인들이 모여 '한국자유문학자협회'를 결성한 것인데, 한 마디로 이념적 분열과는 상관없는 이권 다툼의 소산이었다. 당시 김광섭은 모윤숙, 변영로 등과 함께 오스트리아의 빈에서 열린 세계작가대회(펜대회)에 참석하고 돌아오던 중 대만에서 자신이 자유문협의 위원장으로 선출되었다는 소식을 듣는다. 그만큼 그는 사회적 중량감을 지닌 문단의 중심인물이었다. 참고로 김광섭 이외의 자유문협 간부진을 살펴보면, 이무영, 백철이 부위원장, 모윤숙, 김팔봉, 서항석, 이헌구, 이하윤 등이 각 분과위원장을 맡았다. 과거의 소위 해외문학파를 중심으로 문협 주류에서 배제된 잡다한 분파가 광범하게 결집한 셈이었다. 그러나 4·19혁명에 의한 이승만 정권의 붕괴와 뒤이은 5·16군사 쿠데타는 거대한 사회적 변화를 불가피하게 동반하였고, 이 과정에서 김광섭, 이헌구, 모윤숙 등 자유당 정권에 음으로 양으로 기대고 있던 문인들의 영향력은 점차 쇠퇴의 길을 걷게 되었다. 5·16 직후 자유문협의 해체에 따라 김광섭이 개인적으로 인수하여 발행하던 ≪자유문학≫도 점점 운영이 어려워져 결국 1963년 8월(통권 제71호) 잡지사 문을 닫게 된다. 동분서주 애쓰던 일이 예전과 달리 난관에 부딪히자 그는 큰 심정적 타격을 받는다. 그리하여 1965년 4월 그는 운동장에서 야구를 구경하던 중 고혈압으로 쓰러져 병상에 눕게 되고, 얼마 뒤에는 1952년부터 재직하던 경희대학교에서도 퇴임을 통고받는다. 이 와중에 그는 어머니를 잃는 슬픔을 겪는다. 그러나 다들 아는 바와 같이 그는 병을 이기고 시인으로 거듭나 『성북동 비둘기』(1969), 『반응』(1971), 『겨울날』 등 시집을 간행함으로써 기적과도 같은 놀라운 변신을 이룩하는 데 성공하였다.

　나는 이번에 모처럼 이 후기시들을 다시 한 번 읽어보았다. 이 글을 쓰다 보니 시간에 쫓기고 분량이 넘쳐서 자세한 분석적 검토를 다른 기회로 미룰 수밖에 없지만, 내 기억 속에 남아 있는 몇몇 훌륭한 시들의 감동은 여전한 반면, 그의 초·중기 시들과 맥락을 같이하는 불투명한 관념시 및 소박하고 단조로운 사회시 또한 적지 않다는 것을 새삼 발견하였다. 어쩌면 당연한 얘기지만, 병후의 그의 문학이 과거로부터의 단절이나 비약일 수 없다는 사실은 더 넓은 차원에서 역사의 준엄함을 증거하는 것이기도 하다. 그러나 그의 후기시가 초기부터 그에게 씨앗처럼 내장되어 있던 인간적 따뜻함과 자연에 대한 지극한 친화의 정서를 좀더 넉넉하고 편안하게 형상화하고 있다는 것 또한 분명하다. 이런 점에서 그의 삶과 문학 역시 그 성취의 측면에서뿐 아니라 과오와 결함의 측면에서도 우리에게 가르침을 준다. 왜냐하면 그가 자신의 훌륭한 시들에 이룩된 높은 인간적 진실과 투명한 지혜의 경지에 닿는 것을 방해하고 위협했던 요소들은 바깥의 현실 속에만이 아니라 그의 삶의 내부에도 엄존해 있었기 때문이다.

제1주제에 관한 토론문 1
모호성의 두 가지 국면 —— 시와 민족

정과리(연세대 교수)

문학수업 시절 염무웅 선생님의 글은 가장 중요한 참고문헌 중의 하나였다. 신선한 자극과 영감의 원천이었다. 이제 선생님과 나란히 앉아 토론을 하게 되었으니 지극한 영광이 아닐 수 없다.

크게 두 가지 점에서 질문을 던지겠다.

첫째, 김광섭의 초기시에 대해서. 초기시에 대한 염무웅 선생님의 진단은 기존의 통념을 섬세한 시 분석을 통해서 보강하고 있는 것으로 보인다. 우선 선생님은 김광섭의 데뷔작이자 출세작인 「고독」이 당시의 식자들에게 신선한 충격을 준 까닭을 밝히고는 이어서 이 작품의 단점을 '어눌함', '관념적 모호성'이라는 두 가지 측면에서 비판하고 있다. 그리고 다른 작품에서도 같은 단점이 발견되다는 것을 확인한 후에 연이어 지금까지 간과되어 온 「우수(憂愁)」의 뛰어남을 발굴하고 있다. 다만 "「우수」의 통렬함은 예외적인 것"임을 지적하는 것으로 초기시에 대한 분석을 마무리 짓고 계시니, 실질적으로 김광섭의 초기시에 대한 부정적 판단은 철회되지 않았다.

나는 염 선생님의 분석적 안목에 전적으로 동의를 보낸다. 다만 이런 의문이 든다. 김광섭 초기시의 관념성은 시인 자신의 '작심'으로부터 비롯되는 것은 아닌가? 그렇다면 그의 시를 문자 그대로 읽으면 모호할 수밖에 없겠지만 그것을 특유의 비유 특히 알레고리로 읽으면 모든 것이 명료한 것이 아닌가? 그가 "그리운 세계" 혹은 "맑은 性", "愛의 性"이라고 지칭한 그곳이 현실 너머의 비가시적, 비인지적 세계에 속하는 것인 한 그것이 모호하게 드러나는 것은 '자명'한 것이 아닐까? 게다가 그 비인지적 세계가 그냥 막연하기만 한 것은 아니다. 무엇보다도 그 세계는 현실에 붙들려 있는 '자아'와의 긴장으로 꽤 팽팽한 장력을 형성한다. 가령 「고독」에서 시인은 "그리운 世界의 斷片은 아즐타"라고 끊고는 연을 바꾸어 "오랜 世紀의 知層만이 나를 이끌고 있다"라고 적고 있다. 서로 무관하게 대칭적으로 씌어졌지만, 이 대칭성 때문에 나에게 이 대목은 "그리운 세계의 단편은 아즐키만 하고 나의 지층은 더욱 쌓인다"와 "오랜 세기의 지층이 나를 이끌고 가면 갈수록 그리운 세계에 대한 나의 그리움은 더욱 애타기만 한다"로 동시에 읽힌다. 여기에서 '지층(知層)'은 '지층(地層)'과의 '소리의 동일성'을 활용한 조어로 보인다. 즉 '지층(知層)'은 '지층(地層)'의 소리로부터 묵중함, 무거움, 생의 두께 등의 분위기를 가져오는 한편, 그 내용을 '지식'으로 채우고 있는 것이다. 그렇게 읽으면 그리운 세계가 멀면 멀수록 '나'의 세계에 대한 탐색의 두께는 더욱 두꺼워진다는 것을 암시한다고 할 수 있을 것이다. 그것은 결국 '그리운 세계'와 '오랜 세기의 지층(知層)' 사이의 긴장을 시읽기의 순간부터 제시하면서 음미의 시간만큼 긴장감을 지속적으로 증가시킨다는 것을 가리킨다. 우리는 염 선생님이 또 하나의 예로 들고 있는 「小谷에서」에서도 같은 긴장을 느낄 수 있다. "그리운 애의 성"은 모호하기 짝이 없으나 그것은 "靜謐한 오후"의 "새의 노래도 한떨기 꽃도 없"는 "綠陰"과의 대비를 통해 실감을 전한다. "새의 노래도 한떨기 꽃도 없는"이라는 표현 속에 그것은 이미 부재의 형식으로 시 안에 실존하고 있다. 그러면서 '녹음'의 짙푸름과 팽팽히 대치하고 있는 것이다.

그렇게 읽다 보니, 염 선생님이 '모호하고' '어눌하다'고 지칭한 시구들은 차라리 비관적이고 우울한 내용들에 해당하는 것 같다. 반면, 염 선생님이

"관념적 모호성과 입 안에서 더듬거리는 듯한 어눌함을 일소하고 (중략) 언어의 활달한 호흡을 구현하고 있다"고 찬양한 「우수」에서 선생님은 삶에 대한 건강한 긍정을 느끼게 해주는 대목에서 시적 감동을 느끼신 것 같다. 이 시는 실로 '활달한' 기상을 전한다. 그런데, 정작 시의 맛을 느끼게 해주는 대목은 활달한 데가 아니라 활달함이 문득 정지하는 곳, 화자의 "오연한"(염 선생님의 표현을 빌리자면) 기상에 문득 성찰의 시간을 제공하는 곳, 혹은 내면의 깊이를 제공하는 곳이라고 생각한다. 즉 "어둠을 스쳐 멀리서 갈매기 우는 소리 / 귓가에 와서 가슴의 傷處를 허비고 사라지나니"이다. 이 대목의 맛은 '상처'의 암울함과 "허비고 사라지"는 동작의 운동성과 순간성의 절묘한 결합에서 배어나온다고 생각한다. 이 결합을 통해서 이 상처는 우선 그냥 아픈 상처에서 깊이 베어 '쓰라린' 상처가 되고, 그 다음, "날카로운 첫 키스"와도 같은 쓰라리지만 각성을 동반하는 일종의 자기쇄신의 체험을 일으키게 하는 '희열의 상처'가 된다. 우리가 '모호성'의 본래 의미를 다의성으로 이해한다면 이 대목이야말로 정말 '모호한' 대목이 아닐까 한다. 게다가 이 시에서 갈매기 우는 소리는 시의 화자의 몸에서 우러나는 소리가 아니라 말 그대로 "멀리서" 우는 소리이다. 그렇기 때문에 화자와 소리 사이에는 불일치가 있다. 화자의 기운이 활달하다면, 저 갈매기 우는 소리는 그 활달함을 멈추게 하는 소리이며, 그 반대로 저 갈매기 우는 소리가 염 선생님이 물음표를 동반하고 추정한 것처럼 "어둠의 항로를 뚫고 가야 하는 시인의 사명 또는 그의 비극적 운명을 담지한 시적 상징"이라면 시의 화자는 아직 그 상징이 '되지' 않은 상태에 있다. 시의 활력은 시의 한 물상이 상징이 된 데서 오는 게 아니라 상징이 되기 위해 열심히 운동하는 데서 오는 게 아닌가? 상징이 되지 않음이야말로 시의 활력을 증폭시키는 조건이 아닌가 한다.

덧붙일 말이 하나 있는데, 내가 정말 궁금한 것은, 김광섭의 초기시를 알레고리로 읽을 때, 그리고 그가 꿈꾼 세계가 '민족'의 개념을 통해 이해되어야 한다는 통념을 받아들일 때, 왜 그가 '민족'을 '그리운 애의 성'으로 비유했는가 하는 점이다. 다시 말해 '민족 현실'을 왜 '성'의 차원으로 이동 시켰을까? 그것은 시인의 무의식을 추적해야 답할 문제인 듯한데, 그것이 개인적인 것인지 집단적인 것인지, 또한 그 어느 쪽이든 그 의미는 무엇인 지를 묻는 것은 한국문학의 은밀한 사연은 읽어낼 수 있는 하나의 단서가 될 수도 있을 것 같다.

둘째, 염 선생님은 이산(怡山) 선생의 후기에 대해서는 주로 그이의 민 족주의에 대해 고찰하고 있다. 선생님은 김광섭의 민족주의를 임화의 민족 주의와 함께 묶어서 '계급문학' 그리고 '순수문학'과 변별되는 것으로 보시 고 있다. 그런데 이 민족주의의 내용이 변덕스러운 것 같다. 발표문을 읽어 보면 이산 선생의 민족주의는 육친적 동일성에 근거한 선험적 민족주의이 기도 했다가 민족의 이름하에 대동단결을 주장하는 당위적 민족주의이기도 했다가 민족의 이름으로 민족과 어긋나는 모든 것을 배척하는 배타적 민족 주의이기도 한 것 같다. 선험적 민족주의에서는 동질성의 근거를 제시하는 데서 사상의 깊이가 드러날 것이며 당위적 민족주의에서는 민족국가의 구 상에서 정치적 경륜이 드러날 것이며 배타적 민족주의에서는 민족과 민족 아닌 것을 가르는 기준이 무엇인가가 당연히 궁금해진다. 그에 대해 좀더 자세한 대답을 듣고 싶다. 또한 이 세 차원의 민족주의들 사이에 어떤 연 관이 있어서 한 사람의 몸을 통해 이렇게 계기적으로 나타날 수 있는가, 라는 것도 궁금하기만 하다. 그것은 어쩌면 한국인들 전체가 앓은, 아니 여 전히 앓고 있는 숙명적인 질병일지도 모르기 때문이다.

제1주제에 관한 토론문 2

고형진(고려대 교수)

김광섭은 지식인으로서의 얼굴과 지식인으로서 또 하나의 특수한 삶을 살았던 시인으로서의 얼굴을 가지고 있다. 그런데 김광섭의 경우, 이 두 가지 삶의 길이 일정하게 움직인다기보다는 다소 상충되면서 진행된 것이 아닌가 생각된다.

우선 지식인으로서 그의 삶은 일관되게 뚜렷한 자취를 남긴 것으로 보인다. 일제 강점기인 1920년대 일본에서 영문학을 전공하며 시를 쓰고, 연극 공부에 매진하면서 문화계에 발을 들여놓은 그는 공부를 마친 후 중동학교에서 영어를 가르치며 교육계에 종사한다. 그런데 이 시기에 학생들에게 민족사상을 고취시켰다는 이유로 일경에게 체포되어 3년 8개월 간의 옥살이를 하게 된다. 일제 강점기에 겪었던 그의 영어(囹圄)생활은 비록 일제에 대한 강력한 투쟁과 저항의 결과는 아니었지만, 그가 교육을 통해 올바른 삶의 길을 전했고, 취조 과정에서도 자신의 소신을 견지하며 옥살이를 감수했다는 점에서 지식인으로서의 절개를 느끼게 해 준다. 해방 후에는 '민족문학'의 기치를 내세우며 좌익문학에 맞서 우리 문학이 나아갈 길을 주창했고, 그 후 ≪자유문학≫을 창간하여 우리 문단의 저변을 확장했으며,

그 외에 언론문화계에 종사하면서 우리 문학은 물론 해방 후 우리 문화의
발전에 크게 공헌한 것으로 평가된다.

그는 이처럼 사회활동을 활발히 한 지식인이었는데, 그런 가운데서도 꾸
준히 시를 발표하고 시집을 간행함으로써 시인으로서의 길을 걸어 나갔다.
1938년에 첫 시집 『동경』을 간행한 이후 대략 10년 간격으로 시집을 간행
했고, 말년에는 보다 집중적으로 시작에 매진하여 시집 간행도 연속적으로
이루어진 바 있다. 그런데 지식인으로서 그의 삶의 길이 시종일관 뚜렷한
흔적을 남긴 것에 비해, 시인으로서 그의 삶은 그에 비례하면서 뚜렷하게
진행된 것으로 보기 어렵다. 특히 시인으로서의 그의 출발이 우리 문학사
에 남긴 자취는 뚜렷하다고 보기 어렵다. 그의 첫 시집 『동경』이 간행된
1938년에는 기라성 같은 시인들에 의해 우리 시문학의 미학적 영역이 상당
히 확장되어 있는 상태였다. 1938년이면 백석의 『사슴』과 영랑의 『영랑시
집』, 지용의 『정지용 시집』 등이 이미 출간된 이후의 시기이다. 영랑과 지
용과 백석 등의 시인들은, 각각 자신만의 시적 영역을 개척하여 우리 시의
기법과 형식을 크게 발전시켜 놓았다. 특히 우리말의 섬세한 활용은, 단순
히 언어를 조탁하는 차원을 넘어, 우리말의 구문과 문장의 조직에 대한 탐
구에까지 이르러서, 우리 시의 언어표현과 문체의 미학을 크게 격상시켜
놓았다. 그런데 영랑과 지용과 백석 이후에 간행된 시집 『동경』에서는 이
러한 언어적 탐구를 발견하기 어렵다. 동시대의 다른 뛰어난 시인들이, 시
인으로서 무엇보다 모국어의 탐구에 열중했고, 이를 통해 우리 시의 미학
을 크게 발전시켜 놓은 것과 비교해 볼 때, 김광섭의 경우에는 이에 대한
노력과 흔적을 발견하기 어려운 것이 가장 아쉬운 점이라고 할 수 있다.
발표자께서 김광섭의 시가 관념적이라고 지적한 바 있는데, 이런 경향도
결국은 모국어에 대한 각별한 탐색이 소홀해서 빚어진 결과라고 보여진다.
시집 『동경』에는 한자어의 제목이 아주 많고, 시편 곳곳에서 한문투의 어
법이 발견되며, 일부 시편의 경우 종결어미가 여전히 구투의 모습을 띠고
있는 것들은, 그가 시적 출발기에 우리말에 대한 탐색에 소홀한 채 시를

써 나갔다는 것을 반증하는 것이다.

초기시에서 보인 이런 아쉬움은, 그러나 후기시로 가면서 새로운 양상으로 바뀐다. 특히 병고를 겪은 이후의 시들은 초기시의 관념적이고 사변적인 경향을 극복하고 투명한 모국어로 내면에서 일렁이는 마음의 무늬를 섬세하게 표출하고 있으며, 삶과 죽음에 대한 깊은 성찰을 드러내어 깊은 감동을 주기도 한다. 그의 후기시 가운데에는 「성북동 비둘기」가 널리 알려져 있지만, 그보다는 「저녁에」, 「생의 감각」, 「아기」, 「새얼굴」 같은 작품들을 더 주목해야만 한다는 생각이다. 이러한 시들은 다른 시인들의 작품에서 찾아볼 수 없는 김광섭만의 독창적인 시적 언어와 세계가 담겨 있다. 위의 시들에서는 삶과 죽음의 문제, 인연과 내세의 문제, 그리고 생명에 대한 신비와 경외, 또 생명의 우주적 의미에 대한 깊은 통찰이 담겨 있는데, 그러한 심오한 시세계가 언어의 활용을 통해 절실하게 형상화되어 있다는 점이다. 평명한 언어를 구사하면서 깊은 공감력을 주는 그의 시적 언어는 감각의 새로움과 구문의 적절한 활용을 통해 성취된 것으로 보인다. 초기시에서 추구하지 못했던 모국어에 대한 탐색이 말년의 후기시에 와서 비로소 성공적으로 구현되고 있다고 할 수 있다. 이렇게 볼 때, 그의 시가 지닌 시사적 의의는 병고 이후의 말년에 쓴 시들에서 놓여 있는 것이 아닌가 하는 생각이 든다. 그런데 이 시기는 70년대 전후의 시기에 해당한다. 그렇다면 김광섭의 시가 70년대의 시사에서 차지하는 위상은 과연 무엇일까, 또 여기서 더 나아가 그의 시가 우리의 시사에서 차지하는 의의는 무엇인가, 과연 그는 우리의 시문학에서 어떤 미학적 기여를 하였는가, 하는 것이 첫째로 하는 질문이고, 두 번째는 발표자가 정리한 내용 가운데, 김광섭이 추구한 '민족문학'의 구체적인 실체와 내용은 무엇인가, 그것은 우리 문학사에서 어떻게 평가해야 할 것인가, 하는 것이다.

1905년   9월 22일, 함북 경성(鏡城)에서 아버지 인준(寅濬)의 3남 3녀 가운데
첫째아들로 출생. (호적에는 1904년으로 기록되어 있음.) 본관은 전주.
호는 이산(怡山).

1911년   한약국을 운영하던 할아버지가 갑자기 중풍으로 쓰러져 가산이 기울
자 온 가족이 북간도로 이주 '두두거위'라는 마을에 정착했다가 1년
만에 돌아와 명태 가공 일로 생업을 유지했다고 함.

1912년   신식 학교에 갈 때까지 서당에서 한학 공부. 약 3년 동안 『맹자(孟
子)』까지 읽음.

1915년   경성공립보통학교 3학년에 편입학. 읍내에서 하숙을 하면서 학교에 다님.

1917년   경성공립보통학교 졸업. 이후 읍내에 머물면서 서당에서 공부를 계속함.

1919년   이학순(李學順)과 결혼.

1920년   경성보통학교 졸업. 상경. 중앙고등보통학교에 들어갔다 1학기를 마치
고 중퇴, 중동학교에 들어감.

1924년   중동학교 졸업. 일본으로 건너가 세이소쿠(正則) 영어학교에서 대학
입시 준비를 함.

1925년   나고야에 있는 나라의대(奈良醫大)에 지원, 학과시험에는 합격했으나
색맹으로 신체검사에서 불합격. 세이소쿠(正則) 영어학교에서 다시
대학입시 준비를 함.

1926년   와세다 대학 제1고등학원 영문과에 입학. 조선인 동창생 신입생 환영
회에서 이헌구를 만나고 이후 함께 자취를 하게 됨. 평생 지기(知己)
로 지내게 된다.

1927년　조선인 동창회지 ≪알(卵)≫지에 시 「모기장」 발표. 장녀 진옥(眞玉) 출생.

1928년　이헌구를 통해 정인섭과 만남. 해외문학연구회에 가담. 7월 16일부터 한 달 간 정인섭 등과 함께 경남 일대에서 아동예술전람회(세계 각국 어린이 그림 천여 점) 순회 개최.

1929년　제1고등학원 영문과를 졸업하고 와세다 대학 영문과에 진학. 5월에 이 헌구가 주도하던 신흥문학연구회에 가입함. 함경북도 일대와 북간도 및 용정지역에서 아동예술전람회 순회 개최.

1931년　≪문예월간(文藝月刊)≫ 동인

1932년　와세다 대학 영문과 졸업. 차녀 금옥(金玉) 출생. 12월 극예술연구회 가입.

1933년　모교인 중동학교 영어교사로 근무.

1934년　유숙하고 있던 서정희 선생 댁의 환경을 문제삼아 종로서에 연행되어 열흘 동안 취조를 받음. 이후 하숙과 여관을 전전함. 서항석, 함대훈, 모윤숙, 노천명 등과 사귐. 우리나라 최초의 연극전문지로서 극예술연 구회의 기관지인 ≪극예술(劇藝術)≫(1934년 4월 18일 창간, 1936년 9월 통권 제5호를 끝으로 폐간. 편집 겸 발행인은 박용철)에 참여.

1935년　운니동에 집 장만, 두 누이 및 장녀 진옥과 함께 생활. 장남 재옥(在 玉) 출생. 모윤숙, 김상용, 오희병 등과 ≪시원≫ 동인으로 활동.

1938년　첫 시집 『동경(憧憬)』(대동인쇄소) 발간.

1939년　강원도 춘천 소양강 근방의 소양금광과 홍천의 텅스텐 광산 매수.

1940년　경기도 학무과(學務課) 주선으로 일본학계 학사(學士) 시찰단에 참여.

1941년　2월 21일, 강의 시간에 창씨개명을 공공연히 반대하는 등 반일 민족 의식을 고취시켰다는 이유로 구속되어 5월 31일까지 종로 경찰서에 구금. 이후 서대문 형무소로 이송되어 3년 8개월 동안 옥살이를 함.

1942년　5월, 1년 4개월 만에 예심을 받고 9월에 본심을 받아 징역 2년을 선 고받음.

1943년   11월 15일, 3급 죄인으로 분류, 독서 및 편지 등이 허용됨.

1944년   9월 초, 만 3년 8개월 만에 출옥함.

1945년   9월 18일, 중앙문화협회 창립. 변영로, 오상순, 박종화, 김영랑, 이하윤,
          김진섭, 이헌구 등.

1946년   3월, 전조선문필가협회 결성. 취지서 낭독. 총무부장 맡음. ≪민주일보≫
          편집위원. 사회부장. (사장 엄항섭(嚴恒燮), 명예사장 김규식(金奎植),
          편집인 이헌구, 편집위원으로 오종식, 신경순, 안석주 등.)

1947년   미군정청 공무국장.

1947년   전국문화단체 총연합회 출판부장. ≪민중일보(民衆日報)≫ 편집국장.

1948년   1951년까지 이승만 대통령 공보비서관.

1949년   한국문학가협회 창립에 참여. 외국문학 책임. 두 번째 시집 『마음』(중
          앙문화협회) 발간.

1952년   1970년까지 경희대 교수로 재직.

1955년   제27회 세계작가대회(오스트리아 비엔나) 한국대표로 참석.

1956년   한국자유문학자협회 발족. 위원장으로 취임(6. 12).

1957년   서울특별시문화상. 세 번째 시집 『해바라기』(한국자유문학자협회) 발간.

1958년   세계일보사 사장.

1959년   대한민국 예술원 회원.

1960년   10월, ≪자유문학≫(1955년 6월 12일에 창립된 '한국자유문학자협회'
          의 기관지)을 인수하여 자유문학사로 독립, 발행인 김광섭, 편집인 이
          헌구의 독립적 체제의 ≪자유문학≫을 발간했다. 재정 곤란으로 1964년
          4월에 폐간되었으며 이 충격으로 인해 지병인 고혈압 증세를 보임.

1965년   4월, 서울운동장에서 야구경기를 관람하다가 졸도.

1969년   네 번째 시집 『성북동 비둘기』(범우사) 발간.

1970년   제2회 대한민국 문화예술상 문학 부문 수상. 국민훈장 모란장.

1971년   부인 작고함. 다섯 번째 시집 『반응(反應)』(문예출판사) 발간.

1974년   제19회 대한민국 예술원상 수상. 『김광섭 시전집』(일지사) 발간.

1975년   시선집 『겨울날』(창작과비평사) 발간.

1976년   자전 문집 『나의 옥중기』(창작과비평사) 발간.

1977년   대한민국 건국포장. 5월 23일, 사망.

1989년   문학과지성사에서 '이산문학상'을 제정하여 매년 시상.

발표일	분류	제 목	발표지
1927	시	모기장	와세다 대학 조선인 동창 회지 『알(卵)』
1932. 4.2-3, 8-17, 19	논문	영국 현대극작가 골즈워디 소론	조선일보
1932. 5.13-17	평론	고골리의 「검찰관」과 실험무대	조선일보
1932. 8	평론	문예시평	신여성 1호
1932. 11.25 -29, 30	평론	경성보육학교의 「동온동극의 밤」을 보고	조선일보
1933. 1	평론	현대 英吉利 詩壇	삼천리 34호
1933. 1	번역	수인(골즈워디 작)	신동아 15호
1933. 1.2-4	평론	극단의 전망 및 제언	조선일보
1933. 1.7	평론	번역문학에 관심하자 ── 문예인의 새해 선언	조선일보
1933. 1.17	평론	조선극단에 제언	조선일보
1933. 2.1-3	평론	연극 제3회 공연을 앞두고	극예술연구회
1933. 2.4	평론	세계적 英문호 골翁을 弔함	조선일보
1933. 2	동화	참된 용기	어린이
1933. 4	수필	독백 ── 청춘의 로맨스	신동아 18호

발표일	분류	제 목	발표지
1933. 7.29	평론	우리의 연극과 외국극의 영향	조선일보
1933. 7	평론	극작가 존 골즈워디의 극론 소고	衆明 3호
1933. 9.13	평론	민병휘 군에게 줌	조선일보
1933. 9.14	평론	外國劇移入問題? (외국극이입문제?)	조선일보
1933. 10.2-3	평론	문단빈곤과 문인의 생활	동아일보
1933. 12	수필	눈으로 가는 심경	신동아 26호
1933. ?	평론	옥스퍼드 운동에 대하야	조선일보
1934. 1	평론	현대 영문학에의 조선적 관심	조선문학 5호
1934. 1	시	개 있는 풍경	신동아 27호
1934. 1	평론	수필문학 소고	문학 1호
1934. 3	번역	풍자론(G. K. 체스터튼 作)	문학 3호
1934. 4	평론	입센의 예술과 사상	극예술
1934. 4	평론	근대극의 창시자 헨릭 입센의 생애 ── 세계극작가 열전	극예술
1934. 6.2	평론	극장과 민중문화, 연극기관의 필요	조선일보
1934. 6		무의미의 하루하루 가운데서	신동아 32호
1934. 8		상해의 밤거리	신동아 34호
1934. 9	번역(?)	泰西명작품 남방비행사 (리페 류크덱산 作)	신동아 35호
1934. 9	번역(?)	柊林폭격(씽클레어 作)	신동아 35호
1934. 11	번역	愛蘭민족문학건설자 윌리암 버틀러 예이츠 作	삼천리 56호

발표일	분류	제 목	발표지
1934. 12	평론	觀衆試論	극예술
1935. 1.1-3	평론	영문단의 금후전망	조선일보
1935. 1.3	평론	조선문학의 재건설 ——문학에 한해 派도 좋다	조선일보
1935. 1.3	평론	애란민족극의 수립	동아일보
1935. 2	평론(?)	IMAGE VISION (떠나던 날-보내던 날)	신동아 40호
1935. 4	평론	영 문단의 금후전망	예술 2호
1935. 4	시	고독	詩苑 2호
1935. 4	평론	번역극의 생명	극예술 3호
1935. 5	수필	창으로 흘러가는 봄	조선문단 23호
1935. 6.8-12	평론	잡지문화의 진실성	조선중앙일보
1935. 7	평론	연극운동과 연극	
1935. 7.6	평론	신문학 수립에 대한 諸家의 고견	조선일보
1935. 7.7	평론	연극문화발전과 그 수립의 근본 도정 —— 관객층의 조직과 連絡	조선일보
1935. 9.28	평론	평단시감 ——(1)비평현상의 부진	동아일보
1935. 9.28	평론	평단시감 ——(2)비평정신의 수립	동아일보
1935. 10.1	평론	평단시감 ——(3)비평의 지도성	동아일보
1935. 10.2	평론	평단시감 ——(4)비평의 투쟁과 계몽성	동아일보
1935. 11	평론	연극운동과 연극	조선문단 4호
1935. 12.15	평론	극계의 회고 —— 부진현상 小觀	동아일보
1935. 12.17	평론	극계의 회고 —— 부진원인 타진	동아일보

발표일	분류	제 목	발표지
1935. 12.18	평론	극계의 회고 ── 부진원인 타진	동아일보
1935. 12.19	평론	창작극 번역극 ── 관중본위 문제	동아일보
1935. 12.20	평론	내외 동정 ── 극장의 출현	동아일보
1936. 1.1	좌담	병자문단의 전망 ── 문예와 시대사상·암흑과 混裸의 문단·문예의 주조는 어데로	매일신보
1936. 1.4-5	평론	순수예술적 경향 ── 내가 본 조선문단의 신경향	동아일보
1936. 1.21-22	평론	영국의 소설가, 시인, 루디야드 키플링 ── 그 생애, 문학, 사상 (상) (하)	동아일보
1936. 1	평론	애란 문예부흥 개관	삼천리 69호
1936. 12.2-10	평론	유진 오닐 단상 ── 그 생애와 예술에 관하여	조선일보
1936. 3	수필	귀중품은 있지만	조광 5호
1936. 4	수필	청춘에 불타는 세 여성의 운명	조광 6호
1936. 4.21-23	평론	최근문단시감	동아일보
1936. 5	평론	근대극의 父 입센의 생애	조광 7호
1936. 5	평론	번역극의 생명	극예술
1936. 6	평론	애란 근대시의 개황	삼천리 74호
1936. 7	수필	利根川에 남긴 비극	조광 9호
1936. 7	평론	연극운동과 극연	조선문단 24호
1936. 8	평론	애란 연극운동 소관	삼천리 76호
1936. 12	평론	1년간 극계의 동향	조광 14호
1937. 2	수필	시로 읊은 三想	조광 16호

발표일	분류	제 목	발표지
1937. 2	수필	공허	조광 16호
1937. 5.5	평론	「순정해협」을 읽고	조선일보
1937. 5	수필	여류비행가	조광 19호
1937. 6	시	동경(憧憬)	조광 20호
1937. 6	시	가마귀	시인춘추 1호
1937. 6.16	평론	文化公議 —— 민중문화에 대하여	조선일보
1937. 10	시	초추	조광 24호
1937. 11.13	평론	블레이크 시의 직관과 상상력의 세계	동아일보
1937. 12	시	태만의 언어	조광 26호
1937. 12.7-9	평론	고민의 1년 외관 —— 문화에의 옹호·정축년 문단회고·이론의 혼란·작품 비평의 기타	동아일보
1938. 1.1-4	좌담	명일의 조선문학 좌담회	동아일보
1938. 1.4	좌담	朝鮮語記述問題 좌담회	조선일보
1938. 1	시	고민의 풍토지	삼천리문학 1호
1938. 2.1-3	평론	빈한으로 일관한 로렌스의 일생 —— 그의 인간관, 사회와 예술성	동아일보
1938. 2	수필	정열의 시인 바이론의 인상	조광 28호
1938. 2	시	밤 외 3편	조광 28호
1938. 3	시	연인	여성 24호
1938. 3	시	까치, 수상	조광 29호
1938. 3	시	까치의 일절(?)	조광 29호
1938. 3	수필	황조	조광 29호
1938. 4	시	효(梟)	조광 30호

발표일	분류	제 목	발표지
1938. 4	시	송별	삼천리문학 2호
1938. 4	평론	이헌구의 예술성	삼천리문학 2호
1938. 5	수필	두만강	조광 31호
1938. 5.31	평론	조선문학의 성격 —— 생활과 개성의 창조	동아일보
1938. 6	수필	여름밤 서정	여성 27호
1938. 6.23	평론	문예시평 —— 문학에의 정열	동아일보
1938. 6.24	평론	문예시평 —— 쩌나리즘과 문단	동아일보
1938. 6.26	평론	문예시평, 저조의 작금평단	동아일보
1938. 7	수필	고 박용철 애사	조광 33호
1938. 7.7	평론	풍경을 읽고	조선일보
1938. 7.15	시집	『동경』	대동인쇄소
1938. 7	시	꽃지고 그늘진 날 외 1편	조광 33호
1938. 8	시	푸른 하늘의 전략	조광 34호
1938. 8.15	시	成夏數題 '귀향 환상'	동아일보
1938. 8.19	시	水泳, 蟬, 길	동아일보
1938. 9	수필	나의 고향과 가을	조광 35호
1938. 11	평론	지성은 어데로 —— 지성옹호의 변	비판 67호
1938. 11.2	평론	직관과 상상의 세계 —— 윌리암 브레이크를 읽고	동아일보
1938. 11.29	평론	주체의 재건과 고발정신의 방향	동아일보
1938. 11.30	평론	장편소설의 개조논의 —— 평론계, 戊寅의 걸어온 길	동아일보
1938. 12.3	평론	세태소설과 내성소설 논의	동아일보

발표일	분류	제 목	발표지
		——林, 金 양씨의	
		장편소설론을 중심으로	
1938. 12.4	평론	문제의 귀결은 작가의 예술성	동아일보
		파악——세태소설과 내성소설 논의	
1938. 12	시	秒, 귀뚜라미	조광 38호
1938. 12	평론	戊寅詩壇 개관	조광 38호
1939. 1	수필	신계사의 밤	태양 1호
1939. 1	평론	재검토되어야 할 문제	조광 39호
1939. 1.1-4	좌담	건설할 조선문학의 성격	동아일보
1939. 1.3	평론	작품 경향과 작가의 관심사	조선일보
1939. 1.6	평론	답보의 영미문단	동아일보
		——작금의 영문단 스케취	
1939. 1.21	평론	신년창작평 : 평자의	동아일보
		비평태도와 작가	
		——특히 신인작가 좌담기에 기함	
1939. 1.22, 24	평론	신년창작평 : 부진하는	동아일보
		신인창작평——작품보다	
		이론이 앞섰다	
1939. 1.26	평론	신년창작평 : 당선작 「萬歲丸과	동아일보
		素服——재미있는 두 경향의 대조	
1939. 1.27	평론	신년창작평 : 모델에 임하는	동아일보
		작가의 태도——신인이	
		배워야 할 기성작가의 저작	
1939. 1.28	평론	신년창작평 : 「영월영감」과	동아일보
		역작 「무명」	

발표일	분류	제 목	발표지
1939. 1	평론	재검토되어야 할 제문제 ——문예발전책	조광 39호
1939. 3	수필	감상	박문 6호
1939. 3	수필	추억	삼천리 130호
1939. 3	수필	인간 최정희 여사 ——여류작가에 대한 공개장	조광 41호
1939. 3.24	시	토끼를 안고	동아일보
1939. 4	시	비밀	삼천리
1939. 4.24	시	春(第一頌)	동아일보
1939. 4.28	시	春(第二頌)	동아일보
1939. 5.4	시	春(第三頌)	동아일보
1939. 6.7	평론	이하윤 시집 『물레방아』	동아일보
1939. 7	시	집	학우구락부 1호
1939. 8	평론	詩論	순문예 1호
1939. 9	시	전통의 집에서	조광 47호
1939. 9.15	평론	고 『박용철 전집』 제1권 '詩歌篇'	동아일보
1939. 10	평론	해적과 영국문화	조광 48호
1939. 10.28	평론	외국문학과 전공의 변(辯) ——느낀 장단점	동아일보
1939. 12.9-12	평론	詩壇外觀과 시정신 ——기묘년 시단총평·사십대의 시	동아일보
1939. 12.12	평론	시집과 신세대론 ——기묘년 시단총평	동아일보
1930. 12.20	평론	신극운동의 전환기	조선일보

발표일	분류	제 목	발표지
		──극단 1년 보고서	
1940. 1.1	평론	성격론, 시단, 희곡	동아일보
		──문화현세의 총검토	
1940. 1.13-14	평론	전쟁 와중의 구미문학 ── 영국편	동아일보
1940. 1.23	평론	이달의 시	조선일보
1940. 1	시	백합	인문평론
1940. 1	평론	현대미의 병리학	인문평론
1940. 1	평론	시단전망 ──나와 시와 시단	조광 51호
1940. 2.18-22	평론	현대의식과 현대시의 위치	조선일보
1940. 2	시	윤리	문장 13호
1940. 3.13-16	평론	시인과 현대성	동아일보
1940. 3	수필	내가 만일 작가라면(混性問答)	인문평론 6호
1940. 4	수필	독서취미(사설방송국)	조광 54호
1940. 6	평론	詩壇월평 ──5월 신단소감	인문평론 9호
1940. 6.18	평론	위대한 행동인	조선일보
		──시의 피가 흐르는	
1940. 7	시	거리의 여인	조광 57호
1940. 8	시	밤, 전차선로	조광 58호
1940. 8	시	황혼	여성 53호
1940. 8	평론	박용철의 인간성과 예술	조광 58호
1940. 10	시	상징의 묵계, 귀뚜라미, 자화상	조광 60호
		백조의 비애, 사과	
1940. 10	평론	詩壇인상 ──8, 9월 詩評	인문평론 12호
1940(?)	시	날어간 눈물	문장 6, 7호(?)
1940. 11	시	저녁	조광 61호

발표일	분류	제 목	발표지
1940	시	新撰시인집 ——「梟,西天月,空莫,꿈,憧憬」	시문학
1941. 2	번역시	'2월의 명시' 나는 행복하였노라 (E. 데뷔슨), 봄(W. 블레이크), 바람과 거문고(에드윈 마아캄)	인문평론
1945. 12.12	시	속박과 해방 중앙문화협회 앤솔러지	『해방기념시집』
1946. 4.2	평론	현대의 시와 조선시의 위치	조선일보
1946. 6	평론	사십 년간 일본죄악사	대조 2호
1946. 7.10	평론	정치의식과 문학의 기본이념	경향신문
1946. 8.25	평론	문학의 당면한 임무	민주일보
1946. 10.31	평론	시의 당면한 임무——詩論	경향신문
1946. 11	수필	가을밤 추석달	대조 5호
1947. 4.28	평론	민족문학의 방향 ——문학가동맹에 보내는 제언	만세보
1947. 7	평론	문학과 현실	백민 9호(?)
1947. 9	수필	전후 미국의 사회상	백민 10호
1947. 11.8	수필	청년문학가협회 제2회 전국대회를 보고	민중일보
1947. 12	시	한마음	민주조선 2호
1948. 1	수필	설날의 회상	민주조선 3호
1948. 1	평론	문학의 현실성과 그 임무	백민 12호
1948. 4	시	이데아	민주조선 5호
1948. 5	시	罰	백민 14호
1948. 5	시	은선을 즐며	개벽

발표일	분류	제 목	발표지
1948. 5	평론	민족문학을 위하여 ——조선문학 재건에 대한 제의	백민 14호
1948. 7	수필	교원시대와 其後	새교육 1호
1948. 8	시	민족의 제전	대조 8호
1948. 9	시	바다로 가는 마음	민주조선 8·9호
1948. 10	시	사유의 꽃	백민 16호
1949. 1	수필	아름다운 도적(黑今馬盧· 風景隨筆)	민성 7호
1949. 1.23	평론	통일이념 수립과 문화인의 임무	연합신문
1949. 2	시	새로운 아이에의 사모	민족문화
1949. 2	시	풍경	민성 31호
1949. 3	평론	문학사상의 찬란한 별들 ——영국 편	부인 19호
1949. 3	시	그리운 마을	新女苑 1호
1949. 3	시	옛모습(권두시)	해동공론 49호
1949. 5	평론	민족주의 정신과 문화인의 건국운동	백민 19호
1949. 5	평론	문화계 4년 ——해방 후의 문화운동 개관	민성 5권 3호
1949. 9	시	빛을 타고	신천지 38호
1949. 11	평론	一民主義	민성
1949. 11.27-28	평론	故友思 ——정열의 문인 一步	국도신문
1949. 12	시	구슬	문예 5호
1949	시집	마음	중앙문화협회
1950. 2	시	새로운 아이에의 사모	민족문화 2호

발표일	분류	제 목	발표지
1950. 3.1	평론	기미정신과 문단	서울신문
1950. 5	권두언	≪백민≫을 ≪문학≫으로 개제하면서	문학 22호
1950. 5	수필	구원의 여성 앞에서	민성 45호
1950. 6	평론	고민의 시대·인간·시 (시인 一島를 추모함)	문예 10호
1950	평론	현대전과 사상전	전선문학 (문학전시판)
1950	편저	이대통령 訓話錄	중앙문화협회
195 1.11	시	서울에 두고 온 무덤을 찾아서	신사조 5호
1952	편저	이승만 대통령 전세계에 바친다	대한신문사
1952. 5	시	푸른 상채기	문예
1952. 11	권두언	≪자유예술≫ 창간에 際하여	자유예술 1호
1953. 8	시	석양(종로에서)	문학세계 2호
1953. 10	시	바위에 묻힌 꿈같이	문화춘추 1호
1953. 12	시	해바라기	문예 19호
1954. 1	시	차를 타고	신천지 59호
1954. 1	雜組	왕복서한——우정과 문학	문학과 예술 1호
1954. 3	시	3·1절을 맞이하여	현대공론 4호
1954. 3	평론	유네스코와 한국위원회 창설의 의의	신천지 61호
1954. 4	수필	왕복서한——30년 우정의 문화적 일단면으로서	문학예술
1954. 4.11	평론	사랑의 정신과 항거의 정신 ——문예시감	경향신문

발표일	분류	제 목	발표지
1954. 5	평론	자연과 문학과 국토의 미화	신천지 63호
1954. 8	전기	백농 최규동 선생 ── 잊혀지지 않는 사람들	신천지
1954. 9.27	평론	문화계의 지적 책임을 향함	자유신문
1954. 11.14	평론	영랑 김윤식 형을 추모함 ── 그의 移葬에 際하여	경향신문
1954. 11.21	평론	「모란이 피기까지」 ── 시인 永郎 墓 이장하는 날	연합신문
1954. 10	시	달밤	펜 1호
1954. 12	시	夢魔	새벽 2호
1955. 2.5	단평	자유문학상 심사경위	평화일보
1955. 2.5	평론	우리 문화의 기여 ── 아시아 재단과 자유문학상	조선일보
1955. 2	시	들국화	사상계 19호
1955. 5.24	평론	눈물을 파는 시인 ── 노트 없는 노트	연합신문
1955. 8	평론	광복 10년간의 문화계	종합민주공론
1955. 10	시	해바라기	詩作 5호
1955. 11	평론	문화의 민중화와 지방문화를 위하여	영남대 嶺文 13호
1955. 12	평론	시대의 표현으로서의 극장	펜
1956. 2.23	시	여기 누워 있노라	동아일보
1956. 4	시	지나가는 꿈	문학예술 13호
1956. 5	시	감상의 비엔나	자유문학 1호
1956. 5	雜組	詩選記	이화 11호

발표일	분류	제 목	발표지
1956. 6.27	평론	6·25의 부산물과 전시문학	동아일보
1956. 7	평론	희랍 서정시인 '사포'를 생각하며	여성계
1956. 8	평론	一島의 인생과 시의 세계	자유문학 2호
1956. 8.7-9	평론	현대문학에 있어서의 성격과 문제 —— 독자에게 주는 글	연합신문
1956. 8.15-16	평론	해방과 문학상의 실현 —— 열한 번째의 8·15를 맞으며	조선일보
1956. 9.6-8	평론	8월의 詩壇評 —— 시의 난해성을 넘을 수 없을까	연합신문
1956. 10	寸評	내가 본 모윤숙	문학예술 19호
1956. 11	수필	문화와 문화인	사상계 40호
1956. 11	평론	사회적 감각의 주인공으로서 —— 현대여성의 인생관	여성계
1956. 12	평론	위대한 시대를 기록할 문화의 사명	인천문학
1956. 12	평론	장부통령 경고결의는 잘 된 일인가?	의회정치
1956. 12.24-26	평론	내용편중과 詩論 빈곤 —— 1956년도 시단총평	조선일보
1957. 1.4	평론	신인들의 육성방책 —— 자기원천과 추구의 정신	평화신문
1957. 1.21-22	평론	작품평가와 투표 배리 —— 자유문학상 심사경위와 소감	조선일보
1957. 1	시	젊은 시인의 죽음	사상계 42호

발표일	분류	제 목	발표지
1957. 2	평론	과연 문화의 온상이었던가 ——민주주의의 한국적 반성	자유춘추
1957. 2.12-13	평론	文總 열 돌을 맞이하여 ——약간의 회고와 전망	서울신문
1957. 3.3	수필	어떻게 오려나 봄	동아일보
1957. 4	시	산바람처럼	사상계 45호
1957. 4.30-5.1	평론	서울시문화상과 문화의 위치	조선일보
1957. 5	평론	시대의 표상과 학생의 사회	신흥대학 高凰
1957. 6	평론	세계문단에 소개된 한국현대시	자유문학 4호
1957. 7	시	강남유한(江南有恨)	자유문학 5호
1957. 7.11	평론	문화단체통합은 가능한가 ——통합은 진행되고 있다	조선일보
1957. 8	평론	집단의식의 반영과 ‘문총’의 진로	자유문학 6호
1957. 8.15-16	평론	8·15 이후의 시의 흐름 ——시대적 성격으로서의 상황의 시	조선일보
1957. 9.17-27	평론	국제펜클럽대회와 나의 소감	평화일보
1957. 10	평론	대학제의 의의	신흥대학 高凰
1957. 11	평론	외국작가단 내한과 그 문화적 의의	자유문학 8호
1957. 12	권두언	문학의 교류와 丁酉年의 성과	자유문학 9호
1957. 12	시	흙	자유문학 9호
1957. 12.20-24	평론	대의에 입각하여 ——「왜 싸워?」의 비판적 각도와 해명	한국일보

발표일	분류	제 목	발표지
1957. 12.27-28	평론	詩壇상황과 시의 지적 동향 ── 많은 시인을 배출한 詩壇	조선일보
1957	시집	해바라기	한국자유문학자협회
1958. 1.1	평론	촉구되는 기획의 正常性 (친목의 달성이 당면과제)	세계일보
1958. 1	시	뒤에 앉은	자유문학
1958. 1	시	무제	사상계 54호
1958. 4	권두언	시의 結晶을 위하여	시와 시론 1호
1958. 5	평론	현대문학과 작가정신(권두언)	자유문학 14호
1958. 7	수필	돌과 나무와 흙에도 생명력을	자유문학 16호
1958. 7	평론	시인 천명과의 교우와 회상	자유문학 16호
1958. 8	권두언	자연과 문학	자유문학 17호
1958. 8.6-7	평론	근본적 바탕은 민족에 있었다 ── 지적 방향으로 전환	경향신문
1958. 9	시	뒤에 앉은	자유문학 18호
1958. 9	시	꽃	지성
1958. 10	雜俎	詩選後感	자유문학 19호
1958. 10	수필	나의 문학신조	현대시 2호
1958. 10	서평	한글학회 편『중사전』	한글 123호
1958. 11	권두언	20호를 내면서	자유문학 20호
1958	역시집	『서정시집(보리스 파스테르나크)』	
1959. 1	권두언	신년 소감	자유문학 22호
1959. 1	번역시	파스테르나크 詩抄	사상계 66호
1959. 1	번역시	겨울 밤(파스테르나크)	문학평론 1호
1959. 2	평론	문학단체의 反日은 해소될 수	자유공론 2호

발표일	분류	제 목	발표지
		없다	
1959. 2	雜俎	시 추천평	자유문학 23호
1959. 2.17	평론	시의 조형성과 내향적인 문제 ——'자유문학상'의 의의와 수상작품에 대하여	세계일보
1959. 3	시	기다림	자유문학 24호
1959. 3.13	수필	습작하던 시절	평화신문
1959. 3.17	평론	시의 조형성과 내향적인 관조 ——'자유문학상'의 의의와 수상작품에 대하여	세계일보
1959. 4	평론	자유문학상 제도의 의의	자유문학 25호
1959. 6	권두언	卷頭隨感	자유문학 27호
1959. 7	평론	시인 모윤숙론의 일단 ——시집『정경』출판에 즈음하여	자유문학 28호
1959. 8	雜俎	詩選所感	자유문학 29호
1959. 9	권두언	30호를 맞이하여	자유문학 30호
1959. 10	시	바다와 태풍과 참사	자유문학 31호
1959. 11	평론	현대시와 난해성과 독자	문학
1960. 1	평론	신년과 60년대와 문학세계	자유문학 34호
1960. 1	시	희망 속에서	사상계 78호
1960. 2	시	사랑의 관념	자유문학 35호
1960. 4	수필	다시 생각해야 할 관광사업	교통 64호
1960. 6	평론	'자유문학상' 수상작품에 대하여	자유문학 39호
1960. 7	평론	자유문협 해체의 의의와 '자유문학'사의 독립	자유문학 40호

발표일	분류	제 목	발표지
1960. 8	번역	처음 가는 우랄 산맥, 봄,	자유문학 41호
		내가 알았더라면, 스파스코에,	
		영혼의 정의, 창조력의 정의, 여기	
		자죽이(보리스 파스테르나크)	
1960. 9	시	너와 나의	현대문학 69호
1960. 9	시	퇴근	자유문학 42호
1960. 9	평론	예술원 발전에 관한	예술원보
		幾個의 관점	
1961. 1	시	여경(餘慶)	자유문학 46호
1961. 2	서평	心의 시인 ──安章鉉 시집	
1961. 4	시	동백꽃	현대문학 76호
1961. 4-5 ~1962. 7-8	수필	나의 옥창일기, 감옥의 계절	자유문학 49-61호
1961. 7.20	평론	문예지의 위기와 그 극복	한국일보
		── 평론가 김우종 군에게 말한다	
1961. 11	시	一千九百十年의 戀歌	사상계 101호
1962. 8	시	旱魃	사상계 110호
1962. 11	시	먼 이웃	자유문학 63호
1962. 12	시	방문	女像 2호
1963. 1	수필	사랑의 신도 뭇一島	현대문학 9권 1호
1963. 3	시	십년 연정 외 1편	자유문학 67호
1963. 6	평론	민족·문화·혁명	신사조 16호
		── 새 민족성을 창조하기 위하여	
1963. 11	시	벽	사상계 127호
1964. 6	수필	이산, 내 아호의 유래	현대문학

발표일	분류	제 목	발표지
1964. 9	시	심부름 가는	현대문학 117호
1964. 12	시	내 배는	신동아 4호 12월호
1965. 5	시	수교	문학춘추 14호
1965. 6	수필	정신과 패기의 형성을……	세대
1965. 11	시	애국의 작곡가 고 안익태	조선일보
1965. 11 (?)	시	황혼이 울고 있다	사상계 153호
1965	편저	『이삭을 주울 때 ——50인 자작시와 그 에세이』	창우사
1966. 1	시	겨울 방안의 정경	문학춘추
1966. 4.17	시	봄	한국일보
1966. 6.11	시	6월의 녹음 속으로	대한일보
1966. 6	시	고향——20주년 해방절 망향의	노래문학
1966. 9	시	황혼이 울고 있다	사상계 153호
1966. 10	수필	현대시와 지성에 관한 엣세이	예술원보
1967. 1	시	생의 감각	현대문학 145호
1967. 5	시	국군묘지	신동아 33호
1967. 11	시	빛	창조 26호
1967. 11	시	여름 바다	문학사상
1967. 12	시	꽃	예술원보
1967. 12	시	우수	현대문학 156호
1968. 2	시	겨울날	사상계 178호
1968 여름	시	산, 나의 초상, 무제	창작과비평 10호
1968. 8	시	할아버지	현대문학 164호
1968. 11	시	성북동 비둘기	월간문학

발표일	분류	제 목	발표지
1969. 4	시	오십년, 우정, 행인, 거리, 금붕어	세대 69호
1969. 5	시	사자로부터의 艶書	현대문학 173호
1969. 5	평론	동시의 가능성	횃불 1권 5호
1969. 7	수필	나의 시적 病床記	월간중앙 16호 7월호
1969. 9	시	竹馬의 죽음	월간문학 11호 9월호
1969. 11	시	저녁에	월간중앙 20호 11월호
1969	시집	『성북동 비둘기』	범우사
1969 가을·겨울	시	새벽, 자유화, 雪禍, 먼 생각	창작과비평 15호
1970. 3.5	시	증언자 —— 조선일보 50돌에 부쳐	조선일보
1970. 4.14	시	창간 50주년 기념 동아일보 찬가	동아일보
1970. 4.7	수필	나의 인생과 예술(시)	한국일보
1970. 3-4	평론	Diary of a prisoner —— Korea under Japan	KOREA JOURNAL
1970. 5	시	김활란	현대시학 14호
1970. 7	평론	최후에 쓰고 싶은 시 —— 오늘의 민중은 왜 시를 싫어하나	중앙 28호
1970. 8	평론	해방 25주년과 우리의 갈 길	중앙행정
1970. 8	평론	현대시와 지성에 관한 管見 —— 頌壽기념논총	소천 이헌구 선생
1970. 9	시	서울	다리
1970. 9	시	우주의 질서	월간문학 23호

발표일	분류	제 목	발표지
1970. 10.6	시	민족과 같이 아침에 살자 —— 경향신문 24돌에 부쳐	경향신문
1970. 10	수필	나를 움직인 한 권의 책 —— 자연림 속의 喬木 찍는 소리	월간중앙 31호
1970. 12	수필	이 시대를 어떻게 살 것인가 —— 강인섭 씨에 회신	월간문학 26호
1970. 12.30	시	70년	동아일보
1971. 1	시	장미	현대문학 193호
1971. 1	시	돌아오라 방송반	자유 18호
1971. 2.28	시	다시 독립선언서를	한국일보
1971. 3	평론	우국시인의 못다 부른 노래 —— 방랑의 애국시인 오일도의 遺詩	월간중앙 36호
1971. 4	시	아기	예술계
1971. 6.15	시	헌신	한국일보
1971. 6.19	시	깨끗이와 아내의 죽음	동아일보
1971. 7	시	달 외 2편	시문학
1971. 8	시	'근작시편' 딸, 사자의 대지, 아내	시문학
1971. 8.1	시	작은 정원	한국일보
1971. 11	시	변두리	다리 13호
1971. 11	시	消月	월간중앙 44호
1971. 11.12	시	새얼굴	한국일보
1971. 12	번역	젊은 시인에게 주는 말 (스티븐 스펜더)	월간중앙 45호
1971	시집	『반응』	문예출판사

발표일	분류	제 목	발표지
1972. 2.23-5.3	자서전	나의 이력서	한국일보
1972. 4	시	아버님이 보내신 노래(1)	시문학
		저 세상에서, 인간은 영원히 있다,	
		所身, 아직도 한 십년 더	
1972. 4	수필	나의 옥중기, 사상범	다리 16-17호
1972. 5	시	꽃집	신동아 93호
1972. 6	시	만주에서 잡혀온 독립군	월간문학
		그 사람은 지금	
1972. 7	시	자유의 바람	다리
1972. 7	시	秘義	풀과 별 1호
1972 겨울	시	天井, 눈물, 아기와 더불어	창작과비평 26호
1972. 12.30	시	除夜의 一曲	한국일보
1973. 1.18	시	소망	동아일보
1973. 1.18	평론	무애 양주동박사, 『양주동박사	탐구당
		프로필』	
1973. 3	시	시간, 茶禮, 靈感, 三角山下,	시문학 20호
		雪日의 환각	
1973. 4.17	시	봄	한국일보
1973. 4	대담	'대표작 자선자평'	문학사상 7호
		관념과 미학의 현실	
1973	시	풀잎에 앉아	『한국불교시선』
1973. 8	시	속박과 해방	시문학 25호
1973. 9	시	고독 외	시문학 26호
1973. 9	평론	내 생애와 시에의 수기	시문학 26호
		—— 김광섭 총정리	

발표일	분류	제 목	발표지
1973. 12	시	제일 작은 집	시문학 29호
1973. 12	시	이사	월간문학
1973. 12	시	천정 외 2편	창작과비평
1974. 1	대담	문학과 인생	월간문학 59호
1974. 2	시	영혼	현대문학
1974. 4	시	나비	심상 7호
1974. 6	시	죽어서 외	창작과비평
1974. 7	시	빈손, 아파트 9층에서	문학사상 22호
1974. 8	평론	李健淸 소재·주제·모티브	심상 11호
1974. 9	시	聖노인 외	현대문학
1974. 9	시	손자를 안고——백일돐에	한국문학 11호
1974. 10	평론	내 생애와 시에의 수기	시문학
1974. 11	번역	시 한편의 제작(스티븐 스펜더)	예술논문집 13호
1974	시전집	『김광섭 시전집』	일지사
1975. 1	시	한노래	월간문학 71호
1975. 1	수필	일천 자 축사	현대문학
1975. 3	평론	수필문학 소고 ——한국 근대 수필론의 정리	수필문학 35호
1975. 5	시	풀잎에 앉아——봄詩 33인집	현대시학 74호
1975. 7	시	회상	한국문학 21호
1975. 8	수필	비참한 의식을 안고	현대문학
1975. 12	시	혼례 외	예술원보 19호
1975. 12	시	번영의 폐수 외	창작과비평
1975	시집	『겨울날』(시선집)	창작과비평사
1975	시집	『성북동 비둘기』(시선집)	민음사

발표일	분류	제 목	발표지
1975	시집	『동경』	문학사상사 자료조사연구실
1975	시집	『마음』	문학사상사 자료조사연구실
1976	문집	자전 문집 『나의 옥중기』	창작과비평사
1976. 3	시	정	한국문학 29호
1976. 3	시	自他	문학사상 42호
1976. 6	시	봄	한국문학 32호
1976. 11	시	바람	월간문학 93호

1932. 1 　　　　　김철우, 「소위 해외문학파의 정체와 임무」, ≪조선지광≫ 100호.

1932 　　　　　　홍효민, 「조선문학과 해외문학파의 역할——그의 미온적 태도
　　　　　　　　를 배격함」, ≪삼천리≫ 4권 5-6호.

1933. 1.29-2.15 박태양, 「김광섭 군의 극단제언을 박(駁)함」, ≪조선일보≫.

1933. 10.3 　　　유진오, 「해외문학파의 재출발」, ≪동아일보≫.

1933. 11.5 　　　김진섭, 「외국문학연구의 지장」, ≪동아일보≫.

1933. 11.12 　　함대훈, 「해외문학과 조선문학」, ≪동아일보≫.

1934. 8.14 　　　이하윤, 「외국문학연구 서설」, ≪동아일보≫.

1936. 1.3 　　　　박용철, 「문학유파의 개념」, ≪조선일보≫.

1936. 4.26-28 　최재서, 「호적 없는 외국문학연구」, ≪조선일보≫.

1936. 4.29 　　　최재서, 「디레탄티즘을 축출하자」, ≪조선일보≫.

1938. 2.8 　　　　임화, 「지난 날 논적들의 面影」, ≪조선일보≫.

1938. 4 　　　　　이헌구, 「片描 김광섭 군」, ≪삼천리문학≫ 2호.

1938. 7.17-19 　정인섭, 「김광섭 시집 『동경』을 읽고」, ≪동아일보≫.

1938. 7.20 　　　김상용, 「김광섭 『동경』을 읽고」, ≪조선일보≫.

1938. 9 　　　　　모윤숙, 「김광섭 시집 『동경』」, ≪조광≫ 35호.

1938. 10.22 　　김종한, 「시집 『동경』 독후감」, ≪해협≫ 1호.

1946. 3 　　　　　박세영, 「해방 이후의 시단 개평」, ≪우리문학≫.

1948. 3.6-7 　　　조연현, 「동경의 상징——시인 김광섭론」, ≪평화일보≫.

1949. 10 　　　　김송, 「怡山 김광섭론」, ≪주간서울≫ 55호.

1950. 1.8 　　　　양주동, 「민족항거의 시혼 — 김광섭 시집 『마음』을 읽고」, ≪서

울신문≫.

1950. 1.12-13 구상, 「꽃들아 네 마음대로 피어라 ── 시인 김광섭 씨의 歷程」, ≪조선일보≫.

1950. 3 곽종원, 「인간 김광섭론」, ≪백민≫ 21호.

1950. 5 윤영춘, 「시단소감 ── 김광섭 제2시집 『마음』을 읽고」, ≪문학≫ 6권 3호.

1950. 5 이헌구, 「김광섭 군에게」, ≪민성≫ 6권 4호.

1954. 2 이하윤, 「나와 '외국문학연구회' 시대」, ≪신천지≫.

1956. 10 모윤숙, 「내가 본 김광섭」, ≪문학예술≫.

1958. 1.18 양주동, 「승화된 조국애 ── 시집 『해바라기』의 세계」, ≪조선일보≫.

1958. 1.25-27 이인석, 「살아있는 절벽」, ≪세계일보≫.

1958. 6 김지향, 「시인소묘」, ≪신문예≫ 1호.

1958. 10 신선규, 「流水와 觀照」, ≪자유문학≫ 19호.

1961. 8.1 김우종, 「逆讀과 곡해의 윤리」, ≪한국일보≫.

1966. 10 이하윤, 「문단과 교단에서 ── '해외문학'파에서 비교문학까지」, ≪신동아≫ 26호.

1967 봄 김우창, 「시에 있어서의 지성」, ≪창작과비평≫.

1967. 4 정태용, 「김광섭론」, ≪현대문학≫ 13권 4호.

1969 봄 이성부, 「사랑의 실체」, ≪창작과비평≫.

1969 봄 김현승, 「김광섭론」, ≪창작과비평≫.

1969. 7 고은, 「김광섭 ── 실내작가론」, ≪월간문학≫ 2권 7호.

1970. 2 김윤식, 「시를 쓴다는 것은 무엇인가 ── 김광섭 시집 『성북동 비둘기』에 부쳐」, ≪시인≫ 2권 2호.

1970. 10 강인섭, 「김광섭 귀하 ── 저 미로를 벗어나서」, ≪월간문학≫ 24호.

1972 여름 조태일, 「고여 있는 시와 움직이는 시」, ≪창작과비평≫.

1972 가을   김현승, 「시의 비평적 감상」, 《창작과비평》.

1973   김해성, 「해바라기의 詩觀考」, 『현대시인비평』, 동아출판사.

1973   김윤식, 『한국근대문예비평사 연구』, 일지사.

1973. 1   김시태, 「김광섭론」, 《풀과 별》 17호.

1973. 2   김현승, 「김광섭론」, 《숭전대 인문사회과학 논문집》 4집.

1973. 4   문학사상 편집부, 「관념과 미학과 현실 ──이산 김광섭 씨와의 대화」, 《문학사상》.

1973. 9   장백일, '특집'「문단사를 장식한 김광섭 ── 김광섭 총정리」, 《시문학》 3권 9호.

1974. 1   조정래, '대담'「문학과 인생 ──이산 김광섭」, 《월간문학》 6권 10호.

1974. 1   함동선, '월평'「시의 귀소성 ── 김광섭의 移徙」, 《풀과 별》 17호.

1974. 4   정한모, '특집'「네 사람의 작품세계 ── 荀郞, 夕汀, 怡山 및 容浩의 詩 : 시를 어떻게 읽을 것인가」, 《심상》 2권 4호.

1974. 9   박성룡, 「김광섭의 시정신」, 《서울평론》 43호.

1974. 10   장백일 외, '김광섭 총정리'「문단사를 장식한 김광섭」, 「지성으로 찾는 생명의 실상」, 《시문학》 42호.

1974 겨울   이헌구, '서평'『김광섭 시전집』, 《이대학신보》 25호.

1974   김용직, 「일제시대의 항일시가」, 『일제시대의 항일문학』, 신구문화사.

1974. 12.18   김우창, 「특기할 만한 60년대의 詩資産」, 《동아일보》.

1975   김윤식, '시집 해설'「유한공간의 표상」, 『성북동 비둘기』, 민음사.

1975   백낙청, 『겨울날』 '후기', 창작과비평사.

1975. 2   송재갑, 「김광섭 시의 불교적 조명」, 《경희대 교육대학원 논문집》.

1975. 2   김주연, '서평'「한 시인의 일생에 대하여 ──『김광섭 시전집』,

80

『모윤숙 시전집』」, ≪문학과지성≫ 6권 1호.

1975. 9   신경림, 「김광섭론」, ≪창작과비평≫.

1975 겨울   황헌식, 「암흑기의 묵시문학」, ≪창작과비평≫.

1976. 2   최은규, 「김광섭 시문학 연구」, 경희대 교육대학원 석사 논문.

1976. 3   이성부, 「사랑의 실체 —— 김광섭·김현승·이유경 씨의 시집들」,
               ≪창작과비평≫.

1976 봄   조태일, 「시인의 삶과 민족」, ≪창작과비평≫.

1976. 7   국제펜클럽 한국본부, '서평' 「존경과 각성 ——『나의 옥중기』(김
               광섭 저)」, ≪펜뉴스≫ 2권 2호.

1976. 8   김팔봉, '서평' 『나의 옥중기』(김광섭 저)」, ≪한국문학≫ 4권 8호.

1977. 5.2   정규웅, 「민족의 고뇌를 대변한 의지의 시인」, ≪한국일보≫.

1977. 7   장백일, 「김광섭 문학과 업적」, ≪월간문학≫ 10권 7호.

1977. 7   염무웅, '특집' 「그 사람 업적 —— 하나의 이적 「성북동 비둘기」
               이후 : 김광섭론」, ≪세대≫ 15권 7호.

1977. 8   최인호, 「怡山 시 연구」, 동국대 대학원 석사 논문.

1977 가을   조태일, 「시인의 삶과 민족」, ≪창작과비평≫.

1977. 11   강희근, 「怡山 김광섭론」, ≪시문학≫ 77호

1978. 1   송명희, 「좌절과 극복의 형이상학」, ≪현대문학≫ 273호.

1978. 5   이인석, 「인물론 김광섭」, ≪신문과 방송≫ 90호, 한국신문연구소.

1978. 6   문학사상 편집부, '초고로 본 詩作 과정' 「『저녁에』, 『성북동 비
               둘기』의 초고」, ≪문학사상≫ 69호.

1978. 6   김영무, 「怡山 김광섭의 시세계」, ≪세계의 문학≫.

1978. 8   최인호, 「怡山 김광섭론」, ≪동악어문논집≫ 11집.

1978   장백일, 「김광섭 편 『한국현대문학론』」, 관동출판사.

1979. 2   이화숙, 「김광섭론 —— 작자의 생애와 작품에 투영된 시세계에
               대한 고찰」, 고려대 교육대학원 석사 논문.

1979. 5   차한수, 「怡山 김광섭론」, ≪현대시학≫ 11권 5호.

1979   염무웅, 「김광섭 소론」, 『민중시대의 문학』, 창작과비평사.

1981   김시태, 『현대시와 전통』, 성문각.

1982   김용직, 『한국현대시연구』, 일지사.

1982   황광수, 「현실과 관념의 변증법」, 『시문학 대계 12』, 지식산업사.

1982. 2 배정택, 「김광섭론」, 조선대 교육대학원 석사 논문.

1982. 3 박철석, 「김광섭론」, ≪현대시학≫ 14권 3호.

1982. 11 최병우, 「怡山 김광섭 연구」, ≪선청어문≫ 13호.

1982. 12 신규호, 「김광섭론 —— 관념과 현실의 자아」, ≪심상≫ 11권 1호.

1982. 12 김영무, 「김광섭론 —— 풍년피리가 눈 속에서 피리를 불어요」, ≪심상≫ 11권 1호.

1983   한계전, 「달관의 세계」, 『한국대표시평설』, 문학세계사.

1983   김용직, 「해외문학파의 외국문학 수용 양상」, ≪관악어문연구≫.

1983. 5 윤병로, 「김광섭의 시세계」, ≪심상≫ 11권 6호.

1983. 7 김태룡, 「김광섭 시 연구」, 단국대 대학원 석사 논문.

1984. 2 박혜숙, 「김광섭론」, 건국대 교육대학원 석사 논문.

1984   김봉군, 「김광섭론」, ≪월간문학≫.

1985. 4 박이도, 「심성의 발견 —— 김광섭의 『마음』」, ≪한글 새소식≫ 152호.

1985   지명열, 「낭만주의와 동경의 문제」, 『문예사조』, 문학과지성사.

1986   홍향미, 「김광섭 시인 연구」, 서울여대 대학원 석사 논문.

1986   김재홍, 『한국현대시인연구』, 일지사.

1986. 2 문복희, 「김광섭 시에 나타난 자연의 변용과 거리의식」, 이화여대 대학원 석사 논문.

1986. 7 김용직, 「1930년대 시와 감성시의 주류화」, ≪문학사상≫.

1986. 12 이숭원, 「한국근대시의 자연표상 연구」, 서울대 대학원 박사 논문.

1987   어문숙, 「이산 김광섭론」, 건국대 대학원 석사 논문.

1988. 2 황혜경, 「김광섭 시의 상상력 연구」, 이화여대 대학원 석사 논문.

1988. 2   손종호, 「김광섭 문학 연구」, 충남대 대학원 박사 논문.

1988. 8   주영, 「김광섭 연구——시적 상상력의 변이양상을 중심으로」,
              서강대 대학원 석사 논문.

1989   김용직, 『해방기 한국시문학사』, 민음사.

1989. 9(?)   이만재, 「불교적 主知를 담은 怡山의 詩器」, ≪문예사조≫ 2호.

1990. 10   성기조, 「김광섭의 시와 평화에 대한 동경」, ≪한국어문교육≫,
              한국교원대 한국어문연구소.

1991. 2   노대규, 「시의 언어학적 분석——김광섭의 「마음」을 중심으로」,
              ≪매지논총≫ 8집.

1991. 11   이상욱, 「김광섭 초기시의 현실인식과 저항의지——시집 『동
              경』, 『마음』을 중심으로」, ≪청람어문학≫ 5집.

1991. 12   이상욱, 「김광섭 시 연구」, ≪청람어문학≫ 6집.

1992. 2   이상욱, 「김광섭 시 연구」, 한국교원대 대학원 석사 논문.

1992. 7   최정선, 「김광섭 시의 동경의 미학과 전통적 상관성 연구——시
              집 『동경』을 중심으로」, ≪청람어문학≫ 7집.

1993. 1   최정선, 「김광섭 시 연구」, ≪청람어문학≫ 8집.

1993. 2   최정선, 「김광섭 시 연구——시집 『동경』을 중심으로」, 한국교
              원대 대학원 석사 논문.

1993. 8   김경남, 「김광섭 시의 전개와 변모과정」, 서강대 교육대학원 석
              사 논문.

1993   영남어문학회 편, 『한국 현대시문학의 이해와 감상』, 학문사.

1993. 11   김형필, 「식민지시대의 시정신 연구」, ≪한국어문학연구≫ 5호.

1994   김영진, 「해방기의 문학비평 연구」, 전주우석대 대학원 석사 논문.

1994. 2   김용직, 「내향시의 전경화——김광섭론」, ≪현대시≫.

1994. 5   김선, 「김광섭 시의 사상적 원류——그의 시인의식을 중심으로」,
              ≪시와 시론≫.

1994. 8   장선희, 「김광섭의 초기시 연구」, ≪논문집(광주보건전문대)≫

19집.

1994. 8 　최태숙, 「김광섭 시의 상승 이미지 연구」, 연세대 교육대학원
석사 논문.

1995. 2 　김해수, 「김광섭 시 연구 —— 시의식의 변모양상을 중심으로」, 고
려대 대학원 석사 논문.

1995. 2 　박근영, 「이산 김광섭론」, ≪인문과학연구(상명여대)≫ 3집.

1995. 4 　채규판, 「김광섭과 김현승의 시 연구」, ≪원불교문학≫.

1995. 8 　박종렬, 「김광섭 시 연구」, 인하대 교육대학원 석사 논문.

1996. 9 　유근조, 「이산 김광섭 시 연구 —— 의식 공간의 의미 구조를 중
심으로」, ≪인문학연구(중앙대)≫ 25집.

1996. 8 　안혜경, 「김광섭 시 연구」, 상명대 대학원 석사 논문.

1997 　성기조, 『한국 현대시인론』, 한국문화사.

1998. 2 　김홍우, 「김광섭 희곡 고」, ≪연극학보≫ 26호.

1998. 2 　김효신, 「한국현대시의 병리적 현상 연구 —— 한하운, 김광섭, 박
봉우를 중심으로」, 건국대 대학원 석사 논문.

1998. 3 　김현자, 「살아있는 것들의 동일성과 절제된 거리의식 —— 김광
섭의 시 「봄」 읽기」, ≪새국어생활≫.

1998. 8 　최성남, 「김광섭 시의 변모과정 연구」, 숭실대 대학원 석사 논문.

1998. 11 　성기조, 「김광섭의 고독에 관하여」, 『한국현대시 대표작품 연구』,
국학자료원.

1999. 2 　정은경, 「이산 김광섭 시 연구」, ≪어문논집≫ 39집, 안암어문
학회.

1999. 12 　정문선, 「김광섭 시의 은유론적 지평 —— 비유의 현대적 논의를
중심으로」, ≪서강어문≫ 15집.

2000. 1 　김삼웅, 「일제 말기 민족주의자들과 서대문 형무소」, ≪순국≫
108호.

2000. 1 　장정렬, 「문명의 위기와 생태주의적 상상력 —— 김광섭, 최승호

의 시를 중심으로」, ≪한남어문학≫ 24집.

2002   오교정, 「김광섭 시 연구」, 전북대 교육대학원 석사 논문.

2002   조영식, 「해외문학파와 시문학파의 비교 연구」, 경희대 대학원
              석사 논문.

2002. 5   김지숙, 「자연지향성 시의 생명」, ≪시문학≫ 370호.

2002. 8   김호연, 「1930년대 김광섭 연극비평 연구」, ≪단국대 국문학 논
              집≫ 18호.

2003. 1-2   김선, 「김광섭 시의 사상적 원류──그의 시의 시인의식을 중
              심으로」, ≪열린문학≫ 24호.

2003   장은영, 「김광섭 시 연구──시적 자아의 변모양상을 중심으로」,
              경희대 대학원 석사 논문.

2003. 6   장은영, 「김광섭 시에 나타난 생명중심적 시의식 연구」, ≪高凰
              논집≫ 32집.

2003 겨울   장은영, 「김광섭 시의 생명중심적 의식 연구」, ≪한국학보≫
              113호.

2003. 12   장인수, 「문화·교양 층위의 근대주의──해외문학파에 대한 비
              판적 고찰」, ≪성균어문연구≫ 38집.

2004   신정아, 「김광섭의 시집 『성북동 비둘기』 연구」, 충북대 교육대
              학원 석사 논문.

2004. 11   서은주, 「번역과 문학 장(場)의 내셔널리티──해외문학파를 중
              심으로」, ≪현대문학의 연구≫ 24호.

2005. 3   송명희, 「인간적 성숙과 문학적 성취──존재의 고독에서 사랑
              과 환희의 세계로」, ≪문학사상≫ 34권 3호.

2005. 3   손종호, 「지성의 사유와 감성의 울림──이산 김광섭의 문학세
              계」, ≪문학사상≫ 34권 3호.

작성자 전승주 문학박사. 서울대 강사.

김태준과 민족문학론

김재용(원광대 교수)

김태준 연구의 사각지대

한국문학 연구계에서 이루어진 김태준에 대한 연구는 그의 문학사 저술, 특히 전근대문학에 대한 것이 주종을 이룬다. 많지 않은 연구 대부분이 전근대문학에 집중되어 있는 것이 이를 잘 말해 준다. 김태준의 저서들이 주로 조선문학사 특히 전근대문학을 다룬 것을 감안하면 이는 당연한 일로 여겨진다. 하지만 김태준의 문학활동은 자신이 살았던 시대의 문학적 흐름과 떼놓고 생각하기 어려울 정도로 현실문제에 깊이 개입된 것이다. 그 단적인 예로 김태준은 1946년에 열린 조선문학자대회에서 임화, 이태준과 더불어 공동의장을 맡았다. 해방 직후의 국면에서는 이전과는 비교가 되지 않을 정도로 동시대의 문학과 밀접한 관련을 맺은 것이지만 그 이전부터 김태준의 많은 연구들은 현실문제에 대한 이론적 개입이라는 문제의식에 맞닿아 있기 때문에 이 측면에 대한 연구 없이 김태준 문학과 사상 전반에 대한 탐구는 제대로 이루어질 수 없다. 그렇기 때문에 이 글에서는 1930년대부터 김태준이 동시대의 문학에 직접 개입하면서 펼친 문학이론 세계를 탐구하되 해방 직후의 문학활동을 중심으로 살펴보고자 한다.

김태준이 동시대의 문학에 가장 직접적으로 개입한 것은 해방 직후의 민족문학론을 통해서이다. 잘 알려져 있는 것처럼 민족문학론은 과거 일제하에 프로문학을 주장하던 사람들이 해방 직후에 이르러 내세운 문학적 이념이다. 그렇기 때문에 민족문학론은 민족주의자나 혹은 국수주의자들의 것이 아니라 진보적 좌파 문학인들의 이념으로 출발하였다. 그런데 과거 프로문학을 하던 사람들이 해방 직후 민족문학론을 이야기한다는 것은 매우 어려운 문제였다. 일제하 프로문학을 했던 이들은 민족이란 말만 나와도 부르주아 민족주의와 동일시하는 분위기였기 때문에 프로문학을 지양하고 새로운 문학이념을 세울 때 민족문학론을 생각하기가 쉽지 않았던 것이다. 이러한 전반적 분위기에 민족문학론의 화두를 던진 사람이 바로 김태준이었고 그것은 이후 민족문학론의 이론적 모색에 큰 영향을 미쳤다. 그런데 김태준의 이러한 이론적 개입과 기여는 해방 직후 우연히 이루어진 것이 아니고 일제시대부터 키운 자신의 문제의식의 연장선에서 나온 것이다. 이러한 전제하에 이 글에서는 해방 직후의 민족문학론 수립과정에서 김태준이 행한 역할을 규명하고 나아가 이를 가능케 했던 일제하의 문제의식을 추적하고자 한다.

광복 전후 민족문학론과 김태준의 위치

광복 직후의 우리문학사를 검토하면서 빠뜨리기 쉬운 것이 1946년 1월에 쓰여진 「조선 민족문화 건설의 노선」(이후 「노선」으로 약칭)이다. 조선공산당 기관지였던 ≪해방일보≫ 1946년 2월 9일과 10일에 발표된 이 글은 실제로는 모스크바 삼상회의 결정이 있은 직후인 1월에 기초된 것이다. 이 글은 조선공산당의 문학노선을 밝히는 중요한 글임에도 불구하고 이 시기 문학운동을 해명하는 연구에서는 거의 다루어지지 않았다. 그가장 큰 이유는 아마 이 글을 기초한 사람이 밝혀져 있지 않기 때문일 것이다. 당시 많은 이론가들 중 「노선」의 작성에 참여한 사람이 누구인지 밝혀지지 않은 상태에서 이론 수준이나 의미를 논하는 것은 자칫 실수할 위험이 있기 때문이다. 그 외에도 이 글이 당시 무성하게 논의된 민족문학론을 포함한 많은 비평적 글과 어떤 관계에 있는가 하는 것이 쉽게 드러나지 않기 때문에 그냥 지나치곤 했던 것으로 보인다. 하지만 「노선」은 당시의 문학운동에서 매우 중요한 글이기에 그냥 넘어가서는 안 된다.

우선 지적해야 할 것은 이 글에서 비로소 민족문학론이 명시적으로 드러나고 있다는 점이다. 「노선」에서는 앞으로 건설해야 문학의 성격이 계급문학인 프롤레타리아 문학이 아니라 민족문학이라고 못박고 있다. 1945년 12월 13일에 있었던 조선문학가동맹의 창립 총회의 성명서 그 어디에도 민족문학에 대한 언급이 없었던 것을 고려하면, 「노선」에서 민족문학에 대한 언급이 나온다는 것 자체가 매우 특별하다는 것을 알 수 있다. 「노선」의 발표를 계기로 민족문학론은 이후 조선문학가동맹이 건설할 문학의 성격으로, 전체의 지향으로 자리잡게 되었고 이후 많은 문학가들이 이를 지침으로 자신의 문학적 방향을 제시하게 되었다.

그러면 어떤 계기에 의해 이러한 문건이 작성되었는지 궁금하지 않을 수 없다. 이것을 파악하기 위해서는 「노선」의 제11항목을 주목할 필요가 있다.

금번 모스크바 삼국 외상회담의 조선문제에 대한 결정은 다만 정치적 경제적 부흥에 있어 민주주의 노선으로 건설함을 구체화한 것뿐 아니라 문화 건설에 있어서도 민주주의 민족문화 노선으로 발전함을 원조 협조할 것을 결정한 것이다. 그러므로 문화 분야에서 활동하는 우리는 이 민주주의 문화 노선을 적극 지지하는 동시에 널리 인민에게 이 결정의 역사적 의의를 선전하여 민족분열을 고의적으로 책동하는 국수적 반민주주의적 경향을 인민으로부터 분리시켜 꾸준한 계몽활동에 주력해야 할 것이다.

민족문학 노선의 테제가 수립될 수 있었던 가장 결정적인 계기가 바로 모스크바 삼상회의의 결정임을 위의 인용 대목은 잘 보여준다. 그러면 모스크바 삼상회의가 어떤 점에서 민족문학론의 수립에 중요한 계기로 작용하였는가? 필자가 보기에 가장 중요한 것은 장차 건설할 정부의 성격이 그동안 지향하였던 인민공화국이 아니라 민주주의 공화국, 즉 민주공화국이라는 것을 분명히 했다는 점이다. 당시 지식인들은 장차 수립할 정부의 정체가 어떤 것이어야 할지 많은 논의를 하고 혼란도 컸지만 더욱 힘들었던 것은 소련과의 관계를 어떻게 설정해야 할 것인가였다. 그런데 정작 소련이 미국 등 다른 국가들과 더불어 해방된 한반도에 수립할 정부의 성격을 민주주의적 정부로 결정했다는 것은 자본주의가 발전한 유럽 국가들과 다른, 식민지 경험을 가진 나라들의 특수성을 적극적으로 인정하는 것이었다. 그렇기 때문에 그동안 식민지 경험 등 조선의 특수성을 중요하게 고려하였던 이들은 자신감을 갖고 향후 건설할 문학의 노선을 계획할 수 있었던 것이다.

물론 「노선」에서는 이런 새로운 입장이 광복 직후 작성된 박헌영계 조선공산당의 8월 테제, 즉 「현정세와 우리의 임무」와 긴밀히 연관되어 있음을 강조하고 있지만, 이는 어디까지나 자신들의 노선이 갖는 일관성을 강조하기 위한 것으로 이해하는 것이 타당할 것이다. 중요한 것은 모스크바 삼상회의 결정이라는 새로운 정세가 전개되면서 이전에는 예측하지 못하였던 상황에 대해 탄력적으로 대응한 결과물이 「노선」이라는 점이며, 삼상회의의 결정을 조선적 특수성의 강조와 연관시켜 이해하려 했던 이들이 「노선」을 만들었다는 점이다.

이런 중요성을 갖는 「노선」을 과연 누가 작성했을까? 아니 누가 작성할 수 있었을까? 필자는 김태준이 「노선」의 작성에 깊이 관여하였다고 판단한다. 이러한 판단의 근거는 다음 두 가지이다. 첫째는 「노선」과 비슷한 시기에 발표된 김태준의 글 「문학유산의 정당한 계승방법」이 「노선」을 강조하여 인용하고 있다는 점이다. 1946년 2월의 조선문학자대회에서 발표된 글 중 「노선」을 직접 인용하면서 자신의 입론을 펼친 사람이없다는 사실을 고려하면 이러한 인용은 김태준 자신이 이 문건 작성에 깊이 관여하고 있었음을 반증하는 것이다. 둘째는 「문학유산의 정당한 계승방법」에서 민족문학론 수립의 계기로 모스크바 삼상회의를 드는 것 자체가 「노선」의 인식과 매우 흡사하다는 점이다. "이제 정치적 해방의 서광은 문화적 광야에 투사하고 있다. 삼상회의가 결정한 국제노선에도 조선민족 독자의 민주주의 민족문화의 건설이 요청되어 있고"라고 하는 대목에서 모스크바 삼상회의의 결정으로 인해 민족문학론이 가능할 수 있었음을 이야기하는 것 자체가 「노선」의 그것과 대단히 흡사하다. 이런 점들을 전체적으로 고려할 때 「노선」의 작성에 김태준이 깊이 관여했다고 보아도 무리가 없을 것이다.

그렇다면 광복 직후 민족문학론의 수립에 결정적 역할을 한 「노선」 작성에 김태준이 관여하면서 기여한 것은 무엇일까? 그것은 바로 민족문제를 포함한 조선적 특수성에 대한 확고한 인식이다. 앞서 말하였던 것처럼 이 문건이 나오기 전까지만 하여도 삼팔선 이남에서는 '민족문학'이란 말에 상당한 거부감을 보였고 이를 사용하기에 주저하였다. 그럴 수밖에 없는 것은 그 동안 프로문학을 했던 이들로서는 민족문학이란 프롤레타리아의 계급문학과 대치되는 부르주아의 문학이라고 간주해 왔기 때문이다. 그렇기 때문에 설령 프롤레타리아 문학이 더 이상 현실에 맞지 않는다고 생각하는 사람이라도 그 대신에 민족문학을 이야기하기는 쉽지 않았다. 이런 상황 속에서 프로문학 대신에 민족문학을 당의 공식노선으로 결정하려면 조선적 특수성에 대한 확고하고 분명한 인식이 전제되어야 한다. 김태준은 연안의 중국혁명을 체험하면서 다분히 유럽 중심주의적 혐의가 짙은 코민테른의 부르주아 민주주의 혁명론과는 다르게 식민지와 반식민지의 역사적 경험을 중시하는 새로운 변혁노선에 대한 사유를 진행하였고 이는 「노선」의 작성에 매우 중요한 계기로 작용한 것으로 보인다. 김태준이 예의 보고문 「문학유산의 정당한 계승방법」에서 과거 카프를 비판하면서 중국 연안 지역에서 이루어진 민중문학의 성과를 거론하는 대목은 민족문학론을 수립하는 과정에 김태준의 연안에서의 체험이 깊이 스며들고 있었음을 시사한다.

카프 10년간의 성과는 컸었다. 이기영의 「고향」 같은 작품은 일제 압박하에 있어서의 농민의 처참한 생활정경과 양심적인 청년들의 농촌계몽, 공장 내 조직활동, 선전 등을 서술한 대표적인 작품임에 틀림없다. 그러나 당시 작품의 일반적 특징은 당시의 문예노선이 당시의 정치노선에 배합되어 있었던 만큼 좌경적 오류를 범하고 있었고 또 그 집필자들이 모두 전문대학을 졸업한 창백한 고급 인텔리들이었기 때문에 그 생각은 민중적 입장에 서지 못하고 그 표현은 대상을 파악하지 못하고 숙련되지 못했기 때문에 모처럼 민중에게 알리기 위하여 , 인민의 이익을 위하여 쓴 글도 민중은 읽어보지도 못하고 말았다. 그래서 카프의 반역자들로 하여금 "얻은 것은 이데올로기요, 잃은 것은 예술이다"라는 구실을 주게 되었던 것이다. 우리는 모든 문학인에게 외친다. 대중 속으로 들어가자고, 몸소 대중의 일원이 되어 그 생활을 실천하고 그 감정과 그 의식을 바로잡고 그 언어를 배우지 않고는 대중을 위한 문학자가 될 수 없다. 우리는 이 점에서 카프문학을 비판적으로 섭취하여야 할 것이다. 우리는 이제 온갖 과거의 문학유산을 재검토하여 계승하여야 할 엄정한 시기에 당면하고 있다. 중국 최근의 작가들이 『삼국지』, 『수호지』, 『열국지』, 『악무목전』 같은 고대소설 속에서 현재의 정치사정에 비추어 가장 계몽하기 적절하다고 보는 항목을 떼서 「삼타주가장」, 「진회」, 「장의」, 「조원」 같은 각본을 써서 '구형식에 신내용이라'는 새로운 시험을 하는 것도 한 개의 묘안이다.[1]

카프문학이 민중성을 결여하고 있었음을 비판하면서 그 준거점을 연안을 비롯한 중국 해방구 지역에서의 문학예술의 창작을 둔 것은 김태준이 광복 후 새로운 문학의 방향을 기초함에 있어 연안 체험이 크게 작용했음을 말하는 것이다. 그런 점에서 이 시기 김태준의 문학적 방향을 논할 때 연안 체험을 빼고는 제대로 설명할 수 없다. 그런데 이 연안 체험이라는 것은

---

1) 김태준, 『건설기의 조선문학』(아문각, 1946), 134~135쪽.

문학의 민중성과 같은 문제에 국한되는 것이 아니고 우리나라와 같은 약
소 피압박 나라들의 근대인식과 그에 따른 사회변화의 진로문제에까지 미
칠 정도로 대단히 폭넓고 깊은 것이다. 변혁의 노선과 경로를 새롭게 정립
하는 계기를 마련할 정도로 지대한 것이다. 이런 준비가 있었기 때문에 김
태준이 민족문학론을 말할 수 있었던 것이다. 실제로 이 시기 김태준 이외
의 조선문학가동맹의 이론가들에게서도 이러한 사고의 흔적을 읽을 수 있
는데 이원조가 쓴 「민족문화 발전의 개론」의 다음 대목은 이를 아주 극명
하게 보여주고 있다.

　　한 가지 주의해야 할 것은 역사란 반드시 순차적으로 진화론적으로 발전
　　하는 것이 아니라 때로는 비약적인 발전을 함으로써 혁명기라는 것이 항상
　　역사발전의 진정한 상태이란 것이다. 그러므로 우리가 오늘날 민족문화를 건
　　설한다는 것은 봉건잔재를 청산한다는 데서는 한 개의 혁명적 단계에 당면
　　한 것이지마는 이 혁명적 단계란 모택동 씨가 그 주저인 '신민주주의론'에서
　　지적한 바와 마찬가지로 이미 완료된 부르주아 민주주의 혁명의 일부가 아
　　니고 세계 무산계급혁명의 일부분인만큼 그리고 이 명제는 모씨가 언급한
　　중국혁명에 국한된 것이 아니라 오늘날 세계 약소민족혁명의 공통된 규정인
　　동시에 특히 중국과 모든 역사적 성격을 유사히 한 조선에 있어서는 더욱 중
　　요한 말이라고 안 할 수 없는 것이다. 그러므로 우리의 혁명단계를 이렇게
　　규정한다면 우리 문화혁명으로서의 민족문화 수립이란 것도 봉건잔재를 청
　　산함으로써 이미 선진국가의 퇴폐기를 경료한 시민문화를 수립하는 것이 아
　　니라 세계적으로 대두하는 무산계급문화의 영향 영도하에서의 민족문화일
　　것은 두말 할 것도 없는 것이다.[2]

소련 등의 나라와 다른 중국 조선과 같은 약소국가의 특수성을 말하면서

---

2) 이동영 편, 『이원조 문학평론집』(형성출판사, 1990), 239쪽.

모택동의 '신민주주의론'을 참고하고 있다는 것은 중국 연안 체험이 이 시기 문학가들에게 깊이 들어와 있다는 것을 그대로 보여주고 있다.[3] 또한 이러한 시각의 전환으로 하여 기존의 소련의 경험을 모든 사고의 기준으로 삼던 태도에서 벗어나기 시작한다는 점을 확인할 수 있다. 이러한 전반적 변화의 중심에 김태준이 서 있다는 것은 아주 분명해 보인다. 물론 김태준과 무관하게 이원조 자신이 중국의 해방구 경험을 자신의 형인 이육사 등을 통하여 체득한 것으로 볼 수 있을지 모른다. 설령 그렇다 하더라도 김태준이 이 무렵에 귀국하여 연안에서의 체험을 여러 사람들에게 들려준 것과 무관하다고 말하기는 어려울 것이다.[4]

그런데 김태준이 변혁노선에 대하여 새로운 사고를 하게 되고 이에 따라 민족문학론을 제출할 수 있었던 것이 전적으로 연안에서의 중국혁명으로부터 받은 시사 때문인가? 필자가 보기에 어느 정도는 그렇다고 할 수 있지만 그것만으로 설명하기에는 부족한 점이 있다. 사실은 일제하에서 김태준

---

3) 당시 조선의 변혁노선 모색에 있어 중국의 '신민주주의론'이 끼친 영향은 비단 이원조에게만 드러나는 것은 아니다. 조선문학가대회에서 행한 신남철의 글에서도 확인할 수 있다. "우리가 지금 말하는 민주주의는 말하자면 '신민주주의'입니다. 새로운 의미가 부여된 민주주의입니다. 진보적 민주주의인 것입니다. 그것은 모택동 씨가 1940년 2월 20일 연안 각계헌정촉진회성립대회에서 한 연설에 있는 바와 같이 '신민주주의적 정치, 신민주주의적 헌정'입니다. 그것은 진부한 과거의 구미류의 자산계급 전제의 소위 민주주의는 아닙니다. 그와 동시에 최신의 소련식의 프롤레타리아 전제의 민주정치도 아닙니다. 세계의 조류에 합하고 조선의 국정에 합한 신민주주의입니다."라는 대목은 연안이 중심이 된 중국의 경험이 당시 지식인들에게 새로운 진로의 모색에 큰 자극을 주었음을 보여준다. 김태준, 『건설기의 조선문학』, 155쪽.
4) 당시의 이러한 정황을 알려주는 대표적인 글로 김영건이 조선문학자대회에서 한 보고 「세계문학의 과거와 장래의 동향」을 들 수 있다. 김영건은 "이번에 연안에서 돌아온 김태준 씨의 말에 의하면 연안에 있는 중국문학자들은 누구를 막론하고 근로 작업에 종사하여 적어도 자기가 일 년 이상 먹을 농사는 자기 손으로 지어 놓도록 되어 있다 한다. 또 문학자가 노동자 농민 병사와 하나가 되어 같이 생활하고 같이 투쟁해야 한다는 것은 1942년에 연안문예좌담회에서도 모택동 씨가 이를 고조했다 한다"라는 대목은 김태준의 연안 체험이 해방 직후 문학운동의 노선 모색에 큰 기여를 했음을 알려준다. 김태준, 『건설기의 조선문학』, 121쪽.

94

스스로 체득한 조선적 특수성에 대한 인식에서 비롯되었던 것이다. 그런 점에서 광복 직후의 김태준의 민족문학론의 이해를 위해서라도 일제하 김태준의 인식 변화에 대한 추적은 필수적이다.

국제주의와 조선적 특수성 사이의 긴장

김태준 사유의 핵심을 이루고 있었던 국제주의와 조선적 특수성 사이의 긴장이 시작된 것은 1933년을 전후한 무렵으로 보인다. 그 이전에는 그 자신이 규정하고 있듯이 막연한 국수주의 혹은 민족주의의 시각 속에서 조선학을 탐구하고 있었기 때문에 국제주의에 대한 문제의식은 전혀 없었다. 이런 국수주의 혹은 민족주의는 김태준이 이리농림을 다닐 무렵 생성된 것이다. 당시 이리농림은 다른 일반의 고등보통학교와 달리 일본인과 조선인이 같이 학교를 다니고 있었다. 당시 식민지 교육체계에서 일본인과 조선인이 원천적으로 다른 학교를 다니는 것은 아니었다. 겨레별로 학교를 나누는 것이 아니고 일본어 상용 여부에 따라 학교를 구분하였기 때문에 조선인 중에서도 일본어를 유창하게 하는 사람은 소학교와 중학교를 진학할 수 있었고 그렇지 않은 사람은 보통학교와 고등보통학교에 진학해야만 했다. 김태준이 다녔던 당시 이리농림의 학적부를 보면 일본인과 조선인이 섞여 있음을 확인할 수 있었다. 그런만큼 일찍부터 겨레별 차별이 심할 수밖에 없었다. 또래의 많은 조선인 학생들이 다녔던 고등보통학교는 조선인 학생이 대부분이었기 때문에 학교 내에서는 민족 차별이 크게 두드러지지 않았다. 물론 교장을 비롯한 교사는 일본인이 많았기 때문에 이것으로부터 야기되는 차별은 확연하였지만 같은 학생들 사이에서는 민족 차별은 문제가 되지 않았다. 하지만 이리농림의 경우 선생과 교장뿐만 아니라 학생들의 다수가 일본인이었기 때문에 그 속에서 조선인 학생들은 일상적으로 차별을 받을 수밖에 없는 구조였고 때로는 일본인과 조선인 사이에 충돌이 일어나기도 하였던 것이다.[5] 이런 환경 아래 김태준은 상대적으로 일찍 민족주의에 눈을 뜨기 시작하였던 것으로 보인다. 그가 집안에서 한학을 배웠다고 하는 것을 미루어 볼 때 학교 입학 이전에도 민족주의적 성향을 가졌을 소지가 많은데 이리농림 시절을 계기로 하여 더욱 그렇게 되었던 것으로 보인다. 이런 배경에서 김태준은 이리농림을 마치고 경성제대에 진학하면서 중국문학을 전공으로 선택할 수 있었고, 그러면서도 또한 조선학에 열정적으로 매진할 수 있었던 것으로 보인다.

하지만 이 무렵에만 해도 김태준은 민족주의적 시각 혹은 실증주의적 시각으로 조선학을 하고 있었기 때문에 국제주의라든가 하는 것에 대한 관심은 존재하지 않았다. 그가 민족주의에 대해 일정한 거리를 가지면서 사회주의적 국제주의에 기울게 된 결정적 계기는 미야케를 비롯한 경성제국대학 사회주의 연구 그룹과의 관계를 맺기 시작하고 그들과 같이 공부를 한 것이었다.[6] 미야케 사건으로 검사국에 송치된 사람들의 명단에 김태준의 이름은 보이지 않지만 본인이 이 사건에 연루되어 검거된 적이 있다고 진술하는 것을 미루어 볼 때 경찰 수사를 받았지만 송국되지는 않았던 것으로 보인다. 김태준은 이들과 같이 어울려 공부를 하면서 강한 영향을 받아 사회주의적 지향을 갖게 되었을 것이다.

김태준이 이전의 민족주의에서 사회주의로 바뀌어나가고 있다는 것은 1933년 5월에 《조선일보》에 발표한 「조선학의 국학적 연구와 사회학적 연구」를 통해 확인할 수 있다. 이 글에서 김태준은 그 동안의 조선학이 민족주의적 입장에서 접근한 것을 비판하고 당대의 사회적 맥락 속에서 연구할 것을 촉구하면서 기존의 민족주의적 조선학을 넘어서는 대안을 추구하고 있다. 자신의 이러한 새로운 사고를 문학 연구에 본격적으로 적용한 것이 1935년 《동아일보》에 발표한 「춘향전의 현대적 의의」(1.1~1.10)이다. 이 글을 통하여 사회주의적 입장에서 조선학과 조선문학을 연구하는 것의 한 전범을 마련하였다고 김태준은 자부하고 있다.. 해방 후 김태준은 이러

---

5) 김태준 피의자 신문조서, 233쪽.
6) 김태준 피의자 신문조서, 235쪽.

한 사정을 다음과 같이 회고하고 있다.

다수 진보적 견지에서 서술된 것으로 천태산인 「춘향전의 현대적 해석」, 임화 「신문학사 서설」(중앙일보), 임화 「조선신문학사」(조선일보). 그러나 전 문학 영역에서 볼 적엔 이러한 개론적 연구만으로는 아직도 창해일속 같은 느낌이었다. 8·15 이전은 민족 전체의 생활의 위기요 국어국문 등 문화파멸의 위기였다. 따라서 국어국문을 사수하는 것만으로 비록 당시 조선의 국수주의적 국어국문의 연구도 그것의 반제적 급선봉의 의의에서 전투적 진보적 역할을 한 것이었다.[7]

민족주의적 입장에서 이루어진 조선학의 연구가 일제 식민지하에서 갖는 일정한 의의를 부정하지 않는 가운데 자신과 임화가 행한 진보적인 조선학과 조선문학 연구를 언급하면서 「춘향전의 현대적 해석」을 거론하고 있는 것은 이 글이 당시 김태준 자신의 지적 행로에서 얼마나 중요한 의미를 가진 것이었는가를 다시 한 번 확인하게 한다.

국수주의적 조선학과 전통해석에 대한 김태준의 비판은 조선학 연구자들에게만 국한되지 않았다. 당대의 현장비평가들에게도 가차없는 비판을 가하였다. 그 대표적인 예가 프로문학에서 벗어나 조선적 전통을 이야기하던 백철에 대한 김태준의 비판이다.

문화의 전통성만을 찾자는 것도 군(백철을 가리킴 —— 인용자)의 근일의 심경일지 모르나 세계성을 떠나난 전통성이 어디 따로 성립할 수 있을까. 엄밀히 세계성과 특수성을 구별함이 없이 조선적 한계성을 역사 위에 찾자는 것도 위험하지만 사학에 대해서 거의 '무지'에 가깝다고 할 만한 건필을 휘두르는 것은 어린아이에게 칼을 준 것 같아서 실로 위험천만이다.[8]

7) 김태준, 『건설기의 조선문학』, 132쪽.
8) ≪비판≫, 1937. 7.

백철이 조선의 전통과 동양을 이야기하는 것에 대한 김태준의 이러한 비판은 비단 백철에만 국한된 것이 아니고 이 시기 전통을 비역사적으로 추구하려고 하는 모든 논자들을 향한 것이다.

전통을 비역사적으로 추구하는 국수주의에 대한 김태준의 비판에서 놓쳐서는 안 될 것은 국제주의와 조선적 특수성 사이의 긴장이다. 앞서 인용한 백철 비판에서도 잘 드러나고 있는 것처럼 김태준은 '세계성과 특수성의 차이'를 강조하고 있다. 세계성을 떠난 전통을 논의하는 것에 대해서도 비판적이었지만 동시에 조선적 특수성을 떠난 세계성 혹은 국제주의에 대해서도 마찬가지의 비판을 가하고 있다. 국수주의나 민족주의에 대한 비판에 비해서 훨씬 조심스러운 태도를 가지기는 하지만 이에 대한 비판 역시 정교하게 이루어지고 있다. 1930년대 후반, 즉 김태준이 사회주의적 지향을 분명히 한 시점에서도 조선적 특수성에 대한 강조와 이를 기반으로 한 조선학에 대한 연구는 결코 약화되지 않았던 것이다. 이 시기 김태준의 이러한 관심의 방향을 잘 보여주는 예가 바로 『조선문학전집』의 편찬사업이다.

『조선문학전집』의 편찬은 1930년대 후반 김태준이 매우 적극적으로 밀고 나간 일 중의 하나이다. 『조선문학전집』 편찬 과정에서 그는 두 사람을 만나게 된다. 한 사람은 신명균이고 다른 한 사람은 임화이다. 처음에는 신명균과 같이 『조선문학전집』을 편찬하다가 사정의 여의치 않자 임화와 더불어 이 작업을 계속한다. 신명균은 자신이 직접 경영하는 중앙인서관에서 여러 종류의 조선학과 관련된 책을 발행하였다. 신명균은 조선어학회에 참가하여 그 일원으로 활동할 뿐만 아니라 학회의 기관지인 한글 잡지를 이곳에서 낼 정도로 조선어학회 활동에 적극적이었다. 하지만 조선어학회의 민족주의적 입장에 대해 거리를 두기 시작하면서 다른 길을 모색하다가 김태준을 만나 의기투합하였던 것으로 보인다. 현재 필자가 본 『조선문학전집』은 제5권 소설집 하나뿐이다.[9] 필자가 추측하기에 김태준과 신명균은

---

9) 1936년 10월 중앙인서관에서 초판 발행.

『조선문학전집』을 몇 권 내기로 결정하고 그 구체적인 목차를 정하여 하나씩 내다가 예산 등의 문제로 중단하였던 것으로 보인다. 이후 김태준은 이 작업을 학예사로 옮겨 임화와 더불어 작업을 하기 시작한다. 당시 임화는 과거의 임화가 아니었다. 조선적 특수성을 이야기하던 안함광을 멘셰비키라고 비판하던 시절의 임화가 아니었다. 임화는 1938년 이후 그 동안 자신이 행했던 프로문학이 모험이라고 자기비판하면서 근대성에 대한 검토에 들어갔고 그 과정에서 조선적 특수성에 대해서 강한 인식을 갖기 시작하였다.[10] 그리하여 전통에 대해서 이전과는 다른 입장을 갖고 접근하였다. 조선적 특수성을 인정하지 않던 이전의 입장에서는 전통이라는 것 자체를 말하기 어려웠던 반면 이제는 전통을 차분하게 검토하기 시작하였다. 그렇다고 국수주의적 입장에 가까운 것은 물론 아니다. 그런 입장을 갖고 있던 임화가 학예사의 책을 기획할 때 당연히 전근대 조선문학을 체계적으로 정리하는 작업에 관심을 기울일 수밖에 없었고 그 과정에서 김태준을 만나게 되어 공동의 작업을 수행하였던 것으로 보인다. 김태준이 학예사에서 일련의 조선문학 관련 자료집을 내게 되었던 것이 바로 이러한 역사적 맥락 속에서 이루어진 것이다.

중앙인서관에서 신명균과 더불어『조선문학전집』을 기획하고 학예사에서 임화와 더불어『조선문학전집』을 출판했던 이 시기의 김태준에게 가장 중요한 관심사는 국제주의와 조선적 특수성의 균형이었다. 국수주의적 조선학 연구를 비판하고 평단의 조선주의를 해부하면서 그가 강조한 것은 어디까지나 이들이 조선적 전통에 매몰되어 조선적 특수성과 세계성 사이의 균형을 제대로 파악하고 있지 못한 것이었지 결코 조선학을 한다는 것 자체를 비판한 것은 아니었던 것이다. 그는 누구보다도 조선학을 연구하기로 권장하고 조선에 대한 파악이 없이 이루어지는 그 어떤 활동 심지어 변혁운동에 대해서도 결코 신뢰하지 않았던 것이었다.

---

10) 이에 대해서는 필자의 글 「임화의 이식문학론과 조선적 특수성 인식의 명암」,『임화문학의 재인식』(소명출판, 2004)을 참고.

중국 경험과 식민지의 자기인식

일제 말 김태준의 활동 중에서 가장 두드러진 것은 역시 연안으로의 망명이다. 김태준이 「연안행」을 통하여 자신의 기록을 남기고 있기 때문에 이 대목은 상대적으로 많이 밝혀져 있는 셈이나 김태준의 지적 경로를 탐구하는 데에는 많은 한계를 가지고 있다. 특히 그가 왜 연안을 택하였는가 하는 점에 대해서는 정보가 없다. 다만 김태준은 다양한 혁명가 그룹 중의 하나에서 자신을 파견한 것으로만 묘사하고 그러한 선택의 전후 맥락은 빠져 있다. 하지만 일제 말 경성 콤그룹 사건의 조서 등을 참조하면 이러한 선택이 결코 우연이 아니라 대단히 오래 전부터 준비되어 온 것을 확인할 수 있다. 이 대목은 일제시대와 해방 직후에 걸친 김태준의 지적 경로를 고찰하는 차원에서 매우 중요한 대목을 이루고 있는 부분이기 때문에 상세한 고찰이 필요하다.

김태준과 더불어 경성 콤그룹 사건으로 피검된 사람 중에 조선총독부 경무국 도서과 고원으로 일하면서 김태준에게 중국혁명 관련 문서와 책을 제공한 건으로 체포된 이상옥이라는 인물이 있는데, 그는 이 시기 김태준의 지적 행적을 고찰함에 있어 매우 중요한 존재이다. 이상옥은 경상북도 의성에 있는 공립보통학교를 졸업하고 서울의 양정고보를 다녔다. 졸업 후 일본으로 유학을 하여 동양대학 예과에 진학하여 1930년 같은 대학 중국철학과에 입학하였으며 1933년에 졸업하였다. 1934년부터 경성제국대학 대학원에 입학하여 중국철학을 연구하였고 1936년부터 조선총독부 경무국 도서과 고원으로 일하였다. 그가 이 도서과에 근무할 때 김태준의 요청을 받고 중국혁명 관련 도서와 신문 등을 그에게 건네준 것으로 검거되었다.[11] 김태준과 이상옥이 어떤 인연으로 이러한 작업을 할 수 있었던가 하는 것을 밝히는 것은 현재로서는 어렵다. 추측건대 경성제국대학 대학원에서 중국철학을 전공할 무렵 같은 학교에서 비슷한 전공을 하는 관계로 자주 만나고

---

11) 「소화 17년 豫 제34호 德川仁義 외 46명 판결문」, 133쪽.

친분을 쌓지 않았을까 싶다. 다만 김태준이 중국혁명 관련 자료를 구해 달라고 했을 때, 이상옥은 그것을 제공하는 것이 어떤 위험을 수반할 수 있는가를 아는 위치에 있으면서 그런 위험을 무릅쓰고 자료를 제공한만큼, 김태준과의 단순한 인연 이상의 이유가 있을 것이라고 보는 것이 사실에 부합할 것이다.

김태준과 이상옥이 얽힌 이 사건을 통해서 알 수 있는 것 하나는 김태준이 연안으로 가기 전에 이미 중국혁명 특히 연안에서 이루어지는 모택동의 활동과 변혁노선에 대해서 매우 상세하게 공부하였다는 점이다. 1937년 중일전쟁이 발발하자 진보적 변혁그룹에서는 이 전쟁을 조선혁명의 새로운 계기로 받아들였다. 중국이 승리할 경우 조선의 독립 혹은 사회혁명은 훨씬 가까워진다는 생각이었다. 그리하여 이 무렵부터는 중국의 정세에 대해서 각별한 관심을 갖고 주목하기 시작하였다. 중국의 승리와 일본의 패망을 사회혁명의 계기로만 보는 사람과 달리, 이를 또한 조선 독립의 계기로 보는 사람들은 중국혁명의 성격에 대해 각별한 관심을 갖게 될 수밖에 없었다. 그 동안 러시아 혁명의 경험만을 유일한 참고의 전범으로 삼았던 사람들에게 이는 큰 충격이 아닐 수 없었다. 소련 등지에서 교육을 받았던 사람들은 여전히 그러한 경험에 긴박되어 있던 반면, 김태준과 같이 중국을 공부하면서 식민지와 반식민지 역사의 특수성을 어느 정도 감지하고 있었던 이들은 중국혁명의 새로운 모델을 연구하기 시작하였다. 중국이나 조선의 근대가 경험하고 있는 식민지의 위기와 억압 그리고 자본주의의 미성숙 문제 같은 것은 러시아 등 유럽에서 발견할 수 없는 매우 특수한 사정이기에 이에 대한 사유를 진행할 수밖에 없었던 것이다. 잘 알려져 있는 것처럼 모택동의 '신민주주의론'이 바로 이러한 문제의식에서 나온 것임을 감안할 때 이 무렵 김태준이 중국의 혁명 문건을 보면서 어떠한 생각을 하게 되었는가 하는 것은 그렇게 어렵지 않게 추측할 수 있다. 러시아를 비롯한 유럽의 혁명 경험이 혁명을 사유하는 유일한 원천으로 되어 있던 당시의 조선의 지식인 현실에서 이러한 참고 대상의 이동은 매우 중요한 의미를 가질 수밖에 없다. 앞서 보았던 것처럼 국제주의와 세계성 속에서 조선적 특수성을 끝없이 생각하고 있던 김태준이고 보면 이는 더욱 중요하다. 그가 민족주의 시절 중국을 두 차례나 방문했고 중국을 전공하였던 경험을 고려하면 사태는 더욱 분명해지는 것이다.

　이러한 점을 감안하면 김태준의 연안행은 결코 우연이 아니다. 그가 그 동안 공부하였던 것을 바탕으로 새로운 노선을 추구한 것으로 국제주의와 조선적 특수성에 대한 사유를 한층 구체적으로 밝힐 수 있는 결정적 계기였다고 할 수 있을 것이다. 그 동안 조선적 특수성을 생각할 때에는 식민지라든가 자본주의의 미성숙 같은 문제들이 사유의 한 축을 이루고 있었지만 민족이라는 어휘가 부르주아적인 것으로 직접 간주되는 상황 속에서 이를 내놓고 말하기 어려웠던 것이었기에 함부로 공론화할 수 없을 뿐만 아니라 이를 이론적인 단계로 밀고 나갈 수도 없었던 것이다. 하지만 김태준은 중국혁명의 경험을 배우면서 자신의 생각에 자신을 가지게 되었고 조선적 특수성을 식민지의 문제로까지 발전시켜 나가게 되었던 것이다.

　김태준이 연안에서 무슨 활동을 했는가에 대해서 우리는 많은 정보를 가지고 있지 못하다. 분명한 것은 그를 보증할 수 있는 사람이 없었던 관계로 연안에서 공개적인 활동을 활발하게 하지는 못하였다는 것이다. 당시 중국에서 많은 조선인들이 일본의 앞잡이로 활동했던 것 때문에 중국 당국은 모택동 쪽이든 장개석 쪽이든 조선인들을 불신했다. 그러니 김태준도 그 이상의 처우를 받기는 어려웠을 것이다. 하지만 그 덕에 김태준은 그곳에서 중국혁명 관련 책들을 탐독하였고 그 과정에서 자신이 그 동안 걸어온 길에 대해서 자기점검을 할 수 있었을 것이며 나아가 조선의 미래에 대한 생각을 정리할 수 있었을 것이다. 바로 이러한 사유의 시간을 가졌기 때문에 해방 직후 귀국하여 자신의 새로운 구상을 펼쳐 보일 수 있었을 것이다. 특히 그 동안 일제하에서 이루어졌던 프로문학을 비판하면서 이를 계승하여 민족문학론을 내놓았던 것은 이러한 사유의 시간을 빼고는 생각할 수 없는 것이다.

김태준의 유산

　모스크바 삼상회의 결정 이후 민주주의 조선임시정부를 수립하는 일에 매진하였던 김태준은 새로운 복병을 만나게 되었다. 세계사적 차원에서 이루어지는 냉전이었다. 1946년 5월 미소공위가 휴회되는 것을 목격하면서 더욱 불길한 생각을 가지게 되었다. 이 휴회 자체가 한반도 내에 있는 여러 정치 세력의 분열에도 기인하지만 더욱 중요한 것은 바로 세계적 차원에서 진행되고 있는 냉전적 대립의 여파라는 점 때문이었다. 그렇기 때문에 김태준은 미소공위를 재개시키고 그들이 약속하였던 조선임시정부를 수립하는 데까지 나아가게 만드는 것에 모든 것을 걸었다. 그리하여 당시 통일을 바라는 많은 이들의 노력과 투쟁으로 1947년에 미소공위가 재개되었을 때 김태준은 일말의 희망을 가졌지만 이미 사태는 자신의 뜻과는 너무나 거리가 먼 지경으로 나아가는 것을 지켜볼 수밖에 없게 되었다. 특히 1948년 이후 남북에 각각 정부가 들어섰을 때 그 동안의 모든 노력이 헛것이 되고 희망이 산산이 쪼개져 나가는 아픔을 겪었을 것이다. 미국의 우산하에서 단독정부를 차린 남쪽의 선택 그리고 소련의 우산하에서 분단정부를 세운 북쪽의 선택 모두 다 그로서는 받아들이기 어려웠던 것이다. 일제의 침략에 맞서 모택동과 장개석이 통일전선을 만들어 싸웠던 것을 책으로 공부하면서 공감하였고 이후 직접 경험하기도 하였던 김태준으로서는 미국과 소련이 지배하고 있는 세계질서하에서 한반도의 민중의 살 길이었던 통일전선의 노력이 제대로 실천되지 못하는 것을 매우 안타깝게 생각하였을 것이다. 우리 근대사에서 매우 독특한 현실인식과 그것에 바탕을 둔 사유를 감행하였던 한 지식인 김태준이 남긴 문제의식은 그의 탄생 100주년을 맞이하는 지금도 아직 끝나지 않은 것임을 우리는 기억해야 할 것이다.

『조선소설사』의 탈식민적 가능성

정혜경(순천향대 교수)

김태준(1905~1949)은 한국근대사의 문제적 인물이다. 그는 민족해방을 추구하는 실존적 삶과 국문학 연구를 일치시킨 실천적 지식인이었고, 식민지 시대 말기 시국이 급박해지면서 모든 연구를 접고 혁망가로 투신했으며 결국 해방 후 냉전체제의 희생양으로 처형당하고 오래도록 불문에 부쳐졌다. 그의 생애는 파란 많았던 한국근대사를 극적으로 집약하고 있는 셈인데, 지금 우리가 김태준을 주목하는 것은 무엇보다도 그가 당대 현실과의 교섭을 통해 시대가 요구하는 역동적인 방식을 택했다는 점이다.

국문학자 김태준의 주요 저작은 『조선소설사』[1], 『조선한문학사』(조선어문학회, 1931), 「조선가요개설」(≪조선일보≫, 1933. 10. 20~1934. 3. 30) 등이다. 이후 연구자들에게 가장 큰 영향을 미친 저술은 최초의 소설사로 평가받는 『조선소설사』이다. 이 저작의 제목을 이루고 있는 '조선'·'소설'·'사

---

1) 김태준은 처음에 「조선소설사」를 ≪동아일보≫(1930. 10. 31~1931. 2. 14)에 연재했고 이후 1933년 청진서관에서 단행본으로 출간했는데, 1939년에는 그간의 연구를 보완하여 학예사에서 『증보 조선소설사』를 출판하였다. 본고에서는 초판본을 참고하되 1939년 『증보 조선소설사』(본문에서 『조선소설사』라 할 때는 증보판을 가리킨다)를 중심으로 논의를 전개하고자 한다.

(史)'라는 세 가지 요소는 모두 김태준이 당대 현실의 맥락 속으로 던진 질문들이라고 할 수 있다. 일제 강점기에 민족국가의 정체성은 어떻게 규정지을 것인가, 민족의 특수성이 폐쇄성으로 흐르지 않고 보편성과 만날 수 있는 방식은 어떤 것인가, 민족과 계급의 문제는 어떻게 풀어갈 것인가, 소설이란 무엇인가, 소설은 어떻게 형성되어 왔는가, 서구적 잣대를 벗어나 소설을 고찰하려면 어떻게 접근해야 할 것인가, 소설의 역사는 사회사와 어떤 관계를 맺는가, 체계적으로 문학사를 구성한다는 것은 무엇을 뜻하는가 등등 지금까지도 여전히 논쟁적 유효성을 가지는 질문들이 이미 제목 속에 내포되어 있는 것이다.

김태준은 1933년경부터 계급적 관점이 드러나는 글을 쓰기 시작하여 1935년 이후에는 사회주의적 지향성을 강화해 간다. 『조선소설사』는 초판본의 연구성과를 보완하여 적극적인 가치평가를 보여주지만 사적 유물론의 시각이 일관되게 적용되었다고 보기는 어렵다. 그러나 오히려 일관되지 않았기 때문에 조선소설의 실상을 볼 수도 있었고 또는 모순된 형태로라도 열린 지평을 탐색해 볼 수 있었다고 생각한다.

먼저 『조선소설사』의 문제의식은 무엇이었는가? 1933년 초판본 『조선소설사』의 자서(自叙)에서 김태준은 "조선의 것을 한번 보리라는 마음으로 (중략) 본고를 초하엿섯다"[2]고 밝히고 있다. 이 저서에서 먼저 주목해야 할 것은 그가 '조선'이라는 '민족국가'를 상정하고 있다는 점이다. 이는 표기문자에 대한 언급에서 더 뚜렷하게 드러난다. "세종 28년에 제정된 훈민정음이 소설사 내지 문학사상에 가장 큰 공적을 끼쳤다. 진정한 의미의 조선소설 내지 문학은 훈민정음의 제정 이후에 기원을 두엇다는 것이다. 또 정음문학은 종래의 한문학이 귀족적임에 대치하야 문학에 주려 있는 평민에게 절대한 환영을 받아 일사천리로 촌리에 보급되었다"[3]고 설명하고 "조선의 국민문예"를 논할 때 "정음의 제정과 정음문학의 난숙기인 세종 숙종의 시

---

2) 김태준, 『조선소설사』(청진서관, 1933), 1쪽.
3) 김태준, 『조선소설사』(학예사, 1939), 24쪽.

대를 대서특필하지 아니할 수 없다"[4]고 천명하였다. 이는 김태준이 『조선소설사』라는 저술을 통해 '민족문학'을 '구성'하고자 했음을 보여준다. 일제 강점기라는 당대 현실의 맥락에서 민족문학이라는 담론은 그 존재 자체로서 식민사관에 저항하는 가치 지향적 실천성을 확보하는 것이었다. 김태준이 「조선소설사」를 신문에 연재할 당시에는(일간신문에 소설사를 연재한다는 기획 자체가 피력하듯이) 이른바 '조선학'에 해당하는 여러 민족(문학)담론들이 일어나고 있었는데, 그들과 김태준은 어떻게 다른가? 중요한 것은 김태준이 말하고자 했던 '민족문학'의 구체적인 속성이다.

이는 당시 김태준이 적극적으로 비판했던 견해가 무엇이었는지, 다시 말해 그가 스스로 경계하고자 했던 것이 어떤 것이었는지를 살펴봄으로써 접근할 수 있다. 저자는 「제7편 문예운동 후 사십 년간의 소설관」에서 "현실의 요구 있는 역량 있는 작가를 기다"[5]린다고 천명함으로써 당대 현실에 대한 적극적인 인식과 실천적 의지를 피력하였다. 그에게 궁극적인 관심사는 자신이 속해 있는 현재이지만, 한문에 대한 해박한 지식과 엄청난 양의 자료를 기반으로 실제 『조선소설사』의 대부분을 고전 연구에 할애하고 있다. 김태준에게 고전 연구가 중요했던 것은 "현실은 과거의 연장이요 미래는 현실의 연장이기 때문에 항상 현실을 이해함에는 과거와 현실을 각각 한 토막씩으로 분리시킬 수 없는 것"[6]이며 "과거에 대한 정당한 인식이 없는 문화운동은 또한 정당한 진로로 향할 수가 없"[7]다는 인식에서 비롯되었다. 과거와 현실(현재)의 내적 관계를 강조한 것은 당시 학계와 문단에서

---

4) 김태준, 앞의 책, 25쪽.
5) 김태준, 『조선소설사』(청진서관), 206쪽.
　　본고는 1939년 『증보 조선소설사』를 대상으로 하지만, 20세기 근대문학을 서술하는 부분에서는 당대 정세 탓이었는지 1939년판이 1933년판보다 좀더 사실 기록 쪽으로 기울어져 있어 여기서는 적극적인 평가를 보인 초판본 『조선소설사』의 예를 들었다.
6) 김태준, 「사학연구의 회고, 전망, 비판(完)」, 《조선중앙일보》, 1936, 『김태준 전집』 3, 205쪽.
7) 김태준, 「고전 탐구의 의의」, 《조선일보》, 1935, 『김태준 전집』 3, 136쪽.

주창되었던 두 가지 견해에 대한 비판과 직결되어 있다.

안자산이 『조선문학사』에서 조선(祖先)숭배, 순후다정(淳厚多情), 평화낙천, 정의인도(正義人道) 등의 7조를 "조선인의 민족성(본성)"[8]으로 서술한 것처럼 이른바 국학파들은 '조선의 얼', '낭인정신', '조선정신' 등을 논하였는데 김태준은 이러한 주장을 신랄하게 반박하였다. "아닌게아니라 과거의 '조선'에 돌아가서 그 어이해서 이꼴이 되엿으며 이에 대해서 우리는 장차 어떠케 할 것이라는 아무 계발도 업시 그저 이 땅의 특수성을 고양함으로써 능사를 삼으며 한갓 보수 퇴영"[9]적 모습을 보여준다는 것이다. 김태준은 그들이 말하는 조선적 특수성이라는 것이 주관적 관념론의 성격을 띠는 것으로, 현실과의 관계를 생략한 "단순한 고전부흥"[10], 감상적 복고 혹은 국수주의에 지나지 않는다고 비판하였다. 민족담론이란 형이상학적인 본질론으로 환원되거나 자칫 특수성이 폐쇄성으로 전화되어 배타적인 자민족중심주의로 기울어질 우려가 상존한다. 그가 비판했던 또다른 쪽은 고전에 대해 관심이 없는 당대 작가들이었다. "고전 수양이 없는 이는 최근의 작가들에 많다. 그는 마치 외국산인 화초의 씨를 조선의 토질 기후도 고려하지 아니하고 조선의 적토 우에 뿌려두는 것과 같이 그가 일시 싹이 틀지라도 잘 성장할는지 의문"[11]이라거나 "과거에 조선문학이 전무하였다고 싹 쓸어버리고 큰시침이를 떼는 것은 이 자칭 '작가'라는 사람들 (중략) 무지에서 나온 것이요"[12]라는 말은 과거를 예찬하는 국학파와는 반대 방향에

---

8) 안자산, 「조선인의 민족성」, 『조선문학사』 附編(한일서점, 1922), 136~175쪽.

9) 김태준, 「고전문학과 문학의 역사성 : 고전탐구의 의의 ——'조선' 연구열은 어데서?(조선문학상의 복고사상 검토)」, 《조선일보》, 1935, 『김태준 전집』 3, 136쪽.

10) "벌써 한 시대가 유전하여왔다 인제는 다산의 꿈꾸고 그리든 그 시대도 세계역사에서 폐막하려 하거늘 아즉도 다산몽에 깨지 못한 완고들이 다산을 그대로 부흥하자고 하니 어이하리요 우리는 단순한 고전부흥에서 맛당히 일보전진하여야 할 것이다."(김태준, 「진정한 다산연구의 길 ——아울러 다산론에 나타난 속학적 견해를 비판함」(10), 『김태준 전집』 3, 47쪽.) 김태준은 『조선소설사』에서도 다산을 중요하게 다루고 있지만 여기에서 보듯이 그것은 철저히 역사적인 접근이었다.

11) 김태준, 『조선소설사』(학예사), 212쪽.

있는 서구 추종이라는 또 하나의 극단을 지적한 것이다.

이 두 개의 극단은 과거와 현재의 단절이라는 점에서 오히려 서로 통하고 있었다. 그리하여 김태준의 민족문학 구상은 배타적인 자민족 중심주의와 서구 중심주의를 경계하는 방향으로 나아가게 된다. 물론『조선소설사』에서도 각 시대별 구체적인 작품을 대상으로 하여 '향토색'이라든가 '조선적 정조'라는 민족문학의 특수성을 이끌어내고 있다. 그러나 자민족 중심주의의 배타성이나 폐쇄성을 배제하기 위해 그는 끊임없이 보편자를 상기해야 했다. 특수성을 주목하되 그것을 보편성과의 관계 아래 사유할 수 있는 세계관으로 그가 선택한 것이 바로 변증법적 유물론과 사적 유물론을 근간으로 하는 사회주의적 관점이다. 김태준은 1930년 즈음 중국의 혁명을 직접 목격한 후 사고의 전환을 경험하면서 유물사관에 입각한 세계관을 실제 국문학 연구에 적용하고자 하였다. 저자가 유물사관에서 가져온 중요한 잣대는 역사적인 접근방식과 피지배계급인 민중을 주체적으로 바라보는 인식 태도이다. 국학파가 감정적이고 주관적인 방식으로 조선의 특수성을 예찬했던 것에 대해 신랄하게 비판했던 김태준에게 과학성은 매우 필요한 항목이었다. 이러한 측면에서 볼 때 생산력을 중심으로 제관계를 설명하는 사회경제주의적 관점인 사적 유물론은 그에게 과학성을 담보하는 실증적(역사적) 방법론[13]을 제공해 줄 수 있었다.『조선소설사』에 나타나는 광범위한 자료의 섭렵은 각 시대별 정황과 소설 형성과정의 실상을 객관적으로 보고자 했던 지난한 노력의 흔적이다. 동시대 카프 계열 비평가들이 사회주의적 관점을 관념적으로 현실에 덧씌우고자 했던 것을 비교해 보면 김태준의 시도는 실제 현실을 끌어안는 가치 지향성에 대한 의지라고 할수 있겠다.

『조선소설사』에 나타나는 실증적 방법론은 자료의 나열 차원에 머무르기

---

12) 김태준,「조선문학의 역사성(1)」, ≪조선일보≫, 1934,『김태준 전집』3, 169쪽.

13)『조선소설사』에 대해 실증주의적 방법론과 유물변증법적 관점을 이분법으로 구분하여 평가하는 것은 적절하지 않다. 궁극적으로『조선소설사』는 유물사관에 대한 지향을 보여주며, 또한 사적 유물론이 지향하는 과학성은 실증성과 만난다.

도 하지만 전체적으로는 유물사관을 지향하는 움직임에 이끌리고 있다. 유
물사관 역시 근대적 인식의 하나인 바, 『조선소설사』를 포괄하는 전체 원
리는 진화론적인 시각에서 근대로의 필연적인 이행(移行)이다. 김태준이
과거와 현재를 단절적으로 인식하는 두 경향을 비판했던 데에 암시되어 있
듯이, 『조선소설사』는 고대와 중세를 거치는 동안 내적 모순에 의해 자생
적인 근대의 징후들이 나타나고 이에 따라 근대적 양식인 소설로 변모되었
다는 법칙을 전제로 하고 있다. "소설이 발달하여 온 경로"라든지 "새 것
이란 것은 낡은 것 속에 배태되어 낡은 것을 부정하고 나온 것"[14], "자체
모순의 성장"[15]이라는 말에서 보는 것처럼 김태준은 역사 혹은 문학사를
내적 모순의 변증법적 발전과정이라고 인식하였다. 이는 한국문학사 연구
에서 이른바 내재적 발전론의 시초라고 할 수 있다. 따라서 "제4편 임진 ·
병자 양란 사이에 발흥된 신문예 ── 제1장 임진란 후에 배태된 신문학"이
라 하여 내부적인 반(反)봉건적 요소의 징후를 임진란까지 거슬러 올라가
잡고 있으며, 영정시대의 소설은 "실사구시의 학풍과 소설의 유행"을 직결
시켜 이미 "근대소설"이라 칭하고 있다. 또한 "신소설은 사회가 많은 고대
적 유제를 포함한 채 근대적 구성을 일러 이것이 이 나라의 사회의 특성을
일운 만큼, (중략) 구소설 즉 이야기책에서 춘원 · 동인 · 상섭 제씨가 쓰기
시작한 현대적 의의의 소설에 닐으기까지의 **교량(橋梁)**을 일워 니른바 과
도기적 혼혈이라, 니약이책에서 대번에 현대소설이 나온 것이 아니라 이러
한 과정을 밟어서 현대소설은 발달하여 온 것이다. 춘원 이후의 여러 작가
의 수법이 전혀 구라파적 수입에서가 아니라 이러한 전대의 전통을 토대로
하고, 즉 니야기책의 장구한 발전과 유명 무명의 신소설 작가의 은은(隱隱)
한 그러면서도 막대한 노력의 성과 우에 입각함으로써 현대의 문학적 세계
의 건설이 성공된 것이다"[16]라고 하여 김태준은 당대 사회의 반영으로 신

---

14) 김태준, 『조선소설사』(학예사), 234쪽.
15) 김태준, 앞의 책, 206쪽.
16) 김태준, 앞의 책, 247~248쪽. 고딕체 강조는 필자.

소설이 보여준 근대를 향한 "교량"적 역할이라는 과도기적 양상, 즉 '내적 연속성'에 비중을 두어 문학사적 의의를 부여하였던 것이다.

『조선소설사』가 연대를 거슬러 올라가는 무리수를 두어서라도 자생적인 근대의 실마리를 찾아내고자 했던 것은 조선의 정체성(停滯性)을 설파하는 식민사관을 극복하기 위해 시도한 학문적 실천이었다. 『조선소설사』는 작품을 해석하고 평가할 때 사적 유물론의 보편적 역사 발전단계를 전제로 한 사회경제사적 접근을 보여준다. "고전의 해석은 먼저 그 고전의 문학사상(文學史上) 위치를 천명하여야 하기 때문에 그 문학이 의존하며 발달하여온 경제력의 발전과정을 먼저 알아야 하는 것이요 또 문학의 발전형에서 그 경제적 구조를 역판단할 수도 있는 것"[17]이라는 언급에서 우리는 저자가 문학을 사회의 반영이라고 보고 있으며 "고전을 산출한 시대성" 즉, 문학의 발생학을 주로 경제적 토대에 두고 있다는 것을 알 수 있다. 그런데 내재적 발전론을 강조하고자 연대를 올라갔던 것에서 예견되었듯, 김태준은 근대성의 요소를 적극적으로 언급하기보다 주로 반(反)봉건적 요소를 곧 근대성으로 아우르고 있다. "임진·병자 양란 사이에 발흥된 신문예" 장(章)에서 임진란 이후에 신문학이 배태되었다고 함으로써 근대성의 징후를 찾아내는 듯하였지만 실제로는 "임진란의 대창이를 받은 후로는 과거에 대한 반성과 미래에 대한 자활적 요구가 맹렬하야 부패한 도덕과 타락한 사회에 그저 무조건으로 복종하기를 염기"하며 "반항과 이상향의 추구는 임란 후 봉건적 '피라밑'의 붕괴에 따라서 생긴 사상"[18]이라는 정도로 추상적으로 언급했을 뿐이며, "근대소설 일반" 장에서는 영정시대의 실사구시 학풍과 함께 근대성의 본격적인 시도들을 찾고자 했으나 『춘향전』 분석에서 각종 물산명, 기물명, 장신구류 등 의식기완의 호사를 다한 시민들의 손에서 "근대적 소유관계의 맹아"를 본다거나 "종래보다 개량된 기계로 다소 상품적 전제하에 가공하는 수공업의 맹아"[19]를 발견하는 선에서 머물

---

17) 김태준, 앞의 책, 185쪽.
18) 김태준, 앞의 책, 67쪽.

고 있다.

이는 근본적으로 내재적 발전론이 가지는 실증적·이념적 한계에서 비롯된 것이지만, 한편으로는 『조선소설사』에 나타나는 각 시대의 경제적 토대에 대한 언급이 전면적이지는 않으며[20] 또 유물사관의 관점을 일관되게 취했다고 보기 어려운 데서 기인하는 것이기도 하다. 그러나 이러한 점은 오히려 당대 현실과 작품의 실상을 직시하는 데 유리하게 작용했다고 볼 수 있다. 예를 들어 김태준이 『홍길동전』에 대해 당시 봉건사회 한가운데에서 양반정치에 반기를 든 반봉건적 행위를 보여준다는 점에서 문학사적 의의를 두었던 데 반해, 민중의 당파성을 강조했던 이명선은 『조선문학사』(1948)에서 『홍길동전』이 서류차별 철폐과 탐관오리 숙정을 주장했을 뿐 근본적으로는 나라에 반대하는 계급혁명을 지향하는 것이 아니었다[21]고 비판하였다. 이명선과 같이 계급적 관점이라는 단일한 척도를 견지했을 때 봉건제 속에서 반봉건적 요소를 드러내는 작품의 양가성을 놓치고 마는 것이다.

『조선소설사』의 미덕은 오히려 생산력의 발전과 계급적 관점이라는 단선적인 측면에만 치중하지 않았다는 데에 있다. 카프 계열 비평가들이 범했던 경직된 사고들, 다시 말해 조선의 현실에 밀착하지 않은 채 보편적 합법칙성과 노동자 당파성만을 강조함으로써 결국 관념적 이론으로 추락했었던 사실을 상기하면 이 점은 좀더 적극적으로 의미를 부여할 필요가 있다. 사회경제주의적 관점의 불철저함은 오히려 김태준의 분석이나 문학사적 안목을 좀더 유연하게 만들어 주었다고 볼 수 있다. 저자는 예를 들어 "후인이 탄괴(誕怪)하다고 할 것이 원시신앙과 고(古)관념의 필연상(必然相)임

---

19) 김태준, 앞의 책, 201쪽.
20) 이명선의 『조선문학사』(1948)를 살펴보면 각 장마다 마르크스주의를 토대로 하는 사회과학 서적들을 동원하여 생산력과 생산관계의 단계적 발전을 설명하고 그것을 문학에 적용하여 작품을 해석하는 것을 볼 수 있다.
21) 이명선, 『조선문학사』(조선문학사, 1948), 142쪽.

을 생각하면 『삼국유사』의 하는 바가 탄괴할수록 신화적 신문(信文)이요 전설적 원형임을 드러내는 것”[22]이라고 평가한 것처럼 가능한 당대 현실의 실상에 밀착하고자 했다. 그리고 문화의 위상에 주목하고 민중의 관점을 경제 관계로만 보지 않고 좀더 넓게 파악하였다. “국경선을 초월하고 세계 인류를 한 집 식구와 같이 융통케 한 것은 위대한 문화의 힘이요 문화는 어느 계급의 독점과 어느 국가의 전유를 용서치 아니하야 도처에 전파되었으니 (중략) 동화·전설은 우리나라에 들어와서 몇백 년 몇천 년 동안에 서로 유전하는 사이에 우리네의 문화와 조화하고 우리네의 풍속·습관·신앙·전설 등과 절충하야 구래의 원형을 변하여 버리고 점점 가극·타령·강담·소설의 유로 변천하여 버렸다”[23]에서 보는 바와 같이 실제로 김태준은 미흡한 형태이긴 하지만 생산관계에 대해 이야기하는 것 이상으로 상부 구조의 사회 문화적 이데올로기를 분석하는 데 주력했다.

특히 『조선소설사』에 나타나는 페미니즘적 시각은 갑자기 생겨난 것이 아니라 가부장제 이데올로기를 면밀히 천착했기 때문에 가능했던 것이다. 김태준은 철저한 도덕적 정결함을 보이는 도미 처(妻)보다 “염절(艶絶) 기쾌(奇快)”한 온달 부(婦)를 주목하였고, 서포 김만중의 『구운몽』에서 팔선녀가 여성적 비애를 숙명으로 보지 않고 양소유 또는 일부다처에 대해 회의와 불평을 품고 있었다고 보았다. 『장화홍련전』에서는 “남계 사회에 있어 남편의 지위가 높고 남편은 황음무도한 짓을 마음대로 하니 아내 된 주부의 불평이 한두 가지가 아닐 것이다. 더구나 어찌어찌되여 그 남편의 후실이 된 무지한 부녀가 죽은 전실에 대한 증오와 남편의 애정의 분산에 대한 시기와 모녀간에 호양(互讓)치 않으려 하는 아량없는 다툼이 날이 지날수록 도를 가하야 내종에는 전실 소생의 자녀를 가해하려고 하는 데 이르는 것이니 이것은 거위 우리 사회의 다반사라고 하여도 과언이 아니다”[24]

---

22) 김태준, 『조선소설사』(학예사), 35쪽.
23) 김태준, 앞의 책, 125쪽.
24) 김태준, 앞의 책, 185쪽.

라고 평하였다. 『장화홍련전』의 계모를 선악의 기준에서 악녀로 보기보다는 봉건제 이데올로기에 의해 필연적으로 발생한 희생양으로 보고 있다는 점이 흥미롭다. 이는 계모의 형상을 가부장권의 상실과 여성적 발언권의 신장으로 해석하는 여타 페미니즘적 관점보다 훨씬 객관적이며 역사적인 접근이다. 권선징악형 구도가 아닌 구조적인 이데올로기의 관점에서 인물을 바라봄으로써 김태준은 페미니즘적 독해의 장을 열었다고 할 수 있다.

이와 같은 페미니즘적 시각은 김태준이 말하고 있는 민중 개념의 특징을 시사한다. 그는 훈민정음이 민족의 언어생활의 실상을 드러내 줄 수 있는 표기문자라는 점과 "문학의 평민화"를 이루어냈다는 점에서 획기적인 의의를 두었다. 빌려온 문자를 통해 중국적 정조를 흉내내려 했던 귀족들의 음풍농월이라는 측면에서 그가 조선의 한문학을 청산하고자 했던 데서도 확인하듯, 훈민정음 평가에 나타나는 '문학의 평민화', '평민문예'는 분명 계급적 관점을 표방한다. 그러나 사회경제주의적 관점에서의 계급 모순은 자동적으로 성(性) 모순까지 포괄하지는 않는다. 김태준이 보여준 페미니즘적 관점은, 그가 말한 '평민문예'[25] 즉 민중의 개념이 경제적 억압이라는 잣대를 특권화하기보다는 여타의 타자성을 포괄하는 일종의 종속집단(subaltern) 적 성격을 띤다고 볼 수 있는 근거가 된다.

또 하나 우리가 주목해야 할 것은 『조선소설사』에서 저자가 중국, 일본, 몽고, 인도 등 동아시아 문학과의 관련 속에서 조선소설의 형성 과정을 밝히고자 했다는 점이다. 기존 논의 가운데는 『조선소설사』가 중국의 영향관계를 살피는 것이 모방사적 관점을 지나치게 드러낸 것이라고 비판하기도 했으나, 『조선소설사』에서 궁극적으로 말하고자 했던 바를 살펴보면 그 견해에 동의하기 어렵다.

---

25) 김태준은 『박씨부인전』 등을 분석하는 자리에서 "정음소설의 중요독자인 여항간의 부녀"를 언급함으로써 기존의 봉건제 문화에서 배제되었던 여성독자층을 중요시하였다. 여기서도 '문학의 평민화'에서 '평민' 혹은 민중이 또 하나의 타자인 여성을 포괄하는 개념이라는 것을 짐작해 볼 수 있다.

　김태준이 동아시아 문학 특히 중국과의 관련하에 조선소설의 형성과정을 밝힌 데는 다음과 같은 의도가 있다. 그는 조선의 소설 가운데 중국을 이상향으로 동경하고 모방하는 폐해를 보인 것도 많았다는 것을 당당히 인정하여 그 실상을 밝히고자 하였으며, 동시에 『금오신화』를 "문은 구(歐)·소(蘇)와 방불하고 시는 이(李)·두(杜)와 같고 암묵(暗默)히 충분(忠憤)한 필치를 보이고 있다"[26]고 언급한 데서 보는 바와 같이 조선의 민족문학을 중국의 것에 견줄 수 있는 대등한 자리에 놓음으로써 자기비하적인 태도를 극복하고 문화간의 상호교류를 적극적으로 수용하고자 하였던 것이다. 그의 비교문학적 방법론은 기본적으로 민족문학이라는 것이 "자기네의 나라보담 고도되는 문화를 수입하야 넓히 지식을 세계에 구하야 잘 소화식혀서 충분히 자기의 고유한 지식과 혼합(混合)하며 고유한 사상과 조화(調和)하야 능히 다시 출람(出藍)의 미가 있는 작품을 산출"[27]하는 것이며 "피아(彼我)의 교통(交通)"[28]이라는 시각을 토대로 한다. 식민지의 민족주의가 배타적인 자기중심성을 민족문화적 순결함으로 고양하고자 했음을 상기할 때 김태준의 태도는 역사적 접근을 통해 문화적 혼성성을 인정하는 상호주체적인 성향을 띤다고 할 수 있다. 문화적 혼성성은 집단이 자기를 구성하는 과정에 불가피한 요소이다. 해방 이후 오랫동안 한국사회가 한국적 특수성의 이데올로기를 위해 단일민족의 순결한 정통성을 강조함으로써 집단적 정체성과 불변하는 동일성을 추구했었고 최근 들어서야 역사적·사회적·문화적 현실의 구체적인 맥락을 조명하기 위해 문화적 혼성성을 논하고 있는 정황을 떠올리면 김태준의 관점은 선취적이라고 할 만하다. 『조선소설사』에서 김태준이 보여준 동아시아 비교문학적 접근은 단순히 연구방법론에 머물지 않고 역사적인 접근을 통해 소설 형성과정의 실상을 입체적으로 확인할 수 있는 길을 열어 주었으며, 또한 일제 강점기에 피식민자로서 식

---

26) 김태준, 『조선소설사』(학예사), 61쪽.
27) 김태준, 앞의 책, 64쪽. 고딕체 강조는 필자.
28) 김태준, 앞의 책, 67쪽.

민주의를 극복하는 동시에 서구 중심주의적인 태도를 지양하는 담론을 형성한 첫 시도라고 해야 할 것이다.

제2주제에 관한 토론문

신승엽(문학평론가)

김재용 발제에 대하여

김태준과 해방 직후 민족문학론의 관련에 대해 발제한 것을 잘 들었습니다. 해방 직후 좌파 문학인 진영은 잘 알다시피 조선문학건설본부와 조선프롤레타리아예술연맹으로 나뉘었다가 조선문학가동맹으로 통합되면서 민족문학을 이념으로 내세우게 되는데, 이 통합 과정에 김태준이 적지않은 역할을 한 것으로 알려져 있고, 그에 따라 민족문학론의 정초에도 김태준이 상당한 기여를 한 것으로 추정되지만 그 구체적인 내용은 잘 알려져 있지 않았습니다. 김재용 선생의 발제가 이 부분에 역점을 두고 있음은 상당히 의미 깊은 일일 것입니다. 저도 해방 직후 임화를 중심으로 하여 민족문학론이 정초되게 되는 데에는 1930년대 중반 이래 김태준과 임화의 모종의 협력관계가 중요한 계기로 작용하였으리라고 추정하고 있습니다만, 해방 직후에도 김태준이 연안(延安)에서의 체험을 바탕으로 하여 민족문학론 수립에 결정적인 기여를 했다는 발제자 견해에 동의하지 않을 수 없습니다. 하지만 몇 가지 의문은 남는군요.

우선 발제는 조선공산당 중앙위원회 명의로 발표된 「조선 민족문화 건설의 노선」(잠정안)의 작성에 중요한 역할을 했으리라고 추측하고 있는데, 저도 역시 이에 동의하는 바입니다. 하지만 추측을 사실로 바꿀 수 있는 확실한 증거는 (발제문에서도) 찾을 수 없고, 제 개인적으로는 김태준의 독자적인 작용보다는 남로당에서 중요한 역할을 했던 문화인들의 공동의 소산으로 보는 게 더 낫지 않을까 합니다. 그런데 발제자는 더 나아가 「노선」을 민족문학론 정초의 결정적 역할을 하였다고 전제하고 있고, 또 「노선」의 작성에는 모스크바 삼상회의의 결정 내용이 또 중요하게 작용하였다고 보고 있는데, 여기에는 동의하기 어렵습니다.

모스크바 삼상회의의 내용 중 민족문화와 관련된 언급이 있기는 하지요. 그 1항이 "조선을 독립국으로 부흥시키고 조선이 민주주의적 원칙 위에서 발전하게 하며 장시간에 걸친 일본 통치의 악독한 결과를 쾌속히 청산할 여러 조건을 창조할 목적으로 조선 민주주의 임시정부가 창건되는데, 임시정부는 조선의 산업·운수·농촌 경제와 조선인민의 민족문화의 발전을 위하여 필요한 방책을 강구할 것이다."라고 되어 있는데, 하지만 여기서 '민족문화'를 언급하고 있는 것은 문화건설의 이념으로서 제시된 것으로 보기 어렵습니다. 즉 조선의 새로운 문화건설의 방향과 이념으로 '민족문화'를 요구하거나 제안한 것이 아니라, 단순히 조선의 임시정부가 산업, 운수, 농촌경제와 더불어 문화에서도 독자적인(민족적인) 결정권을 가져야 한다는 문맥에 불과하지 않을까요? 이를 「노선」이나 김태준이 마치 삼상회의가 "문화건설에 있어서도 민주주의 민족문화 노선으로 발전함을 원조 협조할 것을 결정"했다고 본다면, 이는 오히려 지나친 과장 해석이 아닌가요? 나아가 삼상회의 결정 내용을 두고서 '인민공화국'이 아니라 '민주주의 공화국'이라는 점을 강조한 발제자의 내용도 양자를 지나치게 만리장성으로 구분하고 있는 듯 사료됩니다. 나아가 이처럼 삼상회의 결정 내용이 민족문학론 수립에 '중요한 역할'을 했다고 본다면, 외적 요인을 강조하는 셈이되는데요, 해방 직후의 민족문학론은 여러 가지 내·외적 요인이 종합적으로 작용하여 형성된 것이지요. 그 중 가장 중요한 것은 아무래도 임화의 노력(일제시대부터 계급문학론에 대한 반성으로부터 출발, 이식문학론을 통해 민족문학론에 근접한)과 박헌영 및 남로당의 8월 테제를 들어야 한다고 생각됩니다. 삼상회의 결정 내용은, 아마 (좌파들이 예상하지 못했던) '반탁운동'이 대중적 영향력을 발휘한 데 따른 역전술적 고려 정도로 영향을 미친 것으로 보이지만, 논리 구조나 정세 인식과 관련해서는 별 영향을 미치지 않은 것으로 보입니다. 그리고 「노선」이 나오기 이전에도 이미 '민족문학론'의 방향은 형성되어 있었다고 보아야 할 것이며, 민족문학론과 관련한 김태준의 노력 역시 확정적인 증거도 없는 「노선」의 작성에서 찾기보다는, 일제시대부터 있었던 임화와의 지적 협력 속에서 찾는 것이 더 타당한 길로 여겨집니다.

다음으로, 광복 직후 민족문학론의 수립에 결정적 역할을 한 「노선」 작성에 김태준이 관여하면서 기여한 것을 민족문제를 포함한 조선적 특수성에 대한 확고한 인식에서 찾는 부분에 대해 질의하겠습니다. 우선 발제자는 과거 프로문학자들이 '민족문학'에 대해 거부감을 가졌다고 주장하나 이는 사실이 아닙니다. 프로문학자들 역시 1920년대에는 '민족문학'을 부르주아 문학 이념으로 보아 거부하지만, 1930년대 중반 들면서부터 '민족문학'을 부르주아 문학과 프롤레타리아 문학이 헤게모니를 다투는 일종의 장(場)으로 간주하게 되지요. 그래서 프로문학이야말로 진정한 조선문학의 건설자가 되어야 한다는 주장을 펼치기도 합니다. 물론 식민지 시대까지는 이념으로서의 민족문학을 '정립'하지 못하지만, 임화의 '이식문학론'에도 역시 민족문학론적 사유가 풍부하게 내장되어 있지요. 나아가 발제자는 민족문학을 당의 공식 노선으로 결정하려면 조선적 특수성에 대한 확고하고 분명한 인식이 전제되어야 한다고 주장하지만 이 역시 납득하기 어렵습니다. 1930년대 좌파 문학이론가들 중에서도 조선적 특수성을 강조한 사람이 없는 것은 아니지만, 해방 후 민족문학론의 정립에 이론적 바탕을 마련하는 데 가장 큰 기여를 한 임화 등의 좌파 문학인들은 줄기차게 '조선적 특수성'론을 비판한 바 있습니다. 아울러 바로 민족문학론의 앞 페이지를 장식하는 이식문학론도 백철 등의 조선적 풍류 등을 내세운 휴머니즘론에 대한 래디컬한 비판으로부터 싹트고 있습니다. 곧 좌파 민족문학론은 사실상 '조선적 특수성'론에 대한 비판으로부터 나오는 것이지 그와는 아무런 친연관계가 없습니다. 발제자가 내세우고 있는 김태준이나 「노선」, 나아가 당시 남로당의 민족문학론에는 '민족적 특수성'에 대한 일언반구도 나오지 않는다. 심지어 발제자가 조선적 특수성 인식의 증거로 드는 김태준의 인용도 실은 그 내용이 조선적 특수성에 대한 것이 아니라 '대중성'에 대한 것이네요.

　마지막으로 김태준이 연안으로 가게 된 계기의 하나로서 이상옥을 언급한 것은 저로서는 새로운 것이었습니다. 그러나 김태준이 "모택동의 활동과 변혁노선에 대해서 매우 상세하게 공부하였다"다거나, "김태준과 같이 중국을 공부하면서 식민지와 반식민지 역사의 특수성을 어느 정도 감지하고 있었던 이들은 중국혁명의 새로운 모델을 연구하기 시작하였다"고 쓰기 위해서는 '구체적인 증거'를 제시해야 하지 않을까요? 나아가 김태준이 월북하지 않고 남쪽에 남은 사정에 대해서도 마치 독자적인 판단에 따른 것인 양 말씀하셨지만, 저로서는 이미 1930년대부터 '조직 활동'에 깊이 연루되었던 김태준인 만큼 연안행이나 비월북에도 '조직'과의 연관성의 가능성을 남겨두어야 하지 않을까 싶습니다.

정혜경 발제에 대하여

　김태준의 문학사 연구가 지니고 있는 '현대적인' 의의에 대한 발제를 잘 들었습니다. 공감하는 내용이 대부분이지만, 몇 가지 의문이 드는 점도 없지 않습니다.

　먼저, 서론에서 『조선소설사』의 의의를 언급한 대목입니다. 발제자는 "이 저작의 제목을 이루고 있는 '조선'·'소설'·'사(史)'라는 세 가지 요소는 모두 김태준이 당대 현실의 맥락 속으로 던진 질문들이라고 할 수 있다. 일제 강점기에 민족국가의 정체성은 어떻게 규정지을 것인가, 민족의 특수성이 폐쇄성으로 흐르지 않고 보편성과 만날 수 있는 방식은 어떤 것인가, 민족과 계급의 문제는 어떻게 풀어갈 것인가, 소설이란 무엇인가, 소설은 어떻게 형성되어 왔는가, 서구적 잣대를 벗어나 소설을 고찰하려면 어떻게 접근해야 할 것인가, 소설의 역사는 사회사와 어떤 관계를 맺는가, 체계적으로 문학사를 구성한다는 것은 무엇을 뜻하는가 등등 지금까지도 여전히 논쟁적 유효성을 가지는 질문들이 이미 제목 속에 내포되어 있는 것이다."고 주장하는데, 너무 단순하게 제목만 가지고서 과장 해석하는 것은 아닌가요? 이러한 주장은 사실 제목만이 아니라 해당 저작의 구체적인 문제의식과 관점, 서술 양상 등을 구체적으로 깊이 있게 분석한 연후에야 종합적으로 내릴 수 있는 결론적인 판단이 아닌가요? 만약 김태준의 『조선소설사』를 두고 이러한 '서론'에서의 선규정이 아니라 '결론'을 이끌어낼 수만 있다면 그 작업만으로도 『조선소설사』의 의의도 충분히 살릴 수 있을 것이며, 연구 자체의 의의도 담보될 수 있을 것입니다.

　다음으로 김태준의 현대적 의의를 강조하기 위해서 주로 카프 계열 비평가들이나 그들이 견지했던 유물사관과의 대비를 주요한 관점으로 취하고 있습니다. 그런데 김태준은 사실 이들과 오히려 친연관계에 있는 것으로 보아야 하지 않을까요? 물론 인적 친밀성이 아니라 사상적 친연성을 말하는 것인데, 이를테면 카프 계열 비평가들이 신소설을 대체로 부정적으로 보았던 것과 달리, 김태준은 당대 사회의 반영으로 신소설이 보여준 근대를 향한 "교량"적 역할이라는 과도기적 양상, 즉 '내적 연속성'에 비중을 두어 문학사적 의의를 부여하였던 것이라고 평가하고 있는데, 이는 대표적인 카프 계열 비평가인 임화의 논리를 김태준이 빌려온 것으로 보입니다. 사실 김태준이 현대문학사 부분을 서술한 내용에는 임화의 논리에 기댄 대목이 적지 않은데요, 임화를 비롯한 카프 비평가들도 초기의 미숙하고 단선적이었던 관점을 점점 탈피하면서 30년대 후반에 접어들수록 이론적·논리적으로 성숙해 가며, 김태준 역시 마찬가지라고 할 수 있을 것입니다. 그런데도 30년대 후반의 '성숙한' 김태준의 관점을 그 이전의 미숙한 카프 비평가의 논리와 대비하게 되면 양자 사이의 차이점을 과장할 뿐 아니라 양자 간에 '주고받았던' 관계를 놓치는 우를 범하지 않을까요?

또 유물사관에 대해서도 마찬가지 지적을 할 수 있을 것입니다. 발제자는 마치 김태준이 학문적으로 유연하여 유물사관을 넘어서는 경지를 보여준 듯이 이야기하지만, 이럴 때에도 유물사관을 아예 '편협'한 것으로 선규정한 뒤 그것과 구별되는 점을 지적하는 선에서 머무르고 있는 듯 보입니다. 예컨대 이명선의 관점과 대비하면서 이명선은 계급적 관점이라는 단일한 척도를 견지함으로써 봉건제 속에서 반봉건적 요소를 드러내는 작품의 양가성을 놓치고 있는 데 반해 김태준은 봉건사회 한가운데에 나타나는 반봉건적 행위에서 문학사적 의의를 찾고 있다고 서술하고 있는데, 계급투쟁이라는 단일한 척도로 모든 것을 환원하는 것이야말로 마르크스나 엥겔스가 강조한 유물론적 역사 이해와는 배치되는 것이며, 김태준의 관점도 철저하게 유물사관적이지 그로부터 벗어난 것은 아니라고 보아야 할 것입니다.

김태준 생애 연보[1]

1905년   11월 22일,[2] 평안북도 묘향산 아래 운산군 동신면 성지동 71번지에서
         김하룡(金河龍)의 장남으로 출생. 아호는 성암(聖巖), 필명은 천태산
         인(天台山人).

1920년   3월, 운산공립보통학교를 졸업하고 1년간 학교에 진학하지 않으며 부
         친에게 한문을 배움.

1921년   4월, 평북 영변공립농업학교(영변농학교) 입학.

1923년   위 학교 2년을 수료하고 3학년 때인 4월 21일 전북 관립 이리(裡里)
         농림학교 농과 3학년에 편입.

1924년   이리농림학교 4학년 학급 급장을 하고 있던 김태준은 일본인 학생과
         한국인 학생 사이의 충돌로 인해 3개월 간 근신 처분을 받음.

1926년   3월 10일, 이리농림학교 5년을 수료하고 제2회로 졸업, 이어 국내 실
         업계 학생으로는 처음으로 경성제국대학 예과에 입학.

1928년? 4월 1일, 경성제국대학 법문학부에 진학하여 지나어지나문학(支那語
         支那文學)을 전공. 지도교수는 고지마 겐기치로(兒島獻吉郞). 문우
         회에 참여했으며 ≪淸凉≫ 5호(4. 10)에 한시 두 편과 한문 논설 「辯
         漆園道論(변료원도론)」을 발표.

1929년   학술잡지 ≪신흥≫의 편집에 참여.

---

1) 이 연보는 정해렴의 『김태준 문학사론 선집』과 최영성 교주, 『정본 조선한문학사』에
   빚지고 있음을 밝혀둠.
2) 김태준의 출생 날짜에 관해서는 22일과 23일설이 있는데 일반적으로는 문서상의 기록
   인 22일을 따르고 있으나 류준필만은 김태준 본인의 발언인 23일설을 주장하고 있음.

1930년   ≪동아일보≫에 10월 31일부터 「조선소설사」를 연재하기 시작(1931.
          2. 25, 총 68회)하였고 11월에는 「朝鮮小說史」(11. 14-12. 26, 총 36회)
          를 ≪조선통신≫에 일문으로 번역 연재함. 졸업논문과 관련된 자료조
          사를 위해 북경을 다녀오고 나서 12월, ≪동아일보≫에 「문학혁명 후
          의 중국 문예관」을 연재(11. 12-12. 8, 총 18회). 조선어문학회 결성
          에 참여.

1931년   3월 9일, 경성제국대학 법문학부 졸업(제3회, 지나문학 전공, 졸업논문
          은 「朝鮮漢 文學史」). 12월 25일에 졸업논문인 『朝鮮漢文學史』를
          조선어문학회에서 간행함. 4월에 정만조가 대제학으로 있던 경학원 부
          설 명륜학원의 전임 강사로 부임. 조윤제, 이희승 등과 함께 조선어문
          학회를 결성하고 ≪조선어문학회보≫와 총서를 발간.

1933년   ≪조선일보≫ 1월 31일자에 「김재철 군을 弔함」을 발표.[3] 2월 25일
          『조선소설사』를 청진서관에서 간행함. 3월 6일 「朝鮮演劇史序」(김재
          철의 『조선연극사』)를 신의주에서 씀. ≪조선일보≫에 10월 20일부터
          「조선가요개설」이란 큰 제목으로 묶이게 될 일련의 가요 논설을 연재.

1934년   2월 11일, 『조선가요집성 古歌篇』을 조선어문학회에서 간행. 3월 27
          일 아서원에서 『조선고가요집』 출판기념회를 가짐.[4] 신흥사 주최 학술
          강연회(5월 26일 청년회관)에서 '조선문화사상의 발전'이라는 제목으
          로 강연. 진단학회 발기인으로 동 학회의 창립에 참여함.

1935년   3월 1일, 경성명륜학원 강사에 피촉되고 이어 계속 동교 강사 생활을
          하다가 명륜전문학교로 승격됨에 따라 조교수에 승진함.

1936년   고전소설들을 교열하여 『조선문학전집』 제5집 『소설집』 1을 중앙인서관
          (신명균 편 및 발행)에서 간행. ≪조선중앙일보≫ 주최 '조선문단의 획

---

3) 김재철과는 각별한 사이였던 것으로 알려져 있으며 김태준의 『조선한문학사』 서론을
   김재철이 썼음.
4) ≪조선일보≫와 ≪동아일보≫에 각각 「김태준 씨 출판기념회 성황」이라는 기사와 사
   진이 실림.

기적 좌담회' 참가,[5] 「승려의 성생활」이라는 논문으로 노상 봉변당함.[6]

1938년 성대 신임 강사로 발탁.[7]

1939년 1월, 『원본춘향전』을 학예사에서 간행. 경성제대 법문학부 다카하시
        도오루(高橋亨)의 정년으로 조선문학 강좌를 담당할 후임 강사에 위
        촉됨.[8] 3월 31일과 4월 25일에 『청구영언』과 『고려가사』가 '조선문고'
        시리즈로 학예사에서 간행됨. 7월 3일자로 『증보 조선소설사』를 학예
        사에서 간행. ≪조선일보≫ 지면을 통해 '고려가사'의 명칭을 두고 양
        주동, 조윤제와 논쟁이 오감.[9]

1940년 5월, 조선공산당이 주도한 경성 콤그룹의 경남도책 권우성(權又成)[10]
        을 만나 공산주의 활동에 나서게 됨. 7월, 경북 안동의 이한걸(李漢
        杰) 집안에서 『훈민정음』 해례본 원본을 발굴, 간송(澗松) 전형필(全
        鎣弼)에게 매입하여 학계에 공개토록 함.

1941년 1월 9일에 '경성 콤그룹 사건'에 연루되어 일경에게 검거됨. 옥중에 있
        을 때 노모와 아내, 그리고 어린아이가 죽음.

1942년 병보석으로 석방됨.

1944년 10월경에 두 번째 부인 박진홍(朴鎭洪)[11]과 동거생활에 들어감. 11월
        무렵, 이정윤 등과 함께 공산주의 협회를 결성, 무장봉기 방침을 세우
        고 군사부를 조직함. 11월 27일 부인과 함께 중국 연안으로 망명하려
        고 경성을 출발.

---

5) ≪조선중앙일보≫, 1936. 1. 3, 석간.
6) ≪조선중앙일보≫, 1936. 7. 2, 석간.
7) ≪조선일보≫ 1938년 2월 8일자 신문에 「성대 조선문학 강좌 존폐설──진용을 강화.
   다카하시 도오루 씨 강사로 유임, 신진 김태준 씨도 발탁」이라는 기사.
8) ≪동아일보≫ 2월 9일자, ≪조선일보≫ 2월 14일자 : 4월 10일 개강.
9) 양주동, 「고문학의 일수난 김태준 씨의 근저 여요주석」 1-2, ≪조선일보≫, 1939.
   6.2-4과 조윤제, 「고대가요의 형성──특히 '고려가사'의 명칭에 대하여」, ≪조선일보≫,
   1939. 6. 14-17.
10) 1915~?
11) 1914년 함북 명천 출생으로 가명은 박소영·이영숙·최정녀?

1945년 4월 5일, 부인 박진홍과 함께 신의주·안동·봉천·금주·산해관·천
진·북경을 거쳐 연안에 도착하여 조선독립동맹에 가담함. 8월 15일
해방을 맞아 9월 4일 연안을 출발하여 귀국길에 오름. 귀국 도중 아들
을 낳았으며, 11월 하순 서울에 도착.[12] 12월 13일, 조선문학건설본부
와 조선 프롤레타리아 문학동맹의 양 단체의 합동총회에서 조선문학
자대회 준비위원으로 선출됨. 12월 15일 조선문학가동맹에서 평론부
위원장에 김태준을 진용.[13] 12월 21일, 경성대학의 교수·학생·졸업
생 및 직원의 대표 60명으로 구성된 '전학대의원회'에서 3명의 총장
후보 가운데 1인으로 선출됨.[14]

1946년 2월, 민주주의 민족전선 결성에 참여하고 중앙상임위원 겸 문화부 차
장을 역임. 7월 탈출 망명기 「연안행」을 문학가 동맹의 기관지 ≪문학≫
에 연재(창간호~3호). 평론 「정치와 도덕」을 ≪대조≫ 1호에 발표.
이 해에 '국대안 반대 사건'으로 400여 명의 다른 교수들과 함께 교수
직에서 해임됨.

1947년 '8·15 폭동 음모사건'에 관련되어 검거되었다가 곧 석방됨. 이후 남
로당 문화부장·특수정보부장으로 유격대 지원사업과 기밀탐지사업을
담당.

1946년 4월, 남로당의 핵심인사들이 해주에서 개최되는 남북한 연석회의에 참
석하기 위해 월북하자 지하로 잠적. 대한민국 건국 후 국체를 부정하
고 남로당 문화부장 등 핵심간부로 활약하면서, 유진오 등과 함께 지
리산 문화공작대를 조직하여 추위와 굶주림에 시달리는 빨치산들을
위문함.

1949년 7월 26일, 시내 종로 모처에 잠복하고 있던 서울시 경찰국 사찰과에

---

12) 9월 6일, 건국준비위원회가 개최한 전국인민대표자대회에서 '인공'이 조직되고 55명의
전국인민위원이 선출되었는데 이 가운데 김태준의 이름이 들어 있음.
13) 소설부 위원장에 안회남, 시부 위원장에 김기림이 진용됨.
14) 12월 28일, 박헌영이 신탁통치 문제를 김일성과 협의하기 위해 38선을 넘을 때 그를
수행한 것으로 알려져 있다.

의해 검거됨. 이때 남로당 문화부장과 특수정보부장을 겸하고 있었으며 9월 27일부터 대법원 법정에서 공개리에 군법회의로 재판을 받아 이용운과 함께 사형 언도를 받고[15] 11월 대통령의 최종 확인에 이어 수색에서 총살 집행당함. (1949. 11. 8)

---

15) 9월 29일 남로당계 거물급 인사 8명과 함께 군법회의에서 총살형 선고를 받음.

발표일	분류	제 목	발표지
1928. 4	논문(한문)	辯漆園道論	청량 5호
	한시	猥和韜軒先生辭鮮述懷韻	
	한시	祝高田韜軒洋行竝且榮轉	
1930. 10.31 ~1931. 2.25	논문	조선소설사	동아일보
1930. 11.14 -12.26	논문	朝鮮小說史	朝鮮通信 1402-36[16]
1930. 11.12 -12.8	평론	문학혁명 후의 중국 문예관	동아일보
1931. 1.1-25	논문	신흥중국문단에 활약한 중요작가	매일신보
1931. 1	평론	柏舟 —— 시경 읽는 법의 새 발명	신생 4권 1호
1931. 4	평론	중국 구극에 보인 조선취미	신생 4권 4호
1931. 7	논문	이조의 한문학 원류	신흥 5호
	평론	談談	중국영화
1931. 10	논문	임제의 軟文學	조선어문학회보 2호

---

16) 「조선소설사」를 일역해서 게재한 것이나 서지를 확인할 수 없음.

발표일	분류	제 목	발표지
1931. 10.19	평론	공자와 희극——陳了展 著『孔了·與戲劇』을 읽고	동아일보
1931. 12.15	저서	『조선한문학사』[17]	조선어문학회
1932. 1	논문	조선가요의 數놀음	동광 29호
1932. 1.11	논문	중국시조소론	동아일보
1932. 1.15 −2.2	논문	별곡의 연구	동아일보
1932. 2	논문	연암소설경개	조선어문학회보 3·4호
1932. 4	평론	연구자적 태도에서	동광 32호
1932. 11	잡문	애인에게 보내는 책자 ——(李中昊 편) 문자역사관 與革命論	동광 39호
1932. 12	논문	중국의 한자 폐지운동	신흥 7호
1932. 12.13 ~1933. 1.8	논문	조선의 여류문학	조선일보
1933. 1.2	잡문	일월편 정월 풍속 가지가지	동광 40호
1933. 1.20	잡문	蔣光茲氏 著 「碎了的心」을 읽고	조선일보
1933. 1.31	잡문	故 蘆汀 김재철 군을 弔함	조선일보
1933. 2.25	저서	『조선소설사』[18]	청진서관

---

17) 김태준의 졸업논문으로 『조선어문학총서』 1권으로 발간됨.
18) ≪동아일보≫, 1930. 10. 31~1931. 2. 25(총 69회)에 연재했던 「조선소설사」를 단행

발표일	분류	제 목	발표지
1933. 3.6	서문	조선연극사 序[19]	조선어문학회
1933. 5.1-2	논문	조선학의 국학적 연구와 사회학적 연구	조선일보
1933. 8	논문	조선가요의 여성관	중명 1권 3호
1933. 7	논문	성씨 문벌 족보의 연구	조선어문 7호
1933. 7	잡문	彙報 신간소개 —— 노정 김재철 저 『조선연극사』, 신명균 씨 편 『한글역대선』	조선어문 7호
1933. 10.20 -11.14	논문	조선가요개설 —— 가요와 조선문학	조선일보
1933. 10.24	기사	23일부터 조선설화에 대하야	조선일보
1933. 11.15-17	논문	조선가요개설 —— 근대가요론	조선일보
1933. 11.18 -12.15	논문	조선가요개설 —— 시조론	조선일보
1933. 12.16-17	논문	조선가요개설 —— 별곡편	조선일보
1933. 12.19	논문	조선가요개설 —— 현대가요론	조선일보
1933. 12.20 ~1934. 2.25-3.6	논문	조선가요개설 —— 가사론	조선일보

본으로 묶은 것임.

19) 김재철의 『조선연극사』에 붙인 서문이며 이 책은 『조선어문학총서』 3권으로 1933년 1월 30일에 발간되었음. 경성제대 시절, 김재철과 막역한 사이였던 김태준은 졸업논문 자료를 수집하기 위해 중국(신의주)에 가 있는 동안 이 책의 서문을 썼다고 전해짐.

발표일	분류	제 목	발표지
1933. 12	수필	애서·장서·독서 소언	학등 2호
1933. 12	잡문	正月史話	동광[20]
1934. 1	논문	시조 기원에 대한 재고 ——이희승 씨에게 답함	학등 3호
1934. 2.11	저서	『조선가요집성 고가편』 제1집	조선어문학회
1934. 2.20	논문	고려가사의 일종 만전춘별사에 대하여	조선일보
1934. 2.21	평론	신춘창작개평	조선일보[21]
1934. 3.7-20	논문	조선가요개설 —— 민요편	조선일보
1934. 3.21-24	논문	조선가요개설 —— 동요편	조선일보
1934. 3.25-29	논문	조선가요개설 —— 유행가편	조선일보
1934. 3	논문	擲柶小考 —— 윷노리에 대하여	학등 4호
1934. 4, 5	잡문(소개)	극본 배뱅이굿(평안도 민속극)	한글 2권 1-2호
1934. 4.26-29	논문	조선가요는 어데로	조선일보
1934. 5	논문	自著自評 —— 조선 한문학사 방법론	학등 6호
1934. 5-12	논문	시경연구	학등 6-12호
1934. 6	잡문	조선고대음악가열전	중앙 2권 6호
1934. 7.12	수필	묘향산의 추억	동아일보

20) 『김태준 전집』에 수록되어 있으나 확인할 수 없음.
21) 실제 ≪조선일보≫ 이 날짜에는 없으나, 전집에는 수록되어 있음.

발표일	분류	제 목	발표지
1934. 7.24 -8.4	논문	조선민요의 개념	조선일보
1934. 9	잡문	열두 달의 별칭	한글 2권 6호
1934. 9.21	평론	조선 예원에 격함! 예술 각 부분에서 주고받는 글——타인비판보담 자기 청산에, 침체는 비약의 전조	조선일보
1934. 10	논문(고가)	청산별곡	한글 2권 7호
1934. 10.27 -11.2	논문	조선문학의 역사성	조선일보
1935. 1.1	평론	문단파벌의 의의	조선일보
1935. 1.1-2	평론	우리 문학의 회고(상·하)	동아일보
1935. 1.1-4	논문	신라향가의 해설	조선일보
1935. 1.1-10	논문	춘향전의 현대적 해석	동아일보
1935. 1	잡문	광한루악부 해제	학등 13호
1935. 1.26-27	논문	고전탐구의 의의 ——『조선』 연구열은 어데서?	조선일보
1935. 2.9-17	논문	고전섭렵수감	동아일보
1935. 3	잡문	김억 씨의 역시집 『망우초』를 독함	학등 14호
	논문	'沙里花'와 '파랑새'	
1935. 5	논문	소설의 정의	사해공론 1권 1호
1935. 5	평론	대원군의 書院毀撤令의 의의	신흥 8호

발표일	분류	제 목	발표지
1935. 6.2-9	논문	조선의 지리적 변천	조선일보
1935. 6.9-15	논문	민족기원에 관한 언어학자의 제 학설	조선일보
1935. 6.16-19	논문	조선역사의 진전과정	조선일보
1935. 7.13-14	논문	단군전설의 검토 —— 신화와 민족	조선일보
1935. 7.16	논문	문화건설상으로 본 정다산 선생의 업적	조선일보
1935. 7.16-19	평론	지식계급과 문학	조선중앙일보
1935. 7.25 -8.6	논문	진정한 정다산 연구의 길	조선중앙일보
1935. 8	논문	이조말의 民怨詩	학등 18호
	논문	옥단춘전설고	
1935. 9.4-6	잡문	추석과 향촌	조선중앙일보
1935. 10.1	잡문	봉천인상기	삼천리 7권 9호
1935. 11	평론	가을을 읊는 조선의 노래	사해공론 7호
1935. 12	논문	조선소설발달사	삼천리 7권 12호
~1936. 1		조선소설발달사 —— 소설강좌(속)	-8권 1호
1935. 12.16-24	논문	단군신화 연구	조선중앙일보
1936. 1.1-11	논문	사학연구의 회고·전망·비판	조선중앙일보
1936. 1	논문	기자조선변	중앙 4권 5호
1936. 1	설문	내가 지금 중학생이라면?	학등 22호
1936. 1	평론	조선문화와 서생원	사해공론 2권 1호

발표일	분류	제 목	발표지
1936. 3	평론	조선문학에 나타난 승려의 성생활	중앙시보 38호
1936. 4	논문	야담의 기원에 대하여	비판 4권 3호
	논문	백정의 사적 고찰	
1936. 4	논문	낙랑유적의 의의	삼천리 8권 4호
1936. 4	논문	조선농업사론	조선농민 1권 1호
1936. 5.15-19	평론	정인보론	조선중앙일보
1936. 5	논문	도학자와 연문학	조선문학 2권 7호
1936. 5	논문	양반이란 무엇인가	비판 4권 4호
1936. 5.27 -7.4	잡문	조선민란사화	조선중앙일보
1936. 6	논문	세종대왕과 팔도가요 수집사업	한글 4권 6호
1936. 7	논문	朝鮮詩話	朝鮮 254호
1936. 7	평론	승려수도의 裡面小話	사해공론 2권 7호
1936. 7	평론	조선 고대 여류시인의 點考	부인공론 1권 3호
1936. 8	논문	김삿갓의 시	사해공론 2권 8호
1936. 8	논문	朝鮮詩話 2 ——放浪詩人一群	朝鮮 254호[22]
1936. 8	논문	지상강좌 조선소설강좌(1) ——홍길동전 연구	신동아 6권 8호
1936. 9	논문	朝鮮詩話 3 ——朝鮮の	朝鮮 255호

---

22) 순서상 255이어야 하나 254로 잘못 적혀 있고, 이어지는 호들에서도 마찬가지로 순서가 밀려 있음.

발표일	분류	제 목	발표지
		女流詩を語る	
1936. 10	논문	小說·傳說等に現はれたる朝鮮の婦女	朝鮮 256호
1936. 10	논문	구운몽의 연구	조선문학 2권 10호
1936. 10.5	저서(교열)	『소설집』(1)[23]	중앙인서관
1936. 12	논문	朝鮮詩話4 ——許蘭雪の詩を語る	朝鮮 258호
1936. 12	평론	고전문학의 감상과 연구 ——장화홍련전의 연구	삼천리 8권 12호
1937. 1	논문	신라화랑제도의 의의	신흥 9호
1937. 5	논문	장화홍련전의 연구	조선문학 3권 4·5호
1937. 6	평론	잔인흉참의 絶! 魔道 白白敎의 정체	백광 6집
1937. 6-7	평론	문학적 조선적 전통(상) 조선의 문학적 전통(하)	조선문학 3권 6호 조선문학 3권 7호
1937. 7	평론	무지의 폭로 ——단군기자 문화설	비판 5권 8·9호 합병호
1937. 10.9-10	잡문	局外人의 一家言 ——자연과학계에 寄함	조선일보
1937. 11.5-9	논문	오행사상의 검토 ——인도의 사대 구유사상	조선일보
1938. 4	평론	조선에 잇어서의	비판 6권 4호

---

23) 『춘향전』, 『사씨남정기』, 『장화홍련전』, 『흥부전』, 『장끼전』 등을 교열하여 『조선문학전집』 제5권으로 중앙인서관(신명균 편 및 발행)에서 간행.

발표일	분류	제 목	발표지
		토테미즘의 흔적	
1938. 6	설문	설문 1, 2, 3	조광 4권 6호
1938. 7	논문	原朝鮮人에 대한 고찰 1	사해공론 4권 7호
1938. 8	논문	(가사에서 본) 고조선인의 연애관	사해공론 4권 8호
1938. 8	잡문	견우랑과 직녀 아가씨	靑色紙 2호
1938. 9	평론	麗末から 李朝初期 まで 詩文集に現 れた日鮮の交通關係	朝鮮 280호
1939. 1.1-8	평론	중국문학과 조선문학과의 교류	조선일보
1939. 1.9	저서	『원본춘향전』	학예사
1939. 3.31	저서	『청구영언』[24]	학예사
1939. 4.25	저서	『고려가사』	학예사
1939. 6	논문	고려가사 이야기	한글 68호
1939. 6.14-17	논문	고려가사 시비 ——양주동 씨에게 일언함	조선일보
1939. 6	평론	高麗歌辭の解說	朝鮮 289
1939. 7.1	전기	김만중	『조선명인전』 1권[25]
	전기	황진이	『조선명인전』 2권
1939. 8.1	전기	김춘택	
	전기	부용(芙蓉)	

---

24) ‘조선문고’로 나옴.
25) 전3권으로 1권은 조광사에서, 2, 3권은 조선일보사 출판국에서 간행됨.

발표일	분류	제 목	발표지
1939. 7.3	저서	『증보 조선소설사』	학예사
1939. 9	논문	위조된 김삿갓의 詩考	신세기 1권 7호
1939. 11.10	평론	외국문학전공의 변 ——신문학의 번역 소개	동아일보
1939. 12	명저 해설	홍만종 총서	인문평론 3호
1940. 3.30	잡문	젊은 학생에게 부치는 글——학생도의 옹호	조선일보
1940. 5.3	잡문	수감 상——취미의 빈곤	조선일보
1940. 5.3	잡문	수감 하——정서의 빈곤	조선일보
1940. 5	교주·해설	薔花紅蓮	朝鮮 300호
1940. 6	평론	조선문학의 특질 ——동양 문학의 재반성	인문평론 2권 6호
1945. 12	잡문(사화)	조선민란사화	인민 1권 1호
1946. 1	평론	정치와 도덕	대조 1권 1호
1946. 3	평론	문화영역에 있어서 일제의 殘滓를 肅淸하자	예술문화 5호
1946. 4.1	잡문(축사)	타력에 의뢰 말라	건설 2권 3호
1946. 7-9	잡문(망명기)	연안행	문학 1-3호
1946 (?)	평론	문화유산의 정당한 계승방법	건설기의 조선문학 7호[26]
1946. 10	논문	민주주의와 문화[27]	문우인서관
1946. 12	논문	조선소설사 서설	청년사[28]

---

26) 서지 확인할 수 없음.
27) 『민주주의 12講』 중 제4강으로 알려져 있으나 원전을 확인할 수 없음.
28) 양주동 편, 『민족문화독본』(상)에 실려 있음.

발표일	분류	제 목	발표지
1947. 1	논문	단군론 —— 조선원시 사회에의 一試論	신천지 2권 1호
1947. 1	잡문	문학수첩 —— 고문학 근세문학 자료의 수집정리	국학 2호
	잡문	문학수첩 —— 신문학건설의 이념[29]	
1975	저서	『조선소설사』	광일문화사
1990. 5 ~1998. 2		『김태준 전집』 전5권	보고사
1972. 8		『조선 한문학사』	동국대 동악어문학회
1989. 9	(조시연 펴냄)	『조선 소설사』	예문
1990. 7	(박희병 교주)	『교주 증보조선소설사』	한길사
1994. 3	(김성언 교주)	『교주조선한문학사』	태학사
1997. 3	(최영성 역주)	『역주조선한문학사』	시인사
1997. 8	(정해렴 편역)	『김태준문학사론선집』	현대실학사
2003. 8	(최영성 교주)	『정본 조선한문학사』	심산[30]

---

29) 『김태준 전집』에 실린 논문 중 서지를 확인할 수 없는 것으로 「진단학보 제3권을 읽고」 1~4가 있음.

30) '천태산인'이라는 필명으로 발표되었으나 김태준의 글로 간주할 수 없는 것으로 소설 「友宜」, ≪신문계≫ 3권 1호, 1915. 1(김복순 엮음, 『슬픈 모순 외』 범우사, 2004)과 「오늘밤에 가연을 맺으면」, ≪청사≫ 창간호, 1955. 7, 등이 있음.

1932. 2   이종수, 서평 「『조선한문학사』」, 《동광》 30호.

1932. 2   조윤제, 서평 「『조선학문학사』」, 《청구학총》 7호.

1933. 6.12   최창규, 서평 「『조선소설사』」,《조선일보》.

1933. 6.24   서항석, 서평 「『조선연극사』」, 《동아일보》.

1934. 2.28   장백산인, 「김태준 씨의 조선가요 집설」, 《조선일보》.

1935. 2.1   신남철, 「새로운 조명을 받은 문학고전 —— 천태산인 「춘향전의
               현대적 해석」」, 《동아일보》.

1936. 12   「사해단파」, 《사해공론》 2권 12호.

1939. 6.2-4   양주동, 「고문학의 일수난 김태준 씨의 근저 여요주석」, 《조선
               일보》, 1939, 6.2-4

1947. 5.13   이명수, 「김태준 씨에게 보내는 공개장」, 《중외일보》.

1981   정상균, 「김태준론」, 《국어교육》 38호, 국어교육연구회.

1986   심경호, 「천태산인의 『조선한문학사』 검증」, 《한문교육연구》
               1호, 한국한문교육연구회.

1988   김중열, 「김태준의 국문학연구 검토」, 《국어국문학》 100호.

1988. 9   임영태, 「혁명적 지식인 김태준」, 《사회와사상》 창간호, 한길사.

1991. 9.13   한겨레신문사 편, '발굴 한국현대사인물 80'「국문학자 삶 떨치
               고 공산주의 활동 —— 김태준」, 《한겨레신문》.

1933   박희병, 「천태산인의 국문학 연구」 상·하, 《민족문학사연구》
               3·4호, 창작과비평사.

1993   정하영, 「김태준의 『조선조설사』」, 《성오 소재영 교수 환력기

넘논총 고소설사의 제 문제≫, 집문당.

1993   노꽃분이, 「김태준의 『조선소설사』 연구」, 이화여대 대학원 석
        사 논문.

1993   류준필, 「국문학연구사 연구의 의의와 방법 —— 김태준을 예증
        으로」, ≪관악어문연구≫ 18집.

1995   류준필, 「김태준의 『조선소설사』와 『증보 조선소설사』 비교」,
        ≪한국학보≫ 88집.

1996. 8   강만길·성대경 엮음, 『한국사회주의운동 인명사전』, 창작과비
          평사.

1998   류준필, 「형성기 국문학 연구의 전개 양상과 특성 —— 조윤제,
        김태준, 이병기를 중심으로」, 서울대 대학원 박사 논문.

2003. 12   박광현, 「경성제대와 ≪신흥≫」, ≪한국문학연구≫ 26집, 동국
           대 한국문학연구소.

2004. 1   공상철, 「루쉰과 김태준의 ‘文’ 의식 비교 연구 ——『漢文學史
          綱要』와 『朝鮮漢文學史』를 중심으로」, ≪중국어문논역총간≫
          12호.

2004. 2   배개화, 「1930년대 후반 전통담론의 탈식민성 연구」, 서울대 대
          학원 박사 논문.

작성자 권두연 연세대 박사과정.

해방 전후의 민족현실과 마해송 동화

「토끼와 원숭이」를 중심으로

원종찬(아동문학평론가)

마해송(馬海松, 본명은 馬湘圭 : 1905~1966)은 행복한 작가다. 그는 경기도 개성의 유복한 집안에서 태어나 한국아동문학의 개척자가 되었고, 일본의 문예춘추사에서 편집 역량을 인정받아 『모던 일본』을 발행했으며, 해방 후 더욱 왕성한 작품활동을 벌여 아동문학인으로서는 처음으로 주요 문학상을 두 번이나 수상했다.[1] 그의 작품은 지금도 폭넓은 독자층의 사랑을 받고 있다. 그뿐이 아니다. 어린이를 낮추어보고 소홀히 대하는 풍토 속에서 아동문학 연구는 매우 적막했던바, 그는 예외라 할 만큼 많은 관심과 조명을 받아왔다. 현재 그의 이름으로 된 문학상이 운영되고 있으며, 탄생 100주년에 즈음하여 그를 기념하는 문학비가 세워졌다.[2]

그의 문학은 몇 갈래로 나뉜 아동문단의 이쪽 저쪽으로부터 지지와 호평

---

1) 장편동화 『모래알 고금』으로 1959년 아시아재단의 제6회 '자유문학상', 동화집 『떡배 단배』로 1964년 한국문인협회의 제1회 '한국문학상'을 받았다.

2) 1967년 새싹회에서 '해송동화상'을 제정했으나 2회로 중단되었고, 2005년 문학과지성사에서 '마해송문학상'을 제정해서 1회 수상자가 나왔다. 2004년 10월 16일 경기도 파주출판문화정보산업단지에서 '마해송 문학비'의 제막식이 거행되었다.

을 받고 있는데, 이것도 그리 흔한 일은 아니다. 그가 몸담아 온 색동회의 다른 회원들이나 아동문학회 작가들을 두고서는 엇갈린 평가가 더욱 많기 때문이다. 동료작가들과 구별되는 이런 예외적인 현상은 무엇보다도 뚜렷한 작품성과에 따른 결과겠지만, 그의 동화집 『사슴과 사냥개』가 민족문학의 지향을 뚜렷이 내세운 '창비아동문고'의 하나로 나온 점도 적지 않은 영향을 주었다. 「바위나리와 아기별」, 「토끼와 원숭이」, 「떡배 단배」, 「사슴과 사냥개」, 「꽃씨와 눈사람」, 「생각하는 아버지」 등 주요 중·단편을 뽑아 실은 이 동화집의 해설에서 이오덕은 다음과 같이 마해송 문학의 의의를 밝혔다.

마해송 씨의 동화에서 가장 두드러지게 나타나고 있는 것은 민족의 독립을 바라고 사회의 잘못됨을 바로잡으려는 생각이다. 마해송 씨의 민족주의는 일제시대에는 외국의 침략에 항거하는 「토끼와 원숭이」 같은 작품으로 나타나고, 혹은 식민지 백성의 고난과 슬픔을 그린 「어머님의 선물」과 같은 작품으로 나타났는데, 8·15 이후에는 강대국의 경제적 침략을 그린 동화 「떡배 단배」로 되기도 했다. (중략)

우리의 근대 아동문학이 출발한 이후 동요, 동시가 이른바 짝짜꿍놀이에 빠져 있었던 것과는 달리, 동화에서는 그런 동심 천사주의가 지배하지 못하였다. 이것은 문단에서 크게 그 자리를 차지하고 있던 마해송 씨 같은 분이 민족주의라는 뼈대가 있는 동화를 써서 외래적인 것의 모방을 일삼는 경향을 진작부터 막았기 때문이라고 생각한다.[3]

한편, 한국아동문학의 통사를 서술한 이재철은 「바위나리와 아기별」이 우리나라 "최초의 창작동화"라는 사실을 들어 그 선구성을 주목했다. 그리

---

3) 이오덕, 「창작 동화의 개척자」, 마해송, 『사슴과 사냥개』(창작과비평사, 1977), 285~286쪽. 이 초판 해설은 1990년 개정판에서 「자주와 독립의 정신을 심어 준 동화」로 제목이 바뀐다.

고 마해송 문학의 특징을 우의성, 풍자성, 간결성, 민족의식 등으로 설명했
다.[4] 그런데 이재철은 이오덕이 주목한 마해송 동화의 저항성에 대해 작품
구조면에서는 동화 형식을 빌린 성인문학적 관심에 가깝다고 지적하고 그
보다는 「바위나리와 아기별」의 환상성을 높이 평가했다. 이는 이오덕이
「바위나리와 아기별」의 환상성을 마해송 동화의 자리에서 특이한 것이라
보고 그보다는 사회현실의 문제와 좀더 직결되는 작품들을 높이 평가한 것
과 조금 차이가 난다.

이처럼 마해송 문학에 대해서는 환상성을 더 주목하는 연구와 저항성을
더 주목하는 연구로 크게 나뉜다. 최근 들어서는 두 가지 성격을 함께 수
렴하려는 지향이 더욱 두드러지고 있지만, 한쪽에서는 형식면의 탐구 곧
우리 아동문학에서 취약한 환상성에 치중해 왔다면, 다른 한쪽에서는 내용
면의 탐구 곧 사회현실을 개조하려는 실천성에 치중해 왔던 것이다. 어찌
되었든 마해송 문학에 대해서는 유파와 이념을 막론하고 상당한 호평의 글
들이 줄곧 발표되었고, '풍자와 연민' 또는 '재미와 교훈'의 세계로 요약되
는 그의 문학세계를 계승 발전시키려는 지향에서만큼은 거의 일치된 견해
에 도달한 듯하다.

그럼 마해송 문학 연구는 일단락되었는가? 얼핏 마해송 문학의 이해를
둘러싼 수많은 글들이 동어반복적으로 재생산되고 있는 현상을 보노라면
이미 매듭이 지어졌다고 판단하기도 쉽다. 작품마다 주제의식이 뚜렷한데
다 작가 자신이 쓴 회고록이나 주위 사람이 쓴 추모와 친교의 글들도 많이
나와 있기 때문에 그의 문학을 설명하는 데 별다른 어려움을 느끼지 않는
다. 그런데 마해송 문학 연구의 치명적인 약점은 오히려 여기에서 비롯된
다. 대부분의 글들이 선행 연구를 되풀이하면서 정작 사실 고증을 소홀히
한 탓에 텍스트 확정은 물론이고 아직 연보조차 고정되어 있지 않다. 손에
닿는 자료를 의도에 따라 부풀려서 재구성하다 보니 꼭 해명해야 할 대목

---

4) 이재철, 『한국현대아동문학사』(일지사, 1978) 참고.

을 건너뛰는 경우가 적지 않고, 작품 해석에서도 객관성이 결여된 평어와 수사들이 남발하고 있다. 그리하여 마해송 문학에 대한 주관적 설명은 많아도 설득력 있는 해명은 찾아보기 힘들다. 이래서는 마해송 문학을 훌륭한 유산으로 평가하면서 저마다 계승하려고 든다지만, 문학과 삶의 역동성에 기반하고 있는 더 한층 깊은 세계는 쉽사리 모습을 드러내지 않게 마련이다.

이에 본고는 한국아동문학의 명예를 드높인 것으로 평가되는 대표작 「토끼와 원숭이」(1931~1947)를 중심으로, 마해송의 삶과 문학에서 정점에 해당하는 한 시기의 활동을 새롭게 조명해 보고자 한다.

「토끼와 원숭이」가 놓인 자리

마해송 문학은 크게 세 시기로 나누어 살펴볼 수 있다. 첫째는 1920년대 동화 개척기로, 「어머님의 선물」, 「바위나리와 아기별」 등 봉건적 가족질서 아래서 고통받는 어린이를 연민하는 단편들이 이 시기를 대표한다. 둘째는 1930년대와 40년대에 걸친 시기로, 「토끼와 원숭이」, 「떡배 단배」 등 제국주의 세계질서 아래서 고통받는 민족의 현실을 풍자하는 중편들이 이 시기를 대표한다. 셋째는 1950년대와 60년대에 걸친 시기로, 『앙그리께』, 『물고기 세상』, 『모래알 고금』, 『멍멍 나그네』 등 잘못된 정치와 사회풍조를 비판하는 장편들이 이 시기를 대표한다. 「사슴과 사냥개」, 「꽃씨와 눈사람」, 「성난 수염」, 「학자들이 지은 집」, 「생각하는 아버지」 등 다양한 풍자와 비판의 세계를 담은 중·단편들도 세 번째 시기에 나왔다.

두 번째와 세 번째 시기를 나누는 기점으로 8·15해방을 들지 않은 것은 이상하게 보일는지 모른다. 하지만 작가의식이나 작품의 세계를 살펴보면 6·25동란을 기점으로 나누는 것이 적절하다. 해방 전에 온전하게 발표되지 못한 「토끼와 원숭이」는 해방 후에 전편(前篇, 1946)과 후편(後篇, 1947)이 잇달아 발표되면서 최종 완성된다. 그 다음에 발표된 「떡배 단배」(1948~1949)는 「토끼와 원숭이」하고 일정하게 짝을 이루는 세계다. 다시 말해서 「떡배 단배」는 해방 전후 기간에 걸쳐서 씌어진 「토끼와 원숭이」의 세계를 잇는 것이다. 두 작품 모두 작가가 칼럼을 쓰고 있던 ≪자유신문≫에 연재되었고, 당시의 민족현실에 대한 알레고리로서 시사성을 강하게 띠고 있다는 사실도 하나의 연속성으로 보는 근거가 된다. 하지만 6·25동란 이후에는 이전에 볼 수 없었던 반공주의를 적극 내세우기 시작했다는 점에서 앞 시기와 구분된다.

이와 같은 시기 구분과 관련하여 마해송 문학을 이해하는 열쇠가 되는 동시에 그의 삶에서 전환을 이루는 주요 이력은 무엇일까? 대략 네 가지를 꼽을 수 있으니, 그것은 개성(開城) 출신(1905), 색동회 가입(1924), 문예춘추사 입사(1924), 종군문인 활동(1950) 등이다.[5]

첫째, 고향 개성은 향토적 자의식이 매우 강한 곳으로 작가의 남다른 민족주의를 배양시킨 뿌리에 해당한다.[6] 그의 가계(家系)는 몇 대에 걸쳐 상당히 부유한 집안으로 상업에 종사했다. 이런 배경에서 그는 어린 시절에 민족 고유의 풍속과 문화를 비교적 넉넉하게 향유할 수 있었다. 하지만 십대에 벌써 고향을 떠나고 이십대에는 일본에서 직장을 얻어 사업을 벌이는 등 이방인으로서의 생활을 하게 되는데, 이로부터 고향 개성에 대한 향수는 조국에 대한 애정으로 발전한다. 그는 후지산(富士山)이 보이는 일본의

---

5) 색동회 가입과 문예춘추사 입사는 같은 해에 이뤄진 것이지만, 실질적인 전환점에서는 편차가 드러난다. 색동회 가입은 동향의 선배 고한승(高漢承, 1902년생)과 친구 진장섭(秦長燮, 1904년생)의 영향이라고 할 수 있는데, 마해송은 1920년 전후에 이미 이들과 개성, 서울, 일본 등지를 오가면서 문화계몽 활동을 펼치고 있었다. 문예춘추사 입사는 해방 직전까지의 재일 기간 활동 전반을 규정하지만 그 가운데 결정적인 것은 1930년을 전후로 해서 결핵 요양 중에 만난 일본 좌익작가와의 교류다.

6) 개성인은 신왕조에 반항한 '두문동(杜門洞) 72인'의 정신을 항상 잠재의식에 넣고 살았다. 그들의 정신을 잇고자 하는 후예는 벼슬길을 택하지 않았고, 새 왕조의 개국공신 땅에서 소작할 수도 없는 노릇이라서 천민적인 상업의 길을 택하였던 것이니, 저항을 위해 단결하는 상호부조의 정신과 자주독립의 정신이 투철해서 식민지 시대에도 일본 상인이 개성 땅에서만큼은 상권을 포기할 수밖에 없었다. 조선조 개성상권 확립시의 조직체는 마(馬)씨 종문이 처음 발의했다고 한다. 마종도, 「개성인」, 우만형 편, 『개성』(예술춘추사, 1970) 참고.

아름다운 고장에서 요양을 할 때에도 민족에 대한 자의식이 짙게 드리워진 심정으로 고향산천을 그리워했다.[7] 모던 일본사를 경영할 적에는 자신을 비롯해 동향의 많은 벗들이 '주판'을 가지고 생활하게 된 사실을 들어 "개성인에게 흐르는 피는 위대하고 불가침의 것이 있는 것 같다"고까지 했는데, 자신은 개인의 축재보다는 사업에 역점을 두고 "조선사람을 욕뵈지 않게 하자는 의도의 생활"을 한다면서, "돈에 깨끗하고, 경우에 밝고, 신용이 있고, 살림이 정하고" 하는 생활방침이 "개성인의 특징이요 조선인 전부가 배워주었으면" 한다고 희망했다.[8] 그가 '조선 소나무'를 뜻하는 '해송(海松)'이라는 아호를 택해 사용한 것이나, 일본인들이 자신의 성씨를 '마'가 아니라 '바'로 발음하는 것에 대해 그냥 넘어가지 않았던 일화 같은 것도 외국에서 고향에 대한 자의식이 민족주의로 이어지는 모습을 보여주는 사례다. 그에겐 모던 일본사의 경영 자체가 개성인의 기질에 뿌리를 둔 민족적 경쟁심리의 발로였을 것이라 짐작된다.

둘째, 색동회는 작가의 어린이 애호사상을 형성시킨 뿌리로 작용한다. 이 단체는 방정환(方定煥 : 1899~1931)이 주축이 되어 1923년 4월 동경에서 창립되었다. 창립회원은 손진태, 윤극영, 정순철, 고한승, 진장섭, 조재호, 정병기 등이고, 다음 해에 마해송, 정인섭, 이헌구, 최진순 등이 합류했다. 마해송의 색동회 합류는 그가 머물렀던 진장섭의 하숙집에서 색동회의 모임이 주로 이루어진 것이 한 계기라 할 수 있는데, 그 이전에도 마해송은 동향의 고한승, 진장섭과 함께 서울유학생 신분으로 또 동경유학생 신분으로 초창기 문화운동에 가담하고 있었다. 개성에서 발행된 《여광(麗光)》(1919)의 동인, 문학클럽 녹파회(綠波會)(1923)의 동인으로서 글을 발표했고, 동경에서 유학생들이 주축이 된 극단 '동우회(同友會)'(1921)의 일원이 되어 국내 지방순회공연을 다녔다. 1922년 조선소년단의 사무소 위원장을 맡았고, 1923년 송도소녀가극단을 조직해 지방을 순회했으며, 어린이들을

---

7) 마해송, 「산상수필」, 《조선일보》, 1931년 9월 22일자.

8) 마해송, 「향수」, 《삼천리》, 1939년 4월호, 145쪽.

모아놓고 동화구연을 하기도 했다. 그러나 개척과 계몽의 성격을 띤 그 당시의 문화운동은 뚜렷한 영역의 분화가 이루어지지 않았다. 「바위나리와 아기별」의 창작동기로 흔히 거론되는 이른바 '연애사건'에 휘말려 있을 때에도 그의 지명도는 미약하나마 문화계 전반에 걸쳐 있었다. 이러했던 그가 아동문학과 어린이 문제에 초점을 두고 평생의 업으로 삼게 된 계기는 색동회의 가입이라고 여겨진다. 색동회는 천도교라는 강력한 배경을 지닌 방정환의 주도로 아동문예잡지 《어린이》(1923. 3~1934. 7)를 발행하고, '어린이날' 행사를 비롯한 동화 구연, 동시 낭송, 동극 공연, 토론회, 연설회, 강연회, 전시회 등을 개최하면서 가장 정열적으로 활동한 어린이문화운동의 구심체였던 것이다.

셋째, 문예춘추사는 기쿠치 간(菊池寬 : 1888~1948)의 후원과 더불어 삶에서 자신감을 얻고 일본의 주요 작가들과 교류를 이룬 곳으로 작가의 소박한·민족주의를 한 단계 높은 수준의 사회의식으로 끌어올린 배경으로 작용한다. 마해송은 1921년 니혼(日本) 대학 예술과에 다니던 중 기쿠치 간의 강의를 들은 바 있고, 1924년 그를 찾아가 문예춘추사에 입사한다. 기쿠치 간은 1923년 1월 《문예춘추》를 창간하고, 곧이어 문예춘추사의 사장이 된다. 마해송은 "문예춘추사에서 당시 출판된 모든 잡지를 돕는 형태로, 딱히 정해진 자리가 없었거나 경리부를 맡았"[9]을 것이라고만 알려졌는데, 그에게 호의적인 자유스러운 분위기에서 저널리즘의 감각을 익히고 서서히 저널리스트로서의 활동을 벌인다. 뒤에 수많은 신문 칼럼을 쓰고 수필가로서 활동하게 되는 바탕이 이곳에서 만들어진 것이다. 일본에서 그는 색동회원 외에 국내작가들과는 별다른 교류가 없었다. 하지만 문예춘추사에서 그는 기쿠치 간 외에도 일본의 주요작가들과 접촉할 기회가 많았다. 특히 마키노

---

9) 모리아이 타카시, 「마해송론 —— 재일 기간과 작품의 풍자성에 대하여」(양미화 옮김, 盛合尊至, 「馬海松論 —— その滯日期間と彼の作品における風刺について」, 富山大學 人文學部 語學文學科 學部卒業論文, 1994), 마해송 문학연구 모임 자료집 『제3회 마해송 문학 이야기 마당』, 2004, 6쪽.

신이치(牧野信一 : 1896~1936)와 후지사와 타케오(藤澤桓夫 : 1904~1989)하고는 절친했다고 한다.[10] 아무래도 나이 차이가 많은 마키노 신이치보다는 비슷한 연배의 후지사와 타케오와 친구처럼 허물없이 사귀었을 것이다. 당시에 후지사와 타케오는 전기파(戰旗派) 좌익작가로 활동했으니, 마해송이 교분을 나눈 거의 유일한 마르크스주의자라고 할 수 있다. 이런 후지사와 타케오가 마해송을 모델로 단편소설을 썼는데, 그 안에 '토끼와 원숭이'가 삽입되어 있다. 마해송은 해방 후에 서울에서 중도좌파지로 분류되는 ≪자유신문≫의 객원기자로서 칼럼을 썼고, 일제시대에 미처 끝맺지 못한 「토끼와 원숭이」를 비롯해 「떡배 단배」를 잇달아 발표한다. 미군정하에서 그는 칼럼과 동화 때문에 기관에 붙들려가 고초를 겪는 필화사건을 겪기도 한다.[11]

넷째, 종군문인 활동은 동족상잔의 와중에서 북한 인민군의 횡포를 겪은 사실과 함께 적극적인 반공주의자로 돌아서게 한 배경이다. 6·25동란이 터진 직후에 마해송은 피난을 가지 않고 서울에 남아 있었다. 그는 당시에 인민군이 친구들을 거의 납치해 갔을 뿐만 아니라, 죄 없는 사람들을 군중 앞에서 총살하는 만행을 보고 분노했다고 회고한다.[12] 9·28수복이 되고부터는 국군을 따라 종군하면서 반공활동을 벌인다. 1950년 국방부 한국문화연구소 소장, 정훈국 고문, ≪승리일보≫ 고문, 1951년 공군 종군문인작가단 단장으로서 활동했다. 전쟁이 끝난 뒤에 쓴 「앙그리께」에는 반공주의가 두드러지게 나타나 있다. 사회비판적인 내용만큼은 변함이 없지만, 반공은

---

10) 모리아이 타카시, 앞의 글, 11쪽.

11) 마해송의 부인 박외선은 "아직 개성에 있을 때 주인이 서울 ≪자유신문≫에 실은 여운형 씨에 대한 기사의 필화사건으로 형사들에게 연행되어 갈 때, 또 「토끼와 원숭이」 동화로 군정청에 연행되었을 때는 얼마나 충격이 컸는지 모릅니다" 하고 회고한 바 있다. (마종기, 『아버지 마해송』, 정우사, 2005, 51쪽). 여기서 "여운형 씨에 대한 기사"는 암살당한 직후에 쓴 추도 칼럼(「몽양 영결」, 『편편상(片片想)』, 새문화사, 1948)을 가리키는 듯하다.

12) 마해송, 『아름다운 새벽』(성바오로 출판사, 1992), 129쪽.

그에게 적극적인 신념이었다. 아무리 경험적 사실이라고 하더라도, 식모 노릇하는 열살짜리 여자아이를 인민군이 '납치'해 가는 것으로 그리거나, 인민군과 국군의 대민활동을 흑백논리로 묘사하는 등 합리성을 잃고 있는 점은 명백한 한계가 아닐 수 없다.[13] 그 자신은 상식과 양심에 바탕을 두고 비판적 리얼리스트로서 작품과 사회활동을 벌였을 테지만, 이 시기의 문단 교류나 명사(名士)들과 더불어 재개한 색동회 활동을 냉정히 바라보면 원로의 대접을 받는 수혜자로서 우리 사회의 보수적 주류의 자리를 벗어난 것은 아니었다.

이상의 작가 전기에서 중요한 사실은 몇몇 주요 요소가 '수평적 전환의 계기'라기보다는 기존의 요소에 새롭게 보태지면서 '겹을 이루는 굴절의 계기'로 작용했다는 점이다. 이를테면 민족주의는 삶의 전 기간에 걸치는 의식의 맨 아래 지층이고, 어린이 애호사상은 색동회 이후 시기부터 민족주의 바로 위에 놓이는 층위이며, 사회의식은 일본 좌익작가와의 교류 이후 그 다음 층위, 반공주의는 종군문인 활동 이후 그 다음 층위를 각각 이룬다. 이 가운데 반공주의는 일종의 경험적 주관주의에서 비롯된 것으로 그의 사회의식에 내재된 일면성의 한계를 강화시켰는바, 마해송의 문학세계는 1930년부터 1950년 사이에 한 정점을 이뤘다고 평가할 수 있다.

「토끼와 원숭이」의 창작 과정

「토끼와 원숭이」는 우리 민족의 자리에서 강대국의 약소국 침탈과 제국주의 세계질서를 풍자한 내용으로 저항성이 가장 두드러진 작품이고 무려

---

13) 이주영은 「마해송의 생애와 문학」(마해송 문학연구 모임 자료집, 『마해송 문학 이야기 마당』, 2003)에서 친일과 반공활동에 대한 평가의 기준을 적절히 제시하고자 했는데, 그 섬세한 기준에는 공감하지만 마해송의 활동과 작품에 대해서는 좀더 살펴야 할 여지가 많다고 본다. 마해송의 반공주의에 대해서는 김상욱, 「어린이문학의 이데올로기적 가능성」(≪창비어린이≫, 2005년 봄호)에서 어느 정도 살펴졌다.

20년 가까운 기간에 완성된 것이다. 그런데 마해송은 1920년대 초부터 해방 직전(1945. 1)까지 주로 일본에서 거주했다. 그 때문인지 정작 본인의 의도와 다르게 문예춘추사 경력 자체가 부풀려져서 흔히 마해송 문학의 후광인 양 거론되곤 한다. 하지만 그렇게 보자면 이율배반과 비약을 피할 수 없거니와, 일제 말로 가서는 일말의 의구심까지 자아내는 것도 사실이다. 이삼십대 청·장년기를 꽉 채운 문예춘추사 경력만 해도 단일지층은 아니다. 마해송의 재일 기간 행적을 자세하게 조사해서 소개한 일본인 연구자 모리아이 타카시(盛合尊至)의 논문에는 이 문제를 해결할 주요 단서들이 적잖게 드러나 있다.

마해송이 《문예춘추》의 편집에 관여하면서 이룬 확실한 공적은 1930년 7월과 11월 두 차례의 임시증간호 《순읽을거리(オール讀物号)》를 성공시킨 것이다. 마해송은 이때 문예춘추사의 사장인 기쿠치 간에게 편집 역량을 인정받는다. 그리하여 적자를 면치 못하던 문예춘추사 발행의 《모던 일본》을 인수받아 1932년 1월부터 독립 경영에 들어간다. 마해송이 사장으로 취임한 후 《모던 일본》은 경영면에서 대성공을 거둔다. 그렇다면 《문예춘추》의 임시증간호 《순읽을거리》와 《모던 일본》은 어떤 성격이었을까? 《순읽을거리》는 아무래도 독자의 기호에 다가서는 내용일 것이라 짐작되는데, 《모던 일본》 또한 문예작품을 포함하지만 "전체적으로는 스포츠·예능·생활·유행 그리고 잡다한 가벼운 읽을거리"[14]로 이루어진 대중 오락 잡지였다는 사실이다. 더욱이 《모던 일본》은 1943년 1월부터 《신태양》으로 제호가 바뀌고 군국주의 색채가 한층 강화된다. 이를 마해송 문학의 후광으로 설명하는 것은 어울리지 않는다.

한 가지 주목할 사항은 1939년 11월과 1940년 8월 두 차례에 걸쳐 《모던 일본》 임시증간호인 《모던 일본 조선판》을 발행한 것과 함께 '조선예술상'을 제정 운영한 것이다. 이런 대목은 마해송의 민족의식과 분리되지

---

14) 모리아이 타카시, 앞의 글, 14쪽.

않는다. 그러나 다른 한편으로는 그 일이 시국에 부응하는 것이었기에 가능했다는 사실도 지나쳐선 안 된다. ≪모던 일보 조선판≫ 1호의 「조선판에 한마디」 코너에는 당시 내선일체를 지휘한 미나미 지로(南次郎) 총독의 다음과 같은 글이 실려 있다.

　　이번 사변을 계기로 '조선'의 모습은 미증유의 중대함으로 전 국민의 목전에 놓여 있다. 약진조선의 이천삼백 만 민중은 혼연일체가 되어 흥아국책(興亞國策) 달성에 매진하고 있다. 이러한 때 '조선판'의 간행은 참으로 시기가 적절하며 또한 내선일체에도 기여할 바가 많다고 믿는다.[15]

　　물론 총독부의 의도와 마해송의 의도는 달랐을 것이다. 그렇더라도 마해송의 모던 일본사 활동은 일제와의 협력관계를 표면화하면서 안으로 길항관계에 놓인 야누스의 얼굴인 것을 부인할 수 없다. 우리가 경계해야 할 것은 작가의 삶과 작품의 관계를 기계적으로 결부시키려는 태도다. 삶의 여러 층위와 모순을 인정하지 않고 어느 하나를 괄호에 넣는다든지 작품의 공과를 설명하기에 편리하게끔 의도적인 선택과 굴절을 가한다면 그만큼 진실에서 멀어진다. 문예춘추사와 모던 일본사의 경력 자체를 작품의 후광인 양 앞세우는 설명은 오히려 민족적 열등감에서 비롯된 천박한 해석일 소지가 더 많다.

　　마해송은 무명의 유학생 신분에다 아무런 연고와 배경도 없는 자신을 거둔 기쿠치 간을 평생 스승으로 여기며 살았다. 하지만 마해송의 작품에서 기쿠치 간의 영향이라고 강조할 만한 대목을 찾아내고자 한다면 그것은 가능하지도 않고 또 무모한 일이라는 사실을 깨닫게 된다.[16] 조선인으로서의

---

15) 모리아이 타카시, 앞의 글, 16쪽에서 재인용.
16) 마해송은 기쿠치 간을 회고할 때마다 "나를 길러 주다시피 한 은인"(『아름다운 새벽』, 113쪽)이라고 강조하는데, 이 표현에서는 문학사상적 영향보다는 자신을 받아주었을 뿐만 아니라 오랜 기간 돈을 부쳐주며 요양하게 해주었고, ≪모던 일본≫을 발행하거나

자부심과 자신감에 넘친 마해송을 인정해 주고 신뢰한 기쿠치 간은 마해송의 개인적 활동에 대해서는 특별한 제한이나 요구를 내세우지 않았던 것으로 보인다. 따라서 우리가 주목할 것은 ≪문예춘추≫의 발행자 기쿠치 간의 자유주의적인 기질이다. ≪문예춘추≫는 수필지였으나 점차 문예지로서의 성격이 강화되었으며 반프롤레타리아 문학의 입장을 취했다.[17] 신문기자 출신이기도 한 기쿠치 간은 간결한 묘사와 명쾌한 주제의 작품을 썼으며, '생활 제일, 예술 제이'를 신조로 삼고 자유를 사랑한 합리적 현실주의자였다.[18] 우리는 이로부터 상식을 중시하는 합리성, 시사문제에 민감한 저널 감각, 뚜렷한 주제의식을 속도감 있게 담아내는 간결한 문체 등 마해송의 수필과 동화에서 보는 몇 가지 특성의 연원을 어느 정도는 유추할 수 있다.

다음으로 마해송 문학의 저항성과 관련해서다. 여기서 주목되는 사실은 후지사와 타케오와의 교류다.

「토끼와 원숭이」는 이곳에 같이 입원하고 있는 우인(友人) 일본의 전기파(戰旗派) 좌익작가 후지사와 타케오(藤澤桓夫)가 금년 3월호 ≪개조(改造)≫에 발표한 「싹(芽)」이라는 소설 가운데 삽화로 쓴 일이 있었다. 이것은 그 소설 자체가 필자를 모델로 한 것이므로, 아는 사람은 알려니와, 작가가 발표하기 전에 국외 소설가의 소설 가운데 삽화로 발표되어 있음은 기괴한 일이요 의아를 받기에 넉넉한 일이나, 여상(如上)한 내력을 가지고 있는 까닭이다.[19]

이 대목은 「토끼와 원숭이」의 창작 경위를 설명하는 가운데 나온 것으로 요양소에서 쓴 것으로 되어 있다. 마해송은 1928년 7월에 폐병에 걸려 요

'조선예술상'을 운영하는 데에서도 도움을 아끼지 않은 물질적·정신적인 후원에 대한 고마움의 감정이 스며 있다.

17) 고준석 편저, 『일본문학·사상 명저사전』(깊은샘, 1993), 576쪽.

18) 고준석 편저, 앞의 책, 658~659쪽.

19) 마해송, 「산상수필」, ≪조선일보≫, 1931년 9월 23일자. (이하 모든 표기법은 오늘날의 맞춤법에 따름.)

양 치료를 받았다. 치료 장소는 1928년 7월부터 11월까지는 치바(千葉) 현 후나가타(船形)였고, 그 뒤에 직장에 돌아오지만 병이 재발하여 1928년 11월부터 1929년 10월까지 나가노(長野) 현 후지미(富士見)에서 본격적인 요양생활을 한다.[20] 그 뒤에도 요양소를 몇 번 다녀오지만, 이는 병을 조심하는 차원에서 휴양하러 간 것이라고 짐작된다. 후지사와 타케오도 흉부질환이었고 후지미 요양소에서 올라오면 반드시 그와 함께 했다고 한다.[21]

후지사와 타케오는 신감각파 문학계열의 ≪가두마차≫에서 활약했는데 이 동인지는 1927년 9월 완전히 좌익화한다. 따라서 후지사와 타케오는 기성작가로 활동하다가 사회주의 의식에 눈을 뜬 작가의 유형에 속하며, 나프(NAPF) 결성(1928)을 전후하여 광의의 아방가르드 예술가에서 마르크스주의 문학으로 노선을 바꾼 이른바 '전환작가'다.[22] 그가 마해송을 모델로 해서 쓴 단편소설 「싹(芽)」(≪개조(改造)≫, 1931. 3)은 어떤 내용일까?

동경을 무대로 하는 이 작품은 일본 부잣집 아이들의 화려한 생활을 그리는 것으로 시작해서 그들과 대비되는 조선인 노동자 아이들의 비참한 모습을 제시한 뒤에 조선인 유학생과 좌익 노총계 젊은 노동자들이 동포 아이들에게 주말 강습소를 운영하는 활동을 다루고 있다. 설날이 되자 동물원으로 소풍을 가는데, 예상 밖으로 많은 일본인들이 몰려든 탓에 워낙 남루한 차림새의 아이들이 느낄 모멸감을 생각해서 근방의 찻집을 빌려 놀기로 한다. 여기에서 노동자·농민의 나라 어린이들이 맞이하는 설날과 적색소년단의 이야기를 차례로 들려주고, 적색소년단과 쟁의단의 노래 등을 부른 뒤에, 한 청년이 동물원에서 떠오른 동화를 들려준다. 그 동화가 바로 '토끼와 원숭이'다. 뒤에 마해송은 일제의 원고검열 때문에 원숭이나라가 토끼나라를 쳐들어가는 데까지 발표할 수밖에 없었지만, 후지사와 타케오의 소설에서는 군데군데 삭제당한 흔적이 나타나 있긴 해도 원숭이들이 토

---

20) 마해송, 『역군은』(1941년 동경에서 비매품으로 나옴), 144~145쪽과 153쪽 참고.
21) 모리아이 타카시, 앞의 글, 참고.
22) 히라노 겐(平野謙), 고재석·김환기 옮김, 『일본 쇼와문학사』(동국대 출판부, 2001) 참고.

끼들의 털을 검게 물들이고 귀를 자르면서 강제로 자기들 모습처럼 바꾸는
대목까지 나와 있다. 폭력적인 식민지 정책에 대한 매우 적나라한 알레고
리다. 후지사와 타케오의 소설은 다음과 같이 끝이 난다.

청년의 이야기는 거기까지로, 아이들을 완전히 사로잡았다. 어른들도 사로
잡았다. 영양불량의 아이들은 뺨이 달아오르고 눈이 더욱 반짝거렸다. 아이
들의 상반신은 서로 밀고 밀리고 하면서 이야기하는 사람 쪽으로 빨려 들어
갔다.
아이들은 이야기를 듣고 있다기보다, 이야기를 걸신들린 듯 먹고 있었다.
(25자 삭제)
그런데, 이 동화는 이제부터 어떻게 될까?
역사 현실의 생생한 벽으로, ××××××××××× 어린이들이여! 너희들이
그 다음 이야기를, 선명한 끌 자국을 보이면서 힘차게 만들어나갈 것이다.[23]

이 작품이 마해송을 모델로 했다는 것은 맞는 말이다. 조선인 유학생과
청년 노동자들이 아이들을 대상으로 강습소를 운영하는 내용은 마해송의
이력과 일치한다. 동경에서 전개된 색동회의 활동이 그러했으며,[24] 병마와
싸우기 이전의 동경생활에 대해 "직업은 생활의 방편이요, 생활의 의의는
'혼쇼(本所), 후카가와(深川)'의 어린이를 가르치고 아동 문제를 연구하는
점에 두었다"[25]고 손수 기록한 글도 참조가 된다. 하지만 이들 활동이 선명
한 적색운동의 색채를 띤 것으로 그려진 것은 작가 후지사와 타케오의 사

---

23) 후지사와 타케오(藤澤桓夫), 「芽」, ≪改造≫, 1931년 3월호, 83쪽. 인하대에서 박사
   학위를 마친 일본의 사나다 히로코(眞田博子) 씨가 이 작품을 구해주었다. 인하대 대
   학원의 박숙경 씨 번역으로 ≪창비어린이≫, 2005년 가을호에 전문이 소개될 예정이다.
24) 정인섭, 『색동회어린이운동사』(학원사, 1975) 참고. 이 책에는 1926년 1월 1일 일본의
   교포 어린이와 설날잔치를 벌이는 색동회의 활동을 담은 사진들도 실려 있다. 마해송의
   얼굴 역시 보인다.
25) 마해송, 「조선을 사랑하자」(≪동경조선민보≫, 1936. 2), 『편편상(片片想)』, 71쪽.

상이 보태진 결과일 것이다.

후지사와 타케오의 「싹(芽)」이 발표된 ≪개조≫는 당시에 좌익 색채를 띠고 커다란 영향력을 행사한 잡지였다. 여기 발표된 소설에 적색 해방운동의 뚜렷한 지향과 더불어 자신의 활동이 그려진 것을 보고 마해송은 어떤 기분이 들었을까? 우선 소설의 내용이 직접 들려준 이야기에 바탕하고 있는 것이니만큼 두 사람의 교류가 그리 얕은 것은 아니었다고 볼 수 있다. 다음으로 당시에 마르크스주의는 하나의 유행사조였다는 사실도 기억해야 할 것이다. 이 무렵 조선과 일본을 풍미한 사상운동의 기류로 보나 이 작품에서 고무받은 기운으로 보나, 마해송이 마르크스주의에 적극 공감했을 것임은 틀림없다고 여겨진다.

과연 「토끼와 원숭이」는 이전의 작품 경향으로부터 대회전을 감행한 세계를 담고 있다. 그런데 마해송은 수정 중인 원고가 저도 모르게 ≪어린이≫(1931. 8)에 실리자 그 발표는 자신의 의도가 아니었다면서 이 작품과 관련한 중대 발언을 한다. 일본의 후지미 요양소에서 써 보낸 「산상수필」(1931. 9. 22-23)이 그것이다. 이때는 소년운동과 아동문학의 중심에 있던 방정환이 급서(1931. 7. 23)한 직후였다. 「산상수필」은 '후지미 고원(富士見 高原)에서', '방정환 군', '토끼와 원숭이' 등 세 부분으로 되어 있다. 뒤에는 이것들을 나누어 각각 독립된 글로 수필집에 싣고 있기 때문에 '방정환 군'은 추도의 글인 양 보기 쉽지만, '방정환 군'의 중간 부분까지를 한 번에 싣고 그 다음 부분을 한 번으로 해서 두 번 연재된 원래의 글은 어디까지나 하나의 제목으로 발표한 것이다. 이 글의 '방정환 군' 부분은 당연히 추도의 내용을 포함하고 있기는 해도 글 전체의 문맥상으로는 자신의 지향과의 차이점에 강조가 주어져 있다. 이 글은 작가의 '제2기 선언'과도 같은 내용을 담고 있는 것이다.

이 글에서 마해송은 "몇 편 안 되는 동화나마 연대를 따라서 읽어보면 어떠한 경로를 어떻게 밟아서 (사상·예술) 자랐는지 알 수 있어서 유쾌하다"[26]면서 「토끼와 원숭이」를 이전 작품들과 구별해서 설명하려는 의도를 비친다. 그러고는 이 작품이 만들어진 과정에 대해 다음과 같이 밝혔다.

　「토끼와 원숭이」도 「호랑이 곶감」(未稿), 「울 줄 모르는 아이」(未稿)와
같이 이미 6, 7년 전에 창작한 것이다.
　「토끼와 원숭이」를 발표한 것은 정월인 줄로 기억한다. 색동회가 모였을
때 그 자리에서 이야기한 일이 있었고, 그 후 이제로부터 3, 4년 전, 내가 병
을 얻기 전에, 이것을 ≪어린이≫에 연재할 셈으로 제1회를 써서 ≪어린이≫
에 보낸 일이 있었으나, 계속할 능력이 없으므로 게재를 중지하고, 그 후 몇
번 다시 쓰고 다시 쓰고 하여, 오늘 겨우 첫머리 원고 두 장을 쓰고 있는 터
에, 보내온 ≪어린이≫ 8월호에 4년 전의 원고가 게재되어 있음을 보고, 적지
아니 놀란 것이다.[27]

　「토끼와 원숭이」가 우리 글로 처음 지면에 나타난 것은 위에서 밝히고
있듯이 ≪어린이≫ 1931년 8월호에서다. 작가의 동의를 구하지 않은 채 발
표된 까닭은 8월호가 그 해 여름 급서한 '방정환 추모 특집호'인만큼 편집
책임자가 공석인 상태에서 누군가가 급히 원고를 메우기 위해 어디 보관하
고 있던 구(舊)원고를 실었기 때문일 것이다. 그렇다면 작가의 말처럼 실제
원고는 3, 4년 전 곧 1927, 8년경에 글로 씌어졌다는 말이 된다. 물론 그
이전에 '구상'되었거나 '구연'되었을 수도 있다. 그런데 1931년에 발표된 원
고도 완성된 작품은 아니다. 연재할 셈으로 1회분을 써서 보냈지만 계속할
능력이 없어 게재를 중지하고 그 후 고쳐 쓰고 있는 중인데, 그조차 첫머
리 원고 두 장을 쓰고 있다고 밝히고 있기 때문이다. 1933년 1월과 2월 다
시 ≪어린이≫에 2회를 연재하지만 3회 원고가 압수당하는 사정으로 중단
되니, 그 '구상'의 완성은 해방 후 1946년 1월 ≪자유신문≫에서 이루어진
다. 그리고 1947년 1월 ≪자유신문≫에 후편을 또 발표하여 오늘날의 형태

---

26) 마해송, 「산상수필」, ≪조선일보≫, 1931년 9월 23일자.
27) 마해송, 「산상수필」, 같은 지면.

로 최종 완성되는 과정을 밟는다. 일제시대에 씌어진 원고와 해방 후에 완성된 원고 사이에는, 마해송이 들려준 이야기에 바탕을 두었다고는 하지만 후지사와 타케오의 「싹(芽)」이 존재한다는 사실을 기억해 두자.

결과적으로 마해송은 아주 오랜 기간 이 작품에 매달려 왔다. 물론 외부 사정으로 작품을 완결짓지 못한 것이 주된 원인이겠지만, 단지 그것만이라고 하기에는 그 이상의 에너지가 이 작품의 배후에는 흐르고 있다. 위의 「산상수필」에서 "이 동화는 현금의 나의 사상과 입장을 확실히 하고, 나의 현금의 아동 지도의 정신을 구체화한 것이니, 어린이들과 함께 지도자들의 애독을 바라는 바이다"(고딕체 강조는 필자)[28]라고 내세운 작가의 의미부여를 그냥 지나칠 수 없는 것이다.

당시에는 카프(KAPF : 1925~1935)의 영향으로 ≪어린이≫에서도 계급문학의 색채를 띤 글들이 다수 발표되고 있었다. 송영의 작품 「쫓겨가신 선생님」(1928. 1)을 실은 것 때문에 방정환이 끌려가 고초를 겪기도 하지만 원고를 압수당하는 속에서도 계급문학의 색채는 날로 강화되었다. 일찍이 ≪어린이≫ 합평회 자리에서 방정환과 마해송 사이에는 견해차가 있었다. 이때의 견해차는 계급문학 수용 여부는 아니었고, 방정환의 눈물주의에 대한 비판이 주조였다.[29] 동요·동화에 눈물이 너무 많으니 웃음과 용기를 주는 소재를 택하자는 의견을 마해송은 내세웠다. 마해송의 초기작들도 눈물주의에서 벗어난 것은 아니었지만, 좀 나중에 발표된 「소년 특사」(≪어린이≫, 1927. 1) 같은 것은 웃음과 용기를 주는 소재를 담았다고 할 수 있다. 사실 여기까지는 해학과 유머에도 능한 방정환의 작품 경향과 큰 차이는 없다. 그런데 「토끼와 원숭이」에 이르면 그때까지와는 확실히 다른 에너지가 감지되고 있는 것이다. 「산상수필」에서 방정환의 눈물주의와 영웅주의를 비판한 뒤에 다음과 같이 주장하는 데에서도 그런 에너지는 느껴진다.

---

28) 마해송, 「산상수필」, 같은 지면.
29) 정인섭, 앞의 책, 63~66쪽 참고.

꽃과 별과 천사와 공주의 꿈같이 아름다운 이야기와 눈물을 줄줄 흘리게 되는 애화만이 아동의 정서를 보육함이 아니요, 아동 교육의 근본의(根本義)가 아니다. 어른이 어떠한 때든지 음탕한 이야기를 즐겨하는 것과 같이 어린이는 어떠한 때든지 슬픈 이야기를 듣기 좋아하는 것이니, 듣기 좋아한다고 그것이 아동을 위함이 아니요, 능(能)이 아니다.

(중략) 우리는 "현실을—— 가장 정확한 (즉, 과학적) 똑똑한 눈으로 본 현실을 가장 교묘한 방법과 기교로써 가르치며, 또한 정확히 볼 수 있도록" 지도할 것이다. 이것이 우리의 주장이다.[30]

이 글에서 '우리'는 방정환을 제외한 색동회 회원을 가리킨다. 그러나 색동회에는 딱히 방정환 이상이라 할 만큼 사회주의나 계급문학과 친화력을 보인 회원이 없었다.[31] 따라서 이 새로운 에너지는 시대의 유행사조도 한몫 했겠지만 후지사와 타케오로부터 급속히 충전된 것이라 할 수 있다. 요컨대 '제2기 선언'과도 같은 주장의 전환점에 일본의 좌익작가 후지사와 타케오가 존재한다. 이때의 정신적인 자극이 해방 뒤에 완성되는 「토끼와 원숭이」는 물론이고 「떡배 단배」까지 이어졌던 것이다.

텍스트 비교 분석

「토끼와 원숭이」는 창작 과정이 복잡한 만큼 텍스트도 시기별로 여러 가지다. 그의 사후 첫 번째로 나온 동화집까지로 제한했을 때, 작품의 소재는 다음과 같다.

① 후지사와 타케오의 단편소설 「싹(芽)」(1931. 3)

---

30) 마해송, 「산상수필」, 같은 지면.
31) 염희경, 「소파 방정환과 사회주의」, ≪아침햇살≫, 2000년 봄호/졸고, 「한일 아동문학의 기원과 성격 비교」, 『아동문학과 비평정신』(창작과비평사, 2001) 참고.

② ≪어린이≫(1931. 8)

③ ≪어린이≫(1933. 1-2)

④ 『해송동화집』(개벽사, 1934)

⑤ ≪자유신문≫(1946. 1. 1)

⑥ ≪자유신문≫(1947. 1. 1-8)

⑦ 동화집 『떡배 단배』(학원사, 1953 / 재판, 1964)

⑧ 동화집 『사슴과 사냥개』(창작과비평사, 1977)[32]

가장 먼저 지면에 소개되었지만 「싹(芽)」에 삽입된 것은 마해송이 들려준 것을 바탕으로 일본작가가 쓴 것이므로 마해송의 작품이라 할 수 없다. 다만 해방 전에 미완성 상태로 발표된 작품의 잠정적 지향을 확인할 수 있는 자료로서는 중요하다. 일제 식민지 정책의 폭력성을 적나라하게 드러내는 내용이 다름 아닌 일제시대에 만들어졌다는 사실은 해방 후에 만들어진 것과는 그 무게가 판이하게 다르기 때문이다. 한편, 이 작품의 완성과정에서 후지사와 타케오의 상상력이 일정하게 보태졌을 가능성도 아주 배제할 수는 없다. 압수당했다는 부분은 후지사와 타케오의 소설에 삽입된 동화의 내용 가운데 가장 많은 분량으로 폭력성이 아주 생생하게 묘사된 장면이다. 풍자의 압권을 이루는 이 부분의 오리지널리티는 사실 두 사람 외에는 알 수 없는 노릇이다.[33]

---

32) 1946년 1월에 ≪자유신문≫에 전편(前篇)이 발표되자, 그것을 바탕으로 그 해 자유신문사에서 김기창의 그림책이 나왔고, 을유문화사에서는 김용환의 만화책이 나왔다. 1947년 1월에 ≪자유신문≫에 후편(後篇)이 발표되자, 그 해 청구문화사에서 전·후편을 모은 김용환의 만화책 두 권이 나왔다.(마해송, 「책을 내면서」, 『떡배 단배』, 학원사, 1953 / 재판, 1964, 226~227쪽). 본고를 쓰는데 이재철 교수가 『해송동화집』과 『떡배 단배』의 재판을 복사해 주었다. 귀한 소장 자료를 내주신 것에 대해 감사의 말을 전한다.

33) 경위는 확실하지 않지만 마해송이 1964년경 일본에서 동화집을 내기 위해 보낸 작품 네 편(「떡배 단배」, 「토끼와 돼지」, 「꽃씨와 눈사람」, 「바위나리와 아기별」)에는 이상하게도 「토끼와 원숭이」가 빠져 있다.(모리아이 타카시, 앞의 글, 23~24쪽 참고.) 그런데 작가는 동화집 『떡배 단배』(1953)에 다섯 편(「바위나리와 아기별」, 「어머님의 선물」,

《어린이》 1931년 8월호에 발표된 것은 해방 후에 완성된 작품의 1장 ‘나라와 나라’, 2장 ‘탕과 왕’에 해당하는 내용이다. 큰 개울 서편의 토끼나라와 동편의 원숭이나라가 소개되는 것으로 시작하고, 원숭이나라가 토끼나라를 쳐들어가는 것으로 끝난다. 그런데 이 텍스트에는 연재임을 알리는 그 어떤 표시도 없다. 작가의 의사를 묻지 않고 편집부에서 보관 중인 원고를 급히 실었기 때문에 발생한 일이겠는데, 그 자체 완결된 작품으로 본다고 해도 침략이라는 큰 사건의 암시와 함께 일단락되는 내용이기 때문에 나름대로 의미 있는 텍스트다. 여기에는 해방 후에 발표한 작품에는 없는 문장들이 여러 군데 보이며 높임말 서술(‘-습니다’)로 되어 있어서 한결 친절하게 이야기를 들려준다는 느낌이 든다.

《어린이》 1933년 1~2월호에 두 번 연재된 것은 현재 구해 볼 수 있는 영인본에는 누락되어 있어서 확인할 수가 없다. 일제시대에 나온 『해송동화집』에 실린 것이 이와 다르지 않을 것이라고 본다면, 연재 2회분 곧 3, 4장이 더 추가된 내용이다. 뒷날 작가는 토끼를 원숭이로 만들고 원숭이 구호를 외우고 다니게 하는 부분이 압수되어 연재가 중단되었다고 밝혔으므로, 줄거리가 크게 진전된 것은 아니다.

『해송동화집』(1934)에 실린 「토끼와 원숭이」는 1장 ‘나라와 나라’, 2장 ‘탕과 왕(임금)’, 3장 ‘원숭이나라 만세’, 4장 ‘까까의 맹세’로 되어 있고, 작품 끝에 ‘소화 6년 8월 《어린이》 / 소화 8년 1, 2월 《어린이》’라는 서지 사항과 ‘부득이한 사정으로 미완’이라는 작가주가 붙어 있다. 《어린이》 1931년 8월호에 발표된 1, 2장은 그대로다. 해방 후에 발표된 것과의 차이는 나중에 생략된 문장이 더 보이며 높임말 서술로 되어 있는 점이다.

「토끼와 원숭이」, 「호랑이 곶감」, 「떡배 단배」)을 골라 실으면서 작가후기에, 『해송동화집』(1934)에 실려 있던 다른 여덟 편의 작품은 버리기로 하고 “여기 실린 다섯 편의 창작동화가 30년에 걸쳐서 지은 나의 작품의 전부”라고 밝힌 바 있다. (마해송, 「책을 내면서」, 앞의 책, 참고.) 재판(1964)은 이 다섯 편에다 그 후에 쓴 작품들을 더 보태서 낸 것이다.

≪자유신문≫ 1946년 1월 1일자에 발표된 것은 전부 6장으로 되어 있다. 해방 전에 발표된 4장까지를 3장으로 줄였기 때문에, 4장부터가 새롭게 선보이는 내용이다. 장별 소제목은 1장 '나라와 나라', 2장 '탕과 왕', 3장 '까까의 맹세', 4장 '글방', 5장 '뚱쇠와 센이리', 6장 '원숭이 된 토끼' 등이다. 해방 전과 비교할 때 높임말 서술을 예사말 서술로 바꾸었고 문장을 더러 생략했다. 그래서 속도감은 붙어 있으나, 얼핏 보기에는 요약한 것 같은 느낌이 든다. 제목 아래 '제2고(弟二稿)'라고 밝히고 작품 끝에 다음과 같은 작가주가 붙어 있어 흥미롭다.

'제2고'란 약(略)한 원고란 뜻(意). 원고(原稿)는 이것의 5배 이상. 3장까지는 1932년 1, 2월호 ≪어린이≫에 2회 연재한 것. 4장은 압수당한 것. 5장 이후는 이번에 완결한 것.

원래의 작품은 '5배 이상'이라고 밝혔지만, 해방 전에 발표된 것과 비교할 때 몇 군데 문장을 생략했고 예사말 서술로 바꾸었을 뿐, 다음 해에 이어서 쓴 후편을 합한다고 해도 2배를 넘지 않는다. 그렇다면 여기서 '원고(原稿)'는 애초의 구상에나 해당하는 말이다. '1932년'은 1933년의 오기다. 5장 이후는 태평양전쟁 이전에는 상상하기 힘든 해방 이후 현실에 대한 알레고리로 읽힌다. '약풀'에 대응하는 원자폭탄, '뚱쇠와 센이리의 원숭이 축출과 토끼나라 점령'에 대응하는 제2차 세계대전 이후 미소(美蘇)의 한반도 주둔 등이 그러하다. 따라서 해방 전에 구상했다는 작품의 전모는 4장까지라고 할 수 있으며, 그 주요 내용은 후지사와 타케오의 소설 속에 삽입된 것과 일치한다.

≪자유신문≫ 1947년 1월 1일부터 8일까지 연재된 것은 「속(續) 토끼와 원숭이」라고 제목에서 '후편'임을 밝히고 새로 쓴 내용이다. 뒤에 동화집으로 묶여 나온 것과 비교하면 연재할 때에는 장(章)별 구분 없이 8회로 나뉘었던 것이 동화집에 실리면서 7장부터 10장까지 모두 4개의 장으로 합쳐지

고 구분된다. 그 소제목들은 7장 '약풀', 8장 '하루치풀', 9장 '큰 싸움', 10장 '싸움은 끝나고' 등이다.

여기까지 해서 전부 10장에 이르는 「토끼와 원숭이」의 텍스트는 일단 완결된다. 작가의 구상대로라면 마음먹기에 따라 '전편'의 5배 분량으로 얼마든지 더 늘려 쓸 수 있는 여건이 주어졌는데도, 다음 해부터 「떡배 단배」를 새로 쓴 것 외에는 더 이상 「토끼와 원숭이」를 늘려 쓰지 않았다. 그렇다면 이런 생각이 자연스럽게 떠오른다. 혹시 「토끼와 원숭이」에서 더 말하고 싶었던 내용을 가지고 새로 「떡배 단배」(1948~1949)를 쓴 것은 아닐까? 「토끼와 원숭이」가 총칼로써 지배와 착취를 일삼는 내용이라면, 「떡배 단배」는 떡과 단것으로써 지배와 착취를 꾀하는 내용이다. 「떡배 단배」 역시 해방 이후 민족현실에 대한 알레고리가 드러나지만, 가장 힘주어 비판하고 있는 제국주의 세계질서는 자본주의 경제원리에 대한 통찰력 곧 마르크스주의 눈으로 파헤쳐진다. 작가는 1930년을 전후로 해서 마르크스주의에 눈을 떴으니, 「토끼와 원숭이」하고 「떡배 단배」는 일제시대에 구상한 내용을 해방 전후의 상황변화를 좇아서 알레고리로 풀어낸 '자매편'이라고 생각할 수 있다.

동화집 『떡배 단배』(1953)에 실린 것은 전편과 후편으로 나누어 발표된 것들을 합해서 어린이들 앞에 온전히 모습을 드러낸 최초의 텍스트다.[34] 그런데 이 동화집을 구해 볼 수 없기 때문에 재판(1964)으로 그 내용을 가늠하는 수밖에 없다. 재판에는 초판의 작가후기까지 그대로 실었고, 초판의 5개 작품에다 그 이후에 쓴 작품들을 더 보탠 것이라고 새로 밝혔다. 아마도 초판과 재판 사이의 텍스트 변화는 없거나 무시해도 좋을 만큼 미미하리라

---

34) 근거는 알 수 없지만 1946년 1월에 발표한 것을 가지고 그해 12월 자유신문사에서 『토끼와 원숭이』의 단행본이 출판되었고, 후편이 발표된 1947년 5월에는 상하권이 합쳐서 출판되었다는 기록이 보인다. (마종기, 『아버지 마해송』, 174쪽.) 당시의 출판연감에서는 확인되지 않는데, 혹시 작가가 손수 작성한 연보에서 보이는 만화와 그림책을 가리키는 것은 아닌지 모르겠다. (각주 32 참고.)

고 짐작된다. ≪자유신문≫에 발표된 것들과 비교해 보더라도 몇몇 어휘를 바꾸고 문장을 간결하게 다듬은 정도에 그치고 내용상의 변화는 없다. 장별 번호는 없애고 소제목만 달아 놓았다.

동화집 『사슴과 사냥개』(1977)에 실린 것은 『떡배 단배』의 재판에 실린 것과 같다. 여기에서도 표기법의 변화만 확인될 뿐이고 내용은 그대로다. 어느 정도인가 하면, 『떡배 단배』의 재판 텍스트에 보이는 문장부호의 오류까지도 같다. 예컨대 토끼들이 뚱쇠 앞에서 "뚱쇠님과 센이리님은 참으로 우리들을 살려주신 고마우신 분입니다." 하고 말하자, 뚱쇠는 "무어! 센이리도 고마운 분야!" 하고 성을 낸다. 그리고 센이리 앞에서 "센이리님과 뚱쇠님은 참으로 우리들을 살려 주신 고마우신 분입니다." 하고 말하자, 센이리는 "무엇! 뚱쇠도 고마운 분야. 우리들이 살려 준 것이 아니야?" 하고 성을 낸다. 이들 대화는 제대로 느낌을 전하려면 "무어! 센이리도 고마운 분야?" 그리고 "무엇! 뚱쇠도 고마운 분야?" 하고 둘 다 의문부호를 달아 줘야 한다. ≪자유신문≫에 발표된 것에는 두 군데 모두 의문부호를 붙여서 제대로 느낌을 전하고 있다. 그러나 어쩐 일인지 뒤에 나온 두 동화집에서는 부호가 위에 인용한 대로 바뀌어 부자연스럽게 읽힌다. 어린이들이 거꾸로 해석할 소지를 남기고 있는 대목이다.

결론적으로 말해서 오늘날 어린이들이 읽고 있는 「토끼와 원숭이」는 해방 후 ≪자유신문≫에 연재된 전편과 후편을 합쳐서 출간한 동화집 『떡배 단배』에 실린 것이다. 시대상황에 대한 명백한 알레고리라는 점을 염두에 두고 핵심만을 장별로 간추리면 다음과 같다.

1장) 나라와 나라: 큰 개울 동편나라에 사는 원숭이가 조난당한 것을 큰 개울 서편나라에 사는 토끼가 구해 주자 원숭이나라를 구경시켜준다고 해서 토끼 몇 마리가 건너간다.

2장) 탕과 왕: 토끼들이 탕을 짊어진 병정 원숭이들에 의해 왕 앞으로 끌려가고, 원숭이들은 토끼나라를 침략한다.

3장) 까까의 맹세 : 토끼나라가 원숭이들에게 점령당하자, 원숭이 까까는 은혜를 원수로 갚는 제 나라를 미워하면서 원수를 갚아준다고 맹세한다.

4장) 글방 : 원숭이들이 토끼들에게 세뇌교육을 시키고 토끼의 털을 원숭이처럼 물들인 뒤에 가위로 두 귀를 자른다.

5장) 뚱쇠와 셴이리 : 원숭이들이 남쪽에 있는 뚱쇠나라를 또 공격하니까 뚱쇠나라는 다른 나라에 구원을 청하고 북쪽에 있는 셴이리가 약풀을 무기로 해서 함께 싸워 원숭이들을 무찌른다.

6장) 원숭이 된 토끼 : 토끼들의 일부가 뚱쇠 편과 셴이리 편으로 갈라져서 다툰다.

7장) 약풀 : 뚱쇠들이 셴이리처럼 약풀을 만들기 위해 토끼들에게 풀을 뽑아오라고 시킨다.

8장) 하루치풀 : 뚱쇠가 약풀을 만드는 바람에 먹을 풀들이 다 없어지고 토끼들은 하루치씩 풀 배급을 받는다.

9장) 큰 싸움 : 토끼들은 뚱쇠와 셴이리를 화해시키려 하지만 결국 둘은 전쟁 상태로 들어간다.

10장) 싸움은 끝나고 : 두 세력의 싸움 때문에 뚱쇠와 셴이리뿐 아니라 토끼들도 모두 죽는다. 흰눈이 온 세상을 덮은 뒤, 달 속에서 절구 찧던 토끼가 내려오고 여러 해가 지나서 세상은 토끼들의 천지가 된다.

이 내용은 누가 보더라도 해방 전후의 민족현실과 세계질서에 대한 알레고리다. 현실과의 대비관계가 너무 도식적이라 할 만큼 평면성을 띠고 있는 것이 오히려 흠으로 보일 정도다. 하지만 독자가 재미있게 줄거리를 따라가는 가운데 저절로 현실의 문제에 눈을 뜨게 해주는 한 편의 우화이자 의인동화로서 이 작품의 역사적 의의는 독보적이다. 3장 '까까의 맹세'는 6장 '원숭이 된 토끼'와 더불어 작가의 민족주의가 단순한 쇼비니즘은 아니라는 증거가 되는데, 원숭이 까까는 문예춘추사에서 교류한 일본인들 특히 후지사와 타케오를 떠올려준다. 9장은 제3차 세계대전 특히 한국동란을 예견한 것으로 해석되곤 한다. 「떡배 단배」에도 두 강대국의 싸움이 그려지고 있으니, 세계 냉전구조를 꿰뚫어보는 작가의 눈이 자못 날카롭다. 10장의 간결하고도 상징적인 결말은 기독교적 종말론을 떠올려주는데 반전 평화주의의 감정을 불러일으킨다. 여러모로 보건대 저널리스트로서 활동한 작가의 현실감각이 빛나는 작품이다.

마해송이 객원으로 취임하면서 관계하던 ≪자유신문≫은 1945년 10월 5일 창간되어 ≪조선인민보≫, ≪중앙신문≫과 더불어 미군정 초기의 여론을 이끈 주요 언론매체였다.[35] 이 신문은 정치적으로 진보적 민주주의를 지지했고 신탁통치에 찬성했다.[36] "좌·우가 날카롭게 대립하고 있던 당시의 언론계에서 상당히 영향력 있는 신문", "진보적 민주주의를 표방하면서 어떠한 정치세력에도 가담하지 않고 통일과 민주주의를 지향한 영향력 있는 신문"[37]이라는 평가는, 이 신문에 수년간 칼럼을 쓰면서 「토끼와 원숭이」, 「떡배 단배」를 연재했던 마해송의 사상적 거처에도 해당되는 말이다. ≪자유신문≫은 1946년 10월 신익희(申翼熙)가 사장에 취임하면서 점차 우익지로 변모하게 된다. 하지만 외세에 휘둘리고 이념의 대립이 극심해진 민족현실을 풍자하면서 어느 편에도 기울지 않고 독립된 민족국가의 건설을 지향하는 내용은 「떡배 단배」에서 더욱 뚜렷해지는 것을 확인할 수 있다.[38]

---

35) 김민남 외, 『새로 쓰는 한국언론사』(아침, 1993), 284쪽.

36) 김민환, 『한국언론사』(사회비평사, 1996), 331쪽.

37) 송건호, 『한국현대언론사』(삼민사, 1990), 18~19쪽.

38) 지금까지 「떡배 단배」는 1948년 1월 ≪자유신문≫에 발표된 것으로 알려져 왔다. 동화집 『떡배 단배』의 후기에서 작가가 손수 작성한 연보에도 그렇게 나와 있다. 하지만 실제로 확인해 보니, 1948년 1월 12일부터 16일 사이에 4회 연재하다가 중단되었고, 1949년 1월 1일부터 25일 사이에 18회를 더 이어 씀으로써 끝이 났다. 작가의 말대로 "1948년 신년호 ≪자유신문≫에 20일 동안 연재"함으로써 작품이 완료되었다면, 복간된 ≪어린이≫(1948. 5~1949. 12)에 이 작품을 다시 실으려다가 1948년 9월호부터 세 차례를 잇고 중단된 까닭이 궁금하지 않을 수 없는데, 당시까지는 아직 작품이 완료되지 않았던 것이다. 이 작품의 대부분이 1949년에 선보였다고 해서 시기가 늦춰진 만큼 작품의 가치가 떨어지는 것은 아니다. 오히려 보도연맹의 광풍이 불었던 정부수립 이후 이런 내용이 나왔다는 사실 때문에 작품의 역사적 가치는 더욱 높아진다.

남은 문제

마해송은 6·25동란을 거치면서 급작스럽게 반공으로 선회한다. 이후 그는 여러 문제점들을 안고 있기는 해도 더욱 왕성하게 작품활동을 벌이며 여전히 뛰어난 작품들을 다수 남긴다. 이처럼 어느 한 면으로만 평가할 수 없는 마해송의 삶과 문학을 제대로 조명하는 일은 이제부터가 시작이라고 해야 할 것이다. 대표작과 범작을 가려내는 일도 중요하고, 연보를 비롯한 기초사항을 확실하게 밝혀 고정시키는 일도 중요하다. 작가의 생애와 작품의 관련을 해명하는 문제는 간단치 않다. 무엇보다 정확한 사실에 바탕을 두면서도 여러 맥락과 정황을 고려한 납득할 만한 해석이 요구된다. 이 글에서는 다루지 못했지만, 앞으로 해명되었으면 하는 문제들을 제시하는 것으로 결론을 대신하고자 한다.

첫째, 작가의 전기적 사항을 상세하게 조사해서 전후맥락이 닿게끔 재구성해야 한다. 우선 작가의 가계(家系)가 정확히 밝혀져 있지 않다. 작가와 그 주변인들은 다만 '몇 대째 부유한 상업에 종사'했다고만 밝혔는데, 어떤 종류의 일을 했는지 궁금하다. 마해송이 개성제일공립보통학교를 졸업한 뒤, 윤치호(尹致昊)가 세운 민족사학으로 유명한 송도중학교(1906년 한영서원으로 개원)를 두고 어째서 일본 불교 정토종 포교소가 운영한 개성학당을 다녔는지, 또 어째서 몇 대째 뿌리를 내리고 살던 토박이가 해방 후 38선 이남인 개성을 떠나 서울로 옮기게 되었는지에 대해서도 마찬가지다. 다음으로 일제 말의 《모던 일본》과 그 후신 《신태양》에 드러나는 시국관에 대해 사장인 마해송이 책임져야 하는 부분이 어느 정도인지에 대해 따져볼 필요가 있다. 그리고 해방 뒤에 자유신문사에 관계하게 된 연줄이 있다면 그것도 밝혀져야 한다. 그는 대부분의 주요 동화작가들이 가입했던 조선문학가동맹에 소속하지 않았고, 고한승이 복간한 《어린이》에 「떡배 단배」의 일부를 다시 실은 것말고는 해방기의 수많은 주요 아동잡지들에 이름을 남기지 않았다. 이는 그가 해방기의 문단과는 상당한 거리가 있었다는 말이 된다.[39] 한편, 6·25동란 직후 서울이 인민군에 점령되었을 때, 그는 이

166

른바 '도강파'가 아니라 '잔류파'로 서울에 남아 있었다. 이때 사상 문제로 큰 고초는 겪지 않고, 9·28서울수복이 되었을 때에 자진해서 국군을 따라 종군 활동을 펼친 것으로 되어 있다. 1·4후퇴 때는 당연히 식구들 모두 피난을 가야 했다. 이들 대목은 그가 적극적인 반공주의로 선회하는 과정이기 때문에 그 속사정이 좀더 자세하게 밝혀져야 한다. 1950년대부터 마해송은, 한국문학가협회 초대회장이었고 예술원 회장을 맡은 박종화와 관계하면서 주류문단에 합류한다. 그리고 월남한 강소천, 박홍근, 김요섭, 한정동을 비롯하여 이원수, 김영일 등과 함께 아동문학단체를 결성했으며, 사회적으로 지도층이 된 색동회 회원들과 활동을 재개하는 등 아동문단의 한복판에서 활동했다. 색동회의 운동성이 가장 뚜렷했던 시기는 방정환이 살아 있던 1920년대였다. 혹시 방정환을 우상처럼 부각시켰으되 그 이미지를 동심천사주의 일변도로 통속화한 데에는 역대정권의 지원을 받았던 색동회의 후기활동에 책임이 없는지 살펴져야 할 것이다.

둘째, 1920년대의 대표작인 「바위나리와 아기별」을 비롯한 작품의 정확한 서지사항에 대해서다. 이번 조사를 통해 이 작품의 첫 발표지는 1923년 ≪샛별≫이 아니라 1926년 1월호 ≪어린이≫임을 알 수 있었는데, 이 문제는 따로 독립된 논문으로 써서 학계에 보고할 예정이다. 흔히 말하는 '최초의 창작동화'냐 아니냐의 여부는 그리 중요한 것은 아니다. 그러나 확실하지 않거나 잘못된 사실에 입각해서 부풀려진 해석을 낳는 일은, 한때 '≪문예춘추≫의 초대편집장'이라는 잘못된 이력이 통용되었던 것처럼, 작가의 명예에도 도움이 되지 않는다.

셋째, 1950년대에서 60년대에 걸치는 후기 작품들에 대한 조명이다. 마해송은 이 시기에 동화 형식을 차용한 사회비판적인 장편을 누구보다 많이 발표했는데, 그것들에 관한 연구는 상대적으로 부진한 편이다. 요즈음 그의 탄생 100주년을 기념하는 행사와 연구모임의 활동이 부쩍 늘고 있다. 이른

---

39) 해방 직후의 아동문단과 아동잡지 현황에 대해서는, 졸고, 「이원수 판타지동화와 민족현실」, 『아동문학과 비평정신』 참고.

바 '통속 아동문학의 팽창기'에 이룩한 그의 주요 작품들을 꼼꼼하게 다시
읽어내는 객관적이고도 본격적인 연구가 기대된다고 할 것이다.

제3주제에 관한 토론문 1
외재적 문학 연구의 한계성

김용희(아동문학평론가)

1

아동문학 연구에서 가장 취약한 부분은 실증적인 연구 분야이다. 자료를 발굴 정리하고 산재한 판본을 대조하여 원전을 확정하며, 작가의 생애를 재구하고 작품의 연보를 작성하는 작업 등이 실증적 연구가 떠맡는 과제이다. 문학 연구에서 실증적인 연구가 선행되어야 하는 것은 기본 조건이다. 그 조건을 충족시켜야만 문학 연구도 과학으로 나아갈 수 있다. 하지만 아동문학 연구에서 연구자가 가장 먼저 벽에 부딪히는 일은 자료의 부재이다. 어린이 책은 문헌자료라는 인식 없이 한때의 읽을거리로 생각하여 아이들의 생활과 함께 존재하고 소모되어 버렸다. 그것은 아동문학 잡지나 작품집이 인간의 삶이 축적되고 완성된 자료로서가 아니라 배움의 한 과정에서 소모되는 교양물이라는 인식에 의해 일찍이 문헌적 소장 가치를 깨닫지 못한 결과이다.

마해송 연구의 어려움도 초창기 자료의 부재에서부터 비롯된다. 하나의 예로, 1923년에 지었다 하여 우리나라 최초의 창작동화로 평가받는 「바위나리와 아기별」이 실증적 자료의 부재 속에 회고에 의존해 왔다. 그러나

'최초의 창작동화'를 부인하지 못하는 것은 1910~1920년대 동화라는 이름으로 발표된 모든 작품을 통틀어 「바위나리와 아기별」이 가장 동화적이며 가장 성공작이기 때문이다. 그러다 보니 해방 전 아동문학 연구는 대체로 작가의 회고나 선행 연구물을 확인 과정 없이 도용하여 "동어반복적으로 재생산되고 있는" 형편이다. 마해송 연구의 경우, 『아름다운 새벽』과 같은 자전적 수필 등 회고의 글이 많아 연구자들이 작품 해석에 원용하는 편이 특히 심하다.

이러한 아동문학의 사정을 감안해 볼 때, 발제글인 「해방 전후의 민족현실과 마해송 동화」는 공과를 따지기에 앞서 실증적 연구물로써 빛나는 작업이다. 그것은 시중에 유통 판매되고 있는 재출간물을 통해 편안하고 안일하게 연구한 것이 아니라 당시 발표된 원본을 찾아 창작 과정을 확인하는 힘든 고증 작업을 거쳤다는 점에서이다. 우선 「토끼와 원숭이」라는 한 편의 동화를 집요하게 추적하여, 신문과 잡지에 발표된 원본을 대조하고 원전을 확정하여 작품 발표 배경과 경위를 밝혀내고자 한 연구 사례는 무엇보다 돋보였다. 특별히 눈에 띄는 부분은 마해송을 모델로 한 단편소설(전기파 좌익작가 후지사와 타케오의 「싹(芽)」)에다 그가 교우한 인물의 성향까지 세세하게 파악하여 작가의 사상성과 작품의 경향성을 밝혀내고자 한 연구자의 당찬 의욕이었다. 하지만 이런 실증적 작업에 들인 수고나 당찬 의욕에도 불구하고, 이 발제글을 읽고 난 뒤끝은 허전하고 공허하기만 하다. 그것은 이 발제글이 작가의 활동, 작품의 제작 과정, 창작 배경 등 작품 외적인 연구에 치중한 탓일 것이다. 이를테면 문학 연구에서 작품 자체를 떠난 실증적 연구란 들인 수고와 의욕에 비해 그다지 빛이 나지 않는 분야라는 것을 확인시켜 주고 있는 셈이다. 따라서 이 발제글을 읽고, 다음 두 가지의 커다란 문제를 상정해 보게 된다.

하나는 문학 외적 요인을 통한 작품 해석에서 발생될 수 있는 또다른 해석적 오류의 소지이다. 곧 마해송이 친교한 인물의 성향까지 세세하게 파악하여 「토끼와 원숭이」에 드러난 작가의 의도를 밝히려는 당찬 의욕이 또다른 해석적 오류 즉, 의도의 오류(intentional fallacy)를 범할 가능성을 충분히 함의하고 있다는 점이다. 그것은 연구자 자신이 당시의 인물들을 직접 만나 경험한 사실에 의거한 것이 아닌, 또다른 간접적 자료물을 통해 유추한 것이기 때문이다. 사실 어떤 사상적 이념을 가진 사람과 친교를 맺었다고 해서 그 사람도 같은 사상을 지녔을 것이라는 단정은 위험한 일이다. 한 마디로 이 발제글은 순수하게 작품 자체를 해석하려는 의도이기보다 이미 연구자가 정해 놓은 사상성의 논리에 짜 맞추어 의도화된 주제를 이끌어가기 위한 논의란 혐의에서 결코 자유롭지 못하다.

또 하나는 「토끼와 원숭이」라는 창작동화가 지닌 문학적 중요성 여부이다. 곧 이 작품이 갖는 중요성의 비중이 작품의 내용면과 표현 형식면, 그 어느 쪽에 두어져야 하는가라는 문제이다. 이 발제글은 작품에 담긴 문학적 가치를 '민족현실'이란 내용면에 두고, 작가의 사상성을 점검해 보고 있다. 그러나 이 작품은 처음 구연되면서 창작되고 지면에 발표되면서 압수되고, 후에 재창작으로 완성되는 긴 과정을 거치면서 내용과 표현 형식의 변형을 모두 겪어왔다. 그 변형과정 속에 「토끼와 원숭이」가 다루고 있는 현실의 내용은 이미 우리 민족의 기록적 사실로 굳어져 버린 일이 되었지만, 표현 형식은 처음 의도와 다르게 새롭게 생성변형되어 작가의 의식을 반영하고 있다. 이는 우리 동화문학에 아직도 이렇다 할 동화이론이 정립되어 있지 못한 사정을 감안해 본다면, 「토끼와 원숭이」에서 변형된 표현 형식의 문제는 한국 동화문학 연구에 중요한 단초를 제공해 준다. 반면 '민족현실'이란 내용적 문제는 그 이후 우리 동화문학에서 많이 다루어 온 주제의 하나였다는 점에서도 부차적인 것에 지나지 않아 보인다. 바로 「토끼와 원숭이」는 한국 동화문학의 원형과 한국 동화문학의 형성과정을 밝히는 데 매우 유용한 작품이다.

2

마해송의 동화집 『떡배 단배』(1953)의 「책을 내면서」에는 새겨들을 만한 작가의 고백이 하나 들어있다. 곧 "『해송동화집』에는 이 밖에도 8편의 작품이 실려 있지만 모두 버리기로 하였다. 말하자면 여기 실린 다섯 편의 창작동화가 30년에 걸쳐서 지은 나의 작품의 전부다"라고 밝힌 그의 말이다. 여기서 그가 버리기로 한 작품과 '작품의 전부'라고 한 것은 무엇인가? 바로 초창기에 쓴 동화, 즉 동화를 아동설화로 인식하던 시기에 구연되고 창작된 것으로, 다시 수정하여 재수록한 작품을 일컫는다. 이들 작품은 『해송동화집』(1934)에서 『떡배 단배』로 이어지며 약 20년의 시간차를 두고 고쳐지고 다듬어진 창작동화 「바위나리와 아기별」, 「호랑이 곶감」, 「토끼와 원숭이」, 소년소설 「어머니의 선물」과 나중에 쓴 「떡배 단배」가 그것이다.

「토끼와 원숭이」를 논하는 자리에서 꼭 짚고 넘어가야 할 것은 먼저 「바위나리와 아기별」, 「호랑이 곶감」, 「토끼와 원숭이」, 이들 세 편의 창작동화에 새롭게 고쳐진 표현 형식이다. 「바위나리와 아기별」에서의 고침은 구어체에서 문어체로의 문장 변화 과정이 잘 드러난다. 몇 개의 문장들이 연결된 이야기체, 묘사보다 서술에 초점을 맞춘 초기 『해송동화집』에 수록된 「바위나리와 아기별」은 설화적, 구연동화적 성격을 띠고 있다. 그 후 『떡배 단배』에 재수록된 「바위나리와 아기별」은 문장 성분이 첨가되기도 하고, 서술 주체를 분명히 하기도 하고, 묘사가 구체적이라든지 또는 문장을 단순화하여 짧게 정돈하며 좀더 세련된 문장을 보여주고 있다. 보다 의지적인 그 변화는 삶을 보는 태도의 변화이며, 창작동화를 구연성에서 기록성으로 강화한 고침이다. 「호랑이 곶감」에는 이야기 구조가 바뀌었다. 처음 발표될 때는 동화의 끝에 '비고'를 두고, "우리나라 옛날이야기에 이런 이야기가 있다. 호랑이 한 마리가 있었다. (중략) 이 옛날이야기를 가지고 내가 새 이야기를 꾸민 것이다. 말하자면 이 옛날이야기에 있는 호랑이가 내 동화에 나오는 아버지 호랑이이다"라며 근원설화와 자신이 창작한 동화에 대한 설명을 사족처럼 달아놓고 어린 독자의 이해를 구하고 있다. 이것은 구연동화적 어법이며 구술적 방식이다. 개작된 이야기는 아버지 호랑이 이야기를 앞에 두고, 이어서 자신이 창작한 동화를 제시하며 사족을 없앴다. 그 설화는 손진태가 『한국민족설화의 연구』를 집필할 때 이미 그가 들려준 이야기이다. 손진태는 그 책에 '범보다 무서운 곶감 설화'를 쓰고 나서 '1925년 개성 마해송 군 談'이라고 명기해 놓았다. 그 후 마해송은 이 옛날 이야기를 원용하여 1933년 ≪어린이≫(10월호와 11월호)에 「호랑이 곶감」을 발표했다. 그러니까 그가 「산상수필」에서 밝힌 "「토끼와 원숭이」도 「호랑이 곶감」(未稿), 「울 줄 모르는 아이」(未稿)와 같이 이미 6, 7년 전에 창작한 것이다"(≪조선일보≫, 1931. 9. 23)라고 한 말을 새겨들으면, 「호랑이 곶감」은 손진태에게 들려줄 무렵, 이미 동화로 창작해 두었거나 구상해 두었다가 6, 7년이 지난 후 어떤 계기로 ≪어린이≫에 발표한 것이라 할 수 있다.

　이 두 작품에 비하면, 「토끼와 원숭이」는 완전히 다른 작품으로 바뀌었다. 새로 고쳐진 「토끼와 원숭이」에 두드러진 서술상의 특징은 크게 두 가지로 요약된다. 하나는 처음 쓴 전반부 이야기가 완전히 편집자적 논평으로 요약 제시되었다는 점이고, 다른 하나는 거센 힘의 제국주의를 상징하는 '뚱쇠와 셴이리'라는 인물이 집중적으로 다루어졌다는 점이다. 그 두 가지 특징에는 새로 고쳐지는 동안의 작가의식이 그대로 반영되어 있다. 곧 「토끼와 원숭이」의 내용이 작가의 어떤 사상성에 의해 고쳐지고 첨가된 것이 아니라 당시의 시대 상황과 현실 내용의 변화로 인해 부득이 처음 구성한 바를 바꿀 수밖에 없었다는 뜻이다. 전반부의 내용을 대폭 수정해서 인물과 배경 제시 정도로만 요약해 놓은 것은 처음 쓴 작품이 압수되어 발표가 중단되고, 시간이 흐른 뒤 해방이 되어 현실적 상황이 바뀌면서 '뚱쇠와 셴이리'에 관한 내용을 중점적으로 다루고 싶었을 것이기 때문이다. 이를테면, 처음 집필할 때와 달리 그 이후 진행되어 온 민족의 현실이라는 사건적 내용을 더욱 객관적으로 종합적으로 바라볼 수 있었다는 뜻이기도 하다. 따라서 '뚱쇠와 셴이리'라는 인물을 통해 보여주는, 강대국의 약소국 침탈과 제국주의 세계질서를 풍자한 내용이 처음 쓸 때부터 집중적으로 다루어진 것이 아니라 해방 이후 세계 및 우리나라 정세에 비추어 중심에 두게 되었다는 것이다. 결국, 「바위나리와 아기별」과 「호랑이 곶감」은 구연동화적 구어체에서 문어체로의 전환과정을 보여주는 고침이었다면, 「토끼와 원숭이」는 체험적 시간성의 변화과정에 의해 고쳐지고 또 내용이 수정되었음을 알 수 있다.

이러한 고침의 의미를 잘 새겨보면, 이 발제글에서 논의된 문제점이 드러낸다. 먼저 「토끼와 원숭이」의 내용이 연구자가 주목하고 있는 마르크스 사상을 지닌 일본인과의 친교에서 영향을 받았다거나 그가 직접 마르크스적 눈으로 "총칼로써 지배와 착취를 일삼는 내용"을 그린 작품이라고 보기 어렵다는 점이다. 이런 해석적 오류는 "「떡배 단배」 역시 해방 이후 민족현실에 대한 알레고리가 드러나지만, 가장 힘주어 비판하고 있는 제국주의 세계질서는 자본주의 경제원리에 대한 통찰력 곧 마르크스주의 눈으로 파헤쳐진다"라는 비약적 해석을 낳게 되고, 마해송이 수년간 칼럼을 쓰면서 「토끼와 원숭이」를 연재했던 사상적 거처에 해당된다는 《자유신문》에 대한 언급으로까지 연결된다. 그래서 "《자유신문》이 1946년 10월 신익희가 사장에 취임하면서 점차 우익지로 변모"한 것과 마해송이 반공주의자로 돌변했다는 것과 직접적 연관성을 갖는다는 논의로 이어지게 되었는데, 이는 분명 의도의 오류에 속한다.

『앙그리께』 등에 드러난 마해송의 반공의식은 결코 사회주의에서의 사상적 전향도 아니고 가슴 아픈 굴절도 아니다. 그의 반공의식의 기저는 눈앞에서 자신이 겪었던 오로지 체험의 소산일 뿐이다. 실제 마해송이 "외세에 휘둘리고 이념의 대립이 극심해진 민족현실을 풍자"한 작품을 쓸 수 있었던 것은 현실을 인식하는 작가의식에 관여된 일이다. 마해송은 동화를 통해 자신이 겪은 현실을 어린 독자들에게 순수하게 이야기해 주고자 했다. 곧, 「바위나리와 아기별」에서는 조혼에 의한 내면적 아픔을, 「토끼와 원숭이」에서는 식민지 시대에 겪은 민족의 수난 체험을, 「떡배 단배」에서는 강대국에 휘둘리는 약소국의 운명적 상황을, 『앙그리께』에서는 6·25동란 중에 겪은 엄청난 민족의 비극적 현실을, 「꽃씨와 눈사람」에서 제기된 독재시대의 아픈 현실 등, 마해송 동화는 가족사나 민족사에서 자신이 겪은 충격적인 체험이 치유할 수 없는 정신적 상처로 남아 작품으로 형상화된 것들이다. 따라서 마해송의 동화는 자신이 겪거나 목도한 현실을 사실적으로 그려낸 것이 아니라 그런 체험 현실이 커다란 정신적 충격이 되어 상처로 잔존해 있다가 동화로의 허구적 변형을 이루어낸 것이라 할 수 있다. 특히 「토끼와 원숭이」는 처음 구상해서 우여곡절 끝에 '나의 작품의 전부'가 될 때까지 그만한 시간의 흐름 속에 체험적 현실을 보다 객관적으로 바라보며 그에 합당한 상상력이 변용작용과 작가의식에 의해 중심적 사건 내용이 바뀌게 되었던 것이다.

　기구한 이력을 지닌 창작동화 「토끼와 원숭이」는 그만큼 우리 민족사의 기구함이 반영된 작품이다. 그렇다고 해도 「토끼와 원숭이」에 나타난 현실은 이미 실제 현실 그 자체는 아니다. 동물담으로 알레고리화한 현실일 뿐이다. 곧 토끼나라에 원숭이가 침략한 내용적 속성은 환상을 포함한 현실이거나 현실을 포섭한 환상이다. 동화적 허구가 현실을 지배할 때 나타나는 것이 환상이라면, 현실이 동화적 허구를 압도할 때 드러내는 것이 기록적 사실이다. 이때 작가 마해송은 환상과 현실, 어느 쪽으로도 치우치지 않고 객관자의 입장에서 그 중간에 위치해 있었다. 그러다 마지막 결말로 치달으면서 환상 쪽으로 기울어진다. 그 환상이 바로 마해송이 진정으로 꿈꾸던 세계인 셈이다.

　"맨나중에 남은 놈끼리도 싸워서 다 죽어 버렸다. 까마득한 허허 벌판에 뚱쇠와 센이리와 토끼들의 주검이 산더미같이 끝없이 누워 있었다. 하늘은 이것을 지저분하다는 듯이 여러 날 동안 눈을 나려서 하얗게 덮어 버렸다. (중략) 눈 벌판 눈더미 위에서 조그만 토끼 한 마리가 두귀를 쭉 뻗치고 툭 튀어 나왔다. 저기서 또 한 마리가 툭 튀어 나왔다. 여러 해가 지나갔다. 토

끼는 토끼를 낳고 또 토끼를 나아서…… 대굴대굴 즐거웁게 잘 살고 있는 것
을 여러분이 아는 바와 같다.”

이 마지막 장면에 작가가 기원하는 새로운 세계, 행복한 세계의 동경이
잠복해 있다. 이렇듯 「토끼와 원숭이」는 흰 토끼로 대변되는 백의민족이라
는 우리 민족의 해방과 더불어 새로운 세계의 기원과 동경과 이상이 담겨
있는 이야기였던 것이다. “대굴대굴 즐거웁게 잘 살고 있는 것을 여러분이
아는 바와 같다”라는 마지막 표현에서 보듯, 원숭이로 인한 엄청난 토끼들
의 수난과 고통이 어느새 먼 옛날 전설 이야기가 되어 있다. 이것은 동화
가 현실을 그대로 보여주는 것이 아니라 있어야 할 세계까지 보여주고자
한 작가의 욕망의 집약이다. 「토끼와 원숭이」와 마찬가지로, 「덕배 단배」,
『앙그리께』, 「꽃씨와 눈사람」 등에서도 그 속에 담긴 현실이란 그때그때
체험에 의한 정신적 상처가 변형된 것으로, 일제 강점기를 거쳐 분단 이
후 진행되어 온 파행적인 민족의 역사를 바라보는 작가의식의 소산이다.
이러한 작품 속에서 우리가 중시해야 할 것은 현실 이데올로기가 어떠하
다는 것이 아니라 삶의 진실을 얼마나 진실하게 추구했는가 하는 문제일
것이다.

또 하나 고침의 의미를 통해 상정해 볼 수 있었던 것은 한국 동화문학에
서 마해송 초기 동화인 「토끼와 원숭이」가 갖는 문학적 의의에 관한 문제
이다. 이미 살펴본 「바위나리와 아기별」, 「호랑이 곶감」, 「토끼와 원숭이」
이 세 편의 창작동화가 말해 주듯이, 마해송의 동화에는 설화적 요소, 상징
성을 지닌 우화적 요소가 긴밀히 내장되어 있고, 원시적 사유, 의인화 혹은
알레고리화, 과제 부여와 과제 해결, 자신의 소견 덧붙임 등을 통해 전래동
화, 구연동화적 속성을 드러낸다. 이런 점은 현실의 문제보다 다 중요한 표
현 형식을 통한 한국 동화문학의 원형과 한국 동화의 형성과정을 밝히는
데 매우 중요한 단서가 된다. 특히 「토끼와 원숭이」는 오랜 시간과정 속에
완성되었기 때문에 작가의 지향된 의식을 살피는 데 용이한 작품이며, 또

한 한국 동화의 발전단계를 밝히는 데도 유용한 자료가 아닐 수 없다.

3

「토끼와 원숭이」가 『해송동화집』에 수록되었다가 그 뒤 개작되어 『떡배 단배』에 실리는 그 기간 동안 많은 동화작가들이 배출되고 또 동화작품들이 발표되었다. 가령, 강소천의 「돌멩이」(『호박꽃 초롱』, 1941)를 비롯해 해방 후 이주홍의 동화 아동소설집 『못난 돼지』(1946), 이원수의 장편동화 『숲속 나라』(1948), 김요섭의 『늙은 나무의 노래』(1949), 아동문학의 의식 없이 쓴 황순원의 단편 「산골아이」(1953) 등이 이 시기에 발표된 주요 작품들이다. 이들 작품과 비교하면, 「토끼와 원숭이」는 과연 성공한 작품일까 하는 생각을 하게 된다.

사실 「토끼와 원숭이」를 하나의 서사구조물로 놓고 냉정하게 살펴보면 많은 문제점이 노출된다. 가령, 전반부 토끼나라의 주인공들을 묘사한 부분에서 행동하지 않는 지식인을 대표한 슈슈와 일반대중인 사사, 시시, 소소 등의 성격은 다루어지는 데 비해 침략과정에서 이에 주체적으로 대응하는 인물의 묘사가 빠짐으로써 마지막까지 토끼나라의 자주독립을 위하여 주체적으로 노력하는 부분이 미약했던 점, 일본의 침략전쟁의 확대와 외세의 개입을 빗대어 묘사한 '뚱쇠와 센이리', '원숭이가 된 토끼'와 '약풀' 편에서는 외세인 뚱쇠와 센이리가 토끼나라에 들어와서 분할 점령하게 되는 과정이 나오는데, 이 부분에서 강대국인 뚱쇠와 센이리가 토끼나라에 들어오게 된 침략 동기가 약해 시작과는 달리 후반부로 갈수록 이야기의 구체성이 떨어진다는 점, 마지막 부분인 '큰싸움', '싸움은 끝나고' 편에서는 토끼나라에서 뚱쇠와 센이리들의 싸움으로 인해 뚱쇠와 센이리는 물론 토끼나라의 모든 토끼들까지도 멸망한다. 그리고 여러 날 동안 눈이 내리고 우연히 살아남은 한 쌍의 토끼에 의해 다시 토끼나라가 새롭게 형성되는 것으로 끝나는데, 이 과정에서 전편의 현실적인 접근을 설화적으로 끝맺음 처리함으로써 이야기의 리얼리티를 떨어뜨린다는 점 등이다. 분명 작가는 「토끼와 원숭이」를 통해 어린 독자에게 일본의 침략성을 알리고, 외세에 의한 독립은 완전한 독립이 될 수 없으며 자주국가를 건설하려는 희망을 전하고 싶었을 것이다. 이 작품은 당시 시대상황을 현실적으로 접근하면서 우리 민족이 이 땅에서 주체적으로 살아가지 못하면 외세에 의해 어떤 결과를 가져오는지를 잘 보여주려 하고 있다. 그러나 작가가 완전한 자주독립국가를 염원하면서도 이를 위한 주체적인 삶과 어떤 형태의 대안을 제시하지 않고, 모두가 멸망한 땅에서 우연히 살아남도록 처리하고 있다. 곧 이 작품에서 노출되는 것은 대체로 줄거리 위주의 서술방식에 치중하여 사건의 갈등이 약하고, 전환에 대한 구체적인 묘사를 무시함으로써 사건 전개의 개연성을 상실하기도 하고, 상황을 도식적으로 안이하게 설정하거나, 등장인물의 유형적 구조로 짜여진 점 등이다. 바로 이러한 것들은 내용 구조적인 면에 치중한, 또 소설 양식적 기준에 의한 결과인 것이다.

분명 동화문학에서 간과하지 말아야 할 것은 동화양식이 소설양식과 또 다른 특성을 지닌 서사구조물이라는 점이다. 「토끼와 원숭이」가 우리 동화문학사에서 귀중한 작품으로 남는 것은 그 내용적 가치보다 약점으로 지적된 그 표현 형식면의 노정이다. 그것은 우리나라 동화문학 장르의 형성문제와 긴밀한 연관성을 맺고 있다. 이 「토끼와 원숭이」에는 구연에서 시작되어 재창작되는 과정, 즉 『해송동화집』에서 『떡배 단배』에 이르는 과정에 한국 동화의 원형과 그 형성단계의 비밀이 숨겨져 있는 것이다. 그런 의미에서 마해송은 우리나라 동화문학의 출현과 형성에 큰 영향을 끼친 작가였다.

이러한 사실을 염두에 두고 이 발제글을 읽고 나면, 그 돋보이는 실증적 작업에도 불구하고 뒤끝이 허전하고, 올바른 작품 해석에 의문을 갖게 한다. 특히 사상성이라는 인간의 내면적 속성을 그가 친교한 인물의 간접적 자료물을 통해 밝혀내고자 한 것은 연구가가 이미 정해 놓은 의도화된 주제로 이끌어가기 위한 논의란 혐의에서 결코 자유롭지 못하다. 결국 이 발제글은 「토끼와 원숭이」라는 동화작품의 연구를 위한 훌륭한 선행 자료물은 될 수 있겠지만, 마해송 동화를 바르게 해석하는 데에는 어떤 한계성을 지니고 있다. 그것은 작품 자체의 이해를 떠난, 작품 외적 요인을 통한 작품 연구가 갖는 한계일 것이다.

제3주제에 관한 토론문 2

김경원(서울대 강사)

「해방 전후의 민족현실과 마해송 동화」라는 글은 아직까지 연구가 미비한 작가 마해송의 이력과 작품세계에 대해 꼼꼼한 실증을 거쳐 조명하고 있는 논문입니다. 저는 이번 심포지엄에서 토론자로 지명된 것을 계기로 마해송이라는 작가와 본격적으로 만날 수 있었습니다. 이 점을 대단히 기쁘고 고맙게 여기고 있습니다. 저는 비록 아동문학 전공자는 아닙니다만, 아동문학에 막 관심을 가지기 시작한 한국 근대문학의 전공자로서 마해송이라는 아동문학 작가의 위상을 한국문학사의 맥락 속에서 살펴보고자 하며, 그런 방향에서 마해송 문학에 대한 문제의식의 일단을 개진해 보고자 합니다.

첫째, 발표자는 마해송의 작품세계를 「토끼와 원숭이」, 「떡배 단배」로 대표되는 둘째 시기(1930, 40년대)와 『모래알 고금』등으로 대표되는 셋째 시기(1950, 60년대)로 나누고 계십니다. 즉 「떡배 단배」가 「토끼와 원숭이」의 세계를 잇는다고 주장하시면서, 두 작품의 연속성을 드러내는 근거로 "두 작품 모두 작가가 칼럼을 쓰고 있던 《자유신문》에 연재되었고 당시의 민족현실에 대한 알레고리로서 시사성을 강하게 띠고 있다는 사실"을 들고 계십니다. 두 작품에 담긴 저항성, 역사에 대한 강한 개입의 의지 같은 것을 고려하면, 연속성에 대해 어느 정도 인정이 가능한 것은 사실입니다.

하지만 제가 보기에 두 작품은 전혀 다른 평가가 가능할 만큼 달라 보였습니다. 특히 결말 부분의 처리에서 「토끼와 원숭이」는 식민주의에 대한 강렬한 비판을 설득력 있게 드러냈지만, 「떡배 단배」에서는 강대국의 패권주의에 대한 비판 구도가 과격하고 도식적으로 느껴졌던 것입니다. 주지하다시피 「토끼와 원숭이」는 1927, 8년도부터 집필되어 1930년대에 일부 발표되고, 해방 후에야 완성되는 우여곡절을 겪지 않았습니까. 저는 두 작품을 읽고 연속성보다는 두 작품이 갈라지는 지점에 더 마음이 쓰였습니다. 저널리스트라는 동일한 처지에서 쓴 두 작품이지만, 해방 전/해방 후라는 시간적 거리, 일본/조선이라는 공간적 차이 등에 의해 창작의 동기가 전혀 다를 수 있지 않았을까 하는 생각이 드는 것입니다.

이 점에 관해 어떻게 생각하시는지요.

둘째, 발표자는 마해송과 사회주의의 관계에 대해 논의하셨습니다. 기쿠치 간의 후원을 업고 ≪문예춘추≫에서 저널리스트 활동을 시작한 마해송이 일본 전기파 좌익작가인 후지사와 타케오와 각별한 친분을 나누었다는 것을 지적하시고, 특히 그가 마해송을 모델로 쓴 단편소설 「싹(芽)」의 내용을 들어 마해송과 마르크스주의의 교감 혹은 영향관계를 강하게 시사하고 계십니다. 또 당시 마르크스주의가 유행 사조로서 풍미했다는 점을 들어 "마해송이 마르크스주의에 적극 공감했을 것임은 틀림없다고 여겨진다"고 판단하고 계십니다.

하지만 이러한 판단은 이러저러한 정황을 고려한 것일 뿐이라는 한계가 있습니다(물론 정황 판단도 매우 중요하지만). 되도록이면 작품을 통해서 혹은 작품과의 밀접한 관련 속에서 마해송이 지닌 사회주의 사상의 요소를 살펴보는 작업이 이루어졌다면 좋지 않았을까 생각합니다. 만약 마해송에게서 사회주의적 지향이 뚜렷하게 나타난다면, 조선과 일본의 프로문학 동향과 연관하여 논의하는 일이 꼭 필요할 것입니다. 이를테면 조선의 프로문학자들은 카프 해산 이후 이른바 '전향'이라는 과정을 겪었는데요, 마해송이 진정 사회주의 사상과 어떤 접점을 가지고 있었다고 한다면 그도 역시 어떤 사상적 전환 과정을 겪었다고 가정해볼 수 있겠지요. 이런 측면에서 『모던 일본』이나 『신태양』 시절의 활동을 보면 어떨까요. 꽤 성공한 저널리스트로서, 재일(在日)이라는 특수한 조건에서 그가 누린 명예는 '전향'이라는 것과 관계가 있지 않을까요.

더구나 마해송은 식민지 시기 내내 일본에 체류하고 있었기 때문에 조선문학, 조선프로문학, 조선아동문학을 외부에서 볼 수 있는 자리에 있었습니다. 외부자의 시선은 참 소중한 것이지요. 마해송은 이 외부라는 시선과 함께 일본프로문학의 동향도 어느 정도 잘 파악하고 있었으리라 봅니다. 그렇다면 「토끼와 원숭이」라는 작품은 어떤 의미에서 조선문학과의 상호텍스트성을 지닌다고 할 수 있지 않을까요. 다시 말해 이 작품이 한국 근대문학 또는 한국 근대아동문학의 흐름에서 차지하는 의미랄까 위상 같은 것이 특별히 있지 않을까요.

이 점에 대한 선생님의 의견을 구하는 바입니다.

1905년   1월 8일, 개성에서 태어났다. 원적은 경기도 개성군 송도면 대화정(大
          和町) 54번지임. 관명(冠名)은 상규(湘圭), 아명은 창록(昌祿), 해송
          은 아호이다. 목천(木川) 마씨(馬氏) 죽계공(竹溪公) 의경(義慶)의
          10대손으로 부친 삼화당 응휘(應輝)와 모친 밀양 박씨 광옥의 7남매
          중 여섯째, 다섯 형제 중 넷째로 태어났다. 몇 대에 걸친 부유한 상인
          집안 출신임. (누님 문현(文賢), 형 온규(溫圭) 연규(演圭), 준규(浚
          圭), 누님 순복(順福), 동생 완규(浣圭))

1911년   서당에서 공부하였다.

1912~   개성제일공립보통학교에 입학하여 4년 후 졸업하였다.

1916년

1916년   개성학당에 입학하였으나 3학년 때 3·1운동에 의한 휴교로 졸업을
          못 하였다. 1년제 야간인 개성공립간이상업학교에 입학하여 다음 해에
          졸업하였다.

1917년   음력 4월 10일, 부모의 강요로 열세 살 나이에 결혼하였다. 호적에 올
          리지 않고 불행한 결혼생활을 하다가, 폐병으로 요양을 하던 1928~
          1929년 중 이혼하였다.

1919년   경성중앙고등보통학교에 다니다 1920년 일본인 교사 전입 반대를 위
          한 동맹휴학 주도자로 지목되어 퇴학을 당하였다. 3·1운동 이후 학교
          의 잦은 동맹휴학으로 고향에 자주 오고 가던 중 기차 안에서 만난
          네 살 연상의 여인('순')과 사랑하게 되었다. 고향에 돌아가 고한승, 진
          장섭과 문예잡지 ≪여광(麗光)≫의 동인으로 함께 활동했다. ≪여광≫

은 4월에 창간, 6월에 2호를 발행했는데, 마해송은 매호 글을 썼다고 한다. 2호에는 중앙학교에서 한글을 가르치던 「원약 선생 추모글」(추모시)과 수필 「寂寞한 半時間」을 실었다.

1919년　9월, 마해송은 서울에서 유학을 하고 있었는데, 돈의동(敦義洞) 우씨 집에서 하숙했다. 이 집에 고한승 외 몇 명이 같이 있었다. 이 하숙집에서 잡지를 발행할 계획이 있었으며 당시 장발 청년들이 많이 드나들었다. 마해송은 그때 소파 방정환을 알게 되었다고 한다.

1920년　보성고등보통학교 3학년에 편입학하여 다니다가 동맹휴학 주도로(?) 퇴학을 당하였다. (1950년대 일제 때의 사정을 고려해 보성고등학교에서는 명예동창으로 추대되었다.) 큰형님의 도움으로 12월에 일본으로 건너갔다.

1921년　니혼 대학(日本大學) 예술과 및 카와바타(川端) 미술학교에서 수학했다. 도쿄에서 김우진, 조명희, 홍난파, 윤심덕, 오상순, 홍해성, 유엽, 황석우 등과 동경유학생 동우회(同友會) 극단을 조직하여 국내 각 지방을 순회공연하였다. 순회 공연 프로그램에 '해송'이라고 처음 이름을 바꾸어 썼다. 관명인 상규를 싫어하던 터에 당시 일본 한문 옥편에 '해송(海松)'이 '조선 소나무'라고 되어 있어 더 마음에 들었다고 한다. 그 뒤 평생 동안 이름을 해송으로 썼다.

1922년　2월, 조선소년단 창립, 사무소 위원장이 되었다. 송진우, 장덕수, 김기전, 오상근 등의 후원으로 전국 각 지방에 '소년회' 조직 권장을 위해 활약했다.[1] 연인 '순'과 일본에서 다시 만나 열흘 정도 동거생활을 하지만 '순' 남편의 등장과 철권단의 투고로 마해송은 고향에 붙들려 연금생활을 하게 되었다. 이때의 경험이 바탕이 되어 「바위나리와 아기

---

1) 1922년 2월 14일자 《동아일보》 기사를 참조하면, 마상규 등의 발기로 조선소년단을 조직하기로 했다고 하고 14일 천도교당에서 소년단 조직의 취지를 선전하는 강연을 연다고 함. (마상규 : 조선소년단 창립의 취지, 오상근 : 조선소년단의 발기에 대하여, 김기전 : 신문화 건설상으로 본 소년문제, 황석우 : 소년의 문화교육.)

별」이 창작되었다고 한다.

1923년　　창작동화 「어머님의 선물」, 「복남이와 네 동무」를 박홍근이 주간한 잡지 ≪샛별≫에 발표했다. 마해송은 '송도소녀가극단'을 조직하고 이 극단을 도와 각 지방을 순회했다. 이때 동화 「어머님의 선물」, 「바위나리와 아기별」, 「소년특사」 등을 구연했다.

1923년　　4월 13일에 공진항, 이기세, 김영보, 고한승, 진장섭 등과 문학클럽 녹파회(綠波會)를 조직하였다. 4월 17일부터 23일까지 회원이 간직한 문예도서를 고려청년회관에 공개하고 열람토록 했다고 한다. 회원간 회람용 책자로 풍범(風帆)을 출판키로 했다고 한다.[2] 한편, 진장섭의 회고(「山口서 松都까지」, ≪여광≫ 2호, 「소파와 나」에 인용, 정인섭, 『색동회어린이운동사』, 학원사, 1975에 재수록)에 따르면, 동인 합작집으로 국판 560여 쪽에 이르는 『성군』을 출판했고, 마해송은 이 합작집을 편집했으며 희곡 단편 「황조」를 발표했다고 한다.

1924년　　9월, 공진항과 경주를 살피고 다시 일본으로 건너갔다. 일본의 '문예춘추사'에 입사하였다. 니혼 대학에 계속 다녔다. 소년운동과 아동문학을 위한 아동문제 연구 동인단체 '색동회' 동인으로 입회했다.[3] 5월, 고한승과 함께 '개성소년회'를 조직했다. 11월, 박홍근 주간의 소년소녀잡지 ≪샛별≫의 편집에 참여하기로 하여 새해부터 새롭게 활동하기로 했다.

1925년　　'송도 학우회보'를 편집하는 한편, 동화 「다시 건져서」, 「장님과 코끼리」(5월), 「두꺼비의 배」(8월) 발표.

1926년　　일본에서 열린 어린이 신년회(1926년 1월 1일)에 진장섭, 조재호, 마

---

2) ≪개벽≫, 1923년 5월호(통권 35호)에 실린 글 참조. 그 동안 마해송 연보에는 녹파회가 1922년 조직된 것으로 알려짐.

3) '색동회' 창립은 1923년 3월이고 창립 회원은 조재호, 고한승, 방정환, 진장섭, 정순철, 정병기, 윤극영, 손진태 등 8인이다. 마해송은 수기 「나와 '색동회' 시대」에서 1922년 일본 도쿄에서 공부하던 방정환, 손진태, 조재호, 윤극영, 정순철, 정병기, 진장섭, 고한승, 마해송 등 9인이 '색동회'를 조직했다고 밝혔으나 그는 1924년에 입회했다.

순복, 임효정, 이헌구, 이선근, 이헌구, 정인섭, 김명협과 함께 참석했
다. (정인섭, 『색동회어린이운동사』에 사진 촬영한 것 실림.)「도깨비」
(≪신소년≫, 3월호) 발표.

1927년　1월,「홍길동」(≪신소년≫에 연재),「오인동무」(제1회 : 색동회 동인 연
작소설),「마음의 극장」등을 발표했다. 6월부터 7월 ≪조선일보≫에
「마음의 극장」(7회) 연재함. 동화『홍길동』(고소설 개작, 신소년사)을
단행본으로 출판했다.

1928년　신병(결핵)으로 일본 치바 현(千葉縣) 후나가타(船形) 해변에 4개월
(7월~11월), 나가노 현(長野縣) 후지미(富士見) 사나토리움에 11개
월 입원하였다.

1929년　1월,「호랑이」(≪신소년≫) 발표. 10월, 사나토리움 퇴원.

1930년　6월경, 문예춘추사에서『순읽을거리』호의 편집일을 한다. 동화「호랑
이」,「토끼와 원숭이」,「호랑이·곶감」등을 발표했다. 6월, 새 잡지
『모던 일본』(1930년 10월 창간, 오쿠사 미노루, 니시무라 신이치 편
집)의 창간을 위한 '특별편집회의'에 참석했다.

1931년　1931년 8월호 ≪어린이≫에 동화「토끼와 원숭이」연재를 시작했다가
병으로 중단했고, 다시 1933년 1월과 2월호 ≪어린이≫에 연재했으나
3월, 원고는 당시 조선총독부 검열에 걸려 압수당했다고 한다. 9월,
「산상수필」1·2를 ≪조선일보≫에 발표했다. 이 글의 '방정환 군'이
란 부분에서 방정환 작품의 영웅주의, 눈물주의를 비판했다.

1932년　1월, 기쿠치 간(菊池寬)의 후원을 받고 문예춘추사에서 독립, 모던 일
본사 사장에 취임한다.

1934년　한국 최초의 창작동화집『해송동화집』(동경 : 동성사)을 출판했다. ≪동
아일보≫ 5월 16일 기사에 따르면, 마해송은 재일본 동경 한일문인(윤
복진, 유치진, 임남산 등)의 일원으로 '조선문인사'를 창립하고 월간문
예지 ≪조선문인≫을 발행키로 했다고 한다.

1937년　동화「어머님 생각」,「키다리 김선생」, 동요「당초밭」을 발표했다. 11월

4일, 열 살 아래인 서양무용가 박외선과 결혼하였다.

1939년   자전 수필 「역군은」을 《여성》에 연재했다. 1월 17일, 첫아들 마종기가 도쿄에서 태어났다. 11월, 국배판형 300여 페이지의 《모던 일본 임시 대증간 조선판》 제1호를 발행.

1940년   소파 방정환의 10주기를 맞아 최영주와 함께 500부 한정판 『소파 전집』(박문서관)을 발간했다. 8월, 《모던 일본 임시 대증간 조선판》 제2호 발행. 조선인 예술가를 후원하는 취지에서 모던 일본사에서 '조선예술상' 선정[4]

1941년   1월 5일, 둘째아들 마종훈이 태어났다. 12월, 자전 수필집 『역군은』(동경 : 애암사)을 단행본으로 출판했다.

1942년   도쿄에서 발행해 온 《모던 일본》이 1943년 신년호부터 시국에 감(鑑)한다 하여 《신태양》으로 개제키로 결정되었다. (《매일신보》, 1942. 12. 11)

1943년   11월, 《신태양 '징병시행 기념 전쟁중인 조선 특집호'》를 발행.

1944년   막내딸 마주해가 태어났다. 4월(6월?), 도쿄에 폭격이 심해져 마해송을 제외한 가족이 윤석중을 따라 귀국하였다. 마해송을 제외한 그의 가족들은 경상도 외가에서 얼마동안 살다가, 경기도 개성의 큰댁으로 들어가 살았다.

1945년   1월, 귀국하여 개성에 살았다. 9월, 송도학술연구회 위원장, 자유신문사 객원으로 취임함. 좌우익 양측으로부터 개성 지역 시장 격으로 추대되었으나 사절함.

1946년   전에 발표했던 「토끼와 원숭이」를 《자유신문》에 재수록하였고, 나머지를 연재하여 12월, 동화 『토끼와 원숭이』(자유신문사)를 단행본(김

---

4) '모던 일본사'가 잡지 창간 10주년을 기념하여 제정한 것으로, 일본의 문호이자 문예춘추사 사장인 기쿠치 간(菊池寬)이 개인 자격으로 문학상의 상금을 부담했다.
　'조선예술상' 제정은 1939년 11월 '조선판 임시 증간호'에 발표되었고, 1940년 이광수의 「무명」이 제1회 수상을 했고, 1941년 이태준의 「복덕방」이 제2회 수상작이었다.

기창 그림의 그림책)으로 출판했다. 조선아동문화협회에서 『토끼와 원숭이』를 무단 출판했다. 연재 수필 「편편상」(《자유신문》)을 발표했다. 부인 박외선의 회고에 따르면, 마해송이 《자유신문》에 발표한 여운형에 대한 기사(「몽양 영결」로 추정됨)의 필화 사건으로 연행되었다고 한다.

1947년 1월, 「토끼와 원숭이」(후편) 《자유신문》』에 연재함. 5월, 『토끼와 원숭이』 상·하(청구문화사)가 김용환의 만화로 두 권이 출판되었다. 9월, 서울 명륜동으로 이사함. 부인 박외선의 회고(박외선, 「고인(故人)을 그리는 미망인의 애끓는 기록」, 《주부생활》, 1967. 1)에 따르면 마해송은 「토끼와 원숭이」로 군정청에 연행되기도 했다고 함.

1948년 동화 「떡배 단배」(《자유신문》, 1948. 1. 12-16(4회) / 1949. 1. 1-1. 25 (18회)) 발표. 수필집 『편편상(片片想)』(새문화사) 출판.

1949년 수필집 『속 편편상』(새문화사) 출판.

1950년 국방부 한국문화연구소 소장. 10월, 평북 영변까지 종군. 10월, 국방부 정훈국 편집실 고문. 10월, 국방부 《승리일보》 고문에 취임하였다.

1951년 3월, 공군 종군문인 작가단 '창공 구락부' 단장이 됨. 5월, 『편편상 전시판』(영남일보사) 출판.

1953년 수필집 『전진과 인생』(홍국연문협회), 『사회와 인생』(세문사), 장편동화 『떡배 단배』(학원사, 1953 / 재판, 1964) 출판.

1954년 한정동, 이원수, 강소천, 김영일, 이종환, 방기환, 장수철 등과 함께 '한국아동문학회' 창립. 동화 「박과 봉선화」, 「오돌돌 한우물」, 「신장과 부메랑」, 「후라이 치킨」, 「형제」, 「꽁초 노인의 새장」 등 발표.

1955년 서울 종로구 명륜동 3번가 143-3번지 옛집으로 돌아옴. 중편동화 『사슴과 사냥개』를 《동아일보》에 연재, 「신기한 옥통소」(《신태양》, 2~), 장편동화 『앙그리께』(1부: 《소년세계》, 2부: 《한국일보》(8월~)) 연재.

1956년 6월부터 「앙그리께」 3부를 《경향신문》에 연재, 7월부터는 『물고기 세상』을 ≪연합신문≫에 연재했다.

1957년 대한민국 어린이헌장을 기초했다. 9월부터 ≪경향신문≫에 장편동화
『모래알 고금』을 발표하기 시작해 신문의 정간으로 몇 차례 중단을
겪었다. 1960년 6월에 1편과 2편을 끝마쳤고, 3편은 1960년 7월부터
1961년 2월에 끝마쳤다.

1958년 「오래 사는 것만이 잘난 것 아니다」라는 수필로 만년 대통령을 하려
는 이승만을 빗대서 쓴 제목 때문에 작은 필화사건을 겪었다. 카톨릭
교에 입교하여 '프란치스코' 세례명으로 영세를 받았다. 주례는 시인
최민순(崔玟順) 신부. 수필집『요설록』(신태양사)과 장편동화『모래알
고금』(경향신문사)을 출판했다.

1959년 카톨릭 출판사 발행의 장편동화『모래알 고금』으로 아시아 재단의 제
6회 '자유문학상'을 받았다. (1월 26일 시상식. 수상자는 마해송, 유주
현, 오영진) '마을문고' 명예회장에 취임하여 농촌 독서장려에 힘썼다.
장편『앙그리께』(경향잡지사)를 출판했다. 동화「토끼와 돼지」(『모래
알 고금』 제2편),「흘러간 쪽지」,「점잖은 집안」 등을 발표했다. '어린
이 헌장비 건립'(1959년 5월 5일)에 참석했다.

1960년 동화「꽃씨와 눈사람」(≪한국일보≫, 1960. 1. 1)을 발표했다. 이 작품
은 4·19를 예언했다는 평가를 받는다. '대한소년단' 이사에 취임했다.
「아름다운 새벽」을 6개월간 ≪사상계≫에 연재함.

1961년 동화「길에 사는 아이」,「못 먹는 사과」,「모래알 고금 제3편」(≪경향
신문≫, 1960. 7~1961. 2)「내가 기를 테야」,「꿈은 가슴마다」 등을
발표했다. 소설체 자서전『아름다운 새벽』(민중서관), 동화집『멍멍 나
그네』(현대사)를 출판했다.

1962년 서울시 시민헌장을 기초했다. 저서『마해송 아동문학 독본』(을유문화
사)과『한국아동문학전집 (2) : 마해송 동화집』(민중서관) 출판. 동화집
『비둘기가 돌아오면』(학원사)과 수필집『오후의 좌석』(어문각) 출판.

1963년 일본의 잡지 문예춘추사의 초청장을 받고 3월 6일~30일까지, 20여

일간 부인과 함께 일본에 다녀옴.

1964년　학원사 발행의 동화집 『떡배 단배』로 한국문인협회의 제1회 '한국문학
상'을 받았다. 서울교육대학과 노래동산회 공동 주최인 제2회 '고마우
신 선생님'상을 받았다. 상품으로 받은 풍금을 1958년 자신이 세례를
받은 성당인 '성가 수녀원' 성당에 기증했다.

1965년　환갑 기념 아동문학집 『마해송 할아버지』(구상 외, 교학사) 출판. 2주
일 동안 부인과 일본 방문.

1966년　동화 「고동 속 세상」(≪국민학교 어린이≫)과 마지막 작품인 동화 「들
국화 두 포기」(≪가톨릭 소년≫ 12월호) 발표.

1966년　3월, 성북구 정릉 1동으로 이사함. 6월 9일~7월 26일(7회) ≪조선일
보≫에 수필 「이사기」 발표. 11월 6일, 세례신부였던 최민순 신부께
'병자의 성사'를 받고, 이날 하오 9시 55분 뇌일혈로 세상을 떠났다.
(만 61세) 11월 10일, 명동성당에서 최 신부 집전으로 영결미사가 올
려졌고, 경기도 양주군 미금면 '금곡 가톨릭 묘지'에 안장되었다.

1967년　1월 8일, '새싹회'에서 '해송동화상'이 제정되었으나 2회로 중단되었다.
제1회 : 1967년 유여촌 수상, 제2회 : 1968년 이영희 수상. 마해송 수필
집 『아름다운 새벽』이 민중서관에서 출간되었다.

1989년　박홍근이 중심이 되어 추모집 『행복하여라 마음이 가난한 사람』(성바
오로 출판사, 비매품)을 발간하였다.

2004년　10월 16일, 경기도 파주출판문화정보산업단지에서 '마해송 문학비' 제
막식이 거행되었다.

2005년　문학과지성사가 '마해송문학상'을 제정하였다. 제1회 마해송문학상 시
상식이 2005년 5월 2일 거행되었다. 제1회 수상자 : 동화작가 유영소.

발표일	분류	제 목	발표지
1920. 6	추모시	고 원약 선생을 추모함	여광 2호[5]
1923	동화극	福男이와 네 동무	샛별
1923	동화	어머님의 선물	샛별[6]
1923	수필	설날	?(『한국아동문학독본』)
1924	동극	다시 건져서	?(『해송동화집』)
1925. 1	수필	鵠沼行	문예춘추
1925. 5	동화극	장님과 코끼리	어린이 3권 5호
1925. 8	소년극	둑겁이의 배	어린이 3권 8호
1925. 12	동화	어머님의 선물	어린이 3권 12호
1926. 1	동화	홍길동	신소년
1926. 1	동화	바위나리와 애기별	어린이 4권 1호[7]

5) 진장섭의 「山口에서 松都까지」(≪여광≫ 2호)(정인섭, 『색동회어린이운동사』(학원사, 1975)에 실린 진장섭의 「소파와 나」에 인용된 글) 참조. 진장섭의 회고에 따르면 마해송이 ≪여광≫ 1호(1920. 4)에도 시를 발표했다고 하나 제목은 알 수 없다.

6) ≪어린이≫ 3권 12호(1925.12)에 실림. 『해송동화집』(1934)에 '1923년 작'이라고 밝힘.

7) 「바위나리와 애기별」은 아동문학사에서 한국 최초의 창작동화로 평가받는 작품이다. 마해송의 회고나 기존 연보에 따르면 이 작품은 1923년 ≪샛별≫에 발표한 작품이라고 한다. 그러나 마해송의 「산상수필」 속의 「토끼와 원숭이」라는 수필에서는 "「바위나리와 애기별」은 일본 건너오기 전, 개성에서 제2회 어린이날(1924년 5월 1일) 동화회에서 구연한 일이 있었고, 그 후 일본에서 2년을 지낸 후, 제3년 신년호 ≪어린이≫에 발표

발표일	분류	제 목	발표지
1926. 3	동화	도깨비	신소년
1926. 5	희곡	겨을의 불꽃	학지광 27호[8]
1927	동화집	『홍길동』	신소년사
1927. 1	동화	少年特使	어린이 5권 1호
1927. 2	수필	催促	송경학우회보 (松京學友會報)[9]
1927. 2	수필	自負	송경학우회보
1927. 2	수필	원숭이	송경학우회보
1927. 3	연작소설 (1)	결의 남매	어린이 5권 3호[10]
1927. 6.6	수필	毛猿을 보다 (마음의 극장 ①)	조선일보
1927. 6.23~24	수필	리리움(마음의 극장 ②)	조선일보
1927. 7	수필	再言	송경학우회보

했으니 그간 3, 4년을 지낸 것"이라고 밝힌다. 또한 마해송은 동화집 『떡배 단배』(학원사, 1953)의 「책을 내면서」에서도 "「바위나리와 아기별」은 1923년에 지은 것이다. 1924년 5월 1일, 제2회 어린이날에 이 이야기를 두 군데서 해준 일이 있었다. 그리고 1926년 신년호 ≪어린이≫ 잡지에 실렸다. 그 후에 새로 나오는 여러 아동 잡지는 이것을 옮겨 실었고, 1934년에는 '시에론 레코오드'라는 축음기판 앞뒤 두 면으로 나왔다. 남궁선이라는 여배우가 읽고 노래하고 음악의 반주까지 있었다"고 밝힌 바 있다. 이러한 회고를 참고할 때 통설처럼 「바위나리와 아기별」은 1923년 ≪샛별≫에 발표된 작품이 아니라 1923, 4년경에 지은 뒤 구연을 거쳐 오랜 시간 다듬은 뒤 ≪어린이≫ 1926년 1월호에 처음 발표한 것으로 추정된다.

8) 작품 말미에 1926. 4. 7 창작, 禁無斷 상연이라고 기록되어 있음.

9) 발표지 미확인. 이하 『송경학우회보』에 실린 글은 수필집 『편편상』(새문화사, 1948)에 실린 글에서 밝힌 발표연대, 발표지 참고하여 연보 작성함.

10) 연작소설 「오인 동무」의 제1편. 「오인동무」는 ≪어린이≫(5권 3호(1927. 3)~6권 5호(1928. 9))에 7명의 작가들이 릴레이 방식으로 7회 연재한 연작소설이다. 고한승 「순희는 어디로?」(2회), 진장섭 「의외의 편지 두 장」(3회), 손진태 「순희는 다시 어디로?」(4회), 정인섭 「꿈인가 참인가?」(5회), 최진순 「북해도 벌판에서」(6회), 정병기 「반가운 소식」(7회).

발표일	분류	제 목	발표지
1927. 7	수필	兒童과 迷信	송경학우회보
1927. 7	수필	沐浴	송경학우회보
1927. 7	수필	兒童·人間·偉大	송경학우회보
1927. 7.3-5	수필	「밤」의 인상 (마음의 극장 ③)	조선일보
1927. 7.11-12	수필	푸린스 하겐 (마음의 극장 ④)	조선일보
1927. 7.19	수필	杜鵑(마음의 극장 ⑤)	조선일보
1927. 8.5-6	수필	가을의 불(마음의 극장 ⑥)	조선일보
1927. 9.17 -10.1	수필	버레의 生活 (마음의 극장 ⑦)	조선일보[11]
1927. 11	수필	나	송경학우회보
1929. 1	동화	호랑이	신소년
1930. 1	놀이법	ポーカ捷道	문예춘추
1930. 10	좌담회(사회자)	新しい犯罪座談會	문예춘추
1931. 8	동화	톡기와 원숭이	어린이 9권 6호
1931. 9.21-22	수필	山上隨筆 (1) (2) :	조선일보[12]

---

11) 《조선일보》, 1927. 9. 17/20~22/24/29/10. 1에 걸쳐 연재함.

12) 「山上隨筆 (1)」:「富士見 高原」~「方正煥 君」 중간까지 《조선일보》(1931. 9. 21),
「山上隨筆 (2)」:「方定煥 君」~「토끼와 원숭이」, 《조선일보》(1931. 9. 22). 「산상수
필 (2)」에 실린 「토끼와 원숭이」는 동화 「토끼와 원숭이」를 창작하게 된 배경과 관련
이야기를 다룬 수필이다. 마해송은 이 글에서 「어머님의 선물」을 발표하기 1년 전에
창작한 것을 동화회에서 구연하면서 점점 좋은 작품이 되어가는 까닭에 그 후로도 작
품을 쓴 뒤 대개 몇 개월 또는 1, 2년의 시간을 두고 고쳐 발표한다고 밝혔다. 또한
「토끼와 원숭이」는 마해송이 색동회 모임에서 한번 이야기를 한 적이 있고, 그 뒤 《어
린이》에 발표되기 4년 전에 보낸 작품이 뒤늦게 1933년 8월호 《어린이》에 발표되었
다고 한다. 특히 「토끼와 원숭이」는 요양소에서 함께 입원했던 전기파(戰旗派) 좌익작
가 후지사와 타케오(藤澤桓夫)가 1931년 3월 《개조》에 발표한, 마해송을 모델로 한

발표일	분류	제 목	발표지
		「富士見 高原」~「톡기와 원숭이」	
1933. 2	동화	(속) 톡기와 원숭이	어린이 11권 2호[13]
1933. 11-12	동화	호랑이 · 고깜	어린이
1934	동화집	『해송동화집』	동성사[14]
1934. 1	수필	낫선설	어린이 12권 1호
1935. 1	수필	어머님 생각	소년중앙 1권 1호
1936. 2	수필	조선을 사랑하자	동경조선민보 (東京朝鮮民報)
1937. 5	동요	당초밭(마해송 요, 윤극영 곡)	소년 1권 2호
1937. 7	수필	키다리 金 先生	소년 1권 4호
1938. 1	회고 · 수기	春香傳의 꿈	삼천리 10권 11호
1938. 2	수필	'세상에도 고마우신 분' 시방 생각해도 고마운 이	소년 2권 2호
1938. 3	수필	精謠	고려시보
1938. 6	수필	('나 사는 곳') 동경도	소년 2권 6호

소설 「싹(芽)」의 한 삽화로 쓰인 일이 있다고 한다.
13) ≪어린이≫ 11권 2호(1933. 2)의 차례에 「토끼와 원숭이」가 있으나 43~46쪽이 낙장
이라 확인 못 함.
14) 동화 「어머님의 선물」, 「바위나리와 애기별」, 「少年特使」, 「호랑이」, 「톡기와 원숭이」,
「호랑이·고깜」, 「洪吉童」과 동극 「福男이와 네 동무」, 「다시 건저서」, 「장님과 코길
이」, 「둑겁이의 배」, 「독갑이」가 실렸다. 삽화 18매. 삽화: 이병현(李秉炫), 김정환(金
貞桓), 뒤에 손진태와 고한승, 진장섭의 서(序)와 지은이의 후기가 실려 있음. 발행소-
동경: 동성사(同聲社), 총판매소: 개벽사, 정가 1원, 46판, 210쪽. (≪중앙일보≫, 1934년
5월 19일 『해송동화집』 책광고 참조.) ≪조선일보≫, 1934년 5월 23일 「마해송 동화집
출판기념 회합」 기사에도 『해송동화집』이 동성사(同聲社) 발행이라고 되어 있음. 따라
서 지금까지 개벽사 발행이라고 알려진 부분은 수정되어야 한다. 한편, 마종기의 『아버
지 마해송』(정우사, 2005)을 보면, 『해송동화집』이 4×6판, 204쪽의 동화집이라고 한다.

발표일	분류	제 목	발표지
1938. 6	수필	한복판 조용한 내 집 (동경에서 온) 春香傳을 보고——寸信	여성 3권 6호
1939. 10	수필	片片想	박문 12집
1939. 4	수필	鄕愁	삼천리 11권 4호[15]
1939. 7 ~1940. 1(6회)	수필	(亦君恩) 戀愛 10年記	여성 4권 7호 -5권 1호
1940	동화집	『마해송 동화집』	한성도서
1941	자전 수필집	『亦君恩』	동경 : 愛岩社 (윤석중 발행)
1946	만화책	『토끼와 원숭이』	을유문화사[16]
1946. 1.1	동화	토끼와 원숭이(전편)	자유신문
1946. 5.5	수필	어린이날과 方定煥 先生	자유신문
1946. 12	그림동화집	『토끼와 원숭이』	자유신문사 출판국[17]
1947. 1.1-1.8	동화	토끼와 원숭이(후편)	자유신문
1947. 5	만화책	『토끼와 원숭이』	청구문화사[18]
1947. 5.5	수필	가난한 조선 어린이	자유신문
1947. 7.3	수필	幼稚園의 危機(편편상 1)	자유신문
1947. 7.4	수필	幼兒 椅了·(편편상 2)	자유신문
1947. 7.5	수필	小學生과 掃除(편편상 3)	자유신문
1947. 7.6	수필	고무신·運動靴(편편상 4)	자유신문

15) '낮선 설, 故鄕 설, 나도 開城人, 開城人의 傳統, 깍쟁이, 開城人의 特徵, 아버지 생각, 南大門 鍾소리'라는 소제목의 짧은 수필들 실림.
16) 전편만 김용환 씨 만화책으로 출판.
17) 전편만 김기창 그림으로 출판.
18) 김용환 씨 만화책으로 전·후편 두 권 출판.

발표일	분류	제 목	발표지
1947. 7.7	수필	發言常識, 푸라나간 神父(편편상 5)	자유신문
1947. 7.8	수필	靈長, 文盲의 養成 (편편상 6)	자유신문
1947. 7.9	수필	尾崎 老婆(편편상 7)	자유신문
1947. 7.10	수필	常用漢字(편편상 8)	자유신문
1947. 7.31	수필	中學生의 過不足 (편편상 9)	자유신문
1947. 8.1	수필	國際的인 年齡	자유신문
1947. 8.2	수필	四十老眼(편편상 11)	자유신문
1947. 8.3	수필	夢陽 永訣(편편상 12)	자유신문
1947. 8.5	수필	燃料와 政治(편편상 13)	자유신문
1947. 8.6	수필	조선살림(편편상 14)	자유신문
1947. 8.10	수필	主婦(편편상 15)	자유신문
1947. 8.11	수필	사랑방(편편상 16)	자유신문
1947. 8.12	수필	修辭 變遷(편편상 17)	자유신문
1947. 8.25	수필	엄마 생각(편편상 18)	자유신문
1947. 8.26	수필	울음(편편상 19)	자유신문
1947. 8.27	수필	파리뜬 麥酒(편편상 20)	자유신문
1947. 8.28	수필	衣裳(편편상 21)	자유신문
1947. 8.29	수필	衣裳(續)(편편상 22)	자유신문
1947. 8.31	수필	달팽이(편편상 23)	자유신문
1947. 10.18	수필	婚喪 亂場(편편상 32)	자유신문
1947. 10.20	수필	文化(편편상 33)	자유신문
1947. 10.16	수필	科學性(편편상 30)	자유신문

발표일	분류	제 목	발표지
1947. 10.17	수필	複雜性(편편상 31)	자유신문
1947. 10.23	수필	儉素와 不潔(편편상 35)	자유신문
1947. 10.21	수필	浮浪者(편편상 34)	자유신문
1947. 11.5	수필	재수 업는 날(편편상 36)	자유신문
1947. 11.14	수필	生活의 設計(편편상 40)	자유신문
1947. 11.11	수필	奴隷性(편편상 38)	자유신문
1947. 11.12	수필	염판(편편상 39)	자유신문
1947. 11.16	수필	땡추중(편편상 41)	자유신문
1947. 11.7	수필	批評家(편편상 37)	자유신문
1947. 11.18	수필	企業性(편편상 42)	자유신문
1947. 12.24	수필	孫悟空(편편상 48)	자유신문
1947. 12.20	수필	神話有罪(편편상 47)	자유신문
1947. 12.15	수필	구박밧는 文明(편편상 46)	자유신문
1947. 12.12	수필	죽엄(편편상 45)	자유신문
1947. 12.8	수필	미친 汽車(편편상 43)	자유신문
1947. 12.27	수필	悔恨(편편상 49)	자유신문
1947. 12.10	수필	親할 수 잇는 사람 (편편상 44)	자유신문
1948	수필집	『片片想』	새문화사
1948. 1.12 -16(4회)	동화	떡배 단배	자유신문
1948. 1.24	수필	借欵(편편상 51)	자유신문
1948. 1.25	수필	그릇친 청춘(편편상 52)	자유신문
1948. 1.23	수필	電車와 短杖(편편상 50)	자유신문
1948. 1.27	수필	過歲(편편상 53)	자유신문

발표일	분류	제 목	발표지
1948. 2.27	수필	젊은이 노래(편편상 54)	자유신문
1948. 2.29	수필	紙幣洪水(上)(편편상 55)	자유신문
1948. 3.3	수필	紙幣洪水(下)(편편상 56)	자유신문
1948. 3.4	수필	술 담배(편편상 57)	자유신문
1948. 3.5	수필	자주성의 상실(편편상 58)	자유신문
1948. 3.16	수필	面者·沒法者 (편편상 59)	자유신문
1948. 6-9	동화	떡배 단배(1회~3회)	어린이 124호 -126호[19]
1948. 7.27	수필	在何方(편편상 60)	자유신문
1948. 8.28	수필	燈下新(上)(편편상)	자유신문
1948. 8.29	수필	燈下新(下)(편편상)	자유신문
1948. 9.4	수필	심부름(편편상)	자유신문
1948. 9.6	수필	惡童誕生(편편상)	자유신문
1948. 9.13	수필	良心的(편편상)	자유신문
1948. 9.25	수필	꿈과 現實(편편상)	자유신문
1948. 9.26	수필	言論의 自由(편편상)	자유신문
1948. 9.27	수필	言論의 自由(편편상)	자유신문
1948. 9.29	수필	올림픽과 人民(편편상)	자유신문
1948. 10.8	수필	신문의 자유(편편상)	자유신문
1948. 10.9	수필	한글날과 漢字(편편상)	자유신문
1948. 10.13	수필	貪婪(편편상)	자유신문
1948. 10.17	수필	고개(편편상)	자유신문

---

19) ≪자유신문≫에 연재한 「떡배 단배」를 재수록한 것. 3회분은 어린이 영인본 126호
(1948. 9)가 낙질이라 미확인.

발표일	분류	제 목	발표지
1948. 10.26	수필	闊速度(편편상)	자유신문
1949	수필집	『(續)片片想』	새문화사
1949. 1.1~25 (18회)	동화	떡배 단배	자유신문
1949. 1	수필	讀書	신세대 30호 (4권 1호)
1952	수필	가을 하늘	?(『한국아동 문학독본』)
1952. 8	수필	菊池寬과 나	신태양 1권 1호
1952. 10	수필	再游石窟庵 (慶州의 秋情)	신태양 1권 3호
1952. 12	수필	변소에서	학원
1953	수필집	『社會와 人生』	세문사(世文社) [20]
1953	동화집	『떡배 단배』	학원사[21]
1953	동화집	『떡배 단배』	대양출판사(일본?)
1953	수필집	『戰塵과 人生』 (편편상 제3집)	서울 : 홍국연문협회
1953. 1	수필	잘 살으리	학원
1953. 2-6 (?)	수필	'나의 自敍傳' 어린 날의 回想 (人生 五十의 자취)	신태양 2권 3호 -2권 5호 (?)[22]

---

20) 겉표지에 '편편상' 제1·2집 합본이라고 되어 있음.
21) 「어머님의 선물」, 「바위나리와 아기별」, 「호랑이 곶감」, 「토끼와 원숭이」(2회치), 「떡배 단배」 다섯 편 수록.
22) ≪신태양≫ 2권 4호(1953. 5)의 「나의 자서전 ③」 말미에 '次號'라고 되어 있으나 ≪신태양≫ 1953년 6월호가 낙질이라 확인 못 함. 7월호 이후에는 실리지 않았음.

발표일	분류	제 목	발표지
1953. 3	수필	朝鮮に叫ぶひとびと ——戰塵にまみれて	문예춘추
?	수필	묻힌 將相	대구시정월보 창간호
1953. 5	수필	圓·園	대구시정월보
1953. 5	수필	깨끗하고, 곧고, 바르게	고려시보
1953. 6	수필	午後의 座席	대구일보
1953. 7	수필	꿈과 科學	신천지 53호
1953. 7·8 합본호	수필	惡童誕生	신천지 54호 (8권 3호)
1953. 8	수필	이 약한 사람들	신태양
1953. 8	수필	주름살	신태양
1953. 8	수필	소낙비	신태양
1953. 9	수필	너를 때리고	문화세계 1권 3호
1953. 11	수필	(續)片片想	문예 19호(4권 5호)
1953. 12	수필	矛盾	문예 20호(4권 6호)
1954. 1	수필	老敎師의 獨白	고려시보
1954. 2	평론	(특집) 新文化의 濫觴期 ——나와 색동會 時代	신천지 60호 (9권 2호)
1954. 3	수필	最後의 矜持	중앙일보
1954. 7	수필	故鄕山水	고려시보
1954. 7-?	장편동화	『물고기 세상』	연합신문
1954. 7.18	省	定期刊行物의 位置	동아일보
1954. 8	동화	박과 봉선화	새벗 3권 8호
1954. 9	수필	까부는 아이	새교육

발표일	분류	제 목	발표지
1954. 9	수필	權中尉	민병순보 (民兵旬報)
1954. 10	수필	어느 일요일	현대공론 2권 8호
1954. 11.21	수필	좁쌀알을 종지로 세는 궁량——圖書週間, 讀書週間	동아일보
1954. 12	수필	習性	신태양
1954. 12	수필	廢墟	신태양
1954. 12	기사	어지러운 가운데 ——社會 : 1954年度 總決算	현대공론 2권 10호
1955	수필집	『饒舌錄』	신태양사
1955. 1.11 -23(9회)	동화	사슴과 사냥개	동아일보
1955. 1	동화	오돌돌 한우물	연합신문
1955. 1	수필	거룩한 葬禮	가톨릭 청년 9권 1호
1955. 2-?	동화	신기한 옥퉁소	신태양
1955. 2	수필	불 三代	전망
1955. 3	수필집	『씩씩한 사람들』	문교부
1955. 5.5	수필	三十三回 '어린이날'에 兒童憲章	동아일보
1955. 5	수필	진짜·가짜	저축순보 (貯蓄旬報)
1955. 6	수필	族譜	현대문학 1권 6호
1955. 7.22	수필	여름放學을 어떻게 보낼	동아일보[23]

---

23) 수필집 『오후의 좌석』에 「나와 여름방학」으로 개제.

발표일	분류	제 목	발표지
		것인가…… 나의 學生 時節과 오늘의 學生의 位置로 보아	
1955. 7	수필	쩌너리즘의 功罪	대구매일신문
1955. 8	수필	解放 十年의 어린이들	평화신문
1955. 8.21 -10.26(60회)	동화	앙그리께	한국일보
1955. 10	수필	惡三代	전망 1권 2호
1955. 10	좌담회	학생시대의 연애불가론	여원 1권 1호
1955. 11.20	수필	讀書 隨想	동아일보
1955. 12.8	수필	情(近眼遠視)	동아일보
1956. 1.1	동화	여우비 꿈	동아일보
1956. 1.3	肖	이해에 하고픈 것	동아일보
1956. 1.?	수필	해마다 설	평화신문
1956. 1	수필	富三代	전망
1956. 1	수필	華麗한 結婚式	여성계
1956. 1	수필	문교정책은 어떻게	새교육 8권 1호
1956. 2.10	수필	十代拷問의 季節, 中學校入學試驗	동아일보
1956. 3	수필	人生 노오트	사상계 32호 (4권 4호)
1956. 3	수필	아름다운 光景	수도경찰
1956. 3	수필	入學試驗場의 人生	동아일보
1956. 3.31	수필	十勝地의 風俗	동아일보
1956. 5.5	수필	食母에의 懺悔卅四回	동아일보

발표일	분류	제 목	발표지
		어린이날에	
1956. 5	수필	34回 어린이날에 즈음하여	새교육 8권 5호
1956. 5	수필	兒童들은 무엇을 要求하는가	여원 3권 5호
1956. 5.27	수필	人生의 意義	동아일보
1956. 6	동화	후라이 치킨	문학예술 3권 6호
1956. 6-8(3회)	수필	싸나토름(Sanatorium) ——肺結核療養 回想記	신태양 5권 6호 -5권 8호
1956. 6.28 -9.19(82회)	동화	앙그리께	경향신문
1956. 6	수필	族譜	현대문학
1956. 6	수필	祖上 ——族譜二章	자유문학 1권 1호
1956. 6.25	수필	명심할 것을 위하여 ——6·25에 어린이들에게	동아일보
1956. 7	수필	命名	코메트 22호
1956. 7.?	수필	박과 水曜日	중앙일보
1956. 7	수필	韓國女性의 悲劇	여원 2권 7호
1956. 8	수필	趣味 歷程	해군 44호
1956. 8.10	수필	論山·仁川·大川	동아일보
1956. 9.22	수필	常識이 問題	동아일보
1956. 11.10-11	수필	웃음에 層이 있다	동아일보
1956. 12	좌담(사회)	20代의 發言	신태양 5권 12호
1956. 12.7	수필	歲月의 흐름을 그저 바라보며	경향신문

발표일	분류	제 목	발표지
1956. 12.19	수필	共産主義의 輓歌	동아일보
1957. 1	수필	사람 나름	가톨릭 청년 11권 1호
1957. 1.10	심사평	模作과 같은 냄새	동아일보
1957. 1.31	수필	義는 하나다	동아일보
1957. 1	수필	내 방	사상계 42호 (5권 1호)
1957. 12 ~1958. 9(10회)	수필	사랑하는 사람에게	주부생활
1957. 2.7	수필	(신춘수필)父子 離間說	조선일보
1957. 2.27	수필	房中閑談	동아일보
1957. 3.14	수필	兒童憲章에 對하여 끝내 無關心할 것인가	동아일보
1957. 4.16	수필	(雅號풀이) '海松'의 辯	동아일보
1957. 4.23-24	수필	文學外交의 緊要性 作品 飜譯의 실제問題	동아일보
1957. 4	수필	食道樂 近處(完)	신태양 6권 4호
1957. 5.5	수필	어린이날의 理想 ——어린이 劇場과 어린이公園	동아일보
1957. 6	수필	내 生活·내 家庭	주부생활 1권 6호
1957. 7 ~1959. 1	수필	饒舌錄	신태양 58-76호
1957. 7.24	수필	'나의 納凉記' 靜不暑	조선일보
1957. 7.17	수필	三伏食性	경향신문

발표일	분류	제 목	발표지
1957. 7	좌담(사회)	世上物情·世界一周	신태양 6권 7호
1957. 7.21	수필	장마에 시달려	동아일보
1957. 8.24	수필	'나의 기호'	경향신문
		毒한 술은 싫어	
1957. 8.21	수필	불고기에 '칵텔'	서울신문
1957. 8.1	수필	納凉 無用	연합신문
1957. 8.15	수필	'나와 八·一五'	평화신문
		日警의 監視 속에	
1957. 8	동화	兄弟	문학예술 4권 7호
1957. 9.10	장편동화	『모래알 고금』	경향신문
~1958. 1.20			
1957. 9	수필	妓生	자유문학 2권 4호
1957. 9	수필	멋 第一章	사상계 50호
		──집	(5권 9호)
1957. 9	동화	꽁초노인의 새장	새벗
1957. 10	수필	童話의 陵	문학예술 30호
			(4권 9호)
1958	수필집	『饒舌綠』	신태양사 출판국[24]
1958. 1	수필	오래 사는 것만이 잘난	희망 8권 1호
		것이 아니다	
1958. 1.7	심사평	뛰어난 作品 없다	동아일보
1958. 1.18	서평	李相魯 隨筆集	동아일보

---

24) 「싸나토륨」(1956년 6~8월호 ≪신태양≫지 소재, 「식도락 근처(食道樂 近處, 1956년
6~8월호 ≪신태양≫지 소재), 「요설록(饒舌錄)」, ≪신태양≫지 연재 1편, 1957. 9. 10~
1958. 1. 20까지 ≪경향신문≫에 연재.

발표일	분류	제 목	발표지
		玉石混和	
1958. 3.27	肖	數千戶口의 설음 (回想의 봄, 希望의 봄)	동아일보
1958. 3.9	수필	'專攻의 辯' 童話나 片片想이나	세계일보
1958. 4.22	수필	花草 없는 庭園	동아일보
1958. 4.14	수필	봄·女人·流行	연합신문
1958. 5.4	수필	어린이 憲章과 大邱 第36回 어린이날에	동아일보
1958. 5	수필	大韓空軍과 大韓 어린이	코메트 33호
1958. 5	장편동화	『모래알 고금』	경향잡지사
1958. 6.14	수필	피아니스트와 육손이 大邱에 다녀와서	동아일보
1958. 6	수필	세대는 다르다	사조 1권 1호
1958. 6	수필	쓰고 달고 고달프고 —— 세태론	사조 1권 1호
1958. 6.29	수필	취미의 妙境 ——(3) 珍味, 맛있게 먹으면 別味	동아일보
1958. 7. ?	수필	'시원한 내 고장'?	서울신문[25]
1958. 8	수필	饒舌錄	신태양 7권 8호
1958. 8.8	수필	光復十三周年에	동아일보

---

25) '시원한 내 고장'은 7월과 8월 동안 일주일에 한번 꼴로 여러 필자들이 자기가 살던 고장을 소개한 글. 마해송의 글은 확인하지 못해 글 제목을 알 수 없음. '시원한 내 고장'은 일종의 신문 코너.

발표일	분류	제 목	발표지
		十四歲가 된 解放둥이	
		十代少年에 榮光 있으리	
1958. 9	수필	(續)饒舌錄	신태양 7권 9호
1958. 9	수필	버르장머리	소설계 1권 1호
1958. 10	수필	본 대로 들은 대로	사조 1권 5호
1958. 12	수필	생활과 사색	사조 1권 7호
1959	수필집	『태양은 내일 또 뜬다』	신태양사
			(한국수상문학전집 2)
1959. 1.7-6.17	동화	토끼와 돼지	경향신문[26]
1959	동화집	『앙그리께』	경향잡지사
1959. 2	동화	학부형의 기록	새교육 71-80호
-11(5회)			
1959. 4	수필	時計	신문예 10호
1959. 7	수필	沈香과 똥	자유공론 2권 7호
1960. 1.1	동화	꽃씨와 눈사람	한국일보
1960. 1.7	省	開城에만 있는 '찜'	동아일보
1960. 1.24	심사평	模型 버리라	동아일보
1960. 4.5-9.14	동화	멍멍 나그네	한국일보
1960. 5		흘러간 쪽지	사상계
1960. 6.18	동화	비둘기가 돌아오면	경향신문[27]
~1961. 2.1			
1960. 12.24	동화	점잖은 집안	한국일보

---

26) 「토끼와 돼지」는 『모래알 고금』의 제2편으로, ≪경향신문≫에 1959년 1월 7일부터 연재되다가 ≪경향신문≫ 정간으로 1960년 4월 30일 중단되었다. 1960년 4월 27일 속간으로 다시 연재되어 6월 17일 연재가 마무리되었다.
27) 『모래알 고금』의 제3편.

발표일	분류	제 목	발표지
1961	수필	용기 있는 사람	?(『한국아동문학독본』 수록)
1961. 1.3	심사평	大膽한 作品이다	동아일보
1961. 1.22	동화	못 먹는 사과	한국일보
1961. 1.1	동화	길에 사는 아이	한국일보
1961. 5.5	동화	내가 기를 테야	한국일보
1961. 8	동화	꿈은 가슴마다(연작 1회)	학원
1961. 11	자서전	『아름다운 새벽』	민중서관[28]
1961. 11	수필	멋 第二章 ──옷	사상계 101호 (제9권 특별증간호)
1961. 12	동화집	『멍멍 나그네』	현대사
1962	작품선집	『마해송 아동문학 독본』	을유문화사[29]
19621	동화집	『한국아동문학전집 2 ──마해송』	민중서관
1962	수필집	『午後의 座席』	어문각
1962	동화집	『비둘기가 돌아오면』	학원사
1962. 4	동화	성난 수염	해병
1962. 6.9	수필	'一事一言' 문전구악	조선일보
1962. 6.25	수필	'6·25에 생각나는	동아일보

---

28) 1960년 3월 12일 탈고.

29) 『한국아동문학 독본』 전10권 가운데 제2권. 이희승 엮음·해설, 동화──「호랑이·곶감」, 「어머님의 선물」, 「소년 특사」, 「오돌돌 한우물」, 「형제」, 「꽁초 노인의 새장」, 「물고기 세상」, 「신기한 옥퉁소」, 노래──「무슨 빛일까?」, 「우리들은 즐겁다」, 「우리 공군 아저씨」, 「어린이는 새사람」, 동극──「복남이와 네 동무」, 「다시 건져서」, 「장님과 코끼리」, 「두꺼비의 배」, 「도깨비」, 수필──「설날」, 「가을 하늘」, 「어느 일요일」, 「키다리 김선생」, 「어머님 생각」, 「내가 어릴 때 보낸 방학」, 「용기 있는 사람」 수록.

발표일	분류	제 목	발표지
		사람들' 情든 일선기자	
		李貞淳	
1962. 8.24	수필	나의 趣味 餘技	동아일보
		──'움직임'에서 '휴식'으로	
		沒趣味人이 될까봐 걱정	
		物價表 읽는 것도 큰 취미	
1962. 8.3	수필	'一事一言' 돈의 꼴	조선일보
1962. 10.30	肖	證言優良 兒童圖書의	동아일보
		選定	
1962. 10	수필	'내가 존경하는 인물'	학원
		맹고블 맹정승	
		맹사성 선생	
1962. 11	수필	人生살이	새길 99호
1963	동화집	『모래알 고금』	가톨릭 출판사
1963. 1.1	동화	학자가 지은 집	서울신문
1963. 1.11	동화	連作隨筆 十二人集	서울신문
		(其七) 訓話時間 (1)	
		── 생각하는 아버지	
1963. 1.12	동화	連作隨筆 十二人集	서울신문
		(其七) 訓話時間 (2)	
		── 할아버지 지게	
1963. 3.7	수필	이 세태……(전9회) (5)	조선일보
		── 벌거벗은 도의,	
		차방에선 복권도박	
1963. 4	동화	생각하는 아버지	가톨릭 소년[30]

발표일	분류	제 목	발표지
1963. 5	수필	일본에 다녀와서	사상계 121호 (11권 6호)
1963. 6	동화	학자들이 지은 집	아동문학 5집
1963. 6	동화	경우 밝은 여우	가톨릭 소년 4권 6호
1963. 6	대담	(마해송·강소천 대담) '작가를 찾아서 ──마해송 편' 나의 문학 생활	아동문학 5집
1963. 7	동화	게한테 진 여우	가톨릭 소년 4권 7호
1963. 8	동화	눈이 빠진 아이	가톨릭 소년 4권 8호
1963. 8	수필	종교와 나	군종
1963. 9	동화	여우 없는 여웃골	가톨릭 소년 4권 9호
1963. 11 ~1964. 5(7회)	동화	그때까지는	가톨릭 소년 4권 11호-5권 5호
1963. 12 ~1964. 3(4회)	수필	(續)饒舌錄	신사조 2권 10호 -3권 3호
1963. 12	수필	새 사람을 대하는 姿勢	새교실 90호 (8권 12호)
1964	동화집	『떡배 단배』	학원사[31]
1964. 4.10	수필	'봄철의 풍미' 술잔에 진달래 꽃잎	조선일보
1964. 4	앙케이트	앙케트 ──자세 실속도	사상계 긴급 증간호

---

30) ≪서울신문≫(1963. 1. 11)에 발표한 「생각하는 아버지」 재수록.

31) 1954년 학원사 발행 『떡배 단배』의 재판. 초판의 다섯 편 작품에 「박과 봉선화」, 「사슴과 사냥개」, 「꽃씨와 눈사람」, 「점잖은 집안」, 「길에 사는 아이」, 「못 먹는 사과」, 「내가 기를 테야」, 「성난 수염」, 「학자가 지은 집」, 「생각하는 아버지」 추가 수록.

발표일	분류	제 목	발표지
		말이 아닌 몰골	
1964. 7	수필	軟禁에서 빚어진 「바위나리와 아기별」 (나의 처녀작·내가 고른 대표작)	현대문학 115호[32]
1965. 1	동화	너덜너덜 깜둥이	새소년 9호(2권 1호)
1965. 1.5	심사평	(마해송·윤석중) 신춘문예 학생논문 심사후기 ── 동화, 거의 당돌한 대목이 많아	조선일보
1965. 2.7	동화	봄의 속삭임	주간한국
1965. 2.18	동화	봄은 밤을 타고	서울신문
1965. 3.21	수필	맛의 감각, 日曜鑑識 (8회) (2) ── 청주, 도수보다는 향기에	조선일보
1965. 9	동화	아버지의 말씀	가톨릭 소년 6권 9호

32) 그 동안 '나의 대표작'이란 제목으로 알려진 글이나 '나의 처녀작·내가 고른 대표작' 이란 부제가 붙은 글로, 글의 제목은 '軟禁에서 빚어진 「바위나리와 아기별」'이다. 그 동안 몇몇 마해송 연구에서는 이 글을 인용하면서 「꽃씨와 눈사람」을 마해송이 꼽은 대표작으로 거론해왔다. 그러나 이 글에서 마해송은 처녀작은 「바위나리와 아기별」이라 고 확실히 말할 수 있지만, 대표작은 스스로 말하기가 어렵고, 다만 다른 사람들의 평 을 거론하면서 「바위나리와 아기별」, 「박과 봉선화」, 「어머니의 선물」, 「꽃씨와 눈사람」, 「떡배 단배」, 「비둘기가 돌아오면」(『모래알 고금』의 제3편), 「토끼와 돼지」(『모래알 고 금』의 제2편)을 들고 있다. 한편, 「바위나리와 아기별」을 개성에서 박홍근이 발행하던 ≪샛별≫에 발표했던 것을 1926년 신년호 ≪어린이≫에 다시 실었으며, 1934년 '시에론 레코드'가 앞·뒤면에 남궁선 낭독으로 넣어 발매했다고 한다. 이 글에서의 발언을 계 기로 그 뒤 「바위나리와 아기별」이 '1923년 ≪샛별≫에 발표된 우리나라 최초의 창작동 화'라는 통설이 자리잡은 듯하다.

발표일	분류	제 목	발표지
1965. 12.25	수필	'公敵 1호……' 악덕 상인, 상호 이해 위한 선의의 교류를 일본인은 한국 문예작품 읽어야	조선일보
1966. ?	동화	고동 속 세상	국민학교 어린이
1966. 5	수필	빌며 사신 우리 어머님 (특집 '나의 어머니')	가톨릭 소년 7권 5호
1966. 3.22	서평	巾泰吠 저 『에티켓 선생』 넓은 교양의 지침서	조선일보
1966. 6.9 -7.26(7회)	수필	'一事一言' 이사기	조선일보[33]
1966. 11	동화	멍키와 침판찌	새벗
1966. 12	동화	들국화 두 포기	가톨릭 소년 7권 12호
1967	동화선집	『아동문학독본 2』	서정출판사
1971	동화집	『소년소녀세계교육명작 동화선집』(전16권)[34]	서정출판사
1974	작품선집	『아름다운 새벽』	성바오로 출판사[35]

33) 6. 9(1)/6. 16(2)/6. 23(3)/7. 3(4)/7. 12(5)/7. 17(6)/7. 26(7)

34) 아동교육동화연구회 엮음, 마해송·방기환·최태호 옮김. 『소녀소녀세계교육명작동화
선집』 전16권으로 발행됨. 전16권의 책 제목은 다음과 같다. 1권: 피리부는 왕자, 2권:
바닷물을 마시는 내기, 3권: 나폴레옹의 깃발, 4권: 삶보다 나은 죽음, 5권: 원탁의 기
사, 6권: 맹수와 사막의 나라, 7권: 남태평양의 탐험왕, 8권: 보물의 나라, 9권: 그리스
도의 탄생, 10권: 흰 말을 탄 소녀, 11권: 아프리카의 마술사, 12권: 다이아몬드의 계곡,
13권: 독 속의 도적들, 14권: 단검을 남기고서, 15권: 임금님이 된 대신, 16권: 비처럼
쏟아지는 돈.

발표일	분류	제 목	발표지
1977	수필집	『故鄕山水』	범우사 (범우 에세이선)[36]
1977	동화집	『사슴과 사냥개』	창작과비평사[37]
1996	동화집	『성난 수염』	우리교육[38]
1998	그림책	『바위나리와 아기별』 (정우정 그림)	길벗어린이
2000	자서전	『아름다운 새벽』	문학과지성사
2005	장편동화	『멍멍 나그네』	계림닷컴

---

35) 1부: 아름다운 새벽, 2부: 수필(49편), 3부: 추모의 글·연보 (마종기: 선종 이후, 최 민순: 프란치스코 마해송 선생 연미사, 이석현: 따스한 대나무(고 마해송 선생의 이모 저모), 최인욱, 해송 문학의 특징).

36) 수록작: 「편편상」, 「아름다운 광경」, 「고향산수」, 「진짜 가짜」, 「멍멍」, 「버르장머리」, 「정불서」, 「삼복식성」, 「오후의 좌석」, 「심부름」, 「상식이 문제」, 「십승지의 풍속」, 「부자이간설」, 「사람 나름」, 「기생」, 「어린 날의 회상(초)」, 「기쿠지 캉과 나」, 「요설록(초)」, 「식도락 근처」 (총 19편의 수필).

37) 수록작: 「바위나리와 아기별」, 「어머님의 선물」, 「박과 봉선화」, 「꽃씨와 눈사람」, 「점잖은 집안」, 「길에 사는 아이」, 「생각하는 아버지」, 「할아버지 지게」, 「떡배 단배」, 「토끼와 원숭이」, 「사슴과 사냥개」, 「꼬부랑 새싹」, 「꽃아! 내 춤을」, 「새어머니」 (총 14편의 동화).

38) 수록작: 「꽃씨와 눈사람」, 「성난 수염」, 「학자들이 지은 집」, 「길에 사는 아이」, 「못 먹는 사과」, 「내가 기를 테야」, 「생각하는 아버지」, 「순이의 호랑이」, 「호랑이 곶감」, 「눈이 빠진 아이」, 「민들레의 노래」, 「점잖은 집안」, 「바위나리와 아기별」, 「어머님의 선물」, 「천사가 지켜 준 아이」, 「여우 없는 여웃골」, 「할아버지 지게」, 「경우 밝은 여우」, 「게한테 진 여우」, 「개에게 잡힌 호랑이」 (총 20편의 동화).

1919	진장섭, 「山口서 松都까지」, 《여광》 2호(진장섭, 「소파와 나」에 인용), 『색동회어린이운동사』(정인섭, 학원사, 1975) 수록.
1934. 3.5	김광균, 「문단과 지방 (2)」, 《조선중앙일보》.
1934. 5.26	장혁주, 「신간평 '해송동화집' 독후감」, 《동아일보》.
1953 ?	박두진, 「마해송」, 《창공》 2호, 대구 : 창공구락부.
1957. 2	이원수, 「모색하는 경향」, 《자유문학》 2권 5호.
1957. 12.15	최요안, 「꽃동산에 핀 잡초」, 《경향신문》.
1958	이케지마 신페이(池島信平), 『雜誌記者』, 중앙공론.
1960. 5	김영일, 「아동문학의 과제」, 《자유문학》.
1961	사토 미도리(佐藤碧了), 『人間 菊池寬』, 신조사(新潮社).
1964	윤석중, 「노래여 새싹이여」, 《여원》.
1964. 9	김요섭, 「마해송 —— 문단신사록 (3)」, 《문학춘추》.
1965	구상, 「마 선생님 댁 방문」, 윤석중·이원수 외 7인 엮음, 『마해송 할아버지』(마해송 선생 환갑 기념 아동문학집), 교학사.
1965	박종화, 「마해송 선생의 인간과 문학」, 윤석중·이원수 외 7인 엮음, 『마해송 할아버지』(마해송 선생 환갑 기념 아동문학집), 교학사.
1965	박홍근, 「대나무같이 곧은 정신」, 윤석중·이원수 외 7인 엮음, 『마해송 할아버지』(마해송 선생 환갑 기념 아동문학집), 교학사.
1965	윤극영, 「마 선생의 손길」, 윤석중·이원수 외 7인 엮음, 『마해

송 할아버지』(마해송 선생 환갑 기념 아동문학집), 교학사.

<table>
<tr><td>1965</td><td>임인수, 「어린이 헌장과 요술상자」, 윤석중·이원수 외 7인 엮음, 『마해송 할아버지』(마해송 선생 환갑 기념 아동문학집), 교학사.</td></tr>
<tr><td>1965</td><td>진장섭, 「인간 마해송의 이모저모」, 윤석중·이원수 외 7인 엮음, 『마해송 할아버지』(마해송 선생 환갑 기념 아동문학집), 교학사.</td></tr>
<tr><td>1965</td><td>이석현, 「마 선생이 걸어오신 길」, 윤석중·이원수 외 7인 엮음, 『마해송 할아버지』(마해송 선생 환갑 기념 아동문학집), 교학사.</td></tr>
<tr><td>1965</td><td>어효선, 「마해송 선생님(송시)」, 윤석중·이원수 외 7인 엮음, 『마해송 할아버지』(마해송 선생 환갑 기념 아동문학집), 교학사.</td></tr>
<tr><td>1965</td><td>윤석중, 「마해송 선생 (헌사)」, 윤석중·이원수 외 7인 엮음, 『마해송 할아버지』(마해송 선생 환갑 기념 아동문학집), 교학사.</td></tr>
<tr><td>1965. 4</td><td>이원수, 「아동문학의 개관」, 《현대문학》.</td></tr>
<tr><td>1965. 8</td><td>이원수, 「전란중의 소년세계와 문학운동」, 《현대문학》.</td></tr>
<tr><td>1966. 5</td><td>윤석중, 「아동문학의 교육적 의의」, 《현대문학》.</td></tr>
<tr><td>1966. 5</td><td>이원수, 「한국아동문학계의 현황」, 《현대문학》.</td></tr>
<tr><td>1966. 5</td><td>이종기, 「아동문학의 새로운 경향」, 《현대문학》.</td></tr>
<tr><td>1966. 11.7</td><td>어효선, 「마해송 씨의 부음을 듣고」, 《서울신문》.</td></tr>
<tr><td>1966. 11.8</td><td>홍승연, 「문화적 코스코폴리탄의 민족사랑」, 《동아일보》 / 마해송 선생 추모집 『행복하여라 마음이 가난한 사람』(김요섭 외 지음, 성바오로 출판사)에 재수록.</td></tr>
<tr><td>1966. 11.8</td><td>「미소에 담은 '유언'——가버린 어린이의 벗 마해송 씨」, 《중앙일보》.</td></tr>
</table>

1966. 11.8   윤석중, 「'어린이 사랑하는 마음' 60평생」, ≪동아일보≫.

1966. 11.8   「마해송 씨의 동심 60년」, ≪한국일보≫.

1966. 11.8   「고 마해송──인간과 문학」, ≪조선일보≫.

1966. 11.8   「창공박 시절 미해송 선생」, ≪신아일보≫.

1966. 11.9   이서구, 「인생교실의 선생」, 마해송 선생 추모집『행복하여라 마음이 가난한 사람』(김요섭 외 지음, 성바오로 출판사)에 재수록.

1966. 11.10   윤석중, 「어린이 나라에 바친 생애」, ≪국제신문≫.

1966. 11.10   황대연, 「고 마해송의 인간과 작품」, ≪매일신문≫.

1966. 11.10   「마해송의 유언」, ≪매일신문≫.

1966. 11.13   「동화의 할아버지 마해송 선생님」, ≪매일신문≫.

1966. 12   윤석중, 「흐뭇하게 살고 간 마해송 씨」, ≪신동아≫ / 마해송 선생 추모집『행복하여라 마음이 가난한 사람』(김요섭 외 지음, 성바오로 출판사)에 재수록.

1967. 1   박외선, 「고인(古人)을 그리는 미망인의 애끓는 기록」, ≪주부생활≫.

1967. 2   이석현, 「따스한 대나무(고 마해송 선생의 이모저모)」, ≪농원(農園)≫ / 마해송 선생 추모집『행복하여라 마음이 가난한 사람』(김요섭 외 지음, 성바오로 출판사)에 재수록.

1967. 5   박홍근, 「동화나라의 해바라기 할아버지」, ≪여원≫ / 마해송 선생 추모집『행복하여라 마음이 가난한 사람』(김요섭 외 지음, 성바오로 출판사)에 재수록.

1967. 6   최인학, 「마해송──작가와 작품론」, ≪교단≫ 126호(11권 6호).

1968. 3   최인욱, 「해송 문학의 특징」, ≪아동문학≫ 15권.

1968. 11   이원수, 「아동문학의 결산」, ≪월간문학≫.

1969. 2   박경용, 「창작동화의 개척자 마해송 님」, ≪가톨릭 소년≫, 10권 1호.

1969. 3   유경환, 「방정환과 마해송」(인물로 본 아동문학사──1회), ≪교

육자료≫ 147호(13권 3호).

1969. 5   윤석중, 「영영 童話 속으로 뛰어드셨네(馬海松 先生님)」, ≪새교육≫ 21권 5호.

1970. 3   임헌영, 「설익은 작품들」, ≪횃불≫.

1970. 11   어효선, 「공부도 재주도 덕도 부족한 몸으로」, ≪샘터≫.

1971   이재철, 「마해송론」, 『한메 김영기 선생 고희 기념 논문집』, 형설출판사.

1973. 7.22   김용성, 「문학사 탐방·마해송」, ≪한국일보≫.

1973. 9   이재철, 「마해송론」, ≪현대아동문학≫ 창간호.

1974. 7   이오덕, 「아동문학과 서민성」, 『아동문학의 전통성과 서민성』(이오덕, 『시정신과 유희정신』, 창작과비평사, 1977 재수록).

1975   정인섭, 『색동회어린이운동사』, 학원사.

1977. 5   어효선, 「"공부도 재주도 덕도 부족한 몸으로"」, ≪샘터≫ / 마해송 선생 추모집 『행복하여라 마음이 가난한 사람』(김요섭 외 지음, 성바오로 출판사)에 재수록.

1976. 1   장욱진, 「내가 그린 '동화 할아버지' 이야기」, ≪문학사상≫ / 마해송 선생 추모집 『행복하여라 마음이 가난한 사람』(김요섭 외 지음, 성바오로 출판사)에 재수록.

1977   이오덕, 「창작동화의 개척자」(『사슴과 사냥개』 초판 해설), 『사슴과 사냥개』, 창작과비평사. 초판 해설은 1990년 개정판에서 제목이 바뀌어 실림. (「자주와 독립의 정신을 심어준 동화」)

1978   이재철, 「마해송」, 『한국현대아동문학사』, 일지사.

1980   배영주, 「마해송의 동화세계 ──「떡배 단배」를 중심으로」, ≪교육연구≫(이화여대 사범대학 교육학과 논문집) 49호.

1980 봄   최지훈, 「어린이와 칼 ── 마해송 동화로 본 가능성」, ≪아동문학평론≫ /「마해송론 ── 어린이와 칼」, ≪아동문예≫, 1991 재수록.

1980 가을   안혜숙, 「마해송 작품을 통해 본 어린이상」, ≪아동문학평론≫.
            ≪아동문예≫ 1호(1980 겨울)에 재수록.

1982   김재규, 「마해송 동화 연구」, 연세대 교육대학원 석사 논문.

1982   가지이 노보루, 「조선문학 번역의 발자취 (8)」, ≪삼천리≫
            29호.

1983   이재철, 「마해송론」, 『한국아동문학 작가론』, 개문사.

1984   김은숙, 「창작동화에 있어서 환상의 미적 기능 연구」, 연세대
            대학원 석사 논문.

1984   나종일, 「마해송의 사회사상 —— 작품에 나타난 '밝은 사회'의
            개념을 중심으로」, ≪밝은 사회 연구≫(밝은사회연구소), 8권
            1호

1985   이은미, 「마해송 동화의 문체론적 접근」, ≪계용어문학≫ 2집,
            공주교대 국어교육연구원.

1986   고일곤, 「마해송 동화의 연구」, 성균관대 교육대학원 석사 논문.

1986   김을한, 『동경유학생』, 탐구당.

1989   김광균, 「표표한 백학이 세상에 다녀간 듯」, 마해송 선생 추모
            집 『행복하여라 마음이 가난한 사람』(김요섭 외 지음), 성바오
            로 출판사.

1989   김영태, 「종기의 가족」, 마해송 선생 추모집 『행복하여라 마음
            이 가난한 사람』(김요섭 외 지음), 성바오로 출판사.

1989   김요섭, 「어린이 헌장비와 마해송 선생」, 마해송 선생 추모집
            『행복하여라 마음이 가난한 사람』(김요섭 외 지음), 성바오로
            출판사.

1989   김용성, 「환상, 현실 잇는 동심의 다리」, 마해송 선생 추모집
            『행복하여라 마음이 가난한 사람』(김요섭 외 지음), 성바오로
            출판사.

1989   김을한, 「남조(南鳥)는 택남지(擇南枝)」, 마해송 선생 추모집

『행복하여라 마음이 가난한 사람』(김요섭 외 지음), 성바오로
출판사.

1989   김진찬, 「11월의 성당 고갯길」, 마해송 선생 추모집 『행복하여
라 마음이 가난한 사람』(김요섭 외 지음), 성바오로 출판사.

1989   김규동, 「시는 쓰지 않았으나 그분은 시인」, 마해송 선생 추모
집 『행복하여라 마음이 가난한 사람』(김요섭 외 지음), 성바오
로 출판사.

1989   김천수, 「일본문사 거느린 《문예춘추》 편집장 시절」, 마해송
선생 추모집 『행복하여라 마음이 가난한 사람』(김요섭 외 지
음), 성바오로 출판사.

1989   구상, 「호된 매질」, 마해송 선생 추모집 『행복하여라 마음이 가
난한 사람』(김요섭 외 지음), 성바오로 출판사.

1989   박종화, 「어린이를 위하여」, 마해송 선생 추모집 『행복하여라
마음이 가난한 사람』(김요섭 외 지음), 성바오로 출판사.

1989   서광운, 「일본인에게 우러름을 받으며」, 마해송 선생 추모집
『행복하여라 마음이 가난한 사람』(김요섭 외 지음), 성바오로
출판사.

1989   엄기원, 「나의 인생과 문학에 밝은 등불」, 마해송 선생 추모집
『행복하여라 마음이 가난한 사람』(김요섭 외 지음), 성바오로
출판사.

1989   이상노, 「공명을 뿌리친 고결한 삶」, 마해송 선생 추모집 『행
복하여라 마음이 가난한 사람』(김요섭 외 지음), 성바오로 출
판사.

1989   김요섭 외, 마해송 선생 추모집 『행복하여라 마음이 가난한 사
람』, 성바오로 출판사.

1989   임남수, 「천재 경영자, 치부에는 선비의 길을」, 마해송 선생 추
모집 『행복하여라 마음이 가난한 사람』(김요섭 외 지음), 성바

오로 출판사.

1989		진장섭, 「조숙한 천재」, 마해송 선생 추모집 『행복하여라 마음이 가난한 사람』(김요섭 외 지음), 성바오로 출판사.

1989		차원재, 「신사, 또 신사」, 마해송 선생 추모집 『행복하여라 마음이 가난한 사람』(김요섭 외 지음), 성바오로 출판사.

1989		황동규, 「멋쟁이 선생님」, 마해송 선생 추모집 『행복하여라 마음이 가난한 사람』(김요섭 외 지음), 성바오로 출판사.

1991		김일수, 「마해송 동화의 구조──「꽃씨와 눈사람」의 구조 분석을 중심으로」, 『한국아동문학 작가 작품론』,(이재철 편) 서문당.

1992		이영미, 「마해송 동화 연구」, 연세대 교육대학원 석사 논문.

1992. 2		임정민, 「재치와 풍자로 우려낸 동화──『어머님의 선물』」, 《동화읽는어른》.

1994		김도남, 「마해송 동요 연구」, 강원대 대학원 석사 논문.

1994. 3		모리아이 다카시(盛合尊至), 「馬海松論──その渡日期間と彼の作品における諷刺について」, 富山大學 人文學部 語學文學科 學部卒業論文.

1995		김정헌, 「마해송 동화의 저항적 양상에 관한 고찰」, 《청람어문학》(한국교원대), 13권 1호.

1995		차보금, 「강소천과 마해송 동화의 대비적 연구」, 연세대 교육대학원 석사 논문.

1996 봄		김현숙, 「우리 동화에 있어서 하나의 전통, 현실에 뿌리박기」, 《아동문학평론》.

1996		김정헌, 「마해송 동화에 나타난 저항의식 연구」, 한국교원대 대학원 석사 논문.

1996		장소영, 「마해송 동화 연구」, 동덕여대 대학원 석사 논문.

1997		신수진, 「마해송 동화의 현실인식 연구」, 단국대 대학원 석사

논문.

1997 이재복, 「사랑하는 여인을 잃고 쓴 최초의 창작동화 ──마해송 이야기」, 『우리 동화 바로 읽기』, 한길사.

1997. 6 심예자, 「가족들의 제자리 찾기 ──『모래알 고금』」, ≪동화읽는어른≫.

1998 이영미, 「마해송 동화에 나타난 역사의식 연구 ──「토끼와 원숭이」, 「떡배 단배」를 중심으로」, 성신어문학연구회.

1998 가와무라 미나토(川村 湊), 「馬海松と『モダン日本』」, 이케다 히로시(池田浩士) 공저, 『大衆の登場』(文學史を讀みかえる 2), インパクト出版會.

1998. 3 김현숙, 「아이들에게 준 선물 ──『성난 수염』」, ≪동화읽는어른≫.

1999 한연, 「마해송 동화 연구」, 전남대 대학원 석사 논문.

1999 김명희, 「한국동화의 환상성 연구 ── 형성과 전개를 중심으로」, 전주대 대학원 박사 논문.

1999 봄 원종찬, 「한국아동문학이 창조한 주인공 ── 근대아동문학사연구의 반성」, ≪창작과비평≫.

2000 김자연, 『한국동화 문학연구 : 한국동화의 환상성 연구 ── 형성과 전개를 중심으로』, 서문당(김명희와 동일인).

2000. 9 유성희, 「겁 없던 시절 읽은 동화 ──『사슴과 사냥개』를 읽고」, ≪동화읽는어른≫.

2000. 9 김선희, 「'바위꽃과 아기별이 아니래요' ──『사슴과 사냥개』를 읽고」, ≪동화읽는어른≫.

2000. 9 정희심, 「베쓰의 죽음을 통해 느끼는 사랑의 의미」, ≪동화읽는어른≫.

2002 강기희, 「한·일 동화의 교육적 기능과 의의에 관한 일고 ── 궁택현치와 마해송 작품을 중심으로」, 울산대 교육대학원 석사 논문.

2002   한연, 「한·중 동화문학 비교 연구」, 전남대 대학원 박사 논문.

2003   사토 미도리(佐藤碧子), 『人間 菊池寬』, 신풍사(1961년 新潮
           社 간행 책 판권 이전).

2003. 10   이주영, 「마해송의 생애와 문학」, 마해송 문학연구 모임 자료집
           『마해송 문학 이야기 마당』.

2004   신지영, 「마해송의 동화 연구」, 영남대 대학원 석사 논문.

2004. 5   조월례, 「마해송의 어린이 문학세계 ——『물고기 세상』을 중심으
           로」, 마해송 문학연구 모임 자료집 『마해송 문학 이야기 마당』.

2004. 6   김상욱, 「이데올로기적 편견과 현실주의적 방법의 충돌 —— 마
           해송의 『앙그리께』론」, ≪어린이문학≫.

2004   이재복, 「재미의 요구를 만족시키는 익살스런 풍자의 언어 ——
           마해송 문학 이야기」, 『우리 동화 이야기』, 우리교육.

2004   이노세 나오키(猪瀬直樹), 『心の王國』, 문예춘추사.

2004. 10   박상재, 「마해송 문학의 판타지 유형과 그 계승적 탐색」, ≪한
           국아동문학≫ 21호.

2004. 10   이영호, 「마해송 아동소설의 경향과 그 계승적 탐색」, ≪한국아
           동문학≫ 21호.

2005 봄   김상욱, 「어린이문학의 이데올로기적 가능성 —— 마해송론」, ≪창
           비어린이≫ 8호, 창비.

2005   마종기, 『아버지 마해송』, 정우사.

<발표지·연대 미확인 자료>

김도희, 「『바위나리와 아기별』을 읽고」, ≪어린이와 책≫ 4호.

서정오, 「너무 재미있어서 단숨에 거푸 읽었던 「떡배 단배」」, ≪동화읽는어른≫
85호.

심상우, 「동화작가 마해송의 작품세계 ——어린이를 사랑한 동화문학의 개척자,
≪어린이와 책≫ 6호, 어린이도서연구회.

심혜선, 「동화를 통한 현실비판과 풍자」, 『교사·학부모를 위한 아동문학 이해
와 감상』, 겨레아동문학연구회.
유성희, 「떡배 단배」, ≪동화읽는어른≫ 19호.
이기영, 「마해송의 삶과 문학, 어린이도서연구회 홈페이지 '작가들의 방'.

작성자 염희경   인하대 대학원 박사과정 수료. 인하대 강사.

현실성과 서정성의 갈등과 통합

유성호(한국교원대 교수)

박팔양의 생애

박팔양(朴八陽)은 1905년 8월 2일 경기도 수원군 안룡면 반정리에서 태어났다. 그의 아버지 박제헌은 당시 양반 관료였기 때문에 박팔양 집안의 경제적 형편은 그가 이후로 별다른 걱정 없이 고등 교육을 받는 데 부족함이 없었을 것이다. 경성제동공립보통학교를 졸업한 그는 배재고보에 입학하게 되는데 이 배재 시절은 앞으로 펼쳐질 그의 문학 여정에 아주 중요한 의미를 갖게 된다. 당시 배재고보에는 훗날 카프의 중심 역할을 하게 되는 박영희, 김기진, 송영 등이 재학하고 있었다. 또 당시 작문 교사로 강매(姜邁)라는 학자가 있었는데, 그는 3·1운동을 전후한 시기에 신문, 잡지에 진보적 논설을 다수 발표한 학자로 알려져 있다. 박팔양은 그에게서 많은 정신적·사상적 영향을 받았을 것으로 보인다. 결국 배재 시절은 박팔양으로 하여금 일생 동안 프로문학의 영향권에서 벗어날 수 없게끔 만든 문학적 원천이자 구속력으로 작용했다고 할 수 있다.

박팔양의 이력 가운데 또 하나 눈여겨둘 것은 그가 당시 사회주의 운동의 대표적 단체 중의 하나였던 '서울청년회'의 일원이었다는 점이다. 서울청년회는 초기 사회주의 운동사에서 매우 커다란 비중을 차지하고 있던 사상 단체로서 1921년에 결성된 최초의 청년단체였으며 나중에 파스큘라 그룹에 가장 큰 사상적 영향을 끼치게 된다. 그러한 사실은 1924년 8월에 발생한 평양 사회주의 선전 사건에 김기진이 서울청년회 회원들과 함께 체포되어 이 사건의 중요 인물로 지목되면서 1년의 실형을 받았던 사실이나, "(서울청년회의) 李星泰, 辛日鎔이 나한테 자주 찾아왔던 것은 전혀 개인적인 호감에서나 우정이 아니라 (중략) 어떤 공작 내지 영향을 주기 위해서"라는 김기진의 술회를 통해서도 알 수 있다. 이후 박팔양은 1926년 카프에 가담하였으나 1927년 조직 개편이 있기 전 자진 탈퇴한다. 그의 시세계의 변화로 미루어 유추해 보면, 이때 그가 딛고 있던 사상적 지반이 프로문학의 토양에서 자기동일성을 유지하기 어려웠기 때문이었던 것으로 짐작된다.

또한 그의 정신적 요체가 형성되는 데는 정지용, 김용준, 김화산 등과 함께 등사판 문예동인지 ≪요람(搖藍)≫을 펴낸 사실도 중요한 몫으로 자리한다. ≪요람≫은 정지용의 발안으로 1921년에 처음 펴낸 문학청년들의 회람지로서 휘문학교 등사판을 이용하여 여러 호를 제작하는 중에 '프롤레타리아 문학 특집'이라는 제호로 책을 만들다가 일경 경무국에 압수당하기도 한다. 나아가 1927년 10월에 박팔양은 유완희, 김동환, 안석주, 김기진 등과 함께 '조선전위기자동맹'에 참여하기도 한다.

1930년대를 지나면서 주목해야 할 사실은 ≪중앙일보≫ 기자 시절에 그가 당시 프로문학과는 사상적, 미학적 대척점에서 활동하던 그룹인 '구인회' 후기 동인으로 참여한다는 것이다. 그의 구인회 가담 사실은 그의 시적 생애에서 매우 커다란 상징적 의미를 띠는 것이다. 왜냐하면 초기 카프 맹원이던 그가 당대 모더니즘 운동의 거점이었다고 할 수 있는 구인회에 참여했다는 사실은 이 시기에 들어서 그의 시세계가 일정 부분 모더니즘을 축으로 하는 전환을 하게 될 것이라는 유추점을 제공해 주기 때문이다. 다시 말하면 그의 초기시부터 관류하고 있던 서정성과 현실인식의 공존이 당시

볼셰비키화로의 방향전환을 한 이후의 프로시가 걷게 되는 서사화 경향과 합치되지 못했다는 점, 그리고 모더니즘풍의 도회 정조를 기록한 시편들을 많이 썼다는 점, 탈역사적인 서정성에 경도된 시 경향을 형성하게 되었다는 점이 이와 같은 편력과 연루된다. 그런데 이처럼 한 시인이 카프와 구인회라는 당대의 두 극점을 오간 사실은 그의 시가 현실성과 시 자체의 예술성 사이에서 폭넓은 진폭을 형성하리라는 점을 예감케 해준다.

하지만 당시 박팔양에게 이러한 행적과 지위를 가능케 해주었던 《중앙일보》가 휴간하게 되면서, 그는 1937년 만주 신경에서 《만선일보》의 기자로 새로운 출발을 하게 된다. 《만선일보》는 신경에서 창간한 일간지로서 길림성, 요녕성, 흑룡강성 등에 거주하는 일백만 한인 교포를 상대로 한 신문이었다. 일제의 만선일여정책을 주입시키기 위한 친일적 성격의 신문이었지만 기사, 소설, 광고 등에는 당시 교포들의 생활상, 사회상을 담기도 하였다. 이 당시 《만선일보》의 편집국장은 염상섭이었고, 박팔양은 사회부장 겸 학예부장을 맡다가 1939년에 간도 지사장으로 발령을 받는다. 바로 이 시절에 그는 자신의 첫 시집인 『여수시초(麗水詩抄)』(1940)를 상재함으로써 시세계를 스스로 갈무리하게 된다.

8·15 후에 그는 《로동신문》의 전신이라 할 수 있는 《정로(正路)》의 주필로 활약하면서 1945년 9월 30일 결성된 '조선프롤레타리아 예술동맹'의 중앙집행위원으로 참여하지만 실제적 활동은 거의 없었고, 북한 문단에 직접 참여하여 1946년 3월 25일 결성된 '북조선예술총동맹'의 부위원장 겸 출판국장을 맡게 된다. 한국전쟁 때는 종군작가로 활약하였고, 이후 1951년 10월 당시 문학예술총동맹 중앙위원을 비롯하여, 1956년 작가동맹 부위원장, 1957년 6월 중앙선거위원회 위원을 지냈으며, 1958년 1월 조·소 친선협회 중앙위원으로 있으면서 6월에는 예술대표 단장으로 소련, 폴란드, 동독 등을 순방하는 등 북한 문단의 지도자로 활약한다. 그는 『박팔양 시선집』(1949), 서정서사시 『황해의 노래』(1958), 장편 서사시 『눈보라 만리』(1961) 등을 펴내면서 초기 북한 문단의 중요한 시인으로 활동하였다.

집단적 주체를 통한 현실인식과 실험적 시정신

박팔양의 초기 시세계는 등단기의 낭만주의 시편들, 일제 강점하의 궁핍상에 대한 증언 시편들, 당시 청년들이 한때 매료되었던 다다이즘 시편 등으로 구성된다. 먼저 비교적 감상적인 어조로 비관적 정서를 노래한 초기 경향은 당대 문단의 보편적 분위기였던 애상과 비탄이 주조를 이룬다. 3·1 운동에서 1920년대 초반까지를 문화정치의 장막 속에서 어떻게 응전할 것인가에 대해 역사적 전망이 채 잡히지 않았던 때로 이해한다면, 당대의 '시'는 이러한 비관적 허무주의 속에서 선택된 장르였다고 볼 수 있다.

박팔양 역시 이러한 분위기에서 시의 첫발을 들여놓게 된다. 그런데 한 가지 특징적인 것은 센티멘털리즘을 주조로 하고 있기는 하지만, 시적 대상을 한결같이 고립된 내면이 아닌 사회현실에서 취하고 있다는 점이다. 이러한 시적 속성은 1920년대 중반을 지나면서 당대의 주요 담론으로 부상하게 되는 사회주의의 영향을 겪으면서 궁핍한 민족현실에 대한 강한 관심과 시적 형상화로 이어지게 된다. 이른바 '신경향파시'의 한 속성을 선명하게 보이면서 박팔양의 초기 시편은 식민지 현실에 대한 시적 대응의 한 형식으로 제출되는 것이다.

이제야 온단 말인가 이 사람들아
나는 그대들을 기다려 기나긴 밤을 다 새었노라
까막까치 뛰어다니며 아침을 지저귈 때
나는 그대들의 옴을 보려고 몇 번이나 洞口 밖에 나갔던고

그대들은 모르리라
荒凉한 이 廢墟, 이 거칠은 터에
심술궂은 바람이 虛空에서 몸부림치던 지난 밤 일
아아 꽃같이 젊은 무리가
罪없이 이 자리에서 몇이나 피 吐하고 죽은지 아느뇨

光明한 아침을 못 보고 죽은 무리
그대들 오기를 기다리다가
아아 옳은 사람 오기를 기다리다가 가버린 무리
그들의 피묻은 옷자락이
솟아오르는 아침볕에 붉게 빛나지 않느뇨

지나간 모든 일은 한바탕의 뒤숭숭한 꿈자리
고개 넘어 마을에 있는 적은 鐘이 울어
久遠의 길을 떠난 受難者를 弔喪할 때
보라 나와 그대들의 머리 위에 있는 해와 무지개!

밤새워 기다리던 이 사람들아
이제는 그 지리하던 어둔 밤이 다 지나갔느뇨
千里 萬里 먼 곳으로 다 지나갔느뇨
아아 지나간 밤의 지리하였음이여

——「黎明以前」 전문

　이 작품은 당대 현실을 '黎明以前'으로 명명하면서, '어둠(밤)'과 '밝음
(아침)'이라는 원형 심상의 대립을 통해 미래에 대한 강한 희망을 보여주고
있다. 신경향파 시의 공통분모이기도 했겠지만, 시적 상황과 인물의 구체성
보다는 시적 화자의 우의적 현실해석과 전망이 격렬한 독백적 발화를 통해
나타나고 있다. 이때 시적 전언은 바람이 허공에서 몸부림치는 폐허에, 꽃
같이 쓰러져 간 수많은 젊은 수난자들의 희생과 비극을 통해 지리한 밤이
가고 아침이 왔다는 내용을 담고 있다. 그래서 이 시편은 당시의 감상적
낭만주의 시편들이 개인적 직정이나 울분을 집중적으로 보여준 데 비해서
모순된 역사를 극복하고 새로운 역사를 열어가고자 하는 집단적 주체의 의
지를 보여줌으로써 꽤 다른 면모를 구축했다고 할 것이다.

다음으로 그가 초기에 보여주는 중요하고도 색다른 지층은 바로 '다다이즘'에 대한 관심이다. 1920년대 중반 우리 시단에서는 거의 유행병처럼 이 외래 사조에 몰입하는 양상을 빚게 되는데, 이러한 다다이즘의 폭넓은 감염 현상은 임화의 회고를 통해서도 넉넉히 알 수 있다.

> 십 년 전 '따따'나 '表現派'의 模倣者들은 詩의 思想과 內容에 向一的인 反抗者이었다. 그러므로 朴八陽, 金華山 或은 筆者(가능하다면)까지가 一時的으로나마 그 急進的 情熱로 말미암아 프롤레타리아 文學에까지 到達했던 것이다. 그들에게 本質的인 것은 樣式上의 過法 否定일 뿐만 아니라 生活, 世界觀 그것에 있어서 보다 더 큰 反抗의 情熱이었다.
>
> ——「어떤 청년의 참회」, ≪문장≫, 1940. 2

말하자면 거의 모든 문학권 안에 다다의 파문이 가시화되었다는 이야기이다. 그러한 다다의 세례를 받은 대표적 시인으로는 1920년대의 박팔양, 임화, 정지용, 김화산, 유완희, 1930년대의 이상을 들 수 있다. 이 가운데 박팔양은 '金니콜라이'라는 필명으로 다다이즘 시의 번역과 창작을 하게 된다.

> XX! XX! xx 1
> 輪轉機가 소리를 지른다
> PM. 7-8 PM. 8-9
> ABC. XYZ
> 符號를 보려무나
> 한 時間에 十萬장式 박아라!
> (중략)
> XX! ◆◆! ●●!
> DADA, ROCOCO! (誤植도 좋다)

飛行機, 避雷針, X光線
文明病, 末梢神經病
無意味다! 無意味다!
이 글은 不得要領에 意味가 없다
나는 2=3을 믿는다.

──「輪轉機와 四層집」 일부

이 시편은 사회현실에 대한 조소적(嘲笑的) 모티프를 축으로 하면서, 시적 관행을 벗어나는 의미론적 해체를 욕망하고 있다. 난해한 해사적(解辭的) 이미지의 연쇄반응이 돌출시키는 효과로 단어와 단어 사이의 서술적 의미는 소실되고, 명사만의 나열이라든지 숫자 또는 글자 크기의 변형을 통해 의미질서를 의도적으로 교란하고 있다. 요컨대 이 작품은 주제면에서 볼 때는 현대문명에 의해 해체된 인간의식과 기존논리에 대한 거부가 제시되어 있으며, 기법면에서는 시행의 회화적 배열, 개념의 추상화를 통해 다다이즘 시의 극명한 한 특징을 보여준다.

이상 살펴본 등단 초기 박팔양의 시세계는 집단적 주체를 통한 현실 인식을 보여준 신경향파 시, 시적 문법을 타기하고 기법과 주제의 낯설게 하기를 보여준 다다이즘 시로 이루어져 다양한 실험적 시정신으로 축조되었다고 할 수 있다.

현실인식의 진전과 프로시

카프가 목적 의식기로 방향전환하면서부터 카프를 정점으로 하는 프로시단에서는 이전의 신경향파 시와는 전혀 다른 이른바 '프로시'가 창작되기 시작한다. 이때 시인들은 마르크스주의의 세계관을 수용하여 계급적 현실인식과 프롤레타리아의 구체적 생활에 대한 묘사를 통해 전대(前代)보다 한층 진전된 시적 현실성을 확보하려 한다. 박팔양 역시 신경향파나 다다

이즘 시의 추상성과 모호성을 넘어서 한층 진전된 구체적 현실인식을 토대
로 한 프로시를 이 시기에 집중적으로 창작하게 된다.

追放되는 백성의 고달픈 魂을 싣고
밤車는 헐레벌떡거리며 달아난다
逃亡꾼이 짐 싸가지고 솔밭길을 빠지듯
夜半國境의 들길을 달리는 이 怪物이여!

車窓 밖 하늘은 내 답답한 마음을 닮았느냐
숨막힐 듯 가슴 터질 듯 몹시도 캄캄하고나
流浪의 짐 위에 고개 비스듬히 눕히고 생각한다
오오 고향의 아름답던 꿈이 어디로 갔느냐

비둘기집 비닭이장 가치 오붓하던 내 동리
그것은 지금 무엇이 되었는가
車바퀴소리 諧調 맞춰 들리는 中에
희미하게 벌어지는 괴로운 꿈자리여!
北方 高原의 밤바람이 車窓을 흔든다
(사람들은 모두 疲困히 잠들었는데)
이 寂寞한 訪問者! 문 두드리지 마라
의지할 곳 없는 우리의 마음은 울고 있다.

그러나 汽關車는 夜暗을 뚫고 나가면서
"돌진! 돌진! 돌진!" 소리를 지른다.
아아 털끝만치라도 의롭게 할 일이 있느냐
아까울 것 없는 이 한 목숨 바칠 데가 있느냐

疲困한 백성의 몸 위에
무겁게 내려 덮인 이 지리한 밤아
언제나 새이려나 언제나 걷히려나
아아 언제나 언제나 이 괴로움에서 깨워 일으키려느냐

──「밤車」 전문

이 작품은 당대 현실을 암담한 "夜暗"으로 명명하면서 사회현실에 대한 관심을 목적 의식적으로 형상화한 시편이다. 특기할 것은 이 시편에서 제시된 모습이 일제의 혹독한 수탈과 억압에 고향을 등지고 쫓겨가는 유이민의 참상이라는 점이다. '유이민'이란 식민지 시대에 단순한 경제적 이유에 따른 국내 유랑의 범위를 훨씬 벗어나, 일제의 침탈이 본격화되면서 한층 확대된 경제적 궁핍과 합방을 계기로 현저해진 정치적 탄압의 이유로 대규모로 발생하게 된 유랑민을 지칭한다. "고향의 아름답던 꿈"을 잃고 고국에서 쫓겨나 짐짝처럼 아무렇게나 이민 열차에 지친 몸을 싣고 달리는 유이민들의 고통을 그린 이 시편은 바로 이러한 국외 유랑민의 역사적 삶을 시적 제재로 수용한 결과인 것이다. "차창 밖 하늘"이나 "북방 고원의 밤바람"마저 유이민의 고통에 중첩되어 상황을 더욱 암울하게 빚어내고 있다. 그리고 '밤'이 주는 고통스런 현실 속을 힘차게 달리는 '기관차' 이미지를 상정하여 현실 타개의 의지가 드러나는 마지막 두 연까지 이끌어간 점은 이 시편이 지닌 적극적 성과이다. 이는 박팔양이 초기의 추상성과 모호성을 극복하고 집단적 주체의 구체적 음성과 만나게 되는 지점이기도 하다. 이러한 진전된 현실인식은 노동자들의 삶과 투쟁 현장을 직접적 소재로 삼은 시편에도 이어진다.

납덩어리같이 무겁고 괴로웁던 우리들의 마음이
오늘은 어찌하여 이같이 가볍고도 愉快하냐
五月의 하늘──그 밑에서 부르는 우리들의 노래가

무슨 까닭에 참으로 무슨 까닭에
가슴 울렁거리도록 이같이 즐거웁게 들리느냐

市街가 좁다고 먼지 휘날리며 달리던
XXX 自動車와 馬車
그것이 오늘의 XXXX 무엇이란 말이냐
보아라 거리와 거리에 모여선 우리 XXXX
平素에 默默히 일하던 친구들의 오늘을!

街路에는 우리들의 데모
屋內에는 驚異에 빛나는 저들 XXX
보여주자 저 恰悧하고도 앞못보는 백성들에게
未來를 춤추는 이 群衆의 舞踊를!

XXXXXX 노래와 歡呼와 拍手와
步調. 步調. 步調를 맞춰라
……………
五月의 香氣로운 空氣를 通하여
오오 울리라 우리들의 交響樂을.

——「데모」 전문

이 시편은 열악한 노동조건에 처해 있던 식민지 시대 노동자들의 계급적
각성이 강력한 비타협성 지향의 사회주의 사상과 매개되면서 급격한 증가
현상을 보인 노동쟁의 현장을 포착한 것이다. 여기서 노동자들의 목소리는
막연한 관념이 아니라 메이데이 시위 행렬이 물결치는 투쟁 목소리로 나타
난다. '自動車'나 '馬車'로 상정되는 "XXXX(부르주아——인용자)"의 삶과
"평소에 묵묵히 일"만 하던 노동자들의 뿌리 깊은 구조적 갈등이 이 시편

의 내적 정황이다. 이러한 인식은 '가진 자/못 가진 자'라는 자연발생적 빈부 개념에서 '부르주아/프롤레타리아'라는 계급적, 역사적 개념으로 발전된 것이다. 특히 시인의 어조는 감격과 흥분으로 나타나고 뚜렷한 적의를 갖고 당당하기조차 하다. 반복되는 의문형, 청유형, 명령형, 어미의 속도감은 짧은 시적 긴장감과 함께 분위기를 한층 고조시키고 있다.

이상 살펴본 목적 의식기 이후 박팔양의 프로시들은 전대보다 훨씬 진전된 현실인식을 토대로 하여 유이민과 노동자들의 집단적이고 구체적인 삶을 형상화하였다고 할 수 있다.

예언자 의식과 생명에 대한 경외

1930년대에 들어 박팔양의 시는 커다란 굴절을 겪는다. 이때 프로시는 노농 계급의 삶을 첨예한 계급적 시각에서 포착한 작품들이 주류를 이루면서 서사화 경향을 걷게 된다. 그런데 박팔양은 프로시의 이 같은 운동적 차원과는 무관한 그 특유의 서정시편을 써가고 있었다. 그가 카프와 사실상 거리를 둔 상태이고, 또 그의 시적 속성이 서사적 경향과는 어울리지 않는 것이었다는 것도 이유의 일단이 될 수 있을 것이다. 하지만 이는 그가 견지했던 사회주의 사상이나 가난한 민중들에 대한 애정, 그리고 여러 실험적 정열 등이 서정성 짙은 민중적 휴머니즘으로 수렴된 것이라고 해석할 수 있을 것이다. 그 가운데 일종의 예언자 의식을 자연 사물에 의탁하여 형상화한 작품들과 생명적 원천으로서의 자연을 형상화한 시편들이 가장 돋보인다.

날더러 진달래꽃을 노래하라 하십니까?
이 가난한 시인더러 그 寂寞하고도 가냘픈 꽃을,
이른 봄, 산골짜기에 소문도 없이 피었다가
하루아침 비바람에 속절없이 떨어지는 꽃을,

무슨 말로 노래하라 하십니까?

노래하기에는 너무도 슬픈 사실이외다.
百日紅같이 붉게 붉게 피지도 못하는 꽃을,
국화같이 오래오래 피지도 못하는 꽃을,
모진 비바람 만나 흩어지는 가엾은 꽃을,
노래하느니 차라리 붙들고 울 것이외다.

친구께서도 이미 그 꽃을 보셨으리다.
화려한 꽃들이 하나도 피기도 전에
찬바람 오고 가는 산허리에 쓸쓸하게 피어 있는
봄의 先驅者! 연분홍 진달래꽃을 보셨으리다.

진달래꽃은 봄의 先驅者외다.
그는 봄의 受難을 먼저 傳하는 豫言者이며
봄의 모양을 먼저 그리는 先驅者외다.
비바람에 속절없이 지는 그 엷은 꽃잎은
先驅者의 不幸한 受難이외다.

어찌하여 이 가난한 詩人이
이같이도 그 꽃을 붙들고 우는지 아십니까?
그것은 우리의 先驅者들 受難의 모양이
너무도 많이 나의 머리 속에 있는 까닭이외다.

(중략)

그러나 진달래꽃은 오려는 봄의 모양을 그 머리 속에 그리면서

찬바람 오고가는 산허리에서 오히려 웃으며 말할 것이외다.
"오래오래 피는 것이 꽃이 아니라
봄철을 먼저 아는 것이 정말 꽃이라"고──

──「너무도 슬픈 사실」 일부

　이 작품은 '진달래꽃'을 매개로 하여 역사적 수난자들의 비극적 생애를 시적 주체의 의식 속에 집중적으로 내면화시킨 서정시편이다. '진달래꽃'이라는 즉물성을 역사적 상징으로까지 확대하여 민족적 선구자들이 겪은 수난의 이미지와 접목시킨 것은 이 작품의 의의이다. 암울한 조국 현실을 "모진 비바람"과 "찬바람 오고 가는" 산하로 설정하고 그곳에서 "봄의 수난을 먼저 전하는 예언자"이자 "봄의 모양을 먼저 그리는 선구자"로서 수난을 당하며 "속절없이 떨어지는" 진달래꽃을 그 대립항으로 만들어, 프로시들의 결함이었던 적대적 대립 구도나 생경한 구호 나열을 극복한 비장미를 획득하고 있다. 특히 마지막 연이 거두는 반전(反轉) 이미지는 시편의 궁극적 주제의 선명함에 기여하고 있다. 이처럼 '서정적 집중화'의 방식으로 박팔양은 그의 생애에서 가장 주목할 만한 성과를 내고 있다. 프로시들이 비교적 '극적 방식'으로 시적 상황을 드러낸 데 비해, 이때 박팔양이 보여준 '서정적 집중화'의 방법은 매우 이채로운 것이 아닐 수 없다. 다음으로 이 시기 그의 또 하나의 영역은 생명과 자연에 대한 경외와 강한 긍정이다. 이러한 시편들에서는 생명의 원천으로서의 자연에 대한 강한 긍정과 모성에 대한 애착이 드러난다.

내가 흙을 사랑함은
그가 모든 조화의 어머니인 까닭이외다.
그대는 보셨으리다, 여름 저녁에
곱게 곱게 피는 어여쁜 분꽃을!
진실로 奇績이외다. 그 검은 흙 속에서

어떻게 그렇게 고운 빛깔들이 나오는가
그것은 아무도 모르는 宇宙의 秘密이외다.

──「내가 흙을」 일부

이러한 생명과 자연에 대한 친화력을 '흙'의 속성에 접목시켜 형상화한
이 작품에서도 시인의 모성적 생명사상 그리고 자연의 이법에 담긴 생명력
에 대한 경외와 신뢰를 발견할 수 있다. 이 시편의 주요 심상인 '대지'는
인류의 고향(mother land)으로서 동경의 대상이자 생명의 원천으로서의 표
상을 지니고 있다. 이처럼 '예언자 의식'을 자연 사물에 의탁하여 형상화한
작품들과 생명적 원천으로서의 자연을 형상화한 작품들이 1930년대 초기의
박팔양 시세계를 수놓게 된다.

내성과 탈역사화 ── 도회 정조와 방황

박팔양의 시세계는 1933년을 전후하여 도회풍의 정조에 탐닉하는 모더
니스틱한 자장을 형성한다. 하지만 이러한 시적 경향은 그 이전에도 간헐
적으로 나타난 바 있다. 예컨대 「도회 정조」(1926)에서는 다다적 기운을 빌
려서 현대도시문명의 탁류를 빗댄 바 있고, 「새로운 도시」(1929)에서는 새
롭게 들어서는 도시의 외관에 대한 충격을 담고 있으며, 1929년 6월 1일부
터 6일까지 ≪조선일보≫에 연재한 장시 「1929년의 어느 도시의 풍경」에
서는 모든 도시를 '怪物'이나 '濁流'로 희화화하고 있다. 이렇게 실험적으
로 씌어지던 도시에 대한 관심은 1933년에 들어 집중적으로 창작된다. 이
러한 현상은 물론 '구인회' 가담이라는 개인적 체험과 관련이 있겠지만 좀
더 구체적으로는 서구 모더니즘의 국내 확산이나 식민지 근대도시인 경성
에서의 도시 세대의 등장 그리고 카프 중심의 리얼리즘 문학의 상대적 침
체 등의 상보적 결과라고 해야 할 것이다. 순수한 예술적 독자성을 견지하
면서 현실의 시적 투영을 필수적 본령으로 삼았던 박팔양은 이때 도회 정

조를 바탕으로 한 자유주의자로서의 방황을 그린 내성 시편들을 씀으로써
상당 부분 빚지고 있던 역사와 현실로부터 서서히 발을 물러 딛게 된다.

거리 위의 風景은 表現派의 그림
붉고 푸른 色彩燈, 네온사인
사람의 물결 속으로 헤엄치는 나의 넓은 마음은
藝術家의 기쁨 같은 기쁨 속에 잠겨 있다.

(중략)

그러나 이윽고 나는 나의 疲勞한 마음 위에
소리도 없이 고요히 나리는 灰色의 눈을 본다
아아 잿빛 愛憎 속의 나의 외로운 마음아
'페이브먼트' 위엔 가을의 落葉이 떨어진다.

이것은 一九三三年의 서울
늦은 가을 어느 밤거리의 點景
기쁨과 슬픔이 交叉되는 네거리에는
사람의 물결이 쉬임없이 흐르고 있다.

──「點景」 일부

이 작품은 시인의 눈에 비친 1933년 경성의 풍경첩이다. 경성의 "늦은
가을 어느 밤거리"의 풍경을 낯선 "표현파의 그림"이나 "기쁨과 슬픔이 교
차되는" 정경으로 묘사하고 그 안에 있는 시적 자아의 내면에는 "잿빛 애
증"과 "외로운 마음"이 단절적 심상으로 공존하고 있다. 물론 그의 시에
나타나는 모더니즘적 정조가 역사적 모더니즘의 가장 적극적 지점인 문명
비판적 시각을 담고 있는 것은 아니었다. 오히려 그의 시가 보여주는 소외

의식은 급격한 도시화와 비주체적인 근대화에 따른 고향 상실과 그에 대한 그리움의 카운터 이미지로서 나타난 것일 뿐이다. 그래서 그의 시에는 당대 도시의 보편적 삶의 양태인 소시민의 고독과 방황이 줄곧 나타나게 된다.

> 길손——그는 한 코스모포리탄
> 아무도 그의 故國을 아는 이 없다
> 大空을 날으는 '새'의 自由로운 마음
> 그의 발길은 아무데나 거칠 것이 없다.
>
> 길손——그는 한 니힐리스트
> 그이 슬픈 옷자락이 바람에 나부낀다
> 쓰디쓴 過法여 탐탁할 것 업는 現在여
> 그의 將來의 '꿈'마저 물 위에 떠보낸다.
>
> 길손——그는 한 樂天主義者
> 더 잃을 것은 없고 얻을 것만이 있는 그다
> 나라와 아내와 명예와 안락은
> 그가 버림으로써 다시 얻는 재산이리라.
>
> 길손! 그대는 쓰디쓴 입맛을 다신다. 길손! 그대는 슬픈 大空의 自由로운 '새'다.
>
> ——「길손」 전문

1930년대 시인들에게 고향 상실감은 매우 심각하고도 보편적인 시적 주제였다. 이 시편은 '길손'이라는 개체 심상에 "코스모포리탄/니힐리스트/낙천주의자"라는 통합될 수 없는 이질적 속성들을 결합시켜 실향감의 확인과 그에 따르는 방황을 서정적 기조로 하고 있다. 형식 논리상으로 보면 시적 대상이자 주체인 '길손'의 이미지에 상충하는 모순이 잠복하고 있음을 알 수 있다. 한마디로 그것은 전향기에 처한 한 지식인의 내면적 자기모순과 배회하는 정신을 위악적으로 언표한 결과이다. 이 같은 탈사회화의 경향은 1935년을 고비로 연시나 소박한 내성시편으로 그의 시적 경향을 몰아가게 된다.

이처럼 소외의식과 자기균열에 수반한 방황과 내성을 통해 박팔양의 식민지 시대 후기 시편은 치열하게 몸담았던 현실로부터 현저하게 후퇴하는 것으로 요약된다. 그러나 덧붙일 것은 이러한 변모양상이 그 일개인의 우연한 관심의 변이라기보다는 그 시대 시인들이 겪었던 일반적 한계와 맥을 대고 있다는 사실이다. 박팔양은 20여 년의 짧지 않은 이 같은 그의 시적 이력을 갈무리하여 『여수시초』에 담고, 해방을 맞게 된다.

맺음말

박팔양의 해방 후 이력을 확정적으로 일별하기는 아직 어렵다. 가령 그가 공들여 쓴 '서정서사시'가 1950년대 이후 북한의 주요 장르로 기능했다든가, 1990년대까지 살아 있으면서 문학활동을 지속했다든가 하는 사실은 그의 해방 후 행적이 간단치 않은 무게를 지니고 있음을 예상케 한다. 하지만 이 글에서는 식민지 시기 동안 그가 보여준 다양한 시적 편폭을 재구(再構)하는 데 일차적 관심을 가졌고, 해방 후의 문학세계가 갖는 면모는 보다 튼실한 자료들이 확보된 후에 재구성될 수밖에 없을 것이다.

박팔양은 우리 근대시사의 다양한 정신적 단면을 두루 자신의 화폭으로 담아낸 개성적 시인이었다고 할 수 있다. 그의 시적 기조는 한결같이 현실성과 서정성의 사이의 갈등과 통합에 있었다. 또한 그의 시편들은 당대를 관류하던 문학운동이나 이념에 깊이 관련되어 있었고, 프로문학과 모더니즘의 진폭을 오가긴 했지만 어느 쪽에서도 핵심인물이 아닌 주변인물(marginal man)이었던 모습도 우리는 발견할 수 있다. 하지만 그는 자신의 문학적 열정을 당대의 미학과 결합시켜 서정성 짙은 시편들을 창작하였고, 1920년대부터 1930년대 후반에 이르기까지 비교적 긴 시간 동안 지속적으로 창작활동을 해온 시인으로 기억될 필요가 있다.

그 내용을 정리해 보면 다음과 같다. 초기 시편은 열정어린 신경향파 시나 구체적 현실인식을 담은 프로시로 나타나게 되는데, 이때 그는 서정적 양식 안에 생동하는 민중의 생명력을 형상화하였다. 그리고 한때 다다이즘에 경도되어 자기 시세계의 한 이질적 삽화를 그 흔적으로 남긴다. 그리고 카프가 볼셰비키화로 방향전환을 겪을 즈음에는 현실에 대한 이념 제시보다는 예언자 의식과 생명 의식을 결합시킨 서정시편을 다수 발표하였다. 그리고 1930년대 들어 모더니즘과 접촉하면서 도시세태와 소외의식을 다룬 시편, 정신적 균열과 방향을 다룬 내성시편들을 창작하여 현실로부터 탈각하는 모습을 보여준다.

결국 그의 시세계는 단선적 진보나 퇴행으로 전개되었다기보다는 1920~1930년대의 중층적 현실에 대응하여 서정시를 통하여 꾸준히 시적 모색을 한 것으로 모아질 것이다. 식민지 근대에 대한 정치 사회적인 관심과 시 내부로 응축해 들어가는 서정성을 양대 기조로 하여 많은 시편을 창작한 시인이 바로 박팔양인 것이다. 특히 균질적이지 못했던 당대의 정신사에 대응하여 가작들을 산출해 낸 점과 일관되게 관류하는 민족현실에 대한 관심 또한 그의 시인적 면모를 드러내는 핵심적 지표로 평가하여도 손색이 없을 것이다.

제4주제에 관한 토론문 1

이희중(전주대 교수)

유성호 교수의 발표를 잘 들었습니다. 1987년 해금 이후 남쪽에서 부활한 적지 않은 시인 가운데서 별반 주목을 받지 못했다고 보이는 박팔양 시인의 문학적 편력과 시세계의 주요 면모에 대한 정치한 분석과 재구, 그리고 북쪽에서의 활동에 대한 개괄적 설명을 이 발표문은 충실히 포함하고 있습니다. 특히 초기 시세계를 구성하는 낭만주의적 지향성, 일제하 궁핍상에 대한 고발과 증언, 다다이즘에 대한 관심 등 다채롭고 다기한 시풍과, 이어지는 프로시의 집중적 창작, 1930년대 들어 프로시가 서사화의 길로 접어들 무렵 시인이 선택한 특유의 서정시편 그리고 1933년 이후 도회 시편을 거쳐 1935년 이후 연시 또는 소박한 내성시편으로 일단 마감되는 광복 이전 박팔양 시인의 시적 궤적의 정돈과 이에 대한 유 교수의 탁월한 논증과 추론은 다양한 경향을 아우른 시적 재능을 지닌 채 복잡하고 난감한 시대를 살았던 한 문제적 시인의 문학적 이력을 입체적으로 드러내고 있습니다. 또한 박팔양 시인의 시적 기조가 현실성과 서정성의 갈등과 통합에 있었다는 유 교수의 판단은 이 시인의 다소 복잡한 시적 편력을 일관한 명쾌한 통찰이 아닐 수 없습니다. 유 교수의 발표를 통해 박팔양 시인의 면모와 그 문학사적 의미에 대한 이해를 넓힐 수 있었던 데에 감사드리면서, 발표를 경청하면서 떠올랐던 몇 가지 궁금증을 거칠게 정리함으로써 토론자의 소임을 대신하고자 합니다.

첫째, 유 교수는 1930년대에 접어들어 박팔양이 창작한 시편 중, "일종의 예언자 의식을 자연 사물에 의탁하여 형상화한 작품들과 생명적 원천으로서의 자연을 형상화한 작품"이 가장 돋보인다고 하면서 「너무도 슬픈 사실」이라는 작품을 인용한 후, "프로시들의 결함이었던 적대적 대립 구도나 생경한 구호 나열을 극복한 비장미를 획득하고 있다. 특히 마지막 연이 거두는 반전(反轉) 이미지는 시편의 궁극적 주제의 선명함에 기여하고 있다. 이처럼 '서정적 집중화'의 방식으로 박팔양은 그의 생애에서 가장 주목할 만한 성과를 내고 있다. 프로시들이 비교적 '극적 방식'으로 시적 상황을 드러낸 데 비해, 이대 박팔양이 보여준 '서정적 집중화'의 방법은 매우 이채로운 것이 아닐 수 없다"고 하셨습니다. 이로 알 수 있듯이 유 교수께서는 박팔양이 쓴 일부 서정시에서 '서정적 집중화'라는 독특한 기법을 추출하였고, 나아가 이 기법을 당대 프로시의 주조를 이루었던 '극적 방식'과 대응되는 뜻 깊은 기법으로 보고 계십니다. 이 '서정적 집중화'의 방식이 구체적으로 어떤 기법적 양상과 요건을 지닌 것인지, 그리고 이 방식이 용어로 정착되어 박팔양의 시의 특정 작품군을 해명하는 데서 나아가 다른 시인의 소작에까지 활용될 범용 가능성이 있는지에 대하여 유 교수의 견해를 더 듣고 싶습니다.

둘째, 유 교수께서는 본론에서 광복 전 박팔양 시인의 시적 편력을 구체적 작품을 인용하고 분석하는 과정과 또 결론의 언급 등에서, 이 시인의 주조가 '서정'에 있음을 명시적, 암시적으로 밝히고 계십니다. 이렇게 본다면 광복 전 박 시인이 편력한 다기한 경향 가운데 상당 부분은 시적 답보이거나 후퇴 또는 도로의 혐의를 갖게 되지 않을까 합니다. 편력의 도정에 대한 객관적인 사실 판단과 별도로 유 교수께서 수행하신 '서정' 중심의 주관적 가치 판단은 발표만을 들은 제게는 그 근거가 다소 부실하게 보이는 면이 없지 않습니다. 광복 전 박팔양 시의 전개를 '현실성과 서정성의 갈등과 통합'이라는 큰 구도로 파악하면서도 결과적으로 '서정성'에 더 큰 무게를 두시게 된 사정에 대해 보충 설명을 듣고 싶습니다. 아울러 박팔양 시인의 일제하 소작에 대한 '서정' 중심의 접근이, 광복 후 북쪽에서 진행된 박팔양 시의 문학적 성공에 근거하여 소급된 것은 아닌지, 그렇다면 북쪽에서 거둔 문학적 성공의 성격과 본질은 무엇인지, 그리고 남쪽의 문학사적 시각에서 이를 어떻게 평가할 수 있는지에 대해 유 교수의 견해를 더 청하여 듣고 싶습니다.

셋째, 유 교수께서는 초기 시세계의 주요 양상을 정리한 두 번째 단원, '집단적 주체를 통한 현실인식과 실험적 시정신'에서 「여명이전」이라는 작품 전문을 인용하고, "이때 시적 전언은 바람이 허공에서 몸부림치는 폐허에, 꽃같이 쓰러져 간 수많은 젊은 수난자들의 희생과 비극을 통해 지리한 밤이 가고 아침이 왔다는 내용을 담고 있다. 이 시편은 당시의 감상적 낭만주의 시편들이 개인적 직정이나 울분을 집중적으로 보여준 데 비해서 모순된 역사를 극복하고 새로운 역사를 열어가고자 하는 집단적 주체의 의지를 보여줌으로써 꽤 다른 면모를 구축했다고 할 것이다"고 평가하셨습니다.

살펴보면 시의 내용에서는, '늦게 온 사람들'(A)과 '이들을 기다리다가 피를 토하고 죽어간 꽃같이 젊은 무리'(B) 그리고 전자가 늦게 온 것을 질책하고 후자의 죽음을 증언하는 '나'(C)로 인물 또는 인물군이 분리 설정되어 있습니다. A를 광명한 시대를 의인화한 것으로 이해하고, 이들을 피 토하며 기다린 B의 희생이 A를 적극적으로 불러온 것이라고 보는 길이 곧 유 교수의 해석이 아닌가 짐작합니다. 다만 이 시가 1920년대에 씌어졌다는 사실과, 문면으로만 판단할 수 있는 B의 면모를 참조할 때 "모순된 역사를 극복하고 새로운 역사를 열어가고자 하는 집단적 주체의 의지를 보여준다"는 언급은 다소간 과잉해석의 혐의가 있지 않은가 하는 생각이 듭니다. 해석을 충분히 지지하지 못하는 텍스트의 허점에 대한 저의 트집에 대해 유

교수의 명쾌한 답변을 기다립니다.
　이상입니다. 두서 없는 소리를 경청해 주서서 고맙습니다.

제4주제에 관한 토론문 2

김윤태(서울대 강사)

　유성호 선생의 유익한 발표, 잘 들었습니다. 이미 알려진 바와 같이 박팔양은 이른바 월북 시인입니다. 1988년 월·재북 문인들에 대한 해금 조치 이후 정지용·임화·김기림·이용악·백석 등 비교적 잘 알려진 시인들과는 달리, 박팔양에 대해서는 그다지 알려진 바가 많지 않습니다. 물론 전문 연구자들에게는 박팔양이란 시인이 제법 알려져 있으나, 해금 이후 20년 가까운 세월이 흘렀건만 일반 독자대중들에게는 여전히 생소한 인물로 남아 있을 것입니다. 유 선생의 발표는 이처럼 잘 알려지지 않은 시인에 대해 깔끔하게 정리해 냄으로써 우리들에게 유익한 정보를 제공하고 있습니다. 그런 점에서 오늘의 발표는 나름의 의의를 지닌다고 하겠습니다.

　박팔양의 시세계에 대해서 조망하고 있는 이 발제문은 그러나 식민지 시대에서부터 그의 월북 이전까지만 다루고 있어 다소간 아쉬움이 없지 않습니다. 박팔양이 월북한 이후의 행적에 대해 별로 아는 바가 적은 토론자의 처지에서 보자면, 발제자가 그에 대한 연구를 좀더 포괄적으로 진행해 주었더라면 하는 바람이 남을 수밖에 없습니다. 이는 질문이라기보다 앞으로 발제자에 대해 거는 기대와 관련한 문제제기이니, 굳이 토론의 의제로 삼을 필요는 없습니다. 그러나 이 문제와 관련해서는 발제자가, 차후라도 박팔양이 1950년 이후 북한에서 활동한 이력들을 충실히 조사하여 한 편의 완결된 「박팔양론」을 써서, 그가 남북을 아우르는 통일문학사에서 차지하게 될 위상과 의미를 제대로 밝힐 수 있기를 바라는 바입니다.

저는 앞선 토론자이신 이희중 교수가 이미 지적한 점들을 감안하여 그것들과 중복되지 않는 범위 내에서 몇 가지 질의를 드리도록 하겠습니다. 이미 배포된 발제문의 내용을 좇아서 짚어가도록 하겠습니다. 먼저 발제자는 카프 맹원이었던 박팔양이 구인회의 후기 멤버로 참여하게 되는 과정에 대한 의의를 다음의 세 가지로 제시하고 있습니다. ① 초기시부터 관류하고 있던 서정적 경향이 프로시의 서사화 경향과 합치하지 않는다는 점, ② 모더니즘풍의 도회 정조를 기록한 시편이 많다는 점, ③ 탈역사적인 서정성에 경도된 시 경향을 형성하게 되었다는 점 등을 언급하고 있습니다. 구인회 참여를 계기로 그의 시적 경향이 변화해 갔다는 이 같은 논점에 대해서는 저 역시 일반적인 관점에서 동의하는 바입니다.

이와 관련하여 박팔양이 구인회에 참여하게 되는 배경에는 좀더 사적인 측면이 있지 않았나 하는 점을 지적하고 싶습니다. 즉 구인회의 핵심 멤버였던 정지용이나 이태준과의 친분관계가 중요하게 작용했을 것이라고 보는 것입니다. 학창 시절 정지용과는 ≪요람≫ 동인이었다는 점, 또 그의 글들에서 정지용의 시를 매우 고평하고 있다는 점을 들 수 있겠고, 구인회에 참여할 당시 그가 ≪조선중앙일보≫ 사회부장으로 재직하고 있을 때, 이태준은 문화부장을 맡고 있어서 서로 간에 자연스러운 관계가 형성되지 않았을까 라고 추정해 볼 수도 있을 것입니다. 그리고 보니 정지용-이태준-박팔양이 휘문고보의 선후배 관계로군요.

정지용과의 관계에 있어서는 시 창작에서 그로부터 적지 않은 영향을 받았을 가능성 또한 배제하기 어려울 것입니다. 일례로 발제문에서 언급하고 있는 「도회 정조」란 시를 한번 살펴보겠습니다. 발제자는 박팔양이 "1933년을 전후하여 도회풍의 정조에 탐닉하는 모더니스틱한 자장을 형성한"다

고 하면서, "「도회 정조」(1926)에서는 다다적 기운을 빌려서 현대도시문명
의 탁류를 빗댄 바 있"다고 지적하였습니다. 이 시의 마지막 연을 읽어보
면, "그러나 비 오는 저녁의 고요한 거리에는/ 비스듬한 장명등이 높은 전
신주 밑에서 조을고/ 환락을 구하는 친구들이 모두 방안에 들었을 때/ 거
리에는 아스팔트 인도 우에 가느다란 비가 나린다"라는 부분이 나옵니다.
이를 보면 정지용의 「카페 프랑스」(1926) 앞부분을 그대로 풀어 써놓은 듯
한 인상을 지우기 어렵습니다. 즉 "옮겨다 심은 종려나무 밑에/ 빗두루 슨
장명등,/ 카페 프랑스에 가자"(1연)과 "밤비는 뱀눈처럼 가는데/ 페이브먼
트에 흐늙이는 불빛/ 카페 프랑스에 가자"(3연)에서의 시적 정황과 매우
흡사함을 알 수 있습니다. 이것은 그야말로 하나의 사례에 불과한 것이고,
자세히 살펴보면 더 많은 유사성을 찾을 수 있을 것입니다.

　다음은, 방금 언급한 모더니즘적 자장과 관련된 질문입니다. 발제문의 다
섯 번째 장인 '내성과 탈역사화──도회 정조와 방황' 첫머리에서 지적하고
있는 부분인데, 박팔양이 20년대 후반 도시 풍경을 비판적으로 그리고 있
는 모더니즘(다다이즘)의 경향과, 1933년 구인회 참여를 전후한 도회풍의
정조를 담은 모더니즘의 경향 간에는 어떠한 질적인 차이가 있는가에 대해
보충 설명이 필요할 듯합니다. 그것이 해명되어야만 이 발제문이 노리는
목표, 즉 박팔양의 시세계가 어떠한 변모의 궤적을 그리는가를 제대로 입
증할 수 있을 것이기 때문입니다. 또 이어서 발제자는 "그의 시에 나타나
는 모더니즘적 정조가 역사적 모더니즘의 가장 적극적 지점인 문명 비판적
시각을 담고 있는 것은 아니었다"라고 하였습니다. 여기서 말하는 역사적
모더니즘이란 아마도 김기림류의 문명 비판을 염두에 둔 것이라고 판단됩
니다. 그런데 박팔양은 어째서 문명비판적 시각을 담아내지 못한 것일까,
라는 문제점까지 밝히셨으면 더욱 좋았지 않나 싶습니다. 발제문의 문면에
는 그 이유를 밝히지 않고 있는데, 제가 보기에는 박팔양은 김기림과는 달
리 모더니즘을 미적 차원에서 인식하지 못하고 다만 소재적 차원에 머물고
만 탓이 아닐까 싶은데, 발제자의 생각은 어떠한지요?

　마지막으로 네 번째 장인 ‘예언자 의식과 생명에 대한 경외’에서 언급하고 있는 ‘서정적 집중화’라는 개념에 대해서 묻겠습니다. 이희중 교수가 이미 지적했지만, 이 개념이 논란을 불러일으킬 것이라는 예감이 들어 다시 질의하지 않을 수 없습니다. 발제자는 카프의 프로시가 서사화 경향을 걷는 데 반해, 1930년대에 들어와 박팔양은 서정시편을 써가고 있었다고 했습니다. 그리고 「너무도 슬픈 사실」이란 시를 예로 들면서, “이 작품은 ‘진달래꽃’을 매개로 하여 역사적 수난자들의 비극적 생애를 시적 주체의 의식 속에 집중적으로 내면화시킨 서정시편”이라고 평가하였고, 나아가 “‘서정적 집중화’의 방식으로 박팔양은 그의 생애에서 가장 주목할 만한 성과를 내고 있다”는 지적을 보태고 있습니다. 발제문의 문면만으론 역시 ‘서정적 집중화’라는 개념이 어떤 것인가가 구체적으로 나타나 있지 않습니다. 이 용어는 선대의 이론이나 연구 성과에서 이미 개념화된 용어입니까, 아니면 발제자 자신이 임의로 채택한 용어입니까? 그리고 그 용어의 정확한 의미를 알려주시든가, 어려우면 그 적절한 다른 용례라도 들어주시면 이해하는 데 큰 도움이 될 것이라 생각합니다. 이 개념을 문면만으로는 이해하자면 프로시의 ‘극적 방식’과 대비하고 있음을 엿볼 수 있고, 아마도 발제자가 임화 등의 단편서사시를 대타화하여 박팔양을 적극 평가하기 위하여 채택한 개념이 아닐까 싶긴 합니다. 그러나 아무튼 이 용어는 제게는 아직은 생경한 것이며 쉬이 이해되지 않는 개념입니다. 이것이 하나의 이론적 개념으로 사용되려면 더 많은 부연 설명과 이론적 탐구가 있어야 할 것으로 보입니다.

　오늘 이 자리의 심포지엄이 ‘2005년도 탄생 100주년 문학인 기념문학제’의 일환으로 열리는 것임은 주지의 사실입니다. 100년 전에 태어나 우리 근대문학의 한 페이지를 화려하게 장식했던 문인들을 오늘에 되살려 추억하고 기념하는 자리입니다. 그것은 우리 근대문학사 100년의 세월 가운데 그들에게 문학사적으로 제자리를 찾아주자는 의미이기도 합니다. 그리고 그 기념의 방식은 각각의 문인들에 대해 전 생애 및 문학세계를 조망하는

'작가론'적인 성격의 글이 대부분일 수밖에 없다고 봅니다. 유성호 선생의 이 발제문 역시 그러한 범주에 속하는 글입니다. 행사의 성격상 이 글은 논쟁적으로 되기는 어려울 수밖에 없었을 것입니다. 따라서 이 발제에 대해 무슨 쟁점을 적출해 내어 토론을 하기보다는 의문점이나 보충 설명을 요하는 것들을 중심으로 몇 가지 질의를 드린 것입니다. 이 발제를 통해 제게 박팔양에 대한 좀더 많은 정보를 알려준 유성호 선생의 노고에 감사드리며, 이상으로 저의 질의를 간략하나마 마치겠습니다.

1905년 8월 2일, 경기도 수원군 안룡면 곡반정리에서 태어남. 아버지는 당시
        양반 관리였던 박제헌(朴濟獻)임.

1916년 배재고등보통학교에 입학함. 여기서 훗날 카프의 중심 인물이 되는 박
        영희, 김기진, 송영을 만남.

1920년 배재고등보통학교를 졸업함.

1921년 휘문의 정지용, 중앙의 김용준, 법전의 김화산 등과 함께 등사판 문예
        동인지 《요람(搖藍)》을 펴냄. 《요람》은 정지용의 발안으로 1921년
        처음 펴낸 문학청년들의 회람 잡지로서 휘문고보 등사판을 이용하여
        여러 호를 제작하는 중에 '프롤레타리아 문학 특집'이라는 제호로 책
        을 만들다가 일경 경무국에 책이 모두 압수당하기도 함.

1923년 김화산, 이세기 등과 함께 한국 현대시사에서 최초의 사화집인 『폐허
        (廢墟)의 염군(焰群)』(이세기 편, 조선학생회)을 펴냄.

1924년 《조선일보》 기자가 됨.

1926년 카프 회원으로 가입함.

1927년 카프를 자진 탈퇴함. 10월에 유완희, 김동환, 안석주, 김팔봉 등과 함
        께 '조선전위기자동맹'에 참여함.

1928년 《중외일보》 기자가 됨.

1929년 1월부터 2월까지 《조선일보》에 주체적이고 근대적인 시문학사의 효
        시 격인 「조선신시운동개관」이라는 글을 연재함.

1931년 《조선중앙일보》의 기자가 됨.

1934년 모더니즘을 표방한 문학 단체인 '구인회'에 가담함. 유일한 장편소설

『정열의 도시』를 ≪조선중앙일보≫에 연재함.

1935년　「조선신시운동사」를 ≪삼천리≫에 연재함.

1937년　만주 신경에서 ≪만선일보≫의 기자가 됨.

1939년　≪만선일보≫ 간도 지사장으로 발령됨.

1940년　시집 『여수시초(麗水詩抄)』를 발간함.

1945년　≪로동신문≫의 전신인 ≪정로(正路)≫의 주필이 됨. 조선프롤레타리
　　　　아 예술동맹의 중앙집행위원이 됨.

1946년　3월 25일, 결성된 북조선예술총동맹의 부위원장 겸 출판국장을 맡음.

1951년　10월에 문학예술총동맹 중앙위원을 맡음.

1956년　작가동맹 부위원장을 맡음.

1957년　6월에 중앙선거위원회 위원을 맡음.

1958년　1월에 조·소 친선협회 중앙위원을 맡음. 6월에는 예술대표단장으로
　　　　소련, 폴란드, 동독 등을 순방함. 2월에 시집 『황해의 노래』를 발간함.

1959년　시집 『박팔양 시선집』을 발간함.

1961년　8월에 시집 『눈보라 만리』를 발간함.

1962년　집체작 「인민은 노래한다」를 발표함.

발표일	분류	제 목	발표지
1923. 9.20	시	방랑자	동아일보
1923. 9.20	시	몽중의 세 분	동아일보
1923. 11.4	시	명월야	동아일보
1923. 11.4	시	한 가지 유언	동아일보
1923. 11.4	시	씨를 뿌리자	동아일보
1923. 11.4	시	어즈러운 이 세대	동아일보
1924. 2.12	시	케말 파샤의 찬가	동아일보
1924. 7.7	시	나그네	동아일보
1924. 7.7	시	괴로운 조선	동아일보
1924. 7.7	시	고별의 노래	동아일보
1924. 7.7	시	설은 사랑	동아일보
1924. 7.17	시	눈물에 젖은 기록의 한 묶음	동아일보
1924. 8.18	시	여름 구름	동아일보
1924. 8.18	시	가을 바람 낙엽	동아일보
1924. 10.27	시	망각	조선일보
1924. 10.27	시	동지	조선일보
1925. 2	시	저자에 가는 날	생장
1925. 2	시	향수	생장

발표일	분류	제 목	발표지
1925. 2	시	가난으로 십년	생장
		서름으로 십년	
1925. 4	시	거기로 나와 해를 겨누라	생장
1925. 4	시	물결 높은 황해 바다	생장
		칠백 리를 거쳐서	
1925. 4.13	시	젊은 사람	조선일보
1925. 5	시	실망과 후회	생장
1925. 7	시	여명이전	개벽
1925. 10	시	시냇물 소리를 들으면서	조선문단
1926. 10	시	거리로 나와 해를 겨누라	조선시인선집
1926. 10	시	향수	조선시인선집
1926. 10	시	신에 대한 질문	조선시인선집
1926. 10	시	공장	조선시인선집
1926. 10	시	나는 불행한 사람이로다	조선시인선집
1926. 10	시	아츰	조선시인선집
1926. 10	시	나그네	조선시인선집
1926. 10	수필	가을비가 나린다	신민
1926. 10	역시	노농 로서아 시	문예시대
1927. 1	시	남대문	동광
1927. 1	시	윤전기와 사층집	조선문단
1927. 1	수필	삼대사건에 고심하던	별건곤
		이야기	
1927. 1	수필	문필노동자 잡감	문예시대
1927. 2	평론	문예시평	조선문단
1927. 8	수필	도향 군의 죽음	현대평론

발표일	분류	제 목	발표지
1929. 6	시	고향 생각	삼천리
1929. 6.1-6	장시	1929년대의 어느 도시의 풍경	조선일보
1929. 10.9-16	평론	구월의 시단	중외일보
1929. 12	시	목숨	조선강단
1930. 1	시	여인	조선지광
1930. 4	시	너무도 슬픈 사실	학생
1930. 7	평론	신문문장여시관철필	
1930. 8	시	백일몽	조선지광
1930. 9	시	탄식하는 사람들	대중공론
1931. 1.1	시	정성스러운 마음으로	조선일보
1931. 1.5	평론	신춘문예 현상작품 선후감	조선일보
1931. 1.19	평론	다섯 폭의 풍경	조선일보
1931. 3.12	평론	저널리즘의 공과	조선일보
1931. 4	시	그 누가 저 시냇가에서	신여성
1931. 9	시	가을밤 하늘 위에	삼천리
1931. 9	시	내가 흙을	시대공론
1931. 11	시	가로등하풍경	신여성
1933. 2	시	무제음제일선	
1933. 6	수필	젊은 어머니에게	신여성
1933. 7.2-7	평론	신간독후유감	조선중앙일보
1933. 9	시	달밤	신가정
1933. 9	수필	나의 미인관	삼천리
1933. 11	시	점경	중앙

발표일	분류	제 목	발표지
1933. 12	시	하루의 과정	중앙
1933. 12	시	겨울달	신동아
1933. 12.10	평론	이하윤 씨의 근업 「실향의 화원」을 읽고	조선중앙일보
1934. 1	시	실제	조선문학
1934. 1	시	병상	조선문학
1934. 1	시	근영수제	중앙
1934. 1.1	시	희망	조선중앙일보
1934. 1.11-5.6	소설	정열의 도시	조선중앙일보
1934. 5.19	수필	무제록	조선중앙일보
1934. 6.11	시	하야풍경	조선중앙일보
1934. 7.30	시	길손	조선중앙일보
1934. 10	시	가을	신가정
1935. 1	시	밤차	삼천리
1935. 1.11-22	평론	신시선후유감	조선중앙일보
1935. 4	수필	신문예의 ‘어머니’	삼천리
1935. 5	시	또다시 님을 그리움	사해공론
1935. 8	시	실제	시원
1935. 8.10	기행문	한수에 배를 띄워	조선중앙일보
1935. 11.20	시	두옹찬	조선중앙일보
1935. 12	시	가을밤	삼천리
1935. 12.7	평론	정지용 시집에 대하여	조선중앙일보
1935. 12.8	시	연설회의 밤	조선중앙일보
1935. 12 ~1936. 2	평론	조선신시운동사	삼천리

발표일	분류	제 목	발표지
1936. 1	시	승리의 봄	문학
1936. 1	수필	지용과 임화시	중앙
1936. 2	시	선구자	중앙
1936. 3	시	봄	중앙
1936. 4	시	사월	중앙
1936. 5	시	청춘송	중앙
1936. 6	시	무제	중앙
1936. 7	시	시냇물	중앙
1936. 7	수필	요람 시대의 추억	중앙
1936. 8	시	바다의 팔월	중앙
1936. 9	시	무제	중앙
1938. 11	시	근영수제	여성
1939. 1	시	소복 입은 손님이 오시다	삼천리
1939. 2	시	실제	조광
1939. 5	시	실제	현대서정시선
1939. 5	시	시냇가	현대서정시선
1940	시집	『여수시초』	박문서관
1958. 2	시집	『황해의 노래』	
1959	시집	『박팔양 시선집』	문화전선사
1961. 8	시집	『눈보라 만리』	조선작가동맹출판사

1925. 3   김억, 「시단산책」, ≪조선문단≫.

1925. 11   박종화, 「만평일속」, ≪조선문단≫.

1931. 11   김억, 「최근의 시평」, ≪삼천리≫.

1933. 2.7   안석주, 「캐나리아의 애인 여수 박팔양 씨」, ≪조선일보≫.

1935. 12   박귀송, 「시단 시평」, ≪신인문학≫.

1936. 1   민병균, 「여수 박팔양 선생께 드림」, ≪신인문학≫.

1940. 5.4-10   백석, 「슬픔과 진실」, ≪만선일보≫.

1960. 7   이정구, 「박팔양의 시문학」, 『현대시인론』.

1989. 4   김재홍, 「계급의식과 예술성의 갈등」, ≪한국문학≫.

1989. 8   이청원, 「휴머니즘의 역사적 전개」, ≪문학사상≫.

1989. 8   윤재웅, 「박팔양론」, 『한국현대시인연구』.

1989. 12   유성호, 「여수 박팔양 시 연구」, 연세대 대학원 석사 논문.

1990. 2   홍신선, 「박팔양론」, ≪현대문학≫.

1990. 9   강은교, 「박팔양론」, 『1930년대 민족문학의 인식』.

1990. 12   최병기, 「박팔양론」, 수원대 대학원 석사 논문.

작성자 유성호   문학평론가. 한국교원대 국어교육과 교수.

유치진 초기 리얼리즘 희곡의 구조와 의미

양승국(서울대 교수)

일반적으로 해방 이전의 유치진(柳致眞)의 희곡 세계는 크게 세 시기로 나누어 설명한다. 초기는 「토막」(1931), 「빈민가」(1933), 「버드나무 선 동리의 풍경」(1934), 「소」(1935) 등의 리얼리즘 극, 중기는 「당나귀」(1935), 「제사」(1936), 「자매」(1936) 등의 낭만적 경향과 「춘향전」(1936), 「개골산」(1937) 등의 전통과 역사에 대한 관심, 말기는 「흑룡강」(1941), 「북진대」(1942), 「대추나무」(1942) 등의 친일 희곡의 활동으로 크게 나누어진다.

한국근대연극사와 희곡사에서는 이 중 초기의 리얼리즘 희곡이 가장 주목을 받아 왔다. 1930년대를 한국근대연극사의 주류인 리얼리즘 희곡이 확립된 시기로 평가하는 근거는 바로 유치진의 이러한 작품활동에 힘입은 바가 크다.[1] 일반적으로 이 시기 유치진의 작품은 전대의 신파적 경향을 극복하고 비판적 현실인식이 두드러진 것으로 평가된다. 그러나 이러한 리얼리즘의 성취가 희곡사의 전개과정에 비추어 어떠한 극작술에 근거하고 있으며 그 의미는 무엇인지에 대해서는 구체적으로 언급한 연구 성과가 뚜렷

---

1) 김방옥, 『한국사실주의희곡연구』(가나, 1988), 97쪽.

이 발견되지 않는다.

한편 이러한 초기 희곡들은 「소」를 제외하고는 공통적으로 한 작품 내에서 두 가지 사건을 병치시켜 진행하는 이중적 플롯의 구조를 지니고 있다는 점을 특징으로 지닌다. 이에 대해 유치진이 지나치게 숀 오케이시의 극작 수법을 전범으로 삼은 결과 극적 통일성이 떨어졌다는 평가를 내리기도 한다.[2] 반면 주요한 사건은 대개 무대 밖에서 진행되고 있음을 들어 이것은 유치진 스스로 오케이시에게서 배운[3] '무대리(舞臺裏)'의 효과로서 극적 효과를 높여 주는 극작술이라고 긍정적으로 평가하기도 한다.[4]

본고에서는 이러한 유치진 초기 희곡의 리얼리즘의 성격을 그 구조적인 면에서 재검토하여 희곡사적 위상을 다시 한 번 자리매김하고자 한다.

광기의 발현 혹은 농촌 여성의 수난

1910~1920년대에 지면에 발표된 희곡들 중 많은 작품들은 등장인물의 정신이상(정신병, 신경증)과 죽음을 주된 모티프로 취급한다. 죽음 중에서도 자연사나 사고사보다는 자살에 의한 죽음을 선호한다. 이러한 광기와 죽음(특히 자살)의 구조는 등장인물을 통한 작가의 시대고와 저항의지를 내포한다는 점에서 의의가 각별하다.[5] 1910~1920년대 희곡의 이러한 일반적 특성이 1930년대 유치진의 초기 희곡에서도 이어진다는 점이 주목된다.

명서의 처 너 되어 가는 걸 보니 네 집을 집행해 갈 때에 아마 네 정신까지 집행해 갔는가보다.

경선의 처 내 정신까지! (히스테릭한 비웃음) 힛…… 맞았어! 우리집 항아

---

2) 김방옥, 앞의 책, 100쪽.

3) 유치진, 「노동자 출신의 극작가 ── 숀 오케이시」, ≪조선일보≫, 1932. 12. 22.

4) 이상우, 『유치진 연구』(태학사, 1997), 70쪽.

5) 이에 대해서는 양승국, 「한국 근대 초기 희곡에 나타난 광기와 자살의 구조와 의미」, 『2005년도 한국극예술학회 정기학술발표회 자료집』, 2005. 8 참조.

리, 냄비, 뜰부, 집터를 쓸어갈 때에 모르고 내 정신까지 가져간 거지.
이 등신만 남겨두고. 왜 이 등신은──이 추한 등신은──가져가지
않았을까…… 심사는 괴악하지. 정녕코 이건 괴악한 심사이다. 이 더
러운 등신만 내게 남겨두고 간 것은…….

명서의 처 (무언)

경선의 처 (공간의 일점을 노려보고) 정녕코 괴악한 심사이다. 나를 죽여
　　봐라!! 왜 못 죽이니? 무섭니? 겁나니?

순돌 (실신한 듯한 그 모를 보고 겁내는 듯이 금녀에게 안긴다)

명서의 처 왜 이래! 미쳤니?

경선의 처 미쳤지! 미치구 말구! 안 미치구 살겠소? 나는 거길 찾아가서
　　이렇게 버티고 서서 부르짖어 줄 테야 (고함) 내 등신을 집행해 가거
　　라!!……. (운다. 자기의 높은 소리에 놀래 우는 어린애처럼)

명서의 처 아휴 바로 미쳤구나![6]

「토막」에서 집과 재산을 빼앗긴 경선의 처가 정신이상의 징후를 보이는
장면이다. 물론 실제로 경선의 처가 정신분열증에 걸렸다고 볼 수는 없다.
미친 듯한 좌절과 분노의 성격이 위와 같이 표출된 것이다. 그럼에도 불구
하고 위와 같은 정신병적 징후의 대사는 이 대사가 무대 위에서 현실화된
다는 점에서 의미가 각별하다. 궁핍과 착취의 현실을 정상인의 직접적 언
술로 표현하지 못하는 검열상의 한계에서 위와 같은 비정상의 대사는 광
기를 가장한 작가의 메시지 전달장치라고 볼 수 있다. 실상은 미치지 않았
지만 명서의 처와 같은 주변의 등장인물에 의해 미친 증상으로 규정되면
서 경선의 처의 행동은 미친 짓으로 공인된다. 그 순간 경선의 처의 발화
내용은 공적 책임을 모면할 수 있게 되고 일제의 검열을 피해갈 수 있게
된다.

---

6) 유치진, 「토막」, ≪문예월간≫, 1932. 1, 38쪽.

　이 작품의 이러한 장치는 명서의 처의 행동에 의해 다시 한 번 반복된다. 아들 명수가 '해방운동'에 가담하였다가 종신 징역을 살게 되었다는 소식을 듣자 어머니 명서의 처는 실성한다. 이 정신이상 증상은 앞의 경선의 처의 경우보다도 그 발작의 정도가 심하다.

> **명서의 처**　……오라! 그 놈은 몸도 억세고 생기도 좋았드랬지! 그 놈이 지금은 얼마나 훌륭한 장골이 되었겠니! 제 어미도 몰라보게 되었을 거야……. 앗! 명수야! 이제 명수가 저 사립문에 나타나서 사내다운 우렁찬 목소리로 어미를 부르고 떠벅떠벅 이리로 걸어와서 그 억센 손으로 이 여윈 팔목을 덥썩 붙잡어 줄 것 같다. 그러면 이 토막에는 서기가 날 것이다…….
>
> **금녀**　아무렴 이 굶주린 나라에서 기가 날 것이에요.
>
> **이웃여자**　그러면 금녀네는 뚜아리 파느라고 거리거리로 떨고 다닐 필요도 없고 나는 암탉 궁둥이만 들여다보다가 겉늙을 턱도 없고…….
>
> **명서의 처**　아이구 금녀야! 우리는 이런 형상으로 어떻게 우리 명수를 만나겠니? 이렇게 찌들어진 형상으로——. 너의 오빠를 모시기에는 이 집은 너무도 누추하다. 금녀야 우리는 집을 섯갓고 몸을 단속하자. 이 같은 꼬락상이로 우리 명수를 만나서는 안 될 꺼다. 애야 이리 와서 머리를 빗어라. 기름도 남았지? 사립에는 불을 하나 켜라. 손님이 들어 올 때에 집안이 컴컴해서는 못 쓰는 거다……. (바람소리)
>
> **금녀**　(모의 미친 듯이 허둥거리는 양을 바라보고 있는 금녀의 눈에는 일종의 공포의 빛이 있다)
>
> **명서의 처**　금녀야 뭘 하니! 빨리 머리를 풀어라. 어미는 불을 켤 테니까.
>
> **금녀**　(멍하니 허공을 쳐다보고 하염없이 머리를 풀기 시작) 이것이 무슨 좋지 못한 전조나 아니면 좋으련마는…….[7]

---

7) 유치진, 「토막」, 앞의 책, 41~42쪽.

명서의 처는 아들이 종신징역에 처해졌다는 현실을 거부한다. 명서의 처
는 아들이 살아 돌아올 것을 기대하는 열망에 아들의 환각을 보게 되고,
무사 귀환에 대한 확신에서 딸 금녀에게 집단장과 몸단장을 요구한다.

> 명서의 처　입구에 불을 켜 건다.
> 명서　(골방에서 얼굴을 내밀고) 대체 이거 웬일이야? 왜 이리 야단들을
> 　　해.
> 명서의 처　손님이 와요.
> 명서　손님? 미쳤수 여보! 방정맞게 이렇게 해쌌는 것은 되려 집안의 우
> 　　환을 사는 거야.
> 명서의 처　손님이 온다는데 무슨 딴소리만 하고 계셔요.[8]

손님이 온다는 명서의 처의 확신은 아들의 환각을 보는 것과 함께 정신
병의 징후를 강하게 보여 준다.[9] 남편 명서로부터 미쳤느냐는 핀잔을 들을
정도로 명서의 처는 아들의 귀가를 눈앞에 전개되는 현재의 사건으로 확신
한다. 그러나 손님이 오리라는 확신은 공교롭게 맞아떨어졌지만, 그 손님은
아들이 아니라 아들의 유골을 전달하러 온 우편배달부였다. 소포 속에서
아들의 유골을 확인한 명서의 처는 그 전의 성격과는 달리 오히려 차분해
지며 명서가 내팽개친 유골을 수습하여 안치하는 평정심을 보여 준다.

> 명서의 처　(눈물을 씻고 흩어진 백골을 주으며) 명수야 애지중지하든 내
> 　　자식아 이 토막에서 자란 너는 백골이나마 이 토막으로 우리를 찾아

---

8) 유치진, 「토막」, 앞의 책, 49쪽.
9) 환각(hallucination)만으로 정신병의 근거라고 제시할 수는 없으며, 신경증에도 환각의
　증세가 나타나기도 한다. 그보다는 이러한 환각, 환상에 대한 환자의 확신이 정신병의
　주된 근거가 된다. (브루스 핑크, 맹정현 옮김, 『라캉과 정신의학』(민음사, 2002), 145~
　148쪽.)

왔다. 인제는 너는 내 품에 돌아왔다. 이것만으로도 너를 만나게 되
니 나는 반가웁다. 인제는 나는 너를 기다려서 애를 태울 턱도 없다.
동지섣달 기나긴 밤을 울어 새울 필요도 없다. 인제는 명수야 너는
내 품에 돌아왔다…….
　　모는 백골을 안치.[10]

　그 전에 실성의 증상을 보여 주었던 명서의 처의 성격이라면 이 지점에
서는 보다 분명한 정신분열의 징후를 보여야만 당연할 것이다. 그러나 이
러한 명서의 처의 성격 형상화는 작품의 비극적 여운을 더욱 강하게 남기
려는 작가의 극적 장치로 읽힌다. 특정한 사건을 계기로 한 인물이 정신병
의 증상을 더욱 분명히 발현할 수도 있고 아닐 수도 있다. 작가는 이 작품
에서 인물을 정신병자로 만들기보다는 그 이후의 사건 진행을 독자(관객)
의 상상 속에 맡겨 버린다. 정신병자가 보여주는 자극적 행위보다는 백골
에서나마 자식의 체취를 느끼려고 하는 진한 모성애를 통하여 독자(관객)
는 더 큰 비극적 감동을 얻을 수 있을 것이기 때문이다. 이 점에서「토막」
은 광기의 모티프를 취급하면서도 전대의 작품이 보여 주었던 광기의 발현
으로 끝나는 돌연한 결말[11]의 한계를 넘어선다.
　작품의 사건이 진행됨에 따라 정신병의 증상을 보여주는 인물이 등장한
다는 것은 그 인물이 주동인물이 아니라면 그 작품은 새로운 사건 진행을
내포한 복합적 사건 진행을 담고 있다는 것을 의미한다. 이 점에서도「토
막」은 '명수의 무사귀환에 대한 기대-좌절'이라는 큰 틀의 사건 진행에 충
실한 구조를 지님을 알 수 있다.
　이러한 광기의 모티프는「소」에서 보다 원숙한 극작술을 통해 형상화된
다.「소」에서는 이미 미쳐버린 유자나무집 딸이 등장하여 개똥이와의 과거
인연을 상기시켜주는 비극적 여인상을 형상화한다. 미쳐가는 여인이 아니

---

10) 유치진,「토막」, 앞의 책, 51쪽.
11)「규한」(1917),「미쳐가는 처녀」(1924)가 대표적이다.

라 이미 미쳐버린 여인은 주체를 상실한 인물이어서 극적 주인공이 될 수
없다. 따라서 이러한 인물은 부수적인 인물(minor character)로 등장하여 주
동인물 ——「소」에서는 개똥이 —— 의 갈등을 고조시키는 오브제 역할을 맡
는 것이 자연스럽다.

> 유자나무집 딸 ……개똥 어머니. 개똥이 어디 갔수?
>
> 처   이년아! 밤낮 개똥이는 왜 찾아다녀? 그놈을 망쳐 놓지를 못해서 그
>   러니?
>
> 유자나무집 딸 (힘없는 미소를 입가에 바르며) 이것 봐. 이거 분(粉) 넣
>   는 거야. 냄새 맡어 보. 좋쥬? 히힛힛……. 하이카라상 냄새 나죠?
>   이거 개똥이헌테 줄 테야. 이래 봬도 이분은 내가 서울에 있을 적에
>   우리 나지미상이 사준 거요. 눈 세수 하는 하이카라상이 사주었
>   어…….
>
> 처   얼른 나가거라! 걔 아버지 나오시겠다. 이 방에 계시다.
>
> 국서   (새 저고리를 갈아입고 방에서 나온다. 유자나무집 딸을 보더니 맨
>   발로 뛰어나와 닭 쫓듯 소리친다) 후어! 후어! 후어!
>
> 유자나무집 딸 히힛힛……. 왜 이래요, 날더러. 나를 닭인 줄 아나. ("후
>   어!" 소리에 그에 쫓겨나간다)
>
> 국서   (신발을 찾아 신으며) 원 딱해 죽겠네. 왜 저런 계집을 집에다 발
>   을 붙이게 헌담. 미치광이년을! [12]

정신병자인 유자나무집 딸에게 개똥이는 여전히 욕망의 대상 A로 남아
있다. 상상계를 벗어나지 못한 유아의 상태에서 타자 A로부터 공준받지 못
한 채 성인이 되면 그는 정신병자가 된다.[13] 이러한 정신병자는 타자 A의

---

12) 유치진, 「소」, 《동아일보》, 1935. 2. 9.

13) 물론 이 작품에서 제시된 내용만으로는 타자 A인 아버지의 이름(Nom-du-Père)의 존
    재의 유무를 확인할 수 없다. 따라서 유자나무집 딸이 발병하게 된 정신분석학적 계기

욕망을 의식하지 않기 때문에 자신만의 세계 속에서 폐제(foreclosure)[14]되어 있다. 따라서 유자나무집 딸은 외부세계의 눈치를 볼 필요 없이 극중 상황에 대한 정보를 발신할 수 있게 된다. 독자(관객)는 이를 통하여 1930년대 농민의 비극적 현실의 한 단면을 무대위에서 실감할 수 있게 되는 것이다.

> 무대는 조용해졌다. 먼 하늘이 붉어져 온다. 불 종소리 들리기 시작. 개똥이 혼자 우두커니 붉어진 하늘을 바라보고 섰다가.
> 개똥이　흐흣흣……. 그예 불소동이야……. 어서 이 아픈 데만 나으면 나는 걸어서라두 만주로 갈 테야. 넓은 북쪽으로 떠나가야지……. 하루라두 속히 여기를 떠나가야 살지…….
> 유자나무집 딸, 노래부르며 나타난다.
> 유자나무집 딸　(약간 취했다) 히힛힛……. 개똥아! 너 혼자 있구나. 나두 만주 갈 테야……. 너허구 같이. 데려다 주. 사람이 날 보구 돌질허지 않는 데로 같이 데려다 주. (그러면서 개똥이헌테 붙안기려 한다. 개똥이 뿌리쳐버린다. 다시 일어나며) 히힛힛……. 나두 같이 갈 테야……. 사람 살기 좋은 곳으로 데려다 주…….
> 개똥이　저리 가!
> 유자나무집 딸　히힛힛…….[15]

「소」의 마지막 장면이다. 개똥이가 농촌을 떠나 만주로 가려하자 유자나무집 딸은 다시 무작정 개똥이를 따라 나서려 한다. 정신병자의 이러한 행동을 통해 '사람 살기 좋은 곳'을 향한 일제강점기 농민의 생존 욕망을 읽을 수 있다.

를 분명히 단정할 수는 없다.
14) 브루스 핑크, 앞의 책, 135~136쪽.
15) 유치진, 「소」, ≪동아일보≫, 1935. 2. 22.

　이러한 광기의 발현이 여성 등장인물을 통해서만 이루어진다는 것도 주목된다. 식민지 현실이라는 거대한 타자 A의 욕망을 거부함에 따라 강박신경증의 증세를 지닌 남성 인물이 이들 작품에서는 나타나지 않는다. 이는 당대의 농민들이 우선적인 눈앞의 생존의 문제에 집착할 수밖에 없을 정도로 경제적 궁핍이 심각하여 아직 일본 제국주의 권력의 욕망을 읽어 낼 수 없었다는 점에 근거한다. 이들 작품에 이러한 욕망을 일깨워 줄 만한 '매개적 인물'이 등장하지 않는 것도 이 점을 잘 보여준다.

　한편 「소」의 유자나무집 딸은 「버드나무 선 동리의 풍경」의 계순의 후일담의 형상이라는 점에서 주목된다. 계순은 송아지 값만도 못한 돈을 받고 팔려가면서도 서울 가게 되었다고 좋아하는 순진함을 보인다. 그의 운명이 어떻게 전개될 것이라는 것을 뻔히 알면서도 딸을 팔 수밖에 없는 가족과 남의 딸을 팔아 생긴 돈으로 술 한 잔을 얻어 마시고 즐거워하는 이웃 성칠의 행동을 통해서 작가는 농민의 아이러니의 비극성을 심화시킨다. 이는 1920년대 중반부터[16] 취급하기 시작한 이른바 '딸 팔기 모티프'를 계승하고 있다는 점[17]에서 한국 근대 농민극의 한 유형을 보여 준다.

죽음의 모티프와 이중구조

　「토막」, 「버드나무 선 동리의 풍경」, 「빈민가」는 공통적으로 죽음이라는 사건을 중요한 모티프로 취급하고 있다. 이들 작품에서 취급하고 있는 죽음의 모티프는 각각 다르지만 작품의 전체 구조상으로 보아서는 모두 이중구조의 플롯 속에서 형상되고 있다는 점에서 공통적이다.

　「토막」은 일본에 가서 소식이 없는 아들 명수의 소식을 기다리는 명서네 일가의 삶을 포괄 구조로 하여 경선네 일가의 이향(離鄉) 모티프가 삽입된

---

16) 「삼천오백 냥」(1924)에서 이러한 모티프가 처음으로 구체화된다.

17) 이에 대해서는 양승국, 「1930년대 농민극의 딸 팔기 모티프의 구조와 의미」, 『한국연극학의 위상』(태학사, 2002) 참조.

구조를 지니고 있다. 이 경선네 일가의 삶이 극중극의 형식이 아닌 별개의 독립적 사건으로 진행된다는 점에서 이 작품의 구조는 이중적이라고 할 수 있다. 그러나 작품의 시작과 끝이 명수에 대한 기다림과 좌절이라는 큰 틀을 유지하고 있는 점에서는 경선네 일가의 사건은 부수적인 풍경으로 자리할 뿐이다. 이렇듯 이 작품의 비극적 형상은 명수의 죽음에 놓인다.

그러나 명수는 무대상에 등장하지 않는다. 극의 시작에서 인편에 부치는 편지의 내용으로 짐작할 수 있는 것과 동장이 가져다 준 신문지상의 단편 기사의 내용이 그에 대한 정보의 전부이다. 일본으로 떠나가서 무엇을 하고 어떻게 살아가고 있는지에 대하여 전혀 알 수 없는 무대공간의 제약이 이 작품의 극적 갈등을 심화시킨다. 명서네 가족 풍경이 전부인 무대공간 내에서는 실질적인 사건이 진행되지 않는다. 단지 명서의 무사귀환에 대한 기대와 좌절의 심리적 갈등이 반복적으로 전개되고 있을 뿐이다. 오히려 분명한 사건의 변화는 경선네의 몰락과 유랑이라는 극적 행동 속에서 현실화되고 있을 뿐이다.

사건으로 발전하지는 않지만 이 작품에서 두드러진 것은 등장인물들을 통한 현실인식의 과정이다.

    명서　……삼조야 이 집을 한 번 둘러보아라 여기에는 사람 같은 사람은 아무도 없다. 그애 어미는 늙어 이렇지, 저 금녀는 금녀 저 애대로 병신이지, 그 위에 나까지 신병으로 이 몇 해를 두고 그들의 숨가쁜 짐이 되어 있지. 대체 이걸 집이라겠나 무덤이라겠나. ……네가 일상 본 대로 들은 대로 좋도록 전해두라. 이렇게 들춰 말해보니까 너희들 젊은 놈들에게 용기를 주는 소리는 한 마디도 없다.

    삼조　말 마세요. 산지옥이에요. 말하시지 않더라도 본 대로 들은 대로 다 전하죠. 바빠서 그만 떠나겠어요.

    명서　젊은 놈들은 제 좋을 대로 메뚜기새끼들같이 다들 뛰어가 버리고 말면 이 나라에 무엇이 남는단 말이냐. 늙은이와 병신! 결국 쓰레기

통이다.[18]

　삼조와 명서의 위와 같은 대화는 당대 현실을 '무덤', '산지옥', '쓰레기통'으로 인식하고 있는 등장인물의 현실인식을 분명히 드러낸다. 그러나 그 이유가 무엇인지 어떻게 살아가야 하는지에 대해서는 뚜렷한 인식이 없다. 고향을 등지려는 경선네에 대하여 명서는 "어딜 간들 감옥 아닌 데가 있다구. 우리는 누구나 그림자같이 감옥을 지고 다닌다우. 어디 좋을 대로 가보구려"[19]라고 하여 현실을 피할 수 없는 감옥으로 여기고 체념한다.

> 경선　그러니. 결국 우리 조선 사람의 할 만한 직업이란 인제는 등짐장사뿐인 줄 아네. 미상불 뼈가 빠지도록 농사지어 놓으면 아따 이름 좋은 수리조합이니 소작료니 해서 요리조리 다 빼앗기고 멍충이같이 굶고 앉았는 소작인 노릇 하기보다야 몇 갑절 나은지 몰르네. 정말이네. 제일 편한 것은 이렇다 저렇다 남에게 호령받을 것 없이 거리에서 일하며 별 밑에서 잠자리하는 말썽 없는 걸세. 가진 것이 없으니 빼앗길 염려가 없으니 줄창 마음은 푸근하고 푸근한 마음에는 언제 죽어도 유언할 필요가 없으니 말이야. 이렇게 희한한 사람살이가 또 어디에 있겠는가.
>
> 명서　자네는 언제 봐도 태평일세그려.
>
> 경선　나? 내야 언제든지 태평이지. 어딜 가도 웃고 지내니까. 누가 술을 가져와서 제발 덕분 울어달래도 나는 안 울어주네. 정말이네. 어수룩하게 누가 울어준담.[20]

　명서의 인식에 비할 때 경선은 위와 같이 구체적인 내용으로 식민지 농

---

18) 유치진, 「토막」, ≪문예월간≫, 1931. 12, 37쪽.
19) 유치진, 「토막」, ≪문예월간≫, 1932. 1, 41쪽.
20) 유치진, 「토막」, 앞의 책, 41~42쪽.

촌 현실을 폭로한다. 어차피 굶고 살 바에야 소작인 노릇보다는 떠돌이 생활을 택하겠다는 경선의 선택에 대하여 명서는 '언제 봐도 태평'이라고 비판한다. 비록 경선의 대화 속에 현실의 모순에 대한 비판적 극복 의지는 보이지 않지만, 경선의 쓴 웃음 속에는 일제 강점기 농민의 비애가 고스란히 녹아 있음을 알 수 있다. 비극적 현실을 웃음 뒤에 감추고 우회적으로 드러낼 수밖에 없는 일제의 검열을 의식한다면 이 정도의 발화만으로도 당대의 독자(관객)들은 작가의 의도를 어렵지 않게 눈치챌 수 있을 것이다. 이 작품이 구조적인 결함을 무릅쓰고 이렇게 경선네의 사건을 삽입시킨 이유는 바로 이러한 장치를 통하여 현실 비판의 내용을 담아내고자 한 시도로 보인다.

명수의 죽음이라는 모티프를 무대 밖에 놓은 것 역시 명수의 행동이 일제에 대한 저항의 의미를 띠고 있다는 인식에 이르기 위한 장치이다. 금녀는 "오빠 하시는 것은 참으로 훌륭한 일"임을 알고 있고 "설사 오빠가 감옥에서 죽어 나오신대도 조금도 서러할 것은 없어요. 되려 우리의 자랑이에요. 오빠는 우리의 이 토막을 위하여 온 세계의 토막 속에서 굶주리고 있는 불쌍한 사람을 위하여 싸웠답니다. 오빠는 이 나라의 용감한 청년의 한 사람이랍니다."[21]라는 인식을 획득한다.

> 금녀　아버지! 아버지 마음을 상하시지 맙소 네. 오빠는 죽었습니다. 밤낮으로 기다리든 우리 일꾼은 죽어버렸어요. 이같이 섭섭하고 슬픈 일이 어디 또 있겠습니까! 그러나 아버지, 아버지 혼자가 외아들을 잃고 저 혼자가 오빠를 잃은 것이 아니랍니다. 아버지, 오빠는 우리를 위하여 싸우다가 용감히 죽었습니다. 아버지, 서러워 마시오. 우리의 영광이에요. 서러워하지 마시고 살어갑세다. 이대로 살어갑세다. 내일부터 나는 더 애써 부지런히 뚜아리를 만들겠습니다. 내일 장에

---

21) 유치진, 「토막」, 앞의 책, 47쪽.

저 맨들어둔 것을 다 팔면 또 몇십 전이 생기지 않나요. 걱정마세요
네 아버지. 우리는 여전히 살어갑세다.

모는 안치한 백골 앞에서 낮은 소리로 합장.

명서 금녀야 우리에게는 새로운 힘이 필요하다. 새로운 힘! 나나 너 같
은 병든 몸에서는 구할 수 없는 새로운 힘이. (바람소리)[22]

명수의 백골이 돌아온 뒤 금녀는 위와 같이 명수의 죽음의 의미를 '영광'
으로 인식하고 새롭게 힘을 내어 살아갈 것을 다짐하며, 절망에 울부짖던
명서도 '새로운 힘'을 갈구하는 것으로 끝맺고 있다. 이러한 레조네르
(raisonneur)의 수법은 1920년대 희곡에서보다 훨씬 발전한 극적 장치이다.
일방적인 주장이나 전달이 아니라 이러한 인식에 이르기까지의 과정이 경
선네의 몰락과 명수의 죽음이라는 사건을 통해서 독자(관객)로부터 현실적
인 공감을 얻고 있기 때문이다.

「버드나무 선 동리의 풍경」에는 계순이 팔려가는 구조 속에 산 속에서
행방불명된 덕조의 죽음 확인이라는 사건이 삽입되어 있다. 이 작품에는
저녁 해가 질 무렵부터 어둠이 깔릴 때까지의 제한적인 시간 속에서 마음
이 들떠 집 떠날 준비를 하는 계순의 행동과 아들을 찾아 헤매는 덕조 어
머니의 애타는 모성이 중첩되어 있다. 극은 집을 떠난 계순과 산 속 벼랑
에서 떨어져 죽은 것으로 추정되는 덕조 모두 시대의 희생자임을 상징하는
메시지 전달로 끝을 맺는다.

계순모 (눈물을 씻으며) 덕조네! 덕조네! 덕조네 혼자가 자식을 잃은 것
이 아니라우. 우리 계순이도 오늘 —— 오늘 고만 우리의 손에서 떠나
가구 말었다우. (느낀다)

덕조모 (한동안 묵묵히 섰다가 무대 앞으로 나서더니 고요히 한마디 똑

---

22) 유치진, 「토막」, 앞의 책, 51쪽.

똑하게) 여러분! 이렇게 뜻 없이 어린 자식을 잃어버려야 할 것 같으
면 무엇 때문에 우리는 자식을 놓겠습니까? 왜 자식 놓기를 원하며
자식을 가졌다고 무얼 자랑하겠습니까?

계순모 (무언)[23]

이 작품의 중심사건과 부수적 사건은 위의 결말에서 한 자리에서 만나
며, 이를 통해 자식을 잃은 두 어머니의 슬픔이 중첩되어 비극적 상승효과
를 자아내게 된다.[24] 이러한 점에서 이 작품의 이중구조는 밀접히 연결되어
있다. 특히 무대 앞으로 나서서 관객에게 전하는 위와 같은 덕조모의 대사
는 작가의 메시지를 강하게 대변한다. 따라서 이 작품은 그 제목으로 '풍경'
이란 단어를 사용하여 한 농촌 풍경을 스케치한 것처럼 꾸미고 그 뒤에 현
실비판의 메시지를 담고자 한 것이며, 그 장치로 이중적인 플롯을 설치해
놓은 것임을 알 수 있다.

「빈민가」에서도 이러한 이중구조를 사용한다. 무대 위에 가시적으로 보
이는 사건 진행은 소선(小善)의 죽음이고 무대 밖에서 진행되는 사건은 대
선(大善)의 파업 투쟁이다. 이 작품은 등장인물의 이름에서 보듯이 작은
죽음을 희생하여 큰 성취를 이룬다는 암시를 담고 있으며 이중구조를 통하
여 이 주제를 드러낸다.

大善이 喜氣滿面으로 들어온다.

대선　할아버지! 어머니! 이것 보세요. 우리는 그예 이겼습니다.

조부　(기쁜 얼굴로) 이겼어? 이겼다구?

대선　그예 항복을 받았어요. 일할씩입니다. 우리의 요구대로 여공의 삭
　　　전이 막 고루고루 일할씩 올랐습니다.

(고함소리 좀 가까이)

---

23) 유치진, 「버드나무 선 동리의 풍경」, ≪조선중앙일보≫, 1933. 11. 15.
24) 이상우, 『유치진 연구』(태학사, 1997), 65쪽.

조부 기쁜 일이다. 참 잘 됐다. (小間) 그렇지만 이놈아 이걸 봐. 너희
　　들이 그렇게 이겼는데 네 아우는.

대선 네? 소선아? (소선이를 흔든다)

(답이 있을 리 없다)

(間)

(바람에 문짝이 끽 열린다. 일동 소스라친다. 이윽고 미지의 남 등장)

남 (대선을 보고) 이리 나와. 네가 왕대선이지?

대선 그렇습니다.

남 나는 여태 네 뒤를 따라다녔다.

대선 여기서는 좀 조용히 해주세요. 아무데나 가자는 대로 나는 가 드릴
　　테니깐.

(대선이는 묶여 가지고 나간다)

(間)

조부 이런 세월이 언제까지나 계속될는지…….[25]

胡人의 장사치 소리.

멀리서 바람결에 북소리.

외숙은 기둥을 지고 묵묵히 섰을 뿐.[26]

　이 작품에서 소선의 죽음은 부수적인 사건이고 중심사건은 파업 투쟁이
다. 그렇지만 무대 위에서 관객이 볼 수 있는 사건 진행은 소선의 죽음에
이르는 과정이다. 이런 점에서 이 작품 역시 「토막」과 「버드나무 선 동리
의 풍경」과 같은 이중구조를 취하고 있음을 알 수 있다. 이들 작품의 이중
구조는 공통적으로 현실비판의 메시지를 부수적 사건으로 취급하면서 무대
뒤로 은폐시키는 방법을 사용하고 있다. 이 점에서 이들 작품은 주동인물

---

25) ≪삼천리≫(1936. 2) 수록분에서는 이 대사가 빠져 있다. 『동랑 유치진 전집』 1권(서
　　울예대 출판부, 1993)에 실려 있는 대사를 옮겼다.
26) 유치진, 「빈민가」, ≪삼천리≫, 1936. 2.

의 발화보다는 부수적 인물의 대사를 통하여 작가의 메시지를 전달하는 극
적 수법을 적절히 활용하고 있음을 알 수 있다.[27]

구조의 통일성과 무대 미학의 성취 ──「소」에 이르는 길

「소」는 그 전의 「토막」, 「버드나무 선 동리의 풍경」, 「빈민가」에서 시도
한 여러 가지 극작술이 종합·통일된 면모를 보여 준다. 「토막」에서는 긴
장을 완화시키는 인물인 경선이 독립된 사건의 주체로 행동하여 부수적
사건이 상대적으로 비대해진 결함을 보인다. 반면 「소」에서는 '도처에 춘
풍'이라는 어구를 습관적으로 내뱉는 문진이 「토막」의 경선과 같은 긴장
이완의 역할을 맡으며, 부분적으로는 말똥이의 행동이 희극적 묘미를 더해
준다.

「소」에서는 「토막」, 「버드나무 선 동리의 풍경」, 「빈민가」에서 취한 이중
구조가 하나로 통일되어 있다. 부분적으로는 '소'를 둘러싼 말똥이와 개똥
이 형제간의 갈등과 소작인-마름 간의 갈등이 하나의 중심 사건 속에 결합
되어 있다. 구체적으로는 '소를 팔 것인가 말 것인가'의 사건이 결국 '소를
빼앗기고 말 것인가'의 사건으로 확대되는 구조를 지닌다. 이렇게 「소」는
하나의 사건이 발전하면서 더 큰 사건으로 확대되는 잘 짜여진 플롯의 구
조를 지니고 있음을 알 수 있다.

등장인물의 배치에 있어서도 「소」는 중심인물과 부수적 인물의 조화가
돋보인다. 귀찬이와 유자나무집 딸은 각각 중심인물인 말똥이·개똥이와
대응하여 이들의 성격을 강화해 주는 동시에 인신매매라는 농촌 여성의 비
극상을 형상화한다. 팔려가게 된 귀찬이는 팔려갔다가 미쳐버린 유자나무

---

27) 「빈민가」에서 이 역할을 하는 인물로 외숙(外叔)을 들 수 있다. 그는 시골에서 살기
  가 어려워 도회지로 일자리를 구하러 왔다. 그러나 대선네 가족의 생활고를 보고는 절
  망하여 다시 떠나기로 마음먹는다. 이러한 외숙의 현실인식 표출은 바로 작가의 메시지
  전달이라고 볼 수 있다.

276

집 딸의 운명을 예고해 주지만, 그와 아랑곳없이 돈이 생긴 것만을 반가워하는 귀찬이 부(父)는 궁핍한 농민 형상의 전형을 보여 준다.

이렇게 「소」에는 말똥이와 개똥이를 중심으로 한 국서네 가족과 이웃 농민의 성격을 통해 1930년대 농촌 마을의 일상 풍경을 재현한다. 이 풍경의 이면에는 궁핍한 소작민들의 곤경과 애환이 담겨 있다. 이 고통이 말똥이의 방화(放火)로 극대화되지만 이 행동을 무대 밖에서 해결하는 극작술의 지혜도 엿보인다.

1920년대의 작품 대부분이 이러한 극단적인 극 행동이 표면화되면서 결말을 맺고 있음을 비교할 때, 유치진의 작품은 이 결함을 극복하는 과정을 잘 보여 준다. 「토막」에서 금녀를 통해 작가의 메시지를 전달하는 진술(陳述)의 방법은 전대의 자극적 결말에서 벗어나 있으며, 「소」에서는 작가의 메시지가 유자나무집 딸의 무의식의 욕망의 언어를 통해 한층 간접화되어 있다. 「버드나무 선 동리의 풍경」의 계순의 '딸 팔기 모티프'는 「소」의 귀찬이로 계승되고 그 비극성은 유자나무집 딸을 통해 현실화된다. 자극적인 사건들을 무대 이면 혹은 무대 밖의 극중 공간에 배치하고 사건의 통일성을 꾀한 이러한 방법들을 통해 「소」는 1930년대 리얼리즘 희곡의 한 정점에 놓일 수 있게 된다.

제5주제에 관한 토론문

김성희(한양여대 교수)

한국연극사에서 유치진의 위상은 공연성을 가진 희곡, 당대 연극의 수준을 한 단계 끌어올린 희곡을 쓴 최초의 본격 극작가로 평가된다. 일제 강점기 유치진은 '신극 수립'의 목표를 리얼리즘극 정립으로 설정한 극예술연구회의 신극운동에 동인으로 활동하면서 창작극본을 제공함으로써 번역극 중심의 공연을 탈피하게 했는 바, 이는 극연이 모델로 삼았던 일본 '쓰키지(築地) 소극장'의 레퍼토리 모방이란 측면을 극복하게 한 요인이었다. 따라서, 희곡사에서 높은 평가를 받는 1920년대 김우진의 희곡, 1930년대 채만식의 극작과는 달리 유치진의 희곡은 당대 연극의 수용이란 측면에서 더욱 중요한 연극사적 의의를 갖는다,

(1) 발제 논문은 바로 이러한 평가를 가능케 한 유치진 초기 리얼리즘극 텍스트 분석에 집중하고 있다. 그런데 유치진의 업적은 희곡 텍스트의 내재적 분석 못지않게 당대 공연 성과나 관객의 수용문제 등에 주의를 기울여야 그 진정한 면모가 드러나리라 생각된다. 극연이 한국 신극의 수립이란 목표를 달성한 것은 유치진을 빼놓고는 생각할 수 없는 일이며, 아울러

한국 사실주의극의 정착이란 연극사적 명제도 그를 도외시하고는 논의할 수 없기 때문이다.

당대 관객의 수용 문제란 측면과 관련지어 볼 때, 임화(林和)는 「극작가 유치진론 —— 현실의 빈곤과 작가의 비극」(1938)에서, 유치진이 이미 소설에서 유형화된 인물들을 극에서 재사용했을 뿐 새로운 생명력을 부여하지 못했다고 비판했다. 농민의 일가, 팔려가는 딸, 악덕 사음, 망한 양반, 돈 모은 상인, 불행한 구여성, 고민하는 신여성 등, 과거 10여 년간 한국소설에 허다했던 인물들을 그렸다는 것이다. 임화의 이러한 평가와 관련해서, 발제자는 유치진의 희곡을 어떻게 평가하는지 의견을 말해 주기 바란다.

(2) 「토막」에서의 경선의 처, 명서 처, 「소」의 유자나무집 딸 등 광기의 인물들의 등장 및 비정상의 대사를 이 논문에서는 광기를 가장한 작가의 메시지 전달장치라고 분석하고 있다. 경선처와 명서처의 경우는 실성의 징후를 보이는 인물이고, 「소」의 유자나무집 딸은 극에 이미 정신병자로 등장한다. 물론 광기의 인물들이 내뱉는 대사들은 일제의 검열을 피해가기 위한 전략이라고 생각할 수 있다.

그런데 발제 논문에서는, 광기를 보이는 남성인물은 등장하지 않는다면서 그 이유를 당대 농민들이 생존문제에 집착할 정도로 경제적 궁핍이 심각하여 아직 일본 제국주의 권력의 욕망을 읽어낼 수 없다는 점에 근거한다고 분석하고 있다.

그러나, 유치진 극에서 광기의 인물들의 등장과 광기의 대사가 곧 검열을 회피하기 위한 작가의 메시지 전달장치라고 본다면, 정상적인 남성 인물들이 발화하는 현실비판적 발언은 어떻게 볼 것인가? 광기 증상을 보이는 여성인물들이 정서적으로 현실부정적 발언을 한다면, 명서나 경선, 삼조 같은 정상적 남성 인물들은 식민지 현실의 궁핍과 착취를 매우 구체적인 정황에 의거하여 현실비판적으로 진술하고 있다. 이들 남성 인물들의 발언은 광기의 여성 인물들의 발언보다 구체적 현실비판이란 점에서 저항의 수

위가 높기 때문에 광기를 검열 회피적 전략으로 사용하고 있다는 분석은 다소 설득력이 떨어진다고 보인다. (예를 들어, 경선의 대사 중, "결국 우리 조선 사람의 할 만한 직업이란 인제는 등짐장사뿐인 줄 아네. 미상불 뼈가 빠지도록 농사지어 놓으면 아따 이름 좋은 수리조합이니 소작료니 해서 요리조리 다 빼앗기고 멍충이같이 굶고 앉았는 소작인 노릇 하기보다야 몇 갑절 나은지 몰르네." 또 명수의 대사도 조선 현실을 감옥, 쓰레기통, 무덤으로 보고 있다.)

(3) 유치진 극에서 일본 제국주의 권력의 욕망을 당대 조선 농민이 아직 이를 읽어낼 수 없었다고 한 발제 논문의 서술은 구체적으로 무슨 의미인지 와 닿지 않는다. 왜냐하면 유치진은 일본 제국주의의 수탈이 가장 첨예화된 농촌을 소재로 극을 썼으며, 「토막」이나 「소」 등에서 드러나듯이 경매로 집이나 가재도구까지 다 집행당하고 고향을 떠나거나 지주 곳간에 불을 지를 수밖에 없는 농민의 몰락을 그렸다. 당대 조선농민은 점점 궁핍해지는 식민지적 삶 속에서 일본 제국주의의 수탈을 피부로 느끼면서 일본 제국주의 권력의 욕망을 읽어내지 않을 수 없었으리라 생각되기 때문이다.

(4) "상상계를 벗어나지 못한 유아의 상태에서 타자 A로부터 공준받지 못한 채 성인이 되는 그는 정신병자가 된다"는 라캉의 정신의학을 인용하면서, 발제 논문은 유자나무집 딸이 정신병자가 된 계기가 극에서 밝혀져 있지 않다고 말하고 있다. 그런데 이 극에서, 유자나무집 딸의 발병은 유곽에 팔려간 현실을 받아들이지 못했기 때문으로 암시되어 있지 않은가. 또 앞의 '광기적 인물' 분석에서도 말하고 있듯이, 유자나무집 딸은 현실 그대로의 정신병자라기보다는, '돈 때문에 팔려가는 딸'의 비극성과 작가의 현실비판적 메시지를 구현하기 위한 인물로서 기능하는 것은 아닌가?

유치진 생애 연보

1905년   11월 19일(음력), 경남 거제군 둔덕면에서 아버지 유준수(柳俊秀)와
        어머니 박우수(朴又秀) 사이에서 8남매의 장남으로 태어남.

1910년   통영읍으로 이사. 서당에서 한문수업 받음.

1914년   통영보통학교 입학.

1918년   통영보통학교 졸업. 부산 체신기술원 양성소에서 6개월 과정 수료. 통
        영으로 돌아와 우편국 근무.

1920년   도일(渡日). 가을부터 학원에서 일본어 교육받음.

1921년   4월, 동경 도야마(豊山) 중학교 2학년 편입.

1923년   9월, 관동대진재를 겪고 민족적 자각을 함.

1925년   도야마 중학교 졸업. 가친의 강권으로 게이오(慶應) 대학 의학과에 응
        시하였으나 낙방함. 고향인 통영에서 장노제, 김성주, 최두춘, 유치환
        등과 함께 동인지 ≪토성≫ 발행.

1926년   릿쿄(立敎) 대학 예과 입학.

1927년   릿쿄 대학 영문과 입학. 로망 롤랑의 「민중예술론」을 접한 후 연극운
        동에 관심을 두고 일본 연극을 보러 다님. 쓰키지(築地) 소극장의 「벚
        꽃동산」과 「밤주막」, 「국경의 밤」 등을 관람하였고, 그 극단에서 활동
        하던 조선인 배우 홍해성과 친교를 맺음. 이후 이념성 강한 학구적 극
        단으로 동경의 대학생들이 조직한 근대극장에서 「검찰관」과 「공기만
        두」 등에 출연하기도 하고 아나키스트들만으로 구성된 극단 해방극장
        에서 단역으로 활동함. 숀 오케이시를 중심으로 한 애란(아일랜드) 문
        학에 대한 관심으로 와세다 대학 영문과 정인섭과 호세이(法政) 대학

이하윤과도 친분을 맺음. 본과 1학년 가친의 엄명에 따라 고향의 백씨 집 규수와 혼인.

1931년 릿쿄 대학 영문과 졸업. 졸업논문으로 「숀 오케이시 연구」를 제출, 일본 ≪영미문학(英米文學)≫지에 게재됨. 귀국 후 서울로 올라와 연극 활동을 모색. ≪동아일보≫에서 홍해성의 생활을 위해 주최한 '연극영화전람회'(6월 18일∼24일)를 위해 윤백남, 홍해성, 서항석, 이헌구, 조희순, 함대훈, 장기제, 김진섭, 최정우, 이하윤, 정인섭 등과 함께 글을 쓰고 자료를 내놓음. 전람회를 계기로 신극단체 탄생 요구에 의해 '극예술연구회'의 12명 창립 동인 중 한 명이 됨. (창립동인 : 유치진, 동경제대 출신의 서항석, 조희순, 최정우, 와세다 대학 출신의 정인섭, 이헌구, 호세이 대학 출신의 김진섭, 이하윤, 장기제, 동경외대 출신의 함대훈, 연극계 인사로 윤백남과 홍해성.) 내자동에 있는 경성미술학교 영어교사로 취직. 희곡 「토막」 발표.

1933년 2월, 극예술연구회의 제3회 공연 레퍼토리 중 하나인 카이저의 「우정」 (서항석 역)을 처녀 연출함. 6월, 극예술연구회 4회 공연인 「무기와 인간」(버나드 쇼 작)에서 주연을 연기함. 이것을 계기로 배우의 길을 버림. 11월, 극예술연구회 5회 공연에 「버드나무 선 동리의 풍경」과 「베니스의 상인」을 연출. 희곡 「버드나무 선 동리의 풍경」, 「빈민가」 등을 발표.

1934년 3월, 6개월 기한으로 동경유학길에 오름.

1935년 희곡 「소」, 「당나귀」 등을 발표. 같은 학교 미술교사인 심재순(沈載淳)과 결혼.

1936년 희곡 「춘향전」, 「자매」 등을 발표. 7월, 극예술연구회 창립 5주년을 맞아 조직 변경. 유치진은 이웅과 함께 연출부에 소속됨. 7월 27일부터 8월 5일까지 극예술연구회 하기 극예술 강좌가 진행되어 '희곡작법'과 '배우론'을 강의함. 8월, 5주년 기념사업의 일환인 전조선 문화강연을 위해 평양 강연을 진행함. '연극의 문화적 의의'를 강의. 장녀 인형(仁

馨) 출생.

1937년 희곡 「개골산(마의태자)」 등을 발표.

1938년 시나리오 「도생록」 발표. 「도생록」으로 인해 채만식과 논쟁을 벌임. 2월, 동아일보사 주최 제1회 연극경연대회에 유치진이 번안한 「눈먼 동생」 (슈니츨러 작, 山本有三 각색)으로 출품하여 단체상을 수상함. 장남 덕형(德馨) 출생.

1939년 3월, 제2회 ≪동아일보≫ 연극경연대회에 함세덕의 「도넘」을 연출하여 참가함. 극연좌(극예술연구회의 후신)가 일제 당국에 의해 해산됨에 따라 당분간 연극 활동을 중단함. 차남 세형(世馨) 출생.

1940년 희곡 「부부」를 발표.

1941년 3월, 국민극 수립의 봉화임을 자처하는 극단 현대극장을 창단, 그 대표가 됨. 서항석, 함대훈, 이헌구가 유치진과 함께 발기인이 됨. 8월, 현대극장 부설 국민연극연구소 제1기 졸업생 시연회에서 남궁만의 「전설」을 지도함. 희곡 「흑룡강」 발표.

1942년 희곡 「북진대」, 「대추나무」 등을 발표. 「대추나무」(서항석 연출)가 제1회 국민연극경연대회에서 작품상을 받음.

1945년 극단 현대극장에서 「산비둘기」를 연출하던 중 해방을 맞음.

1946년 희곡 「조국」을 발표.

1947년 희곡 「자명고」, 「흔들리는 지축」 등을 발표. 희곡집 『소』(행문사), 『유치진 역사극집』(현대공론사) 출간. 이해랑, 김동원 등과 함께 극단 '극예술협회'를 창립하면서 연극활동 재개.

1948년 희곡 「별」을 발표. 한국무대예술원 이사장 취임.

1949년 희곡집 『흔들리는 지축』(정음사) 출간. 무대예술인대회의 대회장을 맡음.

1950년 희곡 「원술랑」 등을 발표. 국립극장 초대 극장장 취임.

1952년 희곡집 『원술랑』(자유문화사) 출간.

1953년 희곡집 『나도 인간이 되련다』(진문사) 출간.

1954년   대한민국 예술원 회원에 선임. 한국문학가협회 부위원장 피선.
         반공통일연맹 최고위원.

1955년   희곡 「자매 (2)」, 「청춘은 조국과 더불어」 등을 발표. 희곡집 『자매』
         (진문당), 『유치진 역사극집』(증보판, 현대공론사) 출간. 제1회 예술원
         상 수상.

1956년   세계 연극 시찰을 위해 구미 각국을 순방. 이듬해 귀국.

1957년   희곡 「왜 싸워」 발표. 이 작품이 친일극 「대추나무」의 개작이라 하여
         지상 논쟁이 벌어짐.

1958년   희곡 「한강은 흐른다」 발표. ITI 한국본부 위원장에 피선.

1959년   제8차 ITI대회 부의장에 피선. 『유치진 희곡선집』(박문각) 출간.

1960년   동국대 연극학과 초대 학과장 맡음. 전국극장문화협회 회장 피선. 문
         교부 대학교수 자격 심사위원.

1961년   제7회 아시아 영화제 국제심사위원에 선임됨. 제9차 ITI대회 참석.

1962년   드라마 센터 건립. 한국연극연구소 초대 소장 취임. 부설 연극아카데
         미를 설립. 전국문화단체총연합회 초대 회장 취임. 예술원 부회장. 문
         화훈장 대통령장을 받음.

1963년   유네스코 한국위원회 위원에 피임. 제10회 아시아 영화제 국제심사
         위원.

1964년   희곡 「청개구리는 왜 날이 궂으면 우는가」 발표. 동아연극상, 3·1문
         화상 심사위원.

1965년   극단 드라마 센터 창립.

1966년   5·16민족상 이사에 피임.

1967년   제1회 3·1연극상 수상.

1970년   문공부장관으로부터 한국연극공로장 받음.

1971년   『유치진 희곡전집(상·하)』(성문각) 출간. 동랑 레퍼터리 극단 설립.
         한국극작가협회장에 피선. 마지막 연출 작품 「사랑을 내기에 걸고」
         공연.

1973년   서울연극학교를 서울예술전문대학으로 승격시킴.

1974년   2월 10일, 향년 69세로 별세. 14일 연극인장으로 거행됨.

유치진 작품 연보[1]

발표일	분류	제 목	발표지
1931	소설	환영(幻影)[2]	
1931. 6.19-21	비평	연극영화전을 개최하면서	동아일보
1931. 11.12 -12.2	비평	세계극단의 동태 —— 최근 십년 간의 일본 신극운동	조선일보
1931. 12 ~1932. 1	희곡	토막(土幕) (2막 2장)	문예월간 2-3호
1931. 12.17-19	비평	'산 신문극' —— 그 발생과 특작에 대하여	동아일보
1932. 3.2-5	비평	노동자 구락부 극에 대한 고찰	동아일보
1932. 3.13-21	비평	세계여류극장인 순례	조선일보
1932. 5	소설	시인선(屍人船)	제일선
1932. 6	비평	연극의 대중성	신흥영화 1호
1932. 11	희곡	칼품은 월중선 (1막)	제일선 19호
1932. 11.23-25	비평	연극본능론	조선일보
1932. 12.3-27	비평	노동자 출신의 극작가	조선일보

1) 이 연보는 『유치진 연구』(이상우, 태학사, 1997)와 『유치진 연극론의 사적 전개』(박영정, 태학사, 1997), 『한국희곡사연표』(민병욱 편, 국학자료원, 1994)에 도움을 받았다.
2) 출전이 명시되지 않은 작품은 『유치진 전집』 1~9권(서울예대 출판부, 1992)에 제시되어 있는 내용을 따른 것이다.

발표일	분류	제 목	발표지
		──숀 오케이시	
1932. 12.6	비평	극평	동아일보
		──명일극장 1회 공연	
1932. 12.10	비평	보성전문 연극공연을 보고	조선중앙일보
1932. 12.18	비평	극평	동아일보
		──문외극단 공연을 보고	
1933	드라마	룸펜 인텔리	라디오 드라마
1933. 1.2	비평	학생극 올림피아드	조선일보
1933. 1.11-12	비평	학교교육과 연극	조선일보
1933. 1.14	공연	바보치료	장곡천정공회당 배재고보 연예반
1933. 1.24	비평	내 심금의 현을 울리는 작품 ──로만 로란의 민중예술론	조선일보
1933. 2.9-10	공연	토막	장곡천정공회당극 연 3회 공연, 홍해성 연출
1933. 2.9-10	연출	우정	장곡천정공회당극 연 3회 공연, 카이저 작, 서항석 역, 처녀 연출작[3]

---

3) 이 작품은 "공연 그대로 경성방송국을 통해 방송까지 되었"다고 한다. (『유치진 전집』
9, 서울예대 출판부, 1993, 112쪽.)

발표일	분류	제 목	발표지
1933. 3.14, 15, 20	희곡	바보치료	조선일보
1933. 4.28–5.1	비평	신춘희곡계와 그 수확	조선일보
1933. 5	비평	무대촌상(舞臺村想)	삼천리
1933. 5.1	비평	금춘 희곡계 전망	조선일보
1933. 5.5–9	비평	극평 ——연극사 공연을 보고	동아일보
1933. 6.13–26	비평	간단한 인형극 ——그 이론과 실제	매일신보
1933. 8	비평	신극운동에 나타난 여성의 족적	신가정
1933. 8.23	비평	극작가로서의 투르게네프	동아일보
1933. 9.27–29	비평	희곡계 전망 ——창작극과 번역극	동아일보
1933. 11.1–15	희곡	버드나무 선 동리 풍경 (1막)	조선중앙일보
1933. 11.28–30	연출[4]	버드나무 선 동리 풍경	조선극장 극연 5회 공연
1933. 11.28–30	연출	바보	조선극장 극연 5회 공연, 피란델로 작, 박용철 역
1934. 1.1–3	비평	새로운 제창	조선중앙일보

---

4) ‘연출’이란 범주는 유치진의 공연된 작품 중에서 그가 직접 연출한 작품에 한정하여 사용한다.

발표일	분류	제 목	발표지
		—— 연극의 브나로드운동	
1934. 1.6-12	비평	신극 수립의 전망	동아일보
1934. 1.17-20	비평	세전극구락부 제1회 공연을 보고	조선일보
1934. 1.21	비평	창작태도와 실제 —— 철저한 현실파악	조선일보
1934. 2	희곡	망상 수기(妄想 手記)	문학 2호
1934. 2	비평	극단 시평 —— 이원만보(梨園漫步)	중앙 4호
1934. 2.23-24	비평	신춘희곡개평 —— 이태준 씨의 「어머니」에 대하여	조선중앙일보
1934. 2.25	비평	신춘희곡개평 —— 이향 씨의 「배경」과 당선작품	조선중앙일보
1934. 2.26-3.1	비평	신춘희곡개평 —— 현상 당선작품 「인간만화」 기타	조선중앙일보
1934. 5.25-26	공연	빈민가[5]	일본 쓰키지 소극장 극단 삼일극장, 김파우 연출
1934. 9.6	연출	베니스의 상인	장곡천정공회당극 예술연구회, 셰익스피어 작, 정인섭 역. 삼남

---

5) 이 작품은 1933년 「수」라는 제목으로 창작되었는데, 1934년 삼일극장이 「빈민가」라는 제목으로 공연하였고, 1936년 ≪삼천리≫에 게재된다.

발표일	분류	제 목	발표지
			(三南) 수해구제 음악·무용· 극의 밤
1934. 9.20	비평	재능개탁이 필요 ──극단에 보내는 말	조선일보
1934. 10.1-5	비평	프로극의 몰락과 그 후보 ──일본 신극의 별견기	동아일보
1935. 1.8	비평	극문학 계발의 두 가지 과제	동아일보
1935. 1.30 -2.22	희곡	소 (3막)	동아일보
1935. 1.30-2.6	희곡	당나귀 (1막)	조선일보
1935. 2	희곡	토막	삼천리 59호
1935. 2	비평	농민극 제창의 본질적 의의	조선문단 21호
1935. 4	비평	미국의 신극운동	중앙 18호
1935. 5.4	비평	피곤한 조선예술계 ──경제조건보다 문제는 기술자에	조선중앙일보
1935. 5.11	비평	곤란한 조선 예술계	조선중앙일보
1935. 5.12-23	비평	동경문단·극단 견문초	동아일보
1935. 6.4	공연	소	일본 쓰키지 소극장 동경학생예술좌, 한수 연출
1935. 7.7	비평	조선극단의 현세와	조선일보

발표일	분류	제 목	발표지
		금후 활동의 다양성	
1935. 7.7	비평	대중성의 개척	조선중앙일보
1935. 7.7-10	비평	'숀 오케이시'와 나	동아일보
		──내가 사숙하는 내외작가	
1935. 8.3-6	비평	창작 희곡 진흥을 위하여	조선일보
1935. 8.8	비평	번역극 상연에 대한 사고	조선일보
1935. 8.27	비평	역사극과 풍자극	조선일보
1935. 9	비평	예술가로서의	신동아 47호
		하고 싶은 말	
1935. 11	비평	조선 연극의 앞길	조광 1호
		──그 타개책과 방침	
1935. 11.17-19	비평	극예술연구회 제8회	동아일보
		공연을 앞두고	
1935. 11.19-20	공연	제사	장곡천정공회당극
			연 8회 공연,
			허남실 연출
1935. 11.19-20	연출	한낮에 꿈꾸는 사람들	장곡천정공회당극
			연 8회 공연,
			이무영 작
1935. 12	비평	을해년(乙亥年)의 조선	사해공론 12호
		연극계 ──그 현황과 동향	
1935. 12	비평	금년 일년간의	학등 21호
		연극계 회고	
1935. 12.14-17	비평	지난 일년간의	조선일보
		조선연극계 총결산	

발표일	분류	제 목	발표지
		——특히 희곡을 중심으로	
1936. 1.3-5	비평	희곡계——조선어의 정리와 인간에 대한 연구	조선일보
1936. 1.8-10	비평	예술가가 본 신여성 기질	조선중앙일보
1936. 2	희곡	제사 (1막 1장)	조광 4호
1936. 2	비평	극작가가 되려는 분에게	학등 23호
1936. 2	희곡	수(獸)(1막1장)	삼천리 70호
1936. 2	비평	연극운동의 길	중앙 28호
1936. 2.1-4.15	희곡	춘향전 (4막 11장)	조선일보
1936. 2.26	비평	연극운동의 길——극연 제9회 공연을 앞두고	동아일보
1936. 2.27	비평	상연 각본의 해설	동아일보
1936. 2.28-3.3	연출	어둠의 힘	동양극장 극연 공연, 톨스토이 작, 유치진 각색
1936. 5	비평	「자매」에 대하야 ——작가로서의 말	극예술 4호
1936. 5.29-31	연출	자매	부민관 극연 11회 공연
1936. 7-9	희곡	자매 (1) (3막 3장)	조광 9-11호
1936. 9	비평	춘향전 각색에 대하야	극예술 5호
1936. 9.29-30	연출	춘향전	부민관 극연 12회 공연
1936. 12.20-22	연출	신앙과 고향	부민관 극연 공연, 칼센헤르 작, ·

발표일	분류	제 목	발표지
1937. 1	비평	신극운동에 대한 나의 구도	서항석 역 삼천리 81호
1937. 1.20-21	비평	극연 신춘공연 흑인극 '포-기'를 앞두고	조선일보
1937. 1.21-23	연출	포-기	부민관 극연 공연, 헤이워드 작, 장기제 역
1937. 2.25-28	연출	풍년기[6]	부민관 극연 15회 공연
1937. 2.25-28	연출	수전노(=무료치병술)	부민관 극연 15회 공연, 이무영 작
1937. 3.18-20	비평	이원잡담——연극무제	조선일보
1937. 5.15-16	연출	춘향전	부민관 극연 17회 공연
1937. 6.10	비평	낭만성 무시한 작품은 기름 없는 기계	동아일보
1937. 6.11	비평	문화공의 ——신극운동의 한 과제	조선일보
1937. 6.22-23	공연	춘향전	일본 쓰키지 소극장 동경학생예술좌, 주영섭 연출
1937. 7.22-24	비평	나의 수업 시대——작가의	동아일보

---

6) 「소」의 개제(改題).

발표일	분류	제 목	발표지
		올챙이 때 이야기	
1937. 7.24	비평	생에 대한 도전으로 연극을 취했소	동아일보
1937. 9.1	비평	천재는 조락한다. 출세를 삼가하고 연구가 필요	동아일보
1937. 12	비평	금년 극계 개관	조광 26호
1937. 12.15 ~1938. 2.6	희곡	개골산 (4막)[7]	동아일보
1937. 12.24	비평	극단과 희곡계 ——중간극의 출현	동아일보
1937. 12.25	비평	극단과 희곡계 ——연구극의 동정	동아일보
1938	각색	인생극장	함대훈 원작, 라디오 드라마
1938	시나리오	도생록(圖生錄)	
1938. 1.3-5	비평	극단진흥책——신년에 제(際)하여 한 개의 제언	매일신보
1938. 1.4	비평	조선어와 조선문학 ——극문학이 요망하는 언어의 지위	동아일보
1938. 2.5	비평	비생활자의 수첩	동아일보
1938. 2.24-3.9	비평	「춘향전」의 동경 상연과 그 번안 대본의 비평	조선일보
1938. 3.9	비평	잃어버린 시혼을	조선일보

---

7) 이 작품은 이후 「마의태자」 혹은 「마의태자와 낙랑공주」로 개제되어 공연됨.

발표일	분류	제 목	발표지
		찾자 —— 위선	
		리얼리즘의 수정부터	
1938. 4.22-24	비평	조선연극운동의	동아일보
		당면 과제 —— 연구극과	
		흥행극과 전문극과	
1938. 6.26-30	비평	영화 옹호의 변	조선일보
		—— 채만식 씨에게 보내는 글	
1938. 7.7-8	비평	미국의 현역 작가	동아일보
		막스웰 앤더슨	
		——「목격자」 상연에 제하여	
1938. 7.8-10	연출	목격자	부민관 극연
			창립 7주년 공연,
			M. 앤더슨 작,
			장기제 역
1938. 9	비평	조선의 연극은 어디로	사해공론 41호
1938. 12.1	비평	국외자가 본 영화계,	동아일보
		연구적 동인을 가지라	
1938. 12.3-4	공연	풍년기	부민관 극연
			21회 공연,
			윤묵 연출
1939. 1-4	비평	연극독본	박문 4-7호
1939. 1.3-4	비평	극계는 의연 다난	매일신보
		—— 신춘문단의 전망	
1939. 1.6-8	연출	도넘	동양극장 극연좌
			공연, 함세덕 작

발표일	분류	제 목	발표지
1939. 1.6-13	비평	각국의 연극 영화정책 ── 미국	동아일보
1939. 1.8-13	좌담	조선 연극의 나아갈 방향 좌담 참가자 : 홍해성, 김욱, 안기석, 유치진, 박향민, 이해랑, 이익, 김승윤, 박동근, 윤묵, 이무영, 채정근	동아일보
1939. 2.3-5	연출	목격자	부민관 극연좌
1939. 2.28 -3.17	좌담	이 땅 연극의 조류 좌담 참가자 : 이기세, 임화, 유치진, 서항석, 안종화, 홍해성, 이무영, 채정근	동아일보
1939. 3.5	비평	극작법, 처음 희곡을 쓰는 이에게 주는 편지	동아일보
1939. 4.8	연출	춘향전	부민관 극연 24회 공연
1939. 4.11-12	연출	촌선생	부민관 극연좌 공연, 이광래 작
1939. 5.4-7	연출	춘향전	단성사 극연 25회 공연
1939. 5.8-11	연출	도념, 목격자	단성사 극연좌 공연
1939. 5.21	비평	평단은 왜 침묵하나, 평론과 작품의 제휴	동아일보

발표일	분류	제 목	발표지
1939. 6.30	비평	찾아진 연극고전 '조선연극사'를 읽고	동아일보
1939. 7	비평	연극과 현대인	조광 45호
1939. 7	비평	극작법	영화시대 1호
1939. 11	비평	시나리오를 문학의 장르로 보나 ── 원칙적으로 인정	영화연극 1호
1940. 1.3	비평	국민연극의 길	매일신보
1940. 3.23-24	공연	춘향전	부민관 극단 고협, 나웅 연출
1940. 7	비평	사변기념 ── 대륙 인식	인문평론
1040. 9.12	비평	「무영탑」에 대하여	매일신보
1940. 9.12-14	연출	무영탑	부민관 극단 고협, 현진건 원작, 함세덕 각색
1940. 11	희곡	부부(1막)	문장 2권 9호
1940. 12	비평	우리 연극 타개책 ──지방 순업(巡業)에 의존치 않았으면	조광 62호
1940. 12.25-30	비평	금년의 연극	매일신보
1941. 1.3	비평	국민연극 수립에 대한 제언	매일신보
1941. 2	비평	신체제하의 연극 ── 조선 연극협회에 관계하여	춘추 1호
1941. 3	비평	신극과 국민극	삼천리 42호

발표일	분류	제 목	발표지
		——신극운동의 금후 진로	
1941. 3.10-19	공연	마의태자와 낙랑공주	동양극장 극단 고협, 나웅 연출
1941. 3.24	비평	우리 생활의 재현인 연극의 고상한 방면	매일신문
1941. 4.25-27	공연	마의태자와 낙랑공주	부민관 극단 고협, 나웅 연출
1941. 6	비평	연극시평 —— 원칙적인 것과 구체적인 것	조광 68호
1941. 6.5	비평	국민연극의 구상화 문제 ——「흑룡강」 상연에 제하여	매일신보
1941. 6.6-8	공연	흑룡강 (5막)	부민관 극단 현대극장 창립공연, 주영섭 연출
1941. 7	비평	국민연극「흑룡강」 공연 보고(報告)	삼천리 146호
1941. 12	비평	연극계의 회고 —— 문화 조선의 일년	춘추 11호
1942. 4.4-7	공연	북진대	부민관 극단 현대극장, 주영섭 연출
1942. 4.4-7	공연	대추나무	부민관 극단 현대극장, 서항석 연출
1942. 6	비평	「북진대」 여화(餘話)	국민문학

발표일	분류	제 목	발표지
1942. 7	비평	「북진대」 (1) 작의(作意), (2) 경개(梗概)	대동아[8] 2호
1942. 7	비평	북만으로 향하면서 —— 개척문화의 사절이 되어	대동아 2호
1942. 7	비평	극장은 연극을 결정한다	신시대 9호
1942. 7.30-8.5	비평	개척과 희망 —— 만주 개척지를 보고서	매일신문
1942. 9.18 -11.25	공연	대추나무	부민관 극단 현대극장, 서항석 연출, 제1회 국민연극 경연대회 참가, 작품상 수상
1942. 10	비평	昌城屯にて —— 현지보고	국민문학
1942. 10	비평	拉濱線にて	동양지광
1942. 10.8-9	공연	북진대	신부좌 극단 현대극장
1942. 10 ～1943. 1	희곡	대추나무(4막)	신시대 2권 10호
1942. 12.17-20	공연	춘향전	문화극장 극단 현대극장, 허남실 연출

---

8) 이 잡지는 그 이전에 간행되던 잡지 ≪삼천리≫가 그 이름을 바꾼 것이며, 여기에서 유치진의 희곡 「북진대」가 발표된 것으로 일반 연표에서 표기되어 있으나, 실제로는 일본어로 작성된 개요와 작의만이 설명되어 있다.

발표일	분류	제 목	발표지
1943. 1.8-9	연출	춘향전	대륙극장 극단 현대극장
1943. 1.26	연출	춘향전	부민관 극단 현대극장
1943. 7.15	연출	봄밤에 온 사나이	대륙극장 극단 현대극장, 이서향 작
1943. 11.13-17	연출	남풍	약초극장 극단 현대극장, 함세덕 작
1943. 11.23-26	연출	황해	부민관 극단 현대극장, 함세덕 작. 제2회 연극경연대회 참가작
1943. 12.9-11	공연	대추나무	제일극장 극단 현대극장, 서항석 연출
1944. 1.1-5	연출	무장선 셔멘호	부민관 극단 현대극장, 조천석 작
1944. 4.16-20	연출	춘향전	성보극장 극단 현대극장
1944. 5.11-15	공연	대추나무	부민관 극단 현대극장, 서항석 연출
1944. 5.31-6.4	연출	남풍	제일극장 극단

발표일	분류	제 목	발표지
			현대극장
1944. 10.26	연출	뇌명(雷鳴)	대륙극장 극단
			현대극장, 진우촌 작
1945. 3.13	연출	춘향의 윤리	약초극장 극단
			현대극장,
			정비석 원작,
			이광래 각색
1945. 4.13-17	공연	대추나무	약초극장 극단
			현대극장,
			서항석 연출
1945. 6.6	연출	애정무한	약초극장 극단
			현대극장,
			박재성 작
1945. 8.13	연출	비둘기	약초극장 극단
			현대극장,
			박재성 작
1946	희곡	조국	
1946. 7.20	좌담	민족극장문화는 어디로? ——'극장불하'를 논의하는 좌담회	중앙신문
1946. 9.8	비평	무대의 예술 발본적 기본 공사	민주일보 11호
1946. 10.14	공연	풍년기	동양극장 극단 독립극장, 서항석 연출

발표일	분류	제 목	발표지
1947. 2.25	공연	조국 (1막 2장)	국제극장 극예술단 공연
1947. 4.8	비평	극장사건 ── 연극진흥책 제1과	조선일보
1947. 5.9	공연	자명고 (5막)	국도극장 극예술협회 창립공연
1947	희곡	흔들리는 지축	
1947	희곡	장벽	
1947	희곡	남사당 (12경)	
1947. 2.25	연출	조국	국제극장 극예술단 극장
1947. 4.8	비평	극장사건 ── 연극진흥책 제1과	조선일보
1947. 5.9	연출	자명고	국도극장 극예술협회
1947. 6.8	공연	마의태자	국제극장 극예술 협회, 이화삼 연출
1947. 7.22	공연	마의태자	제일극장 극예술 협회, 이화삼 연출
1947. 7.29	연출	왕자 호동과 모란공주[9]	동양극장 극예술협회
1947. 8.11	연출	은하수	수도극장 극예술협회
1947. 11	희곡	며느리 (1막)	국학
1948. 1.29	연출	대춘향전	성남극장 극예술협회
1948. 2.22	연출	조국	시공관 극예술협회
1948. 5.15	연출	대춘향전	동도극장 극예술협회

---

9) 「자명고」를 개제한 작품.

발표일	분류	제 목	발표지
1948. 8-10	희곡	별 (5막)	평화신문
1948. 8.8	비평	암흑 초래한 악법	경향신문
1948. 9.15	공연	별	시공관 극예술협회, 허석 연출
1948. 12.26	비평	문화 1년의 회고, 연극	서울신문
1949. 4	비평	작년도 연극계 개관	신원 1호
1949. 4	비평	서울시문화상 수상자의 변——문학	신천지 5권 4호
1949. 5	비평	희곡론	희곡문학 1호
1949. 7.29-30	비평	문화재를 지키자 ——신(申) 국회의장에게 올리는 글	경향신문
1949. 8.16	비평	새 기획의 잉태기	서울신문
1949. 9	비평	집단과 이상	문예 2호
1949. 10	희곡	어디로 (4막)[10]	민족문화
1949. 10	비평	또하나의 불행	민성
1949. 10.25	비평	공연법의 즉시 상정(上程)	경향신문
1949. 11.25	비평	연극과 나	태양신문
1949. 11.25	비평	제작순례 2	태양신문
1949. 12	비평	연극시평	문예
1949. 12	비평	연극, 몇 가지 주요한 과업	신경향 1호
1949. 12.1	비평	깊은 뿌리	문예
1949. 12.26	비평	국립극장의 실현	경향신문

---

10) 전4막 중 제1막만 남음.

발표일	분류	제 목	발표지
1949. 12.29	비평	관제 흥행 독무대	서울신문
1950	희곡	까치의 죽음 (2경)	
1950. 1	희곡	장벽	백민 4권 20호
1950. 1.1	비평	국립극장론	평화일보
1950. 3	비평	국립극장 설치와 연극 육성에 대한 방책	신천지 5권 3호
1950. 4	비평	서울시문화상 수상자의 변——문학	신천지
1950. 4.30-5.6	공연	원술랑 (5막 7장)	명동 국립극장 극단 신협, 국립극장 창립공연
1950. 11.3	비평	허위의 상습한(常習漢)	서울신문
1950. 11.26 -12.3	공연	자명고	시공관 극단 신협
1951	희곡	조국은 부른다 (4막)	
1951	희곡	순동이 (3막)	
1951. 2.6	공연	자명고	대구 문화극장 극단신협(국방부 정훈국 후원)
1951. 3	공연	별	부산 동아극장 극단 신협
1951. 5.14	공연	별	대구 문화극장 극단 신협, 이진순 연출
1952	희곡	가야금 (3막 4장)	

발표일	분류	제 목	발표지
1952	희곡	처용의 노래 (4막)	
1952. 1.27	연출	개골산	대구 문화극장 극단 신협
1952. 3.30	공연	순동이	중앙극장 황금좌 공연
1952. 6.7	공연	별	대구극장 극단 신협, 이진순 연출
1952. 9	연출	처용의 노래	대구 문화극장 극단 신협
1952. 10.8	공연	통곡[11]	대구 문화극장 극단 신협, 최석 연출
1952. 11.14	연출	처용의 노래	부산극장 극단 신협, 윤이상 음악.
1952. 12.4	공연	처용의 노래	시공관 신협 공연
1952. 12.14	공연	통곡	부산 동아극장 극단 극협, 허석 연출
1953	시나리오	철조망	
1953	연출	마의태자 (5막)[12]	시공관
1953. 3.8	비평	소극장운동	서울신문
1953. 5	비평	희곡천(薦) 후기	문예

11) 「조국은 부른다」를 개제한 작품
12) 이 작품은 1937년 ≪동아일보≫에 발표될 당시에는 4막이었는데, 1953년의 이 공연을 통해 그 뒤에 1막이 추가되어 총 5막으로 구성된다. (『유치진 역사극집』(증보판, 1955) 의 작가해설 참고.)

발표일	분류	제 목	발표지
1953. 8.9	비평	신인대망론(극작편) ——불사조의 정열 희망	서울신문
1953. 11.22	비평	극단 재건설	서울신문
1953. 12.25	연출	나도 인간이 되련다 (4막)	시공관 극단 신협
1954. 1.1	연출	마의태자	동양극장 극단 신협
1954. 1.12	연출	나도 인간이 되련다	대구극장 극단 신협
1954. 2.4	공연	대춘향전	시공관 극단 신협, 허석 연출
1954. 4.22	비평	무거워진 책임감——작품 써서 책무 갚겠다	서울신문
1954. 11	비평	민족문화향상을 위한 나의 제언——학술원 예술원의 발족을 보고	사상계
1955	희곡	청춘은 조국과 더불어 (1막)	
1955	희곡	사육신 (4장)	
1955. 1	비평	자체의 실력보강	새벽
1955. 1	희곡	푸른 성인——허약한 자 반드시 우자(愚者)가 아니다	현대공론사
1955. 3.19	공연	자매 (2)	시공관 신협 공연
1955. 4.29	공연	자매	대구극장 극단 신협, 이해랑 연출
1955. 5	비평	극작가 수업 30년	현대문학
1955. 5.29~6.3	공연	별	시공관 극단 신협,

발표일	분류	제 목	발표지
1955. 5.30	공연	소	김동원 연출 시공관 국민대 극예술연구회, 오사량 연출
1955. 6	희곡	자매 (2) (4막)	예술원보 1호
1955. 6.13-14	공연	통곡	시공관 극회 서라벌, 김규대 연출
1955. 9.19-25	공연	사육신	문화관 한국연극 학회 주최 제1회 전국중고등학교 연극경연대회
1955. 12.15-20	공연	푸른 성인	한국연극학회· 한국일보 공동주최 제3회 전국대학 연극경연대회
1956. 1.3	비평	흔히 볼 수 없는 快作(희곡)	조선일보
1956. 2.12-13	비평	입장세법에 대하여 ──국산연예물의 경우	서울신문
1956. 3.31	비평	一步 함대훈 형 ──취하면 보고창가 (報告唱歌)를 불러	조선일보
1956. 7.18-20	비평	연극인의 미국여행	한국일보
1957	각색	단종애사	이광수 원작
1957	시나리오	논개	

발표일	분류	제 목	발표지
1957	시나리오	별	
1957. 7-10	비평	대중과 더불어 호흡 —— 미국	서울신문
1957. 7.15-18	비평	구미의 연극 영화계 —— 유치진 씨의 시찰강연 요지	경향신문
1957. 7.27	비평	미국의 영화와 극장가	동아일보
1957. 7.28	비평	문화교류의 필요성 —— 大鵬극단 공연을 보고	서울신문
1957. 10-12	비평	연극행각 세계일주	문학예술
1957. 11.5-6	비평	민족극 수립을 위하여 —— 가면무극 「산대놀이」 공연을 앞두고	한국일보
1957. 12	희곡	왜 싸워[13] (4막)	자유문학 6호
1957. 12.9	비평	신극의 선구자 —— 홍해성 선생을 애도함	서울신문
1957. 12.13	비평	짓밟힌 우정 —— 희곡 「왜 싸워?」의 분규를 계기로	한국일보
1957. 12.14	비평	민족을 파는 작품 아니다 —— 희곡 「왜 싸워?」의 분규를 계기로	한국일보
1957. 12.15	비평	누구를 위한 십자가였던가 —— 희곡 「왜 싸워?」의 분규를 계기로	한국일보

---

13) 1942년에 발표한 「대추나무」를 개작한 작품.

발표일	분류	제 목	발표지
1958. 1.6	비평	가면무극을 구하라	경향신문
1958. 4.23	비평	각국의 셰익스피어극 ── 유치진 씨로부터 듣다	서울신문
1958. 5	비평	희곡천기	현대문학
1958. 5.25	비평	극계 위기를 극복하는 길 ── 예술성의 자각 실력의 재연마	서울신문
1958. 6.4	비평	연극관객과 영화관객 ── 외국과 우리나라를 비겨서	동아일보
1958. 9	희곡	한강은 흐른다 (22경)	사상계
1958. 9.19	비평	신극운동의 과제 ── 극장과 기술자를 다시 찾자	성루신문
1958. 9.26	공연	한강은 흐른다	시공관 극단 신협, 이해랑 연출
1958. 12	좌담	예술계의 열두 달	자유공론
1958. 12	비평	극계의 건실한 존재 ── 제작극회의 공연을 보고	조선일보
1959	시나리오	개화전야(開化前夜)	
1959	시나리오	류관순	
1959	무용극	별승무 (2경)	
1959	비평	신극사 개관	예술원보 3호
1959. 1	비평	희곡천(薦) 후기	현대문학
1959. 1.4	비평	말에 대한 인식과 화술	서울신문

발표일	분류	제 목	발표지
		교육 —— 의사표시의 정확을 기르자	
1959. 1.5	비평	작품을 쓰자	동아일보
1959. 3.6	비평	도큐멘터리 없어 섭섭	동아일보
1959. 3.18-22	공연	소	원각사 극단 신협, 이광래 연출
1959. 7.7-8	비평	핀랜드 연극현황 —— 세계연극대회 참가기	동아일보
1960. 3.29-31	공연	소	원각사 토월극회, 유일수 연출
1960. 6	비평	아세아 영화제 참가기 —— 각국의 출품작품을 심사하고 나서	문예사
1961	비평	국제연극대회보고(報告)	예술원보
1962. 10.3	공연	한강은 흐른다	드라마 센터 극단 드라마 센터, 이해랑 연출
1964	아동극	청개구리는 왜 날이 궂으면 우는가	
1964. 9.28	연출	마의태자	드라마 센터 극단 드라마 센터
1964. 11	비평	연극의 발달이 선행되어야	현대문학
1965. 12.10-16	공연	춘향전, 별, 소	드라마 센터 극단 드라마 센터, 이해랑·이원경·

발표일	분류	제목	발표지
			전학주 연출, 유치진 회갑기념 공연
1966. 5.16	공연	나도 인간이 되련다	드라마 센터 극단 드라마 센터, 오사량 연출, 개관 4주년 기념 공연
1967. 12	비평	희곡창작법 ── 연극강좌	현대연극
1968. 3.26-4.1	공연	토막	국립극장 신연극 60주년 기념 공연, 김정옥 연출
1969. 3	비평	연극교육의 어제와 오늘과 내일	새교육 대한교육 위원회
1970. 5.5-11	공연	원술랑	국립극장 국립극단 57회 공연, 이해랑 연출
1970. 7.18-20	공연	춘향전	드라마 센터 서울연극 학교, 이원경 지도
1971	비평	레파토리 극장으로 ── 드라마 센터가 새출발하면서	현대연극 1호
1971	비평	나의 '극예술연구회'	연극평론 가을호
1971. 4.15-18	공연	소	국립극장 극단 동양, 나영세 연출

발표일	분류	제 목	발표지
1971. 9	비평	폭동과 학살의 지옥도 ——내가 경험한 관동대진재	세대사
1972	비평	희곡창작법 上·下	현대연극 4·5호
1972. 1	비평	72년 한국 연극의 장래를 가름할 시험기	민족공론사
1972. 12.11, 12, 14	공연	춘향전[14]	한국일보 소극장, 조선호텔 볼룸, 심양홍 연출
1973. 1	희곡	춘향전	아시아 公論
1973. 5	비평	못다 부른 노래의 아쉬움	문학사상

14) 수재의연금 및 새마을 운동기금 모금을 위한 재한 17개국 외국인의 최초의 한국어 연극 공연.

유치진 연구 서지

1936. 2.18   백철, '문예월평' 「유치진 씨의 「獸」」, ≪조선일보≫.

1937. 3   이광래, 「유치진론」, ≪풍림 4호≫.

1966   서연호, 「저항적 면에서 본 한국희곡 —— 유치진 씨의 작품세계를 중심으로」, ≪고대문화≫.

1966   유민영, 「유치진 연구」, 서울대 대학원 석사 논문.

1966   이두현, 『한국신극사연구』, 서울대 출판부.

1970   정형상, 「유치진 연구」, 전남대 대학원 석사 논문.

1973   김원중, 「유치진 연구」, ≪논문집(영남여자초급대)≫ 3집.

1973   서항석, 『한국연극사 —— 제2기』, 대한민국 예술원.

1973. 8   서연호, 「유치진론」, ≪드라마≫ 5호.

1973. 9   서연호, 「극작가 연구의 제문제 ——'유치진론'을 중심으로」, ≪기원≫ 1호.

1974   유민영, 「동랑 유치진 —— 그의 생애, 사상, 작품」, ≪예술원보≫ 18호, 대한민국 예술원.

1974 여름   여석기, 「유치진과 애란 연극」, ≪연극평론≫.

1975   서연호, 『한국연극론』, 삼일각.

1975   유치진, 『동랑 자서전』, 서문당.

1977   박순철, 「유치진 전기 현대극의 인간형 연구」, 계명대 교육대학원 석사 논문.

1977. 12   신정옥, 「유치진에 미친 애란극의 영향(상)」, ≪한국연극≫.

1977   이진순, 『한국연극사』, 대한민국 예술원.

1978   유민영, 『한국연극산고』, 문예비평사.

1978. 2   신정옥, 「유치진에 미친 애란극의 영향(하)」, ≪한국연극≫.

1979   유민영, 「저항과 순응의 궤적 ── 유치진과 함세덕의 경우」, ≪연극영화연구(중앙대 연극영화학과)≫ 4집.

1980   최창길, 「1930년대 농민극에 나타난 머뭄과 떠남」, 영남대 대학원 석사 논문.

1981   유민영, 「극연의 연극사적 위치」, ≪한국연극학≫ 1집, 한국연극학회.

1982   서연호, 『한국근대희곡사연구』, 고려대 민족문화연구소.

1982   유민영, 『한국현대희곡사』, 홍성사.

1982   유민영, 『한국극장사』, 한길사.

1982. 12   권오만, 「애란 연극운동과 극예술연구회」, ≪비교문학≫ 7집.

1983   김성희, 「1930년대 극예술연구회 연구」, 이화여대 대학원 석사 논문.

1983   김명호, 「유치진의 희곡 「토막」 연구」, 동아대 대학원 석사 논문.

1983   전정순, 「유치진 초기 작품에 나타난 리얼리즘」, 경북대 대학원 석사 논문.

1983   조성구, 「동랑 유치진 연구 ── 그의 희곡세계를 중심으로」, 단국대 대학원 석사 논문.

1983. 12   유민영, 「유치진의 새로운 세계」, ≪문학사상≫.

1984   김옥이, 「유치진 연구」, 이화여대 대학원 석사 논문.

1984   서연호, 「「토막」, 「소」의 이본 재고」, ≪민족문화연구≫ 18호, 고려대 민족문화연구소.

1984   우한용, 「희곡의 현실반영방식고 ── 「소」와 「당랑의 전설」을 중심으로」, 『의민 이두현 박사 회갑기념 논문집』, 학연사.

1984   이택로, 「유치진 전반기 희곡 연구」, 단국대 교육대학원 석사

　　　　　　　　　　논문.

1984. 2　　　　　김명호, 「유치진 희곡 「토막」 연구」, 동아대 대학원 석사 논문.

1984. 11　　　　　이광국, 「유치진 희곡에 나타난 비극의 모습」, ≪배달말≫ 9호,
　　　　　　　　　　배달말학회.

1985　　　　　　　김상선, 『한국근대희곡론』, 집문당.

1985　　　　　　　김성희, 「국민연극에 관한 연구」, ≪한국연극학≫, 한국연극
　　　　　　　　　　학회.

1985　　　　　　　심정순, '여성비평' 「유치진의 여인들 —— 두 작품 「자매」를 중
　　　　　　　　　　심으로」, ≪한국연극학≫, 한국연극학회.

1985　　　　　　　안광룡, 「유치진 연구」, 단국대 교육대학원 석사 논문.

1986　　　　　　　권정순, 「유치진의 역사극 연구」, 단국대 교육대학원 석사 논문.

1986　　　　　　　김용호, 「유치진의 희곡 「소」 연구」, 동아대 교육대학원 석사
　　　　　　　　　　논문.

1986　　　　　　　김원중, 『한국근대희곡문학연구』, 정음사.

1986　　　　　　　장한기, 『한국연극사』, 동국대 출판부.

1987　　　　　　　김동권, 「40년대 후반기 희곡 연구」, 건국대 대학원 석사 논문.

1987　　　　　　　김성희, 「유치진의 초기 리얼리즘 희곡에 대하여」, ≪학술논총
　　　　　　　　　　(단국대 대학원)≫ 11집.

1987　　　　　　　신정옥, 「영미극 이입과 한국신극에 미친 영향」, 한국외국어대
　　　　　　　　　　대학원 박사 논문.

1987　　　　　　　여석기, 『동서연극의 비교연구』, 고려대 출판부.

1987　　　　　　　차범석, 『동시대의 연극인식』, 범우사.

1987　　　　　　　하창길, 「유치진의 「토막」 연구」, 부산대 대학원 석사 논문.

1987. 2　　　　　김명호, 「유치진 희곡 「토막」의 비극구조」, ≪국어국문학 논문
　　　　　　　　　　집(동아대 국어국문학과)≫ 7집.

1987. 10　　　　　이혜선, 「극예술연구회와 애란 연극」, ≪성심어문집(성심여대 국
　　　　　　　　　　어국문학과)≫ 10집.

1988   김명호, 「유치진의 희곡 「토막」에 나타난 등장인물들의 갈등양
           상」, ≪국어국문학(동아대 국어국문학)≫ 8집.

1988   서연호, 『동시대적 삶과 연극』, 열음사.

1988   양승국, 「1930년대 희곡에 나타난 등장인물의 기능」, 서울대 대
           학원 석사 논문.

1988   이대범, 「'극예술연구회' 연구」, 강원대 대학원 석사 논문.

1988   이희규, 「유치진 희곡 연구」, 전남대 대학원 석사 논문.

1988   장혜전, 「현대희곡의 소재 변용에 관한 연구」, 이화여대 대학원
           박사 논문.

1988   정순진, 「유치진의 「토막」 고찰」, ≪한국언어문학≫ 26집.

1988 가을   서연호. 「친일연극의 전개양상 (상)」, ≪외국문학≫.

1989   김동호, 「토막」, 「소」에 나타난 유치진의 작가의식 연구」, 계명
           대 교육대학원 석사 논문.

1989   김만수, 「1930년대 연극운동 연구」, 서울대 대학원 석사 논문.

1989   김명호, 「유치진의 희곡 「토막」에 나타난 비극성」, ≪국어국문
           학 논문집(동아대 국어국문학과)≫ 7집.

1989   김방옥, 『한국 사실주의 희곡 연구』, 동방공연예술연구소.

1989   백현미, 「창극의 변모양상과 그 성격」, 이화여대 대학원 석사
           논문.

1989   손금순, 「1920~30년대 한국희곡의 극적 구조와 수용에 관한
           연구 ── 김우진, 채만식, 유치진의 작품을 중심으로」, 이화여대
           대학원 박사 논문.

1989   이미원, 「한국 사실주의 및 자연주의극의 형성」, 『의민 이두현
           교수 정년퇴임 기념논문집』.

1989   이혜선, 「유치진 희곡 「당나귀」 구조 연구」, 성심여대 대학원
           석사 논문.

1989. 1   이미원, 「전란이 남긴 희곡」, ≪현대문학≫.

1989. 2-3　　　서연호, 「친일연극의 전개양상 (중)·(하)」, ≪문학정신≫.

1989. 12　　　김명호, 「유치진의 희곡 「토막」에 나타난 비극성」, ≪국어국문학 논문집(동아대 국어국문학과)≫ 9집.

1990　　　김미도, 「1930년대 농촌극에 나타난 현실인식」, ≪어문논집(고려대 국어국문학연구회)≫ 29집.

1990　　　김성희, 「1930년대 연극론에 대하여」, ≪한국연극학≫ 3호, 한국연극학회.

1990　　　설성경, 「유치진이 추구한 「춘향전」의 새 의미」, 『1930년대 민족문학의 인식』, 한길사.

1990　　　유민영, 『우리시대 연극운동사』, 단국대 출판부.

1990　　　하창길, 「유치진의 「토막」 연구」, 전남대 대학원 석사 논문.

1990. 5　　　김재석, 「국민연극론의 성격에 대한 소고」, ≪문학과 언어(경북대 문학과 언어 연구회)≫ 11집.

1991　　　김성희, 「김우진, 유치진 희곡의 기호학적 연구」, 단국대 대학원 박사 논문.

1991　　　양승국, 「한국근대 역사극의 몇 가지 유형」, ≪한국극예술연구≫ 1집, 한국극예술학회.

1991　　　양승국, 「해방 이후의 유치진 희곡을 통해 본 분단현실과 전쟁체험의 한 양상」, 『한국의 전후문학』.

1991　　　양승국, 「1945~1953년의 남북한 희곡에 나타난 분단문학적 특질」, 『1950년대 문학연구』(문학사와 비평연구회 엮음), 예하출판사.

1991　　　이경훈, 「유치진의 초기 희곡에 관하여」, ≪연세어문학(연세대 국어국문학과)≫ 23집.

1991　　　이해랑, 『허상의 진실』, 새문사.

1991. 7　　　서연호, 「유치진의 「소」와 일본 희곡 「말」의 대비 고찰」, ≪한국연극≫.

1991 봄   한하균, 「동랑 유치진과 그의 희곡 연구 ── 초기의 저항정신을
                중심으로」, ≪희곡문학≫ 4집.

1992   김일영, 「유치진 각색 희곡 「춘향전」의 구성과 그 각색 배경」,
                ≪국어교육연구≫ 24집.

1992   김재석, 「1920~30년대 사회극 연구」, 경북대 대학원 박사
                논문.

1992   양승국, 「1920~30년대 연극운동론 연구」, 서울대 대학원 박사
                논문.

1992   오영미, 「1950년대 후반기 한국희곡의 변이 양상」, ≪한국극예
                술연구≫ 2집, 한국극예술학회.

1992   이상우, 「해방 직후 좌우대립기의 희곡에 나타난 현실인식의
                양상」, ≪한국극예술연구≫ 2집, 한국극예술학회.

1992   이재명, 「1930년대 희곡문학의 분석적 연구」, 연세대 대학원 박
                사 논문.

1992   한상철, 『한국연극의 쟁점과 반성』, 현대미학사.

1993   권순종, 『한국희곡의 지속과 변화』, 중문출판사.

1993   김미도, 「1930년대 한국희곡의 유형에 관한 연구」, 고려대 대학
                원 박사 논문.

1993   김미도, 「1950년대 희곡의 실험적 성과」, ≪어문논집(고려대 국
                어국문학연구회)≫ 32집.

1993   김성희, 『한국희곡과 기호학』, 집문당.

1993   박영정, 「일제 강점기 재일본 조선인 연극운동 연구」, ≪한국극
                예술연구≫ 3집, 한국극예술학회.

1993   송기천, 「유치진 희곡 연구 ── 현실과 전통의식을 중심으로」,
                ≪교육논총(중앙대 교육대학원)≫ 10집.

1993   양승국, 「1930년대 유치진의 연극비평 연구」, ≪한국극예술연구≫
                3집, 한국극예술학회.

1993   유치진, 『동랑 유치진 전집 1~9』, 서울예대 출판부.

1993   이석만, 「해방 직후의 소인극운동 연구」, ≪한국극예술연구≫ 3집,
              한국극예술학회.

1993. 12   윤금선, 「유치진 역사극 연구」, ≪한양어문연구(한양어문연구회)≫
              11집.

1994   김만수, 「역사와 설화의 희곡화에 관한 고찰」, ≪한국극예술연
              구≫ 4집, 한국극예술학회.

1994   방숙, 「유치진 희곡의 비극성 연구」, ≪인천 어문학≫.

1994   서연호, 『한국근대희곡사』, 고려대 출판부.

1994   신정옥, 『한국신극과 서양연극』, 새문사.

1994   양승국, 『한국연극의 현실』, 태학사.

1994   윤금선, 「「소」의 공간 분석」, ≪한양어문연구(한양어문연구회)≫
              12집.

1994   윤진현, 「유치진과 아나키즘」, ≪민족문학사연구≫ 6호.

1994   윤진현, 「유치진 초기 희곡 연구 —— 아나키즘의 영향을 중심으
              로」, 인하대 대학원 석사 논문.

1994   이광호, 「리얼리즘의 변용과 통속성 —— 유치진의 「한강은 흐른
              다」의 재인식」, ≪한국극예술연구≫ 4집, 한국극예술학회.

1994   이미원, 『한국근대극연구』, 현대미학사.

1994   이상우, 「전쟁체험의 구체성과 드라마의 낭만성 —— 1950년대
              유치진론」, 『1950년대 소설가들』, 나남.

1994   이상호, 「유치진의 초기 희곡에 나타난 비극적 세계인식」, ≪한
              국학논집(한양대 한국학연구소)≫ 25집.

1994   전성희, 「유치진 희곡 연구 —— 욕망의 대상과 결말구조를 중심
              으로」, 숙명여대 대학원 박사 논문.

1994   전성희, 「유치진 희곡에 나타난 숀 오케이시의 영향」, ≪원우논총≫.

1994   전성희, 「싱그와 셰익스피어가 유치진 희곡에 미친 영향」, ≪어

문논집≫.

1994   한하균, 「동랑 유치진과 그의 사실주의 희곡 연구」, ≪연극학
            연구≫, 부산연극학회.

1995   김미도, 『한국 근대극의 재조명』, 현대미학사.

1995   김옥란, 「유치진의 50년대 희곡 연구」, ≪한국극예술연구≫ 5집,
            한국극예술학회.

1995   김재석, 『일제 강점기 사회극 연구』, 태학사.

1995   박영정, 「유치진의 「토막」과 함세덕의 「산허구리」 비교 연구」,
            ≪대학원 학술논문집(건국대 대학원)≫ 40집.

1995   이상우, 「유치진 희곡의 변모과정 연구」, 고려대 대학원 박사
            논문.

1995   이상우, 「1930년대 유치진 역사극의 구조와 의미」, ≪어문논집
            (고려대 국어국문학연구회)≫ 34집.

1995   이승미, 「해방 직후의 희곡 연구」, 경북대 대학원 석사 논문.

1995   이은경, 「한국 희곡에 나타난 노인의 변모 양상」, ≪어문논집
            (숙명여대 한국어문학연구소)≫ 5집.

1995   한국극예술학회 편, 『유치진』, 태학사.

1995. 7   유진월, 「「토막」의 유물론적 여성 비평」, ≪조선문학≫.

1995. 12   유진월, 「유치진의 「자매」에 나타난 여성의 정체성과 모성성 연
            구」, ≪조선문학≫.

1996   권순종, 「연극 이념의 변화와 창작 경향」, 『현대희곡과 연극』
            (우암 김원중 교수 회갑기념논총 간행위원회 엮음), 만인사.

1996   백현미, 「창극의 역사적 전개과정 연구」, 이화여대 대학원 박사
            논문.

1996   송현호, 「유치진의 희곡 연구」, ≪인문논총(아주대 인문과학연
            구소)≫ 7집.

1996   양승국, 『한국근대연극비평사연구』, 태학사.

1996   오영미, 『한국 전후 연극의 형성과 전개』, 태학사.

1996   오영미, 「1950년대 한국희곡연구」, 경희대 대학원 박사 논문.

1996   유민영, 『한국근대연극사』, 단국대 출판부.

1996   유진월, 『한국희곡과 여성주의 비평』, 집문당.

1996   유진월, 「한국희곡의 여성주의비평적 연구」, 경희대 대학원 박
           사 논문.

1996   윤금선, 「1950년대 유치진 희곡」, 《한양어문연구(한양어문연구
           회)》 13집.

1996   윤금선, 「유치진 희곡의 희비극성 연구」, 《한국학 논집(한양대
           한국학연구소)》 28집.

1996   윤금선, 「유치진 희곡에 나타난 심리적 이상성」, 《한국학 논집
           (한양대 한국학연구소)》 29집.

1996   윤일수, 「유치진의 「춘향전」 연구」, 『현대희곡과 연극』(우암 김
           원중 교수 회갑기념논총 간행위원회 엮음), 만인사.

1996   이석만, 「해방기 연극 연구」, 경희대 대학원 박사 논문.

1996   이석만, 『해방기 연극 연구』, 태학사.

1996   이해년, 「초기의 행동주의 문학론 연구」, 《한국문학논총》 18집,
           한국문학회.

1996. 2   김재석, 「유치진의 초기 희곡과 연극론의 거리」, 《어문학》, 한
           국어문학회.

1996. 10   이상우, 「극예술연구회의 창작극과 유치진」, 《인문연구(영남대
           인문과학연구소)》 18집 1호.

1996. 12   이석만, 「배항기 우익 연극의 전개양상」, 《어문논총》 9집.

1997   김윤희, 「유치진의 역사극 연구」, 조선대 대학원 석사 논문.

1997   박영정, 「유치진의 연극비평 연구」, 건국대 대학원 박사 논문.

1997   박영정, 『유치진 연극론의 사적 전개』, 태학사.

1997   박영정, 「유치진의 민족연극론」, 《건국어문학(건국대 국어국문

학연구회)≫ 21·22집 합집.

1997   백종원, 「유치진 희곡의 민족주의 연구」, 강원대 대학원 석사
           논문.

1997   백현미, 『한국창극사연구』, 태학사.

1997   백현미, 「유치진의 「춘향전」 연구」, ≪한국극예술연구≫ 7집,
           한국극예술학회.

1997   서연호, 『식민지시대의 친일극 연구』, 태학사.

1997   심상교, 「유치진의 50년대 희곡 연구」, ≪국어국문학≫ 118호,
           국어국문학회.

1997   윤금선, 「자매 2」의 심리분석적 연구」, ≪한국극예술연구≫ 7집,
           한국극예술학회.

1997   이광국, 「일제 강점시대의 비극 연구」, 경북대 대학원 박사
           논문.

1997   이상우, 「극예술연구회에 대한 연구」, ≪한국극예술연구≫ 7집,
           한국극예술학회.

1997   이상우, 『유치진 연구』, 태학사.

1997. 3   이석만, 「'낙랑공주와 호동왕자' 설화의 희곡화 과정 연구」, ≪경
           희어문학≫ 17호.

1998   김성희, 「유치진의 「자매 2」와 리얼리즘」, ≪한국연극연구≫(국
           학자료원), 한국연극사학회.

1998   김승옥, 「유치진 희곡 연구」, ≪한국연극연구≫, 한국연극사
           학회.

1998   김옥란, 「1950년대 희곡과 성담론」, ≪한국연극연구≫, 한국연
           극사학회.

1998   김인균, 「숀 오케이시와 유치진 비교 연구」, ≪영어영문학≫ 44권
           1호, 한국영어영문학회.

1998   김일영, 『「소」 이본 연구』, 중문출판사.

1998   김일영, 「현대희곡에서 패러디의 가능성 연구」, ≪어문학≫ 64집, 한국어문학회.

1998   김재석, 「1950년대 반공극의 구조와 존재 의미」, ≪한국연극연구≫, 한국연극사학회.

1998   민족문학사연구소 희곡분과, 『1950년대 희곡 연구』, 새미.

1998   박명진, 『한국희곡의 이데올로기』, 보고사.

1998   유진월, 「희곡에 나타난 여성관계에 대한 연구 —— 자매애를 중심으로」, ≪한국연극연구≫, 한국연극사학회.

1998   윤금선, 「유치진 희곡 연구」, 한양대 대학원 박사 논문.

1998   이승희, 「1950년대 유치진 희곡의 희곡사적 위상」, ≪한국극예술연구≫ 8집, 한국극예술학회.

1999   박명진, 『한국 전후 희곡의 담론과 주체 구성』, 월인.

2000   거제시, 「동랑 유치진, 청마 유치환의 출생지 조사연구」, 경상북도 거제시.

2000   신승호, 「동랑 유치진 선생의 고향 탐방기」, ≪연극학보≫.

2000   정철, 「한국 근대 연출사 연구 —— 홍해성, 유치진, 이해랑을 중심으로」, 조선대 대학원 박사 논문.

2001   김광수, 「유치진 연극론과 초기 농촌 희곡의 특징 연구」, 강원대.

2001   손정희, 「유치진 희곡 연구」, 단국대 대학원 석사 논문.

2001   양승국, 『한국현대희곡론』, 연극과 인간.

2001   이광국, 『일제 강점시대 비극 연구』, 연극과 인간.

2002   유영제, 「유치진 초기 작품에 나타난 아나키즘 연구」, 단국대 대학원 석사 논문.

2002   한기철, 「1930년대 희곡에 있어서 '떠남'에 관한 연구」, 경상대 대학원 석사 논문.

2004   김성현, 「해방기 유치진의 연극이론 및 역사극 고찰」, 『한국 문

학권력의 계보』(문학과비평연구회 편), 한국출판마케팅연구소.

2004   김승옥, 『한국현대희곡과 전통의식』, 연극과 인간.

2004   윤금선, 『사회와 인간, 반영의 무대』, 월인.

2004   윤금선, 『유치진 희곡 연구』, 연극과 인간.

2004   이민영, 「유치진 희곡의 개작에 대한 공연학적 연구」, 경북대 대학원 석사 논문.

2004   이상우, 『근대극의 풍경』, 연극과 인간.

2004   장원재, 「숀 오케이시와 유치진의 영향관계 연구」, ≪국제어문≫.

2005. 4   김성희, 「한국연극을 주도해 온 희곡작가 유치진」, ≪문학사상≫.

2005   이은복, 「식민지 상황인식의 논리와 과정으로서의 「토막」」, 전북대 대학원 석사 논문.

작성자 배선애   문학박사. 성균관대 강사.

김태진 생애 연보

1905년   함경남도 원산에서 출생하였다.[1]

1925년   3월, 윤백남이 창립한 윤백남 프로덕션에 미술 담당으로 가담하였다.
         7월, 고려키네마프로덕션이 제작한 「개척자」(이광수 원작, 이경손 각
         색·감독)에 南宮雲이란 예명으로 출연하였다. 이후 영화 출연시에는
         주로 예명을 사용하였다.

1926년   3월, 계림영화협회(조일제 설립)가 제작한 이경손 각색·감독의 「장한
         몽」에 출연하였다. 10월, 조선키네마프로덕션이 제작한 나운규의 「아
         리랑」에 '현구'역으로 출연하여 큰 인기를 끌었다. 12월, 조선키네마
         제작, 나운규 감독의 「풍운아」에 출연하였다.

1927년   6월, 극동키네마 제작, 황운 감독의 「낙원을 찾는 무리」에 출연하였다.
         11월, 김태진의 작품 「뿔빠진 황소」가 조선키네마 제작으로 조선극장에
         서 상영되었다. 자신의 원작을 각색한 이 작품에도 배우로 출연하였다.

1929년   1월, 서울키노(서울영화공장) 제작, 김유영 감독의 카프 계열 영화
         「昏街」에 출연하였다. 12월, 남궁운의 이름으로 김형용, 윤효봉, 임화,
         김유영 등과 신흥영화예술동맹을 조직하였다.

1930년   1월, 나운규의 「아리랑, 그 후의 이야기」에 출연하였다.

---

1) 김태진(金兌鎭)의 예명은 南宮雲이다. 단천공립보통학교를 졸업, 서울에서 영어강습
   도 하고, 일본에 건너가 견문을 넓혔다고 한다. 부산 조선키네마를 시작으로 하여 영화
   계에 발을 들였다. 백남프로덕션, 고려키네마를 거쳐 계림영화협회 전속으로 있다가
   1926년경부터는 조선키네마프로덕션에 전속으로 활동하였다. 함흥에서 '예림회'를 따라
   간도지방에서 순회 연극을 한 것이 연극활동의 시작이라고 한다. 「조선영화계 化形點
   考」 제5회, ≪동아일보≫, 1926. 11. 9 참조.

1931년   4월, 카프 중앙극단으로 결성된 '청복극장'의 구성원으로 활동하였다.

1932년   강호, 이상춘 등과 함께 연희전문학교의 연극부 제2회 공연을 지도하
　　　　 였다. 10월, 카프 계열의 함흥 길안든영화사 제작, 황운 감독의 「딱한
　　　　 사람들」에 출연하였다.

1933년   2월, 극단 '신건설'의 기관지 ≪연극운동≫ 출판 사건으로 이상춘, 강
　　　　 윤희, 나준영, 이필용, 김완규, 추완호 등과 함께 검거되어 기소되었다.

1934년   8월, 이찬, 강호와 8개월의 금고형을 받았다. 같이 기소된 이상춘은 면
　　　　 소되고 신고송은 10개월의 금고형을 받았다.

1938년   11월, 조선일보사가 개최한 국내 최초의 영화제의 준비위원으로 위촉
　　　　 되었다.

1941년   동양극장 전속극단 중 하나인 '호화선'이 이름을 바꾼 '성군'의 전속작
　　　　 가로 활동하였다. 10월 6일부터 8일까지 조선연극협회가 ≪매일신보≫
　　　　 의 후원을 얻어 실시한 연극보국주간에 국민좌(國民座)가 김태진의
　　　　 「밤안개」를 부민관에서 공연하였다.

1942년   심영, 안영일, 송영 등과 함께 총독부의 연극통제 기관이었던 조선연
　　　　 극문화협회(1942. 7. 26)의 이사직을 맡아 활동하였다. 4월, 조선연극
　　　　 문화협회가 주최한 이동극단 제1대의 중앙보고 공연(경성 부민관)에
　　　　 서 나웅, 안영일 등과 함께 연출을 맡았다. 조선연극문화협회 주최, 제
　　　　 1회 연극경연대회에 「행복의 계시」(극단 아랑, 안영일 연출, 김일영
　　　　 장치, 부민관, 10. 2~)를 출품, 공연하였다.

1943년   7월, 전창근과 함께 태양극단을 창설하였다. 9월, 제2회 연극경연대회
　　　　 에 「아름다운 고향」(극단 고협, 신고송 연출)을 출품, 공연하였다. 극
　　　　 단 고협은 이 작품으로 작품상을 수상했다.

1945년   송영, 임선규, 황철, 안영일, 서일성, 고설봉 등과 해방 후 연극인들의
　　　　 첫 모임을 갖고, 임시정부 요인 등의 귀국 환영 행사를 위해 「춘향전」
　　　　 을 공연하기로 결정하였다. 송영, 안영일, 이서향, 박영호, 김승구, 나
　　　　 웅 등과 함께 '조선연극건설본부'를 조직하였고 심의실 위원을 맡았다.

배우 중심 극단인 '서울예술극장'(10. 22)의 문예부원으로 활동하였다.

이후, '조선연극건설본부'와 '조선프롤레타리아연극동맹'의 통합으로 결성된 '조선연극동맹'에서 중앙상임위원(교육부)으로 활동하였다.

1946년　'조선연극동맹'에서 개최한 '3·1기념 연극대회'(4.22-26)에 대한 좌담회에 참가하였다. 5월 25일, 조선연극동맹 상임위원회에서 제1회 조선연극제 개최를 결정하였는데, 여기서 함세덕, 박영호, 송영 등과 각색을 맡게 되었다. 7월에는 '희곡의 밤'에서 박영호, 안영일, 이서향 등과 함께 강연하였다.

1947년　6월, 조선연극동맹의 미소공동위원회 축하공연의 하나로 극단 창조극장에 의해 「시집가는 날」이 공연되었다.

1947년　월북하였다.

1948년　북한에서 희곡 「리순신 장군」을 발표했다.[2]

---

2) 이후 행적과 사망년도 미상.

발표일	분류	제 목	발표지
1937. 9.29	평론	오페라 스타디오의 악극 「춘향전」을 보고	동아일보
1937. 11.18-21	평론	혁신 '중앙무대'의 「부활」 상연을 보고	동아일보
1939. 3.26-30	평론	초창기 비화(영화편)	동아일보
1939. 11	평론	연극의 재미를 위한 小考	영화연극 1호
1939. 11	평론	藝苑 오후 2시 풍경	영화연극 1호
1939. 3.27	평론	초창기의 비화 : 영화편 1 ——羅君의 발뒷꿈치	동아일보
1939. 3.28	평론	초창기의 비화 : 영화편 2 ——영화의 낭만시대	동아일보
1939. 3.30	평론	초창기의 비화 : 영화편 3 ——구두 속의 艶書	동아일보
1939. 7.11-14	평론	「愛戀頌」 영화평과 작품평가를 검토하면서	동아일보
1939. 8.8	평론	영화계의 풍운아! 故 나운규를 논함, 3주기를 맞어 그의 작품을 再考(상)	동아일보

발표일	분류	제 목	발표지
1939. 8.11	평론	영화계의 풍운아! 故 나운규를 논함, 3주기를 맞어 그의 작품을 再考(하)	동아일보
1940. 3.13 -3.24	평론	조선영화의 비약 그 기업화 문제에 대한 기초인식	동아일보
1940. 5	평론	연극시평 ——신극과 고협의 「춘향전」	인문평론
1941. 10.11-	희곡(공연)	성길사한(成吉思汗)	南鮮巡演
1941. 10.20-	희곡(공연)	세기의 가족	동양극장
1941. 11.23-	희곡(공연)	백마강	동양극장
1942. 1.15-	희곡(공연)	백마강	재공연
1942. 1.24-	희곡(공연)	성길사한	성보극장
1942. 2.6-	희곡(공연)	성길사한	南鮮巡演
1942. 3.30-	번역(공연)	모계가족(石川達三 원작)	동양극장
1942. 5.4-	희곡(공연)	세기의 가족	제일극장
1942. 5.12-	희곡(공연)	밤안개(각색)	동양극장
1942. 8.1-	희곡(공연)	여름밤의 꿈	우미관
1942. 8.5-	희곡(공연)	인정춘추	우미관
1942. 10-11	희곡	행복의 계시	조광
1942. 10.2-	희곡(공연)	행복의 계시	부민관
1943. 1.14-	희곡(공연)	동경	동양극장
1943. 2.5-	희곡(공연)	삼남매	西鮮巡演
1943. 2.25-	희곡(공연)	사막의 왕자	부민관

발표일	분류	제 목	발표지
1943. 7.31-	희곡(공연)	그 전날 밤	영보극장
1943. 7.31-	희곡(공연)	모란꽃 필 때	영보극장
1943. 8	희곡	그 전날 밤	신시대
1943. 8.3-	희곡(공연)	그 전날 밤	西鮮巡演
1943. 8.3-	희곡(공연)	모란꽃 필 때	西鮮巡演
1943. 12.2-	희곡(공연)	아름다운 고향	부민관
1943. 12.12-	희곡(공연)	그 전날 밤	재공연
1944. 4.16-	각색(공연)	맹진사댁 경사	제일극장
1944. 7.1	희곡(공연)	삼남매	제일극장
1944. 8.18	희곡(공연)	삼남매	재공연
1944. 10.5-	희곡(공연)	화랑도	부민관
1945. 1.4	희곡(공연)	삼남매	약초극장
1946. 6.2	희곡(공연)	해와 달과 별	수도극장
1946. 7.1	평론	연극의 위기	대조 1권 2호
1946. 7.18	희곡(공연)	세 동무	중앙극장
1946. 9.15	평론	희곡의 문학성과 연극성	독립신보
1946. 10.31	희곡(공연)	충무공 이순신	중앙극장
1946. 11.7	평론	연극운동의 방향전환	경향신문
1946. 11.13	평론	민족연극기초	자유신문
1946. 12.16	희곡(공연)	세 동무	성남극장
1946. 12.24	희곡(공연)	임자 없는 소녀들	제일극장
1947. 1.5	평론	연극과 창조의 자유	한성신문
1947. 6.20-	희곡(공연)	시집가는 날	단성사
1948. 1	희곡	리순신 장군	
1948. 11.20	평론	소인극 희곡에 대하여	소인극 교정

1926. 11.9 「조선영화계 花形點考」(제5회), 《동아일보》.

1927. 12.20 로방초, 「국외자로서 본 오늘까지의 조선영화」, 《별곤건》 제 10호.

1929. 11.15 이춘풍, 「생활로 본 그들의 내막(8)」, 《중외일보》.

1931. 7.5 심훈, 「조선영화인 언파레드」, 《동광》 제23호.

1932. 12.13 백철, 「延專문우회 제2회 공연을 보고(1)」, 《조선일보》.

1942. 12 김건, 「제1회연극경연대회 인상기」, 《조광》.

1942. 12.17 송영, 「극계의 總觀 —— 文化戰의 일년간 ②」, 《매일신보》.

작성자 정호순 단국대 대학원 졸업. 문학박사. 한신대 강사.

김화산 생애 연보

1905년   3월 6일, 서울에서 출생. 溫陽 方氏 判書公派 33世孫. 부친 方聖植
         (1855~1908)과 모친 밀양 박씨 사이의 3남 3녀 중 셋째아들로 태
         어남. 본명 方俊卿. 아명 元龍, 필명 金華山, 金華山人, 方抱影, 아
         호 春帆.

1917년 4월~1921년 3월   경성제일고보 재학. 윤극영, 유완희 등이 1년 선배,
         이하윤, 김경태 등이 2년 후배, 유진오가 3년 후배로 동학함.

1921년 4월~1924년 3월   경성법학전문학교(입학 당시의 명칭은 京城專修學
         校) 재학. 동기생 박팔양과 막역한 우정을 나누게 됨.

1921년   8월, ≪동아일보≫에 독자 투고 작품 「瞑想의 나라로」 발표.

1921년/1922년(?)   박팔양, 정지용, 김용준 등과 등사판 회람 잡지 ≪요람(搖
         籃)≫의 동인으로 활동.

1923년   11월, 박팔양 등과의 공동시집 『廢墟의 焰群』(李世基 編, 朝鮮學生
         會, 1923. 11. 28)에 시 「幻想夜曲」(方俊卿 명의), 「愛唱」(方抱影
         명의) 발표.

1924년   1933년까지 조선총독부 재판소 경성지방법원 서기 겸 통역생으로 근무.

1924년~1927년   다다이즘에 기반을 둔 문학론 발표.

1927년 3월-7월   본격적인 아나키즘 문학론을 발표하여 카프 문사들과 맹 논쟁.

1928년   1월 3일, 아나키즘계 문인, 조선자유예술연맹 창립 총회. 준비위원 權
         九玄, 李鄕, 李弘根 등. 김화산이 이에 참여하였다는 기록은 아직
         없음.

1930년   司法官 試補 시험 합격.

1933년   8월, 공주지방법원 판사에 임명. 이와 때를 같이하여 문학활동 거의
        종료함.

1934년   8월, 부산지방법원 판사.

1935년   부산지방법원 통영지청 판사.

1940년   대전지방법원 판사.

1943년   경성지방법원 인천지청 판사.

1947년   경성지법 인천지원 지원장.

1947년   변호사 개업.

1960년 1월~1961년 8월   광주고등법원 제3대 법원장.

1961년   변호사 개업. 4월에 대법관 후보 투표에 나섰으나 5·16 군사 쿠데타
        로 투표 자체가 무산됨.

1964년 3월~1966년 12월   대법원 판사. 1966년 12월 23일 의원면직. 퇴직 후
        공증인 생활.

1970년   11월 18일, 종로구 팔판동 자택에서 사망. 작고 후 소장도서를 법원에
        기증.

김화산 작품 연보

발표일	발표명	분류	제 목	발표지	참고
1921. 8.5	春帆 方元龍	시	瞑想의 나라로 (讀者文壇)	동아일보	
1923. 11	方俊卿	시	幻想夜曲	『廢墟의 焰群』	
1923. 11	方抱影	시	愛唱	『廢墟의 焰群』	
1924. 11.1	方元龍	평론	世界의 絶望 ——나의 본 따따이슴	조선일보	
1925. 10.20-21	方元龍	평론	文藝雜感 ——藝術의 內容과 그 表現方式	조선일보	
1925. 10.23	金華山	평론	說明에서 感覺으로 ——客觀을 通한 事實의 說明에서 自身의 感覺을 通한 主觀 强調의 新藝術的 態度가 必要	조선일보	
1925. 12.3-5	金華山	평론	雜文에 대한 一考察	조선일보	
1927. 2	金華山	소설	惡魔道 ——엇던 따따이스트의 日記 拔萃	조선문단 19호	

발표일	발표명	분류	제 목	발표지	참고
1927. 3	金華山	평론	階級藝術論의 新展開 —— 共産派 文藝論家에 대한 一小檢討	조선문단 20호	
1927. 6	金華山	평론	雷同性 文藝論의 克服 —— 맑스主義 陣營內의 群盲을 誨함	現代評論 5호	
1927. 7.19-23	金華山	평론	(續) 雷同性 文藝論의 克服	조선일보	
1927. 8	金華山	시	아름다운 사람	時鍾 4호	
1927. 9.3 -11.23	金華山	소설	李大將傳	매일신보	
1930. 1	金華山	시	福順이	別乾坤 25호	
1930. 2	金華山	시	내 안해	별건곤 26호	
1930. 5	金華山	시	斷章	별건곤 28호	
1930. 5	金華山	시	1930년 짜스風 映畵의 破片과 젊은 詩人	별건곤 28호	
1930. 5.20-25	金華山	평론	美展 印象	매일신보	
1930. 6	金華山	시	四月途上所見	별건곤 29호	
1930. 12	金華山	시	우리들의 노래	별건곤 35호	
1931. 1	金華山	잡저	讀者 여러분께 보내는 名士	별건곤 36호	金岸曙 외

발표일	발표명	분류	제 목	발표지	참고
			諸氏의 年頭感, 年賀狀 代身으로 原稿着 順		
1931. 2	金華山	시	出發	별건곤 37호	
1931. 3	金華山	설문 응답	一問一答	별건곤 38호	
1931. 6	金華山	시	雨日	彗星 4호	
1931. 10	金華山	시	九月 雨日	혜성 7호	
1931. 11	金華山	시	幸福	新生	
1932. 3	金華山	시	春日	新女性	
1932. 6.19 -7.24	金華 山人 옮김	번역 희곡	苦悶	매일신보	?
1932. 7	金華山	시	花草분을 손에 들고	第一線	
1932. 7	金華山	시	雨後 1	第一線	
1932. 7	金華山	시	雨後 2	第一線	
1932. 7	金華山	시	同志	第一線	
1932. 8	金華山	시	七月片想	신여성	
1933. 1	金華山	시	驀進(맥진)	第一線	
1933. 1.1-2	金華山	평론	1933年을 맞는 朝鮮詩壇의 展望 —— 1932年의 詩壇을 回顧함	중앙일보	
1933. 1.29	金 華	평론	新春文藝槪觀	매일신보	

발표일	발표명	분류	제 목	발표지	참고
-2.14	山人				
1933. 3	金華山	시	인플레이션	第一線	
1933. 5.11-19	金華 山人	동화	권부자와 오뚝이	매일신보	?
1933. 5.20-25	金華 山人	동화	顔如玉	매일신보	?
1933. 5.26-30	金華 山人	동화	神仙術	매일신보	?
1933. 5.31 -6.8	金華 山人	동화	養花翁	매일신보	?
1934. 6	金華山	잡저	朝鮮語 綴字法에 對한 寸感	正音 3호	
1934. 7.29 -8.9	金華 山人 *	수필	凉窓漫錄	매일신보	?

---

* '참고'란에 '?'표가 붙은 것은 본명이 방준경인 김화산이 쓴 것인지 의문스러운 것들임.

1927. 3.25-30   尹基鼎, 「『階級藝術論의 新展開』를 닑고 —— 金華山 氏에게」, 《조선일보》.

1927. 4.15-27   韓雪野, 「無産文藝家의 立場에서 金華山 君의 虛構文藝論, 觀念的當爲論을 駁함」, 《동아일보》.

1927. 5.16-21   林和, 「分化와 展開 —— 目的意識 文藝論의 序論的 導入」, 《조선일보》.

1927. 6.15-20   尹基鼎, 「「相互批判과 理論確立 —— 英雄主義者」의 妄論을 一蹴함」, 《조선일보》.

1927. 6.18-23   趙重滾. 「非맑스主義的 文藝論의 排擊」, 《중외일보》.

1927. 9.4-11   林和. 「錯覺的 文藝理論 —— 金華山 氏의 愚論 檢討」, 《조선일보》.

1931. 1.19   朴八陽, 「다섯 幅의 風景:一九三一年 初에 본 「朝鮮詩」의 얼골 —— 新詩運動 展望에 代하야」, 《조선일보》.

1932. 1   林和, 「文藝家名綠」, 《문예월간》 3호.

1936. 7   朴八陽, 「《搖籃》 時代의 追憶」, 《中央》 33호.

1938. 1   金烏山人, 「詩人印象記 —— 華山, 沈薰, 鷺山, 麗水, 碧岩, 春城 諸氏를 찾고」, 《시인춘추》 2호.

1940. 2   李泰俊, 「小說의 어려움 이제 깨닫는 듯」, 《문장》 14호.

1945. 12.   鶯峯山人(宋影), 「朝鮮프로藝術運動小史 (1) —— 생각나는 대로 토막토막의 抄錄」, 《예술운동》 1호.

1976   김윤식, 『한국근대문예비평사 연구』(재판), 일지사.

1981. 12   박인기, 「한국문학의 다다이즘 수용 과정」, ≪국어국문학≫ 86집.

1983. 12   박인기, 「1920년대 한국문학의 아나키즘 수용 양상」, ≪국어국문학≫ 90집.

1984   김윤식, 『한국근대문학사상사』, 한길사.

1984. 10   박철석, 「한국 다다·초현실주의 형성에 관한 연구」, ≪한국문학논집≫ 6·7집 합집, 한국문학회.

1988   박인기, 『한국현대시의 모더니즘 연구』, 단국대 출판부.

1991   조남현, 「한국근대문학의 아나키즘 체험 연구」, ≪한국문화≫.

1994   김덕근, 「한국문학의 아나키즘 수용 연구 —— 권구현, 김화산을 중심으로」, ≪인문과학논집(청주대)≫ 13집.

1996   김경복, 「김화산 문학의 아나키즘론에 대한 小考」, ≪국어국문학(부산대)≫.

1999   김경복, 『한국 아나키즘시와 생태학적 유토피아』, 다운샘.

2000. 11   박인기, 「시집 『폐허의 염군』과 1920년대 현대시」, ≪한국시학연구≫ 3호.

2005. 8   유문선, 「김화산론」, 『한국현대문학회 2005년 하계 학술발표회 자료집』.

『京城法學專門學校 一覽(大正 12年 11月)』, 1923. 11.

『京城法學專門學校 一覽(大正 14年 1月)』, 1925. 1.

『京畿七十年史』(경기고등학교 70년사 편찬위원회 편), 경기고등학교 동창회, 1970.

『韓國法官史』, 大法院, 1975.

『溫陽方氏 大同譜』(溫陽方氏 花樹會 편), 1981.

『韓國法曹人大觀』, 法律新聞社, 1982.

작성자 유문선 한신대 교수.

1905년 함경북도 명천군 출생. 본명 박일(朴一), 필명 박아지(朴芽枝).

1924년 단신 도일하여 고학함.

1926년 동경 토오요오(東洋) 대학 중퇴.

1927년 귀국 후 카프에 가입하는 한편 소년잡지 ≪별나라≫ 편집동인으로 활
        동. ≪습작시대(習作時代)≫ 1월호에 「흰나라」를 발표하면 등단. 이
        후 농민시인으로서의 위치를 확보하고 주로 농민시를 발표. 동요와 동
        시의 창작에도 주력함.

1945년 해방 직후 조선 프롤레타리아 문학동맹 및 예술동맹에 가담. 문학동맹
        의 시부 위원. 이듬해 조직된 조선문학가동맹에서 아동문학부 위원으
        로 선임.

1946년 3월에 첫 시집 『심화(心火)』(우리문학사) 간행. 4월 3일에 박세영, 김
        기림, 윤기정, 김영건 등의 주선으로 출판기념회.

1946년 프로예맹의 기관지 격인 ≪우리문학≫의 편집에 관여하다가 박세영,
        송영, 이찬 등과 함께 월북. 전쟁 후 지방행정기관, 조선작가동맹 출판
        사, 조선문학 편집부에 근무. 북한 문학사에서 20명의 대표적 카프 시
        인으로 평가됨.

1959년 시집 『종다리』(작가동맹출판사) 간행 직후인 6월 26일 사망.

발표일	분류	제 목	발표지
1927. 1	시	흰나라	습작시대
1927. 2	소설	눈을 뜰 때까지	동아일보
1927. 3	시	농부의 선물	조선문단
1927. 4	시	봄 기다리는 마음	습작시대
1927. 4	평론	농민시가소론	습작시대
1927. 6	동요	가을밤	별나라
1927. 8	시	밭갈이 준비	동광
1927. 8	산문	섬에서	별나라
1927. 10	시	나가지 않으려나	조선지광
1927. 10	시	농부의 시름	조선지광
1927. 11	시	돌아가세	조선지광
1927. 11	시	우리는 바다에서 사는 사람	조선지광
1927. 12.24	시	농가구곡(農歌九曲) 1회	중외일보
1927. 12.25	시	농가구곡 2회	중외일보
1927. 12.27	시	농가구곡 3회	중외일보
1928. 2	시	편상(片想) —— 상화(想華)	백웅(白熊)
1928. 3	시	고향생각	별나라
1928. 12	시	새 삶의 약속	신생

발표일	분류	제 목	발표지
1929. 1	시	이루어주소서	신생
1929. 2	시	마을의 봄	신생
1929. 5	시	농촌의 봄	문예공론
1929. 6	시	봄 아침에	문예공론
1930. 9	시	농장에서	음악과 시
1931. 10	시	가을의 처녀	실생활
1933. 10.16	시	불구자의 노래	고려시보
1934. 10	시	창궁(蒼穹)	청년조선
1934. 1	시	명랑한 삶	조선문학
1934. 2	시	숙아	형상
1934. 3	시	나는 떠날 수 없소	형상
1934. 3.16	시	도회에 해 저물면	고려시보
1934. 6	시	봄을 그리는 마음	문학창조
1934. 10	시	돌아선 그대를 조상함	청년조선
1935. 6. 1	시	소기수조감(小碁受圤感)	고려시보
1935. 6.16	시	유월의 노래	고려시보
1935. 8. 1	시	그대여	고려시보
1935. 11	시	독보추야(獨步秋夜)	신동아
1936. 1	시	기워서 지은 시는 피 덧을 이 바이 없네	신동아
1936. 1.20-21	평론	신춘시단개평	동아일보
1936. 2.1	시	홍	고려시보
1936. 3	산문	남해고도에 남긴 추억 ——3월과 그 여인	신동아
1936. 3	시	신인	신동아

발표일	분류	제 목	발표지
1936. 3.16	시	대홍산성유(大興山城遊)	고려시보
1936. 4.1	시	대홍산성유(大興山城遊)	고려시보
1936. 6	시	춘궁이제(春窮二題)	조선문학
1936. 7	시	인생행로	신동아
1936. 8.1	시	대홍산성유(大興山城遊)	고려시보
1936. 9	시	꼴키의 영전(靈前)	조선문학
1936. 10	시	먼 곳에 간 벗들에게	신인문학
1937. 1	시	만향(晩香)	풍림
1937. 1-3	시	극어머니와 딸	조선문학
1937. 1. 1	시	신년감(新年感)	고려시보
1937. 3. 1	시	한창만소(寒悤漫嘯)	고려시보
1937. 4	시	이름 둘 가진 아이도 가버리다	풍림
1937. 4	평론	박세영론	풍림
1937. 4. 1	시	4주년을 맞는 고려시보와 관계원 일동의 신춘군상	고려시보
1937. 8 ~1939. 3	희곡	명일의 정서	조선문학
1937. 8.13	평론	오직 실력	동아일보
1937. 9	시	가을밤	시건설
1937. 12.16	시	송년사	고려시보
1938. 1. 1	산문	유실부랑자(有實浮浪者)와 의사	고려시보
1938. 1. 1	시	원단탄(元旦歎)	고려시보
1938. 1.22	평론	독고시소감(讀古詩所感)	동아일보

발표일	분류	제 목	발표지
1938. 9. 1	평론	이찬 시집 『분향』을 읽고	동아일보
1938. 11	희곡	관촌(官村)	비판
1945. 12	시	별나라 동무	별나라
1945. 12	시	심화(心火)	예술
1945. 12	시	청년	예술운동
1945. 12	시	칩복(蟄伏)	예술운동
1946. 1	시	1945년을 보내며	여성공론
1946. 1	시	농민가	주보건설
1946. 1	시	피	인민
1946. 1	시	들으시나이까 —— 해외에서 돌아오신 혁명지사 제선배에게 드리나이다	우리문학
1946. 2	시	새달	별나라
1946. 3	시	봄	우리문학
1946. 3	시집	『심화』	우리문학사
1946. 4	시	그날의 데모	신문학
1946. 4	시	낙동강	여성공론
1946. 4	시	봄의 서곡	인민
1946. 4	시	우리 선생님	별나라
1946. 7	산문	녹음(綠陰)과 나	신세대
1946. 9	시	자연에 도전하는 사람들	신세대
1959. 6	시집	『종다리』	조선작가동맹출판사

1927. 4   「보지 못한 문예동호의 외모와 성격 예상기 ──박아지 씨」, ≪습
                  작시대≫.

1931. 10.22   안함광 ,「농민문학문제재론」(2), ≪조선일보≫.

1946. 3.30   단운(檀雲),「박아지 씨의 시집『심화』를 읽고」, ≪한성일보≫.

1946. 4   박세영,「『심화』를 읽고」, ≪중앙신문≫.

1946. 5   임화, 서평「박아지 시집『심화』」, ≪현대일보≫.

1989. 12-1   김재홍,「농민시의 선구 박아지」상·하 ≪한국문학≫.

정리 박수연   카이스트 대우교수.

1905년　5월 12일, 함경북도 명천(明川)에서 출생. 이색의 20대손으로 그의 부친이 보통학교 교감이었기 때문에 어릴 때부터 책을 가까이 접하게 됨. 호는 소천(宵泉)·이구(李求)·지산(芝山). 창씨명 牧山軒求.

1916년　광진보통학교를 졸업.

1920년　독학으로 중동학교에 입학, 그 뒤 보성고등보통학교에 편입.

1921년　중학 3학년 시절 장티푸스로 귀향 약 1년간 휴식.

1922년　고향의 사설학원 양견의숙(良見義塾)에서 약 한 달 간 교원 생활.

1923년　3월, 상경.

1923년　고향의 17세 이하 소년들로 영천소년회(英泉少年會) 조직.

1925년　와세다 대학 제1고등학원 문과대학에 입학. 와세다 대학의 '아동예술연구회'에 가입 활동. 정인섭과 교류. 이후 정인섭과 같이 생활.

1926년　유학 중 김진섭, 이하윤, 정인섭 등과 해외문학연구회를 조직.

1928년　와세다 대학 학부대학 진학. 김광섭 등과 문학서클 '백광회'에서 활동

1928년　7월 16일부터 한 달 간 정인섭, 김광섭 등과 함께 경남 일대에서 아동예술전람회(세계 각국 어린이 그림 천여 점) 순회 개최.

1929년　함경북도 일대와 북간도 및 용정 지역에서 아동예술전람회 순회 개최.

1930년　정인섭과 함께 '녹양회(綠陽會)'라는 동요·동극 단체 결성.

1931년　와세다 대학 문학부 불문과를 졸업. 졸업논문은 「에밀 졸라 연구」.

1931년　경성보육학교 교원. 함대훈, 이홍종, 이동석과 신흥문학연구회 조직.

1931년　7월, 김진섭, 서항석, 유치진, 이하윤 등과 함께 극예술연구회 창립.

1931년   계간 전문지 《보육시대》 주관. 경성보육학교에서 발간.

1931년   《문예월간》 편집에 관여.

1934년   우리나라 최초의 연극전문지로서 극예술연구회의 기관지인 《극예술》
          (1934년 4월 18일 창간, 1936년 9월 통권 5호를 끝으로 폐간. 편집
          겸 발행인은 박용철)에 참여.

1936년   《조선일보》 학예부 기자.

1941년   조선문인협회 상무 간사.

1943년   조선문인보국회 평의원.

1945년   8·15해방 이후 중앙문화협회(1945. 9. 18) 창립회원. 변영로, 오상순,
          박종화, 김영랑, 이하윤, 김광섭, 김진섭 등.

1946년   전조선문필가협회 창립회원.

1946년   《민주일보》 편집인. 사장은 상해임시정부의 선전부장이었던 엄항섭
          (嚴恒燮)이 맡았고, 명예사장은 김규식(金奎植), 발행인은 김인현(金
          寅炫), 편집위원으로 김광섭, 오종식, 신경순, 안석주 등이 참여했다.
          김구(金九) 중심의 임시정부계와 관련이 깊은 신문이었다.

1947년   전국문화단체총연합회 창립회원.

1947년   《민주일보》 편집국장, 《민중일보》 부사장 겸 편집국장.

1949년   공보처 차장, 국제펜클럽 한국본부 창립 동인, 대한민국 예술원 회원.

1954년   10월 23일, 변영로, 이무영, 주요섭, 김광섭, 모윤숙 등과 공동 발기로
          소공동 소재 서울대 치과대학 강당에서 창립총회를 갖고 국제펜클럽
          한국본부 정식 발족.

1954년   이화여대 문리과 대학 교수로 취임, 1970년까지 재직. 같은 대학 문리
          과 대학장 역임.

1960년   김광섭이 인수한 《자유문학》의 편집을 맡음.

1969년   강연 「어머니와 어린이」(소파 동상 건립 추진위원회 강연회).

1973년   대한민국 예술원 공로상 수상.

1977년   이산 김광섭의 부음 소식을 듣고 충격으로 병석에 눕게 됨. 이후 망원

동 자택에서 투병생활 계속.

1983년   1월 4일 별세.

발표일	분류	제 목	발표지
1928. 1	동요	겨울밤(이헌구·정인섭 합작)	어린이 55호
1929. 1	동요	눈이 오시는 밤, 옛날 옛날 한영감	어린이 62호
1930. 4	동시	예졸아	어린이 74호
1930. 11	동시	가을피리	어린이 79호
1931	시	제야, 회상곡, 세기아(世紀兒)의 영탄	신생
1931. 3.29-4.8	평론	사회학적 예술비평의 발전	동아일보
1931. 6.30 -7.26	평론	불국신흥문학의 선구 에밀 졸라 연구 ── 제2제정 시대의 사회	조선일보
1931. 9.18-29	평론	'18세기 불란서의 계몽운동' ── 특히 문예사상가들의 혁신운동	동아일보
1931. 10.21-24	평론	세계극단의 동태 ── 불란서 극단의 동향	조선일보
1931. 11.15-19	평론	'실험무대'를 바라는 바	동아일보
1931. 12.6-9	평론	아동문예의 문화적 의의 ── 녹양회 '동요·동극의	조선일보

발표일	분류	제 목	발표지
		밤'을 열면서	
1931. 12	평론	불란서 문단 종횡관	문예월간 2호
1932. 1.1-11	평론	해외문학과 조선에 있어서	조선일보
		해외문학인의 임무와 장래	
1932. 1	평론	프로문단의 위기	제1선
1932. 2	평론	불란서 문단의 신전망	혜성
1932. 2.10	평론	비과학적 이론	조선일보
		—— 백철 씨에 대한 항변	
1932. 3.2	평론	비인격적 논쟁을 박함	조선일보
1932. 3.10 -13(?)	평론	문학유산에 대한 맑스주의자의 견해	동아일보
1932. 3.10	평론	비과학적 이론	조선일보
		—— 鐵友씨에 대한 一抗辯	
1932. 4	평론	문학내용의 한계	동방평론 1호
1932. 7.9-13	평론	극연 1년간의 업적과 보고	동아일보
1932. 7	평론	迷夢문단의 일경향	제1선 6호
1932. 12.16-22	평론	延專文友會 제2회 공연 「정의」를 보고	조선일보
1932. 12	평론	극단 1년간 동향	제1선 20호
1933. 1.1	평론	문학을 건설하는 새로운 분위기에서 —— 문예인의 새해 선언	조선일보
1933. 1.1-6	평론	극단전망	중앙일보
1933. 1.1-16	좌담	사조・경향・작자작품・ 문단진영	동아일보

발표일	분류	제 목	발표지
1933. 2	평론	프로문단의 위기	제1선
1933. 2	동시	외따로운 집	어린이
1933. 4.27	평론	歐米現文壇總觀 ―― 佛國편	조선일보
1933. 4.28	평론	소설의 다양성 ―― 불문학의 現狀	조선일보
1933. 5.2	평론	佛詩壇의 三傾向	조선일보
1933. 6.18	평론	불국 : 초현실주의(肖 ; 앙드레 지드) ―― 세계문단총관	동아일보
1933. 8.20	평론	투르 翁과 불 문단	동아일보
1933. 9	평론	불란서에 빛나는 여류작가들	신가정 9호
1933. 9.15-17, 9.19	평론	평론계의 부진과 그 당위	동아일보
1933. 9.29	평론	≪해외문학≫ 창간 전후	조선일보
1933. 10.3-14	평론	평론계의 S.O.S ―― 비평의 권위수립을 위하여, 내면적 이데올로기	조선일보
1933. 10.22	평론	나의 문학에 대한 태도·환몽과 독백 ―― 문단인의 자기고백	동아일보
1933. 11.26-27	평론	신건설 제1회 공연 「서부전선 이상없다」를 보고	조선중앙일보
1933. 12.5-12	평론	작품의 이상과 현실	조선중앙일보
1934. 1.1-2	평론	비상시 세계문단의 신동향	조선일보
1934. 1.1-12	평론	조선문학은 어디로	동아일보

발표일	분류	제 목	발표지
1934. 1	평론	문예의 전통적 정신의 탐구	조선문학 5호
1934. 2	동화	깨진 꽃병과 순이	어린이
1934. 4	평론	조선연극사상의 극연(劇硏)의 지위	극예술 1호
1934. 10.4	평론	문인으로서의 譫語 아닌 譫語	조선일보
1934. 11	평론	세계문학정신의 탐조	개벽 신간 1호
1934. 12	평론	演劇時感	극예술 2호
1935. 1.1-4	평론	해외문학, 신춘세계문단 총관 ── 불문단(佛文壇) 사조의 동태	조선일보
1935. 1.8	평론	조선문단의 재건설 ── 계몽적 비평정신	조선일보
1935. 4.13-19	평론	행동정신의 탐조	조선일보
1935. 4	평론	영화와 연극	극예술 3호
1935. 4	평론	불문단 사조의 동태	예술 2호
1935. 5	평론	빅톨 유고오의 시인으로서의 생애 ── 빅톨 유고오 五十週를 기념하야	시원 3호
1935. 5	평론	빅톨 유고오의 시정신 소론	시원 3호
1935. 5.5-14	평론	자유주의문학 비판 ── 불문학과 자유주의	조선일보
1935. 5.22-26	평론	빅톨 유고오의 생애와 예술	조선일보
1935. 7.7	평론	연극문화발전과 그 수립의 근본도정 ── 흥행극	조선일보

발표일	분류	제 목	발표지
		정화론의 위기	
1935. 7.23-27	평론	출판계에 대한 제언 ──국외의 학도로서	조선일보
1935. 9.7	평론	앙리 바르뷰쓰 일생 ──세계적 선구작가와 행동가로서	조선일보
1935. 9.14-18	평론	식자계급에의 苦言	조선일보
1935. 12.1-7	평론	蕭條한 1년의 총결산적 序詞	조선일보
1936. 1.1	평론	국제작가대회가 개최된 동기와 원인의 필연성	조선일보
1936. 1.1-7	평론	아동문예의 문화적 의의 ──녹양회 '동요·동극의 밤'을 열면서	조선일보
1936. 1	평론	창립 5주년을 맞는 극예술연구회	신동아
1936. 2	평론	작품의 수준문제──문단시평	중앙 28호
1936. 4.10-15	평론	생활과 예술과 향락성 ──조선문학의 현단계적 고찰	조선일보
1936. 9	평론	조선연극운동에 대한 일 소론	극예술 5호
1936. 12	평론	평단 1년간의 收穫點描	조광 14호
1937. 1.1	좌담	문학문제좌담회──작가와 사회적 관심 작가와 모랄에 대하여, 현대문학의 주류	조선일보
1937. 2.25-27	평론	연극상연 각본	조선일보

발표일	분류	제 목	발표지
		「풍년기」에 대하여	
1937. 6.5-15	평론	행복의 대상과 고난 ——문화시감	조선일보
1937. 6.26	평론	빈곤한 정신상태 ——문화시감	조선일보
1937. 6.27	평론	출판계에 보내는 진언 ——문화시감	조선일보
1937. 6.29	평론	시정의 우울과 의상철학 ——문화시감	조선일보
1937. 6.30	평론	비평의 쇠약과 화제의 궁핍 ——문화시감	조선일보
1937. 7	평론	비평인의 拙辯	조광 21호
1937. 8.20-22	평론	사상과 생활에 대한 반성	조선일보
1937. 9	평론	질적 향상에의 노력 ——조선문학의 재건방법	조광 23호
1937. 11.18-21	평론	극히 몽롱한 인상뿐 ——평단의 停滯 反芻的 현상	조선일보
1938. 1.1	대담	수필문학에 대하여	조선일보
1938. 1.1	평론	시인 모윤숙론	여성 22호
1938. 2.3	평론	해외문학과 문학유산 ——백철 씨의 저돌적 맹격을 받은 기억(나의 논쟁시대)	조선일보
1938. 3.18	평론	소설의 정통성	조선일보
1938. 4	평론	片貌 김광섭 군	삼천리문학 2호
1938. 5.6	서평	『현대조선문학 전집 단편집』을 읽고	조선일보

발표일	분류	제 목	발표지
1938. 5	평론	문단 —— 문화월보	비판 61호
1938. 11	평론	지식론자의 두뇌 —— 지식옹호의 변	비판 67호
1938. 12.4	평론	찬란한 동심의 세계 —— 아동문학 집평	조선일보
1939. 8.21	평론	고 『박용철 시집』 제1권 詩歌편을 읽고	조선일보
1939. 10	평론	소파의 인상	박문 12호
1939. 10	평론	전쟁과 문학	문장 1권 9호
1939. 11	평론	영화의 佛蘭西적 성격	인문평론 2호
1939. 11	평론	대전과 문학 —— 대전과 불란서 문학	조광 49호
1939. 12	평론	평단 1년간의 회고	문장
1940. 1	평론	파도 없는 수준 —— 12월 창작평	문장
1940. 3	서평	「딸 삼형제」를 읽고 —— 신간평	문장 14호
1940. 5	평론	4월의 작품들 —— 4월 창작평	인문평론
1940. 6.21	평론	신념과 인격의 체현	조선일보
1940. 6	평론	조선영화인에게 —— 攻守평론	문장 17호
1940. 8	평론	극히 인상적인 소묘 —— 상반기 결산보고서	조광
1941. 1.5-7	평론	각고의 정신	매일신보
1941. 3	평론	신체제와 조선연극 협회 결성	삼천리 142호
1942. 12	좌담	明日の 朝鮮映畵を 語る	국민문학 12호

발표일	분류	제 목	발표지
1943. 11.23	평론	적 학병 격퇴하라	매일신보
1943. 12	평론	華盛頓에 일장기를 날리라 ——출전하는 조선학도에게 고함	춘추 34호
1943. 12	평론	천재일우의 때	조광
1944. 2	평론	「북풍의 정열」을 읽고	조광
1946. 1	수필	하나의 無辯	조선주보 7호
1946. 3.14-15	평론	문학가협회 결성에 際하야	한성일보
1946. 7.12	평론	문학의 서사시 정신	민주일보
1946. 10	평론	번역문학	신문예 2권 3호
1946. 12.24	평론	문학운동 1년의 회고 ——우리는 이렇게 걸어왔다	경향신문
1947. 2.1	평론	비극문학의 제창 ——서투른 소감의 한 敍言으로	한성순보
1947. 4	평론	모색도정의 작품들 ——3월 창작평	문화
1947. 4	평론	작품의 양심문제 ——작품평에 대신하는 말	대조
1947. 5	시	그리운 손	백민 8호
1947. 11	평론	활발한 불한서 문단 풍경	백민 11호
1947. 11	번역	양분된 구라파 정신 ——구라파에 대한 궤변 학자들(R. 지로오)	대조 3권 2호
1948. 1	평론	자유의 옹호 —— 자유주의	신천지 3권 1호

발표일	분류	제 목	발표지
		비판에 대하여	
1948. 3	평론	민족문학정신의 재인식	백민 13호
1948. 3-4	정론	UN양대표에게——中·印 대표 환영석상연설抄	해동공론 3권 1호
1948. 8	수필	自賦侮(續)	예술조선 4호
1949. 1	평론	1949년도 민족문화운동의 새로운 구상	백민 5권 1호
1949. 2.3-4	평론	예술인의 현실적 태도 ——하나의 개괄적 서언에 대하여	경향신문
1949. 3.27	평론	모진 인생의 허무——생각 나는 一步 咸兄의 편모	태양신문
1949. 8	정론	용기	국방 1권 8호
1949. 9	평론	문화정책의 당면과제 ——민족정신 앙양과 선전계몽의 시급성	신천지 4권 8호
1949. 9	평론	해방 4년 문화사 ——민족문학항쟁사	민족문화 1호
1949. 10	평론	문학 해방 4년 문학사	민족문화 2호
1949. 11	수필	애정에 대하여	부인 23호
1949. 12	평론	민족의 자유를 위하여 ——현하시국과 문화인의 진로	신경향
1949. 12	평론	해방 후 문화의 동향	대한소방
1949. 12	수필	부정 아닌 부정	민성 41호
1950. 1	평론	반공자유세계 문화인대회를	신천지 43호

발표일	분류	제 목	발표지
		제창한다 —— 자의식혁명에서	
		세계의식의 길로	
1950. 2	평론	국립극장문제 (문화시평)	민족문화 2호
1950. 3	평론	문학운동의 성격과 정신	백민 21호
1950. 5	수필	김광섭 씨에게	민성 45호
1950. 12	시	단상	문예 12호
1951. 6	시	수첩에서	시문학 3호
1951. 11	평론	민주 일본에 무엇을	신사조 5호
		구하는가(하나의 서론적	
		서술에 代하여)	
1952. 11	雜組	寸語	자유예술 1호
1952. 12	평론	문화전선은 형성되었는가	전선문학 2호
1953. 8	평론	위기의 극복과 착각의 불식	문화세계 2호
1953. 12	평론	회고 이상의 긴박성	신천지 8권 7호
		—— 1953년의 회고	
1953	평론집	『문화와 자유』(이헌구 평론집)	청춘사
1954. 1	평론	정신적 자기혁명	문예 20호
		—— 1954년에 드리는 독백	
1954. 1	평론	무엇을 할 것인가	문화세계 5호
		—— 내외의 현실을 직시하자	
1954. 1	평론	영랑 김윤식 畏兄	신천지 9권 1호
		—— 새해에 생각나는 사람들	
1954. 1	雜組	왕복서한 —— 우정과 문학	문학과 예술 1호
1954. 2	수필	영광 있는 보금자리	현대여성 2권 2호
		—— 夫婦道에 대한 일 소감	

발표일	분류	제 목	발표지
1954. 3	평론	문학과 자유 —— 현대와 자유에의 고찰	현대공론 2권 2호
1954. 3.21	평론	현대 신문소설이 갈 길	중앙일보
1954. 4	평론	총선거와 문화인	신천지 62호
1954. 4	수필	왕복서한 —— 우애는 연애보다 높다	
1954. 5	평론	녹화문학의 제창 —— 푸른 자연으로 돌아가자	신천지 9권 5호
1954. 5.2	평론	대표적 작가 원로적 評家	경향신문
1954. 5.30	평론	도의와 이념의 수호 —— 학·예술원의 존재이유는 무엇?	자유신문
1954. 8	평론	새 세기 창조의 인간 정신 —— 어떤 청년 신인과 대화중의 一節	중앙
1954. 8.15	평론	분파적 혼란의 발자취 —— 抗共 包攝 匡正의 단계(문학)	동아일보
1954. 8.16	평론	선지자적 정신의 창조 —— 해방 10년간의 문단 회고	조선일보
1954. 11	평론	민족문화 향상을 위한 나의 제언(불란서 翰林院 創院의 의의)	사상계 16호
1954. 12	평론	현대지식인의 저항의식	새벽 2호
1955. 7.2	평론	문학 도정은 멀다	경향신문

발표일	분류	제 목	발표지
		── 오르페우스의 고난은 徹하자	
1955. 8	평론	단결로 아집 버리라 ── 십년간의 족적을 晳瞥하면서	신태양 4권 8호
1955. 8	평론	한국문화의 새로운 지향	종합민주공론
1955. 8.15-16	평론	모색 도정의 문학	조선일보
1956. 1.1	평론	문화계에 부치는 백서 ── 지극히 소박하고 치졸한 談語로서의	연합신문
1956. 5	雜組	굴욕의 日月(속)	펜 4호
1956. 5	수필	꿈의 旗幅은 찢기고 (인생·예술의 未逐者)	이화 11호
1956. 5	雜組	수필 論文選記	이화 11호
1956. 6	평론	김영랑 평전 ── 멋에 徹한 시인	자유문학 1호
1956. 11	수필	연애론 ── 연애의 새 방향	여성계 5권 11호
1956. 11	평론	국제펜클럽회의의 성과	학원평론 1호
1956. 12	평론	로맨티스트 함대훈 ── 소박하고 奔放自在한 표현	자유문학 3호
1957. 2.12	평론	문화창조의 길은 멀다 ── 文總 10주년을 회고하면서	평화일보
1957. 2.12-13	평론	文總의 창설과 발전과정 ── 10주년에 際한 회고와 현황	세계일보
1957. 6	권두언	권두언	자유문학 4호

발표일	분류	제 목	발표지
1957. 8	雜姐	고 노천명 여사의 영전에 서서	자유문학 6호
1957. 12.22	평론	창작의 새싹을 발굴 ——1957년 문화운동의 일 단면	한국일보
1958. 1	권두언	진실한 자화상의 창조를 위하여	자유문학 10호
1958. 1	좌담	문학과 철학	자유문학 10호
1958. 6	평론	고 박용철 형의 편모 ——그의 20주기를 회상하며	자유문학 15호
1958. 7	권두언	학생과 문학(같은 쳇바퀴를 도는 나의 고백)	자유문학 16호
1958. 8	수필	무성격의 도시 ——‘동경’ 瞥感	자유문학 17호
1958. 8.15	평론	항쟁불굴의 문화정신 ——문화인이 싸워온 양상의 일면	세계일보
1958. 9	평론	불란서의 일기문학	자유문학 18호
1958. 9	평론	법으로 보장된 문화실정 ——정부수립 10주년간에 편모를 더듬어	법제월보 1권 9호
1958. 12 ~1959. 12	수필	일기	자유문학 21-33호
1959. 2	권두언	燭불과 태양과	자유문학 23호
1959. 3	평론	통일을 위한 문화의 자세 ——반성 위에 선 환경 조성	국제평론 1호
1959. 3	평론	불란서 문화의 근대적 성격	자유공론 4호

발표일	분류	제 목	발표지
1959. 3	인터뷰	민족문학·세대론· 현대문학의 개념	문학평론 3호
1959. 3	수필	친절과 僞勢	신태양 77호
1959. 3.21	평론	정열과 행동의 구현자 —— 故 一步 함대훈 형의 10주기를 맞이하여	세계일보
1959. 5.15	평론	자기육체에 항거한 시인 오시영 —— 모든 존재에 조소를 던지고 가다	세계일보
1959. 6.25-26	평론	6·25의 문학적 실존성 —— 피맺힌 역사적 파도와의 대결	서울신문
1959. 9	雜組	평론 추천기	자유문학 30호
1959. 9	평론	법으로 보장된 문화 실정 —— 정부수립 10주년간에 편모를 더듬어서	법제월보
1959. 10	권두언	색채와 결실과 조화와	자유문학 31호
1959. 11	수필	잃어버린 스승 —— 淸節의 金圭彦 선생	사상계 76호
1959. 12	수필	일기	자유문학 4권 12호
1960. 3	평론	3·1정신의 문학적 의미	자유문학 5권 3호
1960. 8	평론	쏘렌토의 追懷	자유문학 5권 8호
1961. 5	평론	한국문학의 주체적 특질 소고	이화 15·16호
1961. 7	수필	소박한 노래	자유문학 6권 7호
1962. 8	평론	혁명 하의 문화개관, 1962년	자유문학 7권 8호

발표일	분류	제 목	발표지
1962. 10	인물평	이화에 묻혀 사는 김활란	여원 8권 10호
1962. 12	평론	1962년의 문화계 총평 ── 문화 개관	자유문학 64호
1963	편저	『20세기 강좌 7 : 이십세기의 인물』	박우사
1963. 1	평론	로맨티스트였던 함대훈	현대문학 9권 1호
1963. 2	평론	신념으로 문학을 지킨 김환태 형	현대문학 9권 2호
1963. 3	평론	3·1정신은 살아있는가 ── 진실의 모습과 올바른 항거	자유문학 67호
1963. 12	수필	순수한 푸르름 '하늘' ── 한국의 아름다운 것들	세대 1권 12호
1963	평론	무방비의 어린이를 지키자	교육자료 7권 12호
1964. 1	평론	시조를 수정한다 : 이런들 어떠하리 저런들 어떠하리 ── 무사안일주의 비판	세대 8호
1964. 4	수필	고독과 더불어 한품은 넋 ── 할미꽃과 한국인의 고독	세대 2권 4호
1965	평론집	『모색의 도전』(이헌구 평론집)	정음사
1965. 1	평론	桓山과 申明均 ── 영원한 기억	사상계 13권 1호
1965. 7	수필	천년도 하루같이 : 속리산 기행 ── 산과 바다에의 찬가	세대 3권 6호
1965. 8	평론	문필가협회의 조직과 활동	현대문학 11권 8호
1965. 12	수필	감나무 타령	신동아 16호

발표일	분류	제 목	발표지
1966	편저	『인생론 전집 1-4』	박우사
1966. 10	평론	散珠片片 ―― 나의 문단회고록	사상계 14권 8호
1966. 12	평론	散珠片片 ―― 나의 문단회고록	사상계 14권 10호
1966. 12	수필	꿈의 요람 3·1 전후	문학 1권 8호
1968. 6	평론	散珠片片 ―― 나의 문단회고록	사상계 16권 6호
1967. 7	평론	散珠片片 ―― 나의 문단회고록	사상계 16권 7호
1968. 7.6	평론	측면으로 본 신문학 60년 ―― 해외문학연구회	동아일보
1968. 8	평론	散珠片片 ―― 나의 문단회고록	사상계 16권 8호
1968. 12	수필	기자생활에서 영화인으로 ―― 나의 30대	신동아 52호
1969	수필집	『고독 : 인형들의 대화』	박우사
1969. 3	평론	문학과 함께 평생을 ―― 현시를 초월한 진실의 추구	현대문학
1969. 4	수필	여성의 지적 창조	햇불 1권 4호
1969. 5	평론	'색동회'와 아동문화운동	햇불 1권 5호
1969. 10	평론	고독을 극복하는 우리의 자세	체신문화 156호
1970. 11	수필	여대 캠퍼스에서 30년	세대 8권 11호
1971. 6.15	시	헌신	한국일보
1971. 6	수필	암흑의 세기를 날은	중앙 39호

발표일	분류	제 목	발표지
		비둘기 —— 나의 교우록	
1971. 7	평론	내가 처음 시를 썼을 때 —— 감격한 해방을 맞아	시문학
1972. 10	평론	停滯와 단절과 회생의 역사성 —— 사회주의 리얼리즘 붕괴의 그날	자유공론
1973	저서	『현대인의 인생론』	신태양사
1973. 4	평론	한민족의 수난 —— 고통과 부활 '특집'	제3일 31호
1973. 8	평론	해방문단 恨中錄	월간중앙 65호
1975	수필집	『진실을 벗삼아』	박영사
1991	저서	『현대의 인물』(이헌구 외)	한국중앙문화공사

1931. 12.20-23 김우철, 「아동문학에 관하여 ── 이헌구 씨 소론을 읽고」, ≪중
　　　　　　　외일보≫.

1931. 12.20 　임화, 「당면정세의 특질과 예술운동의 일반적 방향」, ≪조선일보≫.

1931. 12.27 　송영, 「1931년도의 조선문단개관」, ≪조선일보≫.

1932. 1 　　　김철우, 「소위 '해외문학파'의 정체와 임무」, ≪조선지광≫
　　　　　　　100호.

1932. 2 　　　임화, 「소위 '해외문학파'의 정체와 임무 ── 이헌구 씨의 「임무
　　　　　　　와 장래」를 拜讀하고」, ≪조선지광≫.

1932 　　　　홍효민, 「조선문학과 해외문학파의 역할 ── 그의 미온적 태도
　　　　　　　를 배격함」, ≪삼천리≫ 4권 5·6호.

1933. 1.2 　　이하윤, 「세계문학과 조선의 번역운동」, ≪중앙일보≫.

1933. 1.28 　 안석주, 「세레나데 타는 소천 이헌구 씨 ── 문단 메리꼬 라운
　　　　　　　드」, ≪조선일보≫.

1933. 1 　　　안종언, 「1932년 문단의 개관과 신년문단의 전망」, ≪비판≫ 3권
　　　　　　　1호.

1933. 10.3 　 유진오, 「해외문학파의 재출발」, ≪동아일보≫.

1933. 11.5 　 김진섭, 「외국문학연구의 지장」, ≪동아일보≫.

1933. 11.12 　함대훈, 「해외문학과 조선문학」, ≪동아일보≫.

1934. 8.14 　 이하윤, 「외국문학연구 서설」, ≪동아일보≫.

1935. 5.2 　　 김진섭, 「번역문학론」, ≪조선중앙일보≫.

1935. 5.20-23 춘사, 「대두된 번역문학」, ≪조선중앙일보≫.

1935. 7.15   김우철, 「아동문학에 관하여 ── 이헌구 씨 소론을 읽고」, ≪조
                선중앙일보≫.

1935. 8.31   김동인, 「번역문학」, ≪매일신보≫.

1936. 1.3   박용철, 「문학유파의 개념」, ≪조선일보≫.

1936. 4.26-28   최재서, 「호적 없는 외국문학연구」, ≪조선일보≫.

1936. 4.29   최재서, 「디레탄티즘을 축출하자」, ≪조선일보≫.

1938. 2.8   임화, 「지난날 논적들의 面影」, ≪조선일보≫.

1938. 4   김광섭, 「이헌구의 예술성」, ≪삼천리문학≫ 2호.

1950. 6   조영암, 「이헌구론 ── 宵泉과 怡山의 우정을 중심으로」, ≪문
                학≫ 6권 4호.

1954. 2   이하윤, 「나와 '외국문학연구회' 시대」, ≪신천지≫.

1966. 10   이하윤, 「문단과 교단에서 ── '해외문학'파에서 비교문학까」, ≪신
                동아≫ 26호.

1970   김윤식, 「宵泉 이헌구 연구」, ≪서울대 교양과정부 논문집≫
                2집.

1970   『宵泉 이헌구 선생 頌壽기념논총』, 宵泉이헌구 선생 頌壽기
                념논총 편찬위원회.

1975   김병철, 『한국근대번역문학사 연구』, 을유문화사.

1975. 2   김병철, 「서양문학 수용태도에 관한 이론적 전개 ── 1920년대
                의 번역문학논쟁을 중심하여」, ≪인문과학≫ 3권 4호.

1979   김윤식, 「한국 근대 수필 문학의 한 성격」, 『우리 문학의 넓이
                와 깊이』 서래헌.

1983   김용직, 「해외문학파의 외국문학 수용 양상」, ≪관악어문연구≫.

1983. 12   김윤식, 「이헌구의 문학세계」, ≪예술원보≫ 27호.

1986. 11.30   이선영, 「민족문학론의 새로운 시도 ── 민족의 상황과 문학사
                상」, ≪한국문학≫ 157호.

1990   김효중, 「한국의 문학번역이론」, ≪비교문학≫ 15호.

1995. 2 　박명진, 「1930년대 경향극의 제 양상 고찰 —— 소위 '동반자 작가'의 희곡을 중심으로」, 《중앙대 대학원 연구논집》.

1996. 2 　양혜경, 「전통지향적 인식의 양상 고찰」, 『한국문학의 새로운 인식』, 세종문화사.

1996. 12 　김경원, 「민족문학의 성립을 위한 외국문학의 수용문제 —— 이헌구론」, 강.

1997 　이상우, 「극예술연구회에 대한 연구 번역극 레퍼토리에 대한 고찰을 중심으로」, 《한국극예술연구》.

1997. 12 　이현식, 「한 외국문학 연구자의 문학적 초상 —— 소천 이헌구 연구」, 《예술원 총집》.

2001. 12 　김규창, 「한국 괴테 수용사 서술의 보고」, 《독일언어문학》 16집.

2002 　조영식, 「해외문학파와 시문학파의 비교 연구」, 경희대 대학원 석사 논문.

2002. 6 　고명철, 「해외문학파와 근대성, 그 몇 가지 문제 —— 이헌구의 「해외문학과 조선에 있어서의 해외문학파의 임무와 장래」를 중심으로」, 《한민족문화연구》 10호.

2003. 7 　김종회, 「수필문학의 상상력 또는 정체성과 전문성」, 《비평문학》 17호.

2003. 12 　장인수, 「문화·교양 층위의 근대주의 —— 해외문학파에 대한 비판적 고찰」, 《성균어문연구》 38집.

2004. 11 　서은주, 「번역과 문학 장(場)의 내셔널리티 —— 해외문학파를 중심으로」, 《현대문학의 연구》 24호.

작성자 전승주 　문학박사. 서울대 강사.

1905년   3월 31일, 경남 울주군 언양면 서부리에서 출생하여 언양공립보통학
         교와 대구고등보통학교를 졸업함. 호는 눈솔, 설송(雪松), 화장산인(花
         藏山人). 창씨명 東原寅燮.

1922년   와세대 대학 제1고등학원 재학 중 윤극영, 방정환, 마해송 등과 함께
         '색동회' 발기인으로 참여. 동인지 ≪어린이≫ 창간.

1926년   와세다 대학 영문과 재학 중 김진섭, 이하윤 등과 '해외문학연구회'
         결성.

1927년   해외문학연구회 기관지 ≪해외문학≫ 창간.

1928년   9월, 세계아동예술전람회 진열부 준비위원.

1928년   7월 16일부터 한 달 간 김광섭 등과 함께 경남 일대에서 아동예술전
         람회 (세계 각국 어린이 그림 천여 점) 순회 개최.

1928년   이헌구 색동회 동인 추천.

1929년   와세다 대학 영문과 졸업. 이후 귀국하여 1946년까지 연희전문학교
         교수.

1930년   한글학회 관계. '한글맞춤법 통일안' 사정위원으로 활동.

1931년   극예술연구회 동인으로 신극운동에 참여. 한글학회 회원.

1931년   경성보육학교 강사.

1931년   12월 8일, 경성보육학교 녹양회 후원 제1회 '동요·동극의 밤' 개최.
         여기서 童劇「파종」공연.

1932년   11월 22일, 경성보육학교 녹양회 후원 제2회 '동요·동극의 밤' 개최.
         여기서 童劇「쳉기통」, 동화극「사람 늑대」공연.

1936년 한국음성학회 창립 발기인.

1936년 8월 27일, 제4차 세계언어학자대회(덴마크 코펜하겐)에 참석. 「朝鮮語
  文과 歐美 語文과의 비교」 강연. (제7차 대회에도 한국대표로 참가.)

1939년 10월 20일, 친일문인단체 '조선문인협회' 결성 발기인. 회칙 기초위원.

1941년 조선문인협회 기획부 상무간사, 문학부 평론부회 간사.

1942년 조선어학회 사건과 덴마크 강연이 문제가 되어 9개월간 옥살이.

1946년 중앙대 교수 역임.

1949년 중앙대 법문학부 부장 겸 교수. 대한해운공사 고문으로 재직.

1950년 1953년까지 영국 런던 대학에서 영문학 공부. 이후 부산 피난 시절
  이양하를 회장으로 추대한 한국영문학회를 창립했지만 활동은 없었다
  고 함.

1952년 국제언어학자대회(런던) 참석.

1953년 일본 덴리(天理) 대학 교수 역임. 교토(京都) 대학 강사 역임.

1954년 국제펜클럽 한국본부 발기인으로 참여.

1955년 8월 17일, 한국민속학회 창립에 참여.

1956년 서울대 교수.

1956년 국제펜클럽 한국본부 위원장.

1957년 1964년까지 중앙대 대학원장 및 문리대 학장 서리.

1957년 국제펜클럽 동경대회 한국대표로 참가.

1958년 중앙대에서 명예박사학위 받음.

1958년 1964년까지 서울특별시 전국사설학원 연합위원장 역임.

1960년 교육공로 표창.

1962년 1972년까지 한글기계화연구소 부소장 역임. 이 외에도 한글학회 이사,
  한글 전용 추진위원회 부위원장, 언어연구소 소장 등을 역임.

1963년 한국 셰익스피어 협회 이사.

1963년 『한국시의 허식(A Pageant of Korean Poetry)』으로 번역문학상 수상.

1966년 국제연극협회 한국본부 위원장.

1968년   한국외국어대 교수 및 대학원장.

1970년   국제펜클럽 아시아 문학번역국 초대회장 역임.

1972년   국민훈장 모란장 서훈.

1974년   색동회 5대 회장으로 취임. 1983년 사망할 때까지 역임.

1983년   별세.

발표일	분류	제 목	발표지
1924	동화책	*Fairy Tales from Many Countries* 1 · 2	三省堂(日本)
1927	동화·전설집	『溫突夜話』	日本書院
1926. 1	동화극	백설공주	어린이 36호
1926. 3	동화극	솔나무	어린이 39호
1926. 5	동화극	백로의 죽음	어린이 40호
1926. 7	동화극	잠자는 미인	어린이 42호
1926. 9	동화극	어머니의 선물	어린이 43호
1926. 11	동화	오듸써스	어린이 45호
1927. 1	동화극	여우의 목숨	어린이 47호
1927. 1	번역	赤死의 가면(포오 작)	해외문학 창간호
1927. 3	평론	'쇼오' 작의 대표극 *Man A Superman*에 암시된 B에 대하여	학지광
1927. 7	평론	쇼오극의 작품과 사상	해외문학 2호
1927. 7	좌담	한글 사용에 대한 외국문학 견지의 고찰	해외문학 2호
1927. 7.24 -8.10	평론	반역예술의 유기적 직능	조선일보

발표일	분류	제 목	발표지
1927. 8	평론	稻香哀史	현대평론 7호
1927. 12	소설	五人동무	어린이 54호
1927	평론	번역예술의 유기적 직능	『한국문단론고』
1928. 1	동요	겨울밤(정인섭·이헌구 합작)	어린이 55호
1928. 4.1-4, 4.6, 4.10	평론	브레이크 사후 百年祭 입센 탄생 百年祭	동아일보
1928. 5	수필	고향의 밤이 그리워	어린이 57호
1928. 10	평론	인형극과 가면극 —— 세계아동예술전람회에 際하야	어린이 60호
1928. 11	평론	지나문학논총	청년 83호
1928. 12.2-13	평론	아동예술교육	동아일보
1929. 5.2-16	평론	문예적 교육의 처지와 소감	동아일보
1929. 6	평론	영시인(英詩人)의 자연관	신생 9호
1929. 9	수필	영어교수와 공부에 대하여	개벽
1929. 10	수필	가을 느낌 —— 이상한 그림자	어린이 69호
1929. 10.20-29	평론	신문예술의 다각적 예찬	중외일보
1929. 11.30	평론	김진섭 군 파르씨안 쿼바디스? —— 문인의 인상	중외일보
1929. 11	평론	인도의 여시인 사로지니 나이두 —— 서구의 여류시인	신생 14호

발표일	분류	제 목	발표지
1929. 12	평론	금년의 영문단 ——르트의 세계문단	신생 15호
1929. 12	평론	童劇 잘 쓰는 법	어린이 70호
1929. 12.22-25	평론	이성호와 곽우록	동아일보
1930. 3	평론	근대극의 父 입센과 永生	신생 18호
1930. 4	시	봄노래	어린이 74호
1930. 4.2-12	평론	염상섭 씨 논설 「명일의 길」을 읽고	동아일보
1930. 4.5	평론	퇴폐문학에서 다종 경향 ——佛國문학	동아일보
1930. 5	평론	농민문예의 조선적 필요	신생 20호
1930. 7	(창작)동극	체이통	어린이 76호
1930. 8.2-30	평론	세계문학의 주조와 파동 —— 대전 이후로 최근까지의 歐洲문단	조선일보
1930. 8	평론	알기 쉬운 新文學講話	학생
1930. 10	수필	가을과 문학자	신생 25호
1931. 1	평론	'사상예술'상의 방법론적 여성 연구——단편적 서설	연희 7호
1931. 1	평론	혁명여성 '나이두'와 인도	삼천리 3권 1호
1931. 1	시	춘몽의 서곡, 겨울의 청춘	연희
1931. 1.3-19	평론	조선문단에 訴함	조선일보
1931. 6.25	평론	충무공 평생에 대한 本傳과 소설	동아일보

발표일	분류	제 목	발표지
1931. 11.18	평론	조선문학사와 민속예술	매일신보
1932. 1.1-3	평론	금후 조선의 극운동	조선일보
1932. 1.22	평론	1932년 문단전망	동아일보
1932. 1	평론	문예계에 대한 신년 희망 —— 硏究界에	문예월간 3호
1932. 3	평론	괴테와 셰익스피어	동광 ·31호
1933. 1.1-16	좌담	사조·경향·작자작품· 문단진영	동아일보
1933. 3	수필	그리운 고향 나의 언양은	신가정
1933. 6.18	평론	영국 : 신이상주의 (肖 ; 제임스 조이스) —— 세계문단총관	동아일보
1933. 9.1	평론	문단 시시비비, 저능 야유가에의 충고	동아일보
1933. 9.9	평론	영문학의 현단계와 우리	동아일보
1933. 9.26	평론	우국문학의 제창 —— 시국과 조선문학의 장래	매일신보
1933. 9.29	시	고국을 떠나는 ㄴ군에게	동아일보
1933. 11.8	평론	조선문학사와 민족예술	매일신보
1934. 4.4-7	평론	조선시단의 재출발	조선일보
1934. 5	평론	문단문제抄	삼천리 50호
1934. 5-6	평론	영문학 연구의 조선적 방법론	학등 6·7호
1934. 8	평론	문단 문제抄	삼천리
1935. 1.1-2	평론	현문단의 제 분야와	동아일보

발표일	분류	제 목	발표지
		조선문학의 특질	
1935. 1.1-12	평론	조선문단의 현계단과 수준 ──과거 1년의 평론과 창작계를 회고하여	조선일보
1935. 3.10, 3.12-13	평론	沙翁연구와 坪內박사 ──그의 연구방법과 번역태도에 대하여	동아일보
1935. 7.7	평론	공연비 변출과 진실한 번역극운동	조선일보
1935. 9	평론	최근세계문예사조	신동아
1935. 10.11-14	평론	세계문단의 당면동의 ──문단시평	동아일보
1935. 10.16-19	평론	문학단체와 문학가협회 ──문단시평	동아일보
1935. 10.20, 22, 24, 26, 29	평론	조선어문과와 영문과 ──문단시평	동아일보
1935. 10.31 -11.6	평론	조선문학 주류문제	동아일보
1935. 11	평론	문학과 사상	삼천리
1935. 12	시	등산	시원
1935	평론	표준어문제	한글 26호
1935	평론	언어교육과 축음기	한글 29호
1936	평론	제2회 만국음성학대회에 대하야	한글 30호
1936. 1.1	좌담	병자문단의 전망	매일신보

발표일	분류	제 목	발표지
		── 문예와 시대 사상 ·	
		암흑과 混裸의 문단 ·	
		문예의 주조는 어데로	
1936. 1.3	평론	종합적 연구와 체계	동아일보
		── 분명한 사관과	
		체계를 가지라	
1936. 1.5	평론	창작개성의 용인	동아일보
		── 정치와 예술과의 분리문제	
1936. 1.6	평론	평단 정화의 일안	동아일보
		── 비폭력적 정통비평의 제창	
1937. 1	수필	애급의 여수	사해공론
1937. 6.9	설문	'문단 타진 즉문 즉답기'	동아일보
		금일 이후의 문학은	
		레알과 로만의 조화	
		── 레알의 규정은	
		수법보다 소재	
1937. 11	평론	세계어문학자대회	조광 25호
1938. 1.1-4	좌담	명일의 조선문학	동아일보
1938. 1-4	평론	조선시가의 英譯	삼천리문학
1938. 7.17-19	평론	김광섭 시집 「동경」을 읽고	동아일보
1939. 3.10, 3.23-24	평론	예이츠의 최후 신비	동아일보
		── 死를 예감한 그의 시	
		「연구 노트 抄」	
1939. 8.30	시	홍초	동아일보

발표일	분류	제 목	발표지
1939. 9.3	시	해변풍경	동아일보
1939. 9.19, 9.23	평론	구주대륙과 전쟁문학	동아일보
1939. 12	평론	평론계의 측면관 ──독자로서의 독후감	조광 50호
1940. 1.1	평론	순수예술·평론·문학연구 ──문화현세의 총검토	동아일보
1940. 1.3-5	평론	애국문학의 제창 ──시국과 조선문학의 장래	매일신보
1940. 1.6-9	평론	전쟁 와중의 구미문학 ──南歐편	동아일보
1940. 1	평론	신체제하의 조선문학의 진로	삼천리
1940. 3-4	수필	파리의 추억	조광
1940. 5	수필	와이마르 기행	문장
1940. 7.6	평론	반도사변문학의 금후 방향 총통문학과 개척문학	매일신보 삼천리 134호
1940. 7	평론	將兵諸氏に! ──聖戰記念文章	
1940. 7-8	수필	정말시찰기(丁抹視察記)	조광
1940. 9	수필	서독의 자연과 인문	조광
1940. 9.9	평론	건전한 오락은 씩씩한 국민성의 표증──일체로 퇴폐와 향락을 버립시다	매일신보
1940. 11	수필	이태리 방문기	조광

발표일	분류	제 목	발표지
1940. 11.25-26	평론	창작방법의 제시 —— 문학자의 해석은 이렇다	매일신보
1940. 12	평론	문사부대와 「지원병」 (춘원 외)	삼천리
1941. 1.14	평론	李龜祚 작 「까치집」을 읽고	매일신보
1941. 1	수필	이태리 기행 —— 폼페이의 감상	조광
1941. 2	평론	나의 보고서	신시대
1942. 1	평론	西洋文學の 反省	국민문학
1942. 1.29	평론	엄숙한 순간	매일신보
1942. 2.18	평론	新嘉坡의 함락과 문화인의 감격 —— 꿈이 아니다	매일신보
1942. 2.24 -3.2	평론	영국문화의 위기	매일신보
1942. 12	평론	大東亞戰 1週年を 迎ぇる 私の 決意	國民文學
1947. 10	평론	조선어 실험 음성학(제1회)	조선교육 6호
1947. 12	평론	조선어 실험 음성학 2	조선교육 7호
1948	역서	『메논 박사 연설집 (K. P. S Menon)』	문화당
1948	영역서	『大韓 現代詩 英譯 對照集』	문화당
1948. 3	평론	조선어 실험 음성학 2	조선교육 10호
1948. 3	수필	比島의 최근 문학운동	조선교육 10호

발표일	분류	제 목	발표지
1948. 4	수필	比島 마닐라 기행	부인 3권 2호
1948. 6	평론	조선어 실험 음성학	조선교육 11호
1948. 9	수필	영국의 湖畔지방 (시인들의 사적을 찾아서)	새교육 2호
1948. 10	수필	스트렐 포드·온· 에이번에서(셰익스피어의 고향을 찾아)	조선교육 13호
1948. 12	수필	스트렐 포드·온· 에이번에서(셰익스피어의 고향을 찾아)	조선교육 14호
1948. 12	평론	천재교육론	새교육 3호
1949. 2-5	수필	倫敦見聞記(인정과 예술)	조선교육 15-17호
1949	저서	『英語 新 敎授法과 學習法』	문화당
1950. 1	평론	1949년도 일본문화계를 논함	신천지 43호
1950. 2	평론	한글학회론	민성 43호
1950. 3	평론	시의 기교론	백민 21호
1950. 3	수필	인생은 허무하다	혜성 2호
1950. 4	평론	외서 수입방법의 급속 타개책 —— 문화지표	신천지 5권 4호
1953	편저	*Folk tales from Korea*	Grove Pr.
1956. 12	평론	최근 英詩壇 (상)	자유세계
1957. 1	시	기사의 독백 —— 華城순례기	현대문학 25호
1957. 3-4	평론	영국의 중견시인들	새벽 17-18호

발표일	분류	제 목	발표지
1957. 5	수필	이인묵 박사 이야기	신태양 56호
1957. 5	평론	외국유학생의 선도와 그 대책 ── 학생의 위치	자유춘추
1957. 6	평론	현대시의 제 유파	자유문학 4호
1957. 8.4, 6, 7, 9	평론	문단시감	평화일보
1957. 8.10-11	평론	한국문학의 수출문제	한국일보
1957. 8.11	평론	내외문인의 교류문제 ── 해외 저명문인 초청에 際하다	동아일보
1957. 8.22	평론	동서문학의 상호영향 ── 제29회 '펜' 대회 논제를 중심으로	서울신문
1957. 9	수필	나의 런던 체류기	자유문학 7호
1957. 9.14-16	평론	현대문학자에 대한 동·서문학의 상호영향	연합신문
1957. 10.1-2	평론	외국작가를 보내고	한국일보
1957. 11	평론	서양문학과 현대 한국작가	자유문학 8호
1957. 11	평론	동·서 문학의 상호교류 ── 동경 펜 대회의 보고를 위하여	신태양 62호
1957. 11	번역	여성해방과 여성의 권리 ── 여성해방과 남성의 협동 (프랑카 도치)	신태양 62호

발표일	분류	제 목	발표지
1958	저서	*Modern short stories from Korea*	Munho-sa
1958	역서	『음향과 분노』, 『불멸의 인간상』(W. 포크너)	정음사
1958. 9	평론	영국의 일기문학	자유문학 18호
1958. 12	수필	나의 런던대학 교수시절	사조 7호
1958. 12	수필	영국에 있는 어느 교수에게	자유문학 21호
1959	저서	한국문단론고	신흥출판사
1959. 1	수필	어둠과 밝음	신태양 76호
1959. 2	평론	국어국문학 연구의 신영역 개척	국어국문학 20집
1959. 3	수필	석학의 편모	신태양 77호
1960	저서	『世界文學散考』	동국문화사
1959	저서	『海外留學案內 及 資格試驗問題集』	계몽사
1960. 1.29	평론	우선 消化하고 광범위하게 —— 외국문학의 현황과 과제	서울신문
1961	평론	영국의 민주주의와 국민성 —— 이것이 이 나라를 민주주의로 성장케 했다	코메트 48호
1961	역서	『음향과 분노』 상·하 (W. 포크너)	정음사
1961	저서	『海外留學案內 及 資格試驗問題集』	계몽사
1962. 1	번역	배로나의 두 신사	현대문학 8권 1호

발표일	분류	제 목	발표지
		(W. 셰익스피어)	
1962. 10	인물평	항일·정치·교육계의 투사 임영신	여원 8권 10호
1962. 12 ~1963. 1	평론	한국문학의 전통과 현대성	자유문학 64-65호
1963. 3	수필	푸른 하늘	자유문학 8권 3호
1963	수필집	『버릴 수 없는 꽃다발』	이화문화사
1963	평론집	『비소리 바람소리』	정음사
1966. 10	수필	步道 대 車道	신동아 26호
1966. 12	평론	조선민속학회	고려대 민족문화연구소, 민족문화연구
1968	시집	『산 넘고 물 건너』	정음사
1968	역서	『바다의 부인』(입센)	신아출판사
1968	저서	*Plays from Korea* *Korean Language School* *for Foreigners*	Chung-Ang Univ.
1968. 1	평론	교육과 ‘밝은 사회’ ——‘밝은 사회’에의 질문	동서춘추
1968. 4	평론	반공교육을 위한 몇 가지 제언	교단 16호
1968. 8	평론	대학생의 좌표 —— 넓고 깊고 맑게	중앙문화 3호
1968. 8	평론	한국적인 것 —— 학문과 예술의 내면기록	세대 6권 8호

발표일	분류	제 목	발표지
1968. 10	평론	Appreciation of Korea Literature	중앙대 논문집 13집
1968. 10	평론	한글전용은 지상명령이다 —— 한글전용 계획의 문제점	정경연구 45호
1968. 12	평론	한글전용은 지상명령이다	육군 126호
1969	역서	『바다의 부인』(입센)	평화출판사
1969	강연	언어교육과 어린이	소파 동상 건립 추진위원회 강연회
1969	강연	아동극의 회고	소파 동상 건립 추진위원회 강연회
1969. 4	평론	Korean Folk Tales and Modern Stories	한국외국어대 논문집 2집
1969. 5	평론	'색동회'와 동극 문제	횃불 1권 5호
1969. 6	시	오월의 기상도	월간문학 2권 6호
1970	저서	*An Introduction to Korean Language*	Hyangmin-sa
1970	저서	*A Pageant of Korean Poetry*	Hyangmin-sa
1970. 2	평론	동화의 사명과 그 효과	횃불 2권 2호
1970. 4	서평	운율 연구 ——『황희영 논문집』	월간문학 3권 4호
1970. 5	평론	한국문학과 해학 —— 해학의 사상적 배경과 수사학	월간문학 3권 5호
1971. 8	평론	맞춤법에 관한 공청회 발언자료	교육평론 154호

발표일	분류	제 목	발표지
		—— 한글맞춤법공청회	
1972	역서	『음향과 분노』, 『불멸의 인간상』(W. 포크너)	정음사
1972	평론	Reports : World Shakespeare Congress	셰익스피어 비평
1973	편저	『새 영한사전』	휘문출판사
1973	저서	『국어음성학연구』	휘문출판사
1973	편저	『세계문학전집 13~18』	동서문화사
1973. 5	수필	한 외국인교수의 애환	세대 11권 5호
1974	평론집	『(종합변증법적) 세계문학론』	박영사
1974	수필집	『일요방담』	중앙출판공사
1975	수필집	『별같이 구름같이』	세종문화사
1977	역서	『음향과 분노』 상·하 (W. 포크너)	정음사
1981	저서	『색동회어린이운동사』	학원사
1975. 4	수필	나의 외국어 습득기	월간중앙 85호
1975. 10	평론	한국어 속의 외래어	세대 147호
1975. 12	서평	'TRANSLAYION' Theory and Practice (宋堯仁 저)	펜뉴스
1975	역서	『테스』(토마스 하디)	동아문화사
1976	역서	『펄벅 단편선』(정인섭 譯註)	계원문화사
1976	역서	『헉슬리 단편선』 (정인섭 譯註)	계원문화사

발표일	분류	제 목	발표지
1976	역서	『오십 가지 재미있는 이야기』 (J. M. 볼드윈, 정인섭 譯註)	계원문화사
1976	역서	『데이지 밀러』 (Henry James, 鄭寅燮 譯註)	계원문화사
1976	수필집	『모두 사랑했노라』	삼육출판사
1976. 1	평론	韓國語と外來語の表記 の問題 —— 外來語のハング ル表記統一試論	アジア公論 40호
1976. 5	평론	어린이 운동의 어제· 오늘·내일	새교육 259호
1976. 8	평론	국어순화의 바른 길 —— 오지호 씨의 국어순화론을 반박한다	세대 157호
1977	역서	『정복되지 않는 사람들』 (W. 포크너)	삼중당
1977	역서	『園遊會』(캐서린 맨스필드)	동서문화사
1977	역서	『이이솝』 우화	동서문화사
1977	역서	『테스』(토마스 하디)	동서문화사
1977	역서	『음향과 분노』 상·하 (W. 포크너)	삼중당
1977	역서	『희극』	상서각
1977. 3	평론	국어운동과 외솔의 위치	나라사랑 26호
1978	편저	『나의 인생관 7-12』	휘문출판사
1978	수필집	『나의 인생관 못 다한 인생』	휘문출판사

발표일	분류	제 목	발표지
1978. 4	대담	요즘 신문은 어떻습니까	신문과 방송 89호
1979	평론	에스프리 입문	월간중앙 132
1980	수필집	『이제는 하고 싶은 이야기』	신원문화사
1980. 2	좌담	세상 펑펑 돌아가는데	월간중앙 140
1981	저서	『색동회어린이운동사』	휘문출판사
1981	역서	『햄릿』,『맥베드』,『리어왕』, 『로미오와 쥴리엣』 (셰익스피어, 정인섭 · 이종구 공역)	삼성당
1982	수필집	『이렇게 살다가』	가리온출판사
1982	저서	*A Folks tales from* *Korea*	Hollym Interna- tional Corp.
1982	역서	『신곡』(단테, 정인섭 역)	삼성당
1982	역서	『햄릿』(셰익스피어)	삼성당
1982	역서	『園遊會』(캐서린 맨스필드)	문공사
1982	역서	『이이솝 우화』	문공사
1982	역서	『테스』(토마스 하디)	학원출판공사
1983	역서	『셰익스피어 전집 1~4』 (정인섭 · 여석기 역)	정음문화사
1983	평론	가장 실용적인 로마자안 ——빨리 통일하라	말소리 6호
1983	저서	*A guide to Korean* *Literature*	Hollym Interna- tional Corp.
1986	역서	『신곡』(단테, 정인섭 역)	삼성당
1986	역서	『햄릿』(셰익스피어)	삼성당

발표일	분류	제 목	발표지
1989	역서	『音響과 憤怒』 (W. 포크너)	자유교양사
1990	수필집	『교양 에세이 전집 7』 (정인섭 외)	한국중앙문화공사
2000	역서	『음향과 분노』 (W. 포크너)	민족문화사

1927. 3.19   이하윤, 「해외문학독자 양주동 씨에게」, ≪동아일보≫.

1927. 3.29   김진섭, 「기괴한 비평현상——양주동 씨에게」, ≪동아일보≫.
-4.2

1931. 9.9-17   翠園生, 「극단의 전망」, ≪매일신보≫.

1931. 12.20   임화, 「당면정세의 특질과 예술운동의 일반적 방향」, ≪조선
                  일보≫.

1931. 12.27   송영, 「1931년도의 조선문단개관」, ≪조선일보≫.

1932. 1   김철우, 「소위 해외문학파의 정체와 임무」, ≪조선지광≫ 100호.

1932   홍효민, 「조선문학과 해외문학파의 역할—그의 미온적 태도를
                  배격함」, ≪삼천리≫ 4권 5-6호.

1933. 1.2   이하윤, 「세계문학과 조선의 번역운동」, ≪중앙일보≫.

1933. 1   안종언, 「1932년 문단의 개관과 신년문단의 전망」, ≪비판≫ 3-1호.

1933. 10.3   유진오, 「해외문학파의 재출발」, ≪동아일보≫.

1933. 11.5   김진섭, 「외국문학연구의 지장」, ≪동아일보≫.

1933. 11.12   함대훈, 「해외문학과 조선문학」, ≪동아일보≫.

1934. 8.14   이하윤, 「외국문학연구 서설」, ≪동아일보≫.

1935. 5.2   김진섭, 「번역문학론」, ≪조선중앙일보≫.

1935.   춘사, 「대두된 번역문학」, ≪조선중앙일보≫.
5.20-23

1935. 8.31   김동인, 「번역문학」, ≪매일신보≫.

1936. 1.3   박용철, 「문학유파의 개념」, ≪조선일보≫.

1936.   최재서, 「호적 없는 외국문학연구」, ≪조선일보≫.
4.26-28

1936. 4.29   최재서, 「디레탄티즘을 축출하자」, ≪조선일보≫.

1938. 2.8   임화, 「지난 날 논적들의 面影」, ≪조선일보≫.

1938. 2.9   백철, 「평론으로 일관한 정열」, ≪조선일보≫.

1954. 2   이하윤, 「나와 '외국문학연구회' 시대」, ≪신천지≫.

1966. 10   이하윤, 「문단과 교단에서 ──'해외문학'파에서 비교문학까지」,
                  ≪신동아≫ 26호.

1975   김병철, 『한국근대번역문학사 연구』, 을유문화사.

1975. 2   김병철, 「서양문학 수용태도에 관한 이론적 전개 ─ 1920년대의
                  번역문학논쟁을 중심하여」, ≪인문과학≫ 3-4호.

1983   김용직, 「해외문학파의 외국문학 수용 양상」, ≪관악어문연구≫.

1989. 9   김헌선, 「전통시학의 지속과 변화」, ≪문학정신≫ 36호.

1989. 9   원재길, 「대화적 울음과 극적 울음」, ≪세계의 문학≫ 53호.

1990   김효중, 「한국의 문학번역이론」, ≪비교문학≫ 15호.

1994   김영진, 「해방기문학비평 연구」, 전주우석대 대학원 박사 논문.

2002. 6   고명철, 「해외문학파와 근대성, 그 몇 가지 문제 ──이헌구의 「해
                  외문학과 조선에 있어서의 해외문학파의 임무와 장래」를 중심
                  으로」, ≪한민족문화연구≫ 10호.

2002   조영식, 「해외문학파와 시문학파의 비교 연구」, 경희대 대학원
                  박사 논문.

2003   장인수, 「문화·교양 층위의 근대주의 ──해외문학파에 대한
                  비판적 고찰」, ≪성균어문연구≫ 38집.

2003. 7   김종회, 「수필문학의 상상력 또는 정체성과 전문성」, ≪비평문
                  학≫ 17호.

2003. 12   장인수, 「문화·교양 층위의 근대주의 ──해외문학파에 대한
                  비판적 고찰」, ≪성균어문연구≫ 38집.

2004. 11   서은주, 「번역과 문학 장(場)의 내셔널리티 — 해외문학파를 중
심으로」, ≪현대문학의 연구≫ 24호.

작성자 전승주 문학박사. 서울대 강사.

해방 전후,
우리 문학의 길 찾기

탄생 100주년 문학인 기념문학제 논문집 2005

1판 1쇄 찍음 2005년 12월 20일
1판 1쇄 펴냄 2005년 12월 25일

지은이 · 염무웅, 최원식 외
편집인 · 박상순
발행인 · 박맹호, 박근섭
펴낸곳 · (주) 민음사

출판등록 1966. 5. 19. (제16-490호)
서울시 강남구 신사동 506 강남출판문화센터 5층(135-887)
대표전화 515-2000 / 팩시밀리 515-2007
www.minumsa.com
www.daesan.org

값 22,000원

이 논문집은 대산문화재단과 민족문학작가회의가 기획, 개최한
'탄생 100주년 문학인 기념문학제' 의 일환으로 한국문화예술위원회의
지원을 받아 제작되었습니다.

ISBN 89-374-8085-9 03810